U0089049

古典文學研究輯刊

五　編

曾永義 主編

第6冊

唐人小說示現之生命困境及其對治方法

陳韻靜 著

國家圖書館出版品預行編目資料

唐人小說示現之生命困境及其對治方法／陳韻靜 著 — 初版
— 新北市：花木蘭文化出版社，2012〔民 101〕
目 4+222 面；19×26 公分
（古典文學研究輯刊　五編；第 6 冊）
ISBN：978-986-254-927-8（精裝）
1. 筆記小說 2. 文學評論 3. 唐代
820.8　　101014712

古典文學研究輯刊
五　編　第 六 冊　　ISBN：978-986-254-927-8

唐人小說示現之生命困境及其對治方法

作　　者　陳韻靜
主　　編　曾永義
總 編 輯　杜潔祥
出　　版　花木蘭文化出版社
發 行 所　花木蘭文化出版社
發 行 人　高小娟
聯絡地址　新北市永和區中正路五九五號七樓
　　　　　電話：02-2923-1455／傳真：02-2923-1452
網　　址　http://www.huamulan.tw 信箱 sut81518@gmail.com
印　　刷　普羅文化出版廣告事業
初　　版　2012 年 9 月
定　　價　五編 20 冊（精裝）新台幣 33,000 元

唐人小說示現之生命困境及其對治方法

陳韻靜　著

作者簡介

陳韻靜，彰化鹿港人，1963年生，台中師專畢業，中興大學中文系學士、碩士。任教於國小將近三十年。撰有〈《嫁粧一牛車》評析〉、〈西周營建東都雒邑始末探究——以《尚書》中〈大誥〉、〈召誥〉、〈洛誥〉、〈多士〉、〈多方〉為核心〉、《唐人小說示現之生命困境及其對治方法》。

提　要

唐代小說為中國文言小說史上的盛宴，較六朝小說之粗陳梗概，演進之迹甚明。由於唐人小說之「敘述宛轉、文辭華豔」，承載了作家對人生之感慨與理想之企望。作家不論是因事成文，或因感構文，率皆有所寄託。其中大抵呈現人物之遭逢生命困境，由於唐人小說敘述之宛轉與描繪較六朝更為詳盡細膩，是以人物心緒之掙扎轉變，得以流露於文本中，遂見出人物面對困境時所採取的對治方法。因此，本論文集中論述唐人小說中示現之生命困境與人物面對困境時所採取之對治方法。

正文分為上下二篇，上篇呈現唐人小說中所示現之生命困境，由四個不同面向於四章分論：第一章論述死亡威脅的壓力，探究造成死亡威脅的原因，與當事者面臨死亡威脅時的情緒反應，再探究死亡場景於文本中產生之效能。第二章探析唐代士人仕途難登的處境，先述求仕之於士人的意義，再探析仕途難登的原因，後論官場的景況。第三章論述身分、性別與位階的哀歌，就眾生之中異類、女性與相對之卑微位階遭受來自於傳統、政治、社會等的差別待遇之處境。第四章就唐人小說中探究愛情世界中遭逢愛情難遂之悲傷，先說明男女兩性對愛情之企望，再述其由相識至分手之過程，其後述其愛情難遂的傷痛情緒，再予以分析導致愛情難遂的原因。

下篇則分析遭逢生命困境的小說人物所採取的對治方法及其產生的結果：第一章呈現遭逢生命困境者，執迷沉陷於困境之中及最終之結果。第二章則述遭逢困境者以尋求歸宿與接受命運的方式作心態上的轉變，雖未能改變事實，但卻可超越困境帶來的負面情緒，而走出困境。第三章則述小說中遭逢生命困境的人物與伸出援手者，面對事實、力挽狂瀾的作為。

誌　謝　辭

進入職場、睽違學術殿堂多年之後，能夠再度重返校園學習，令人格外珍惜。三年多來的碩士在職專班研究所生涯，甘苦參半，謹以此文表達內心深處無時無刻對所有師長、同學、家人、親友們的感恩，有了您們一路的陪伴、鼓勵、支持與協助，論文才得以順利的完成。

文學範疇如此繁麗多姿，睽隔多年，再次進入文學殿堂，猶如闃黑深夜行走於廣袤且豐富的沃原上，點燃手中的火柴要尋覓寶藏，卻旋即熄滅。因此，首先深深感謝我的指導教授林淑貞博士，不遺餘力的教導，使我得以一窺唐人小說領域的深奧，不時的討論並指點我正確的方向，在論文架構與撰寫方法上提供許多寶貴意見，使我在這些年中獲益匪淺，老師治學的嚴謹更是我學習的典範。

求學期間非常感謝胡楚生老師、陳器文老師、尤雅姿老師、張火慶老師、江乾益老師、李建崑老師、陳欽忠老師在學業的指導及處世的關心。口試期間，非常感謝吳儀鳳老師、蔡妙眞老師在百忙之中抽空詳閱論文並且不吝指教，使我能以不同的角度思索與分析，讓撰寫內容更臻完善。

感謝陳昭坤、吳立文、莊麗卿學長們不厭其煩的指出我口頭報告中的缺失，且總能在我迷惘時爲我解惑；也感謝瑞松、敏惠、婉君、惠芳求學期間討論、砥勵與扶持；緒貞學妹當然也不能忘記，妳的幫忙讓我銘感在心；亦得感謝中興大學中文所的助理吳欣怡小姐及曾麗雯小姐在校期間的一切協助。

論文的完成同時要感謝林校長新發先生及徐校長福成先生的支持與鼓勵，以及鄭生地主任和黃慶成主任對我的指教，陳正輝老師在入學考試時熱心提供資料，吳麗卿老師、吳秋慧老師與同學年老師在我求學期間教職工作上不吝惜的支援，因爲有你們的體貼及幫忙，使得本論文能夠更順利完成。

最後，感謝婆婆在我就讀期間的體恤；娘家雙親與姐妹弟媳給予莫大的精神勉勵與幫助，建斌的全力支持與包容讓我能夠無後顧之憂，更是我前進的動力，祐瑄和舒婷兩個孩子也都如此的貼心，讓我能專心完成學業，謹將這本論文誠摯地獻給最摯愛的您們！

陳韻靜　謹誌　2007 年 1 月 27 日

目次

緒 論

一、研究動機與問題意識

唐人小說在中國小說史上具有重大意義，標誌著文言小說的成熟，魯迅說：「小說一如詩，至唐代而一變，雖尚不離於搜奇記逸，然敘述宛轉，文辭華豔，與六朝之粗陳梗概者，演進之迹甚明，而尤顯者，乃在是時則始有意爲小說。胡應麟（《筆叢》三十六）云：『變異之談，盛於六朝，然多是傳錄舛訛，未必盡幻設語，至唐人乃作意好奇，假小說以記筆端。』其云「作意」，云「幻設」者，則即意識之創造矣。」〔註 1〕由於「敘述宛轉、文辭華豔」使得故事情節更爲完整豐富，幻設、虛構是自由的藝術思維、有意識的創作，寄託了小說作者更豐沛的處世感懷，是以雖爲虛構之作，實與人世有著緊密的聯繫。人是社會的動物，沒有人可以完全自外於社會，作家當然不例外，其思想感情無法完全截斷與社會的關聯。唐人小說雖多虛構成分，然而作家創作小說，一方面反映社會現象，一方面此社會現象對作家之衝擊影響，激發創作動機，抒發個人感懷，亦呈現於文本之中。

唐朝開國氣象之雄偉恢闊，相對於歷史上各個朝代而言，是較能讓人民安居樂業的朝代。但是在唐人詩文典籍野史小說中，卻多處呈現當時人們生命中所遭遇的各種面向之困境。〈枕中記〉中盧生與呂翁言笑殊暢之際，卻反身觀看自己衣裝弊褻，發出長歎曰：「大丈夫生世不諧，困如是也！」呂翁認

〔註 1〕魯迅：《中國小說史略》（濟南，齊魯書社，1997 年 11 月第一版，2002 年 4 月二刷）。第八篇：唐之傳奇文（上），頁 59。

爲盧生形體無苦無恙，談諧方適，此即謂「適」。盧生則表示今已壯年，卻功名未建，猶勤畎畝，非「困」而何？「困」與「適」二者處於對立的局面，諧適得意則心靈舒泰愉悅，困頓失意則神頹氣喪。在唐人小說中常看到人物發出了「生世不諧，盍言適志」的歔歎，又如〈遊仙窟〉:「嗟命運之迍邅，歎鄉關之眇藐」，〈柳毅〉:「蛾臉不舒，巾袖無光」，〈韓翃〉:「意色皆喪，音韻悽咽」，〈霍小玉〉:「日夜涕泣，都忘寢食」，〈鶯鶯傳〉:「沒身永恨，含歎何言」等負面情緒的呈現，導致此種情緒乃因遭逢生命困境，所遭逢的生命困境有哪些面向？遭逢困境有哪些外在成因與內在因素？在遭遇困境之後，小說人物如何直面困境？對治困境之態度迥異，又將產生怎樣的結果？隨著問題意識之萌發，遂令筆者不揣淺陋，生發對唐人小說中示現之困境與人物對治困境的方法之探究動機。

二、前人研究成果概述

唐代文化，延續漢魏之餘緒，開兩宋之先河。唐人小說，尤具兼容並包，承上啓下之特質也！有唐一代稗海，乃如宋・劉貢父言：「小說至唐，鳥花猿子，紛紛蕩漾。」洪景盧亦言：「唐人小說，雖小小情事，猶悽惋欲絕，洵有神遇而不自知者。」〔註2〕由於唐人小說涵蓋層面豐富，寫作技巧較六朝小說之粗陳梗概，更有「敘述宛轉，文詞華豔」之躍進。歷來自不同層面切入研究唐人小說者眾多，研究成果之豐碩可作爲深入了解唐人小說之重要資糧，根據前人研究成果之性質，大致可以分成如下幾類，茲簡述如下。

（一）專書研究成果

結集出版的專書中，首先爲跨越朝代論中國小說流變者，如：魯迅《中國小說史略》〔註3〕與吳志達《中國文言小說史》〔註4〕，從中可了解唐人小說在小說史上所居的位置，以及與其他朝代小說相較之下所呈現的特色，是進入唐人小說領域所不可少，可以從中對唐人小說概況有全盤了解，對唐人小說所反映的唐朝社會景況也將有相當程度的掌握。

此外，有專就唐人小說研究者。第一類是作爲取材範圍依據者，由於唐

〔註2〕見汪辟疆之《唐人小說》序言。氏著《唐人小說》（上海市：上海古籍出版社，1988年1月四刷），頁1。

〔註3〕同註1。

〔註4〕吳志達：《中國文言小說史》（濟南市：齊魯書社，2005年1刷）。

代小說載籍缺佚大半，至明代通行叢刻，或擅改篇名，或妄題撰者，因此以王國良《唐代小說敘錄》〔註5〕、周勛初《唐人筆記小說考索》與《唐代筆記小說敘錄》〔註6〕作爲取材範圍之參考依據。第二類乃研究有唐一代小說的發展，「小說」概念與內涵之發展至唐代可謂包容並蓄，程毅中《唐代小說史話》〔註7〕、韓雲波《唐代小說觀念與小說興起研究》〔註8〕二書對「小說」觀念在歷史上的演變與唐朝史化小說、宗教小說興起的原因皆有深入說明。王夢鷗先生《唐人小說研究》〔註9〕一至四集與《唐人小說校釋》〔註10〕上、下二冊，是研究唐人小說之力作，從「小說」或「傳奇」名稱之確立訂定，到小說集的編纂、流傳及內容分析皆深入探究，對作者、版本與文字亦詳爲考證校勘。李劍國《唐稗思考錄》〔註11〕、劉瑛《唐代傳奇研究》〔註12〕與劉開榮《唐代小說研究》〔註13〕對唐人小說的更有深度及廣度之探究。以上諸書奠定唐代小說研究堅固磐石，供後來者參校。

（二）碩博士論文研究成果

歷來台灣博士生與碩士生研究者眾多，研究者由不同角度切入唐人小說研究，大抵可分爲三類：第一類是探究唐人小說反映的唐代社會狀況，第二類是探究小說中思想及觀念層面，第三類爲唐人小說寫作技巧之研究。本論文旨在探求唐人小說中所示現之生命困境，以及主人公遭逢困境時所提出之對治方法，對治方法將受到時代社會中之思想所影響，因此與本論文關係較爲密切之前人研究則多集中於前兩類，因此僅概述前兩類文獻成果。如下：

1、探究唐人小說反映的唐代社會狀況之研究成果

以唐人小說爲文本，從中還原唐代社會狀態與女性關懷方面的研究有：

〔註5〕王國良：《唐代小說敘錄》（台北市：嘉新水泥公司文化基金會，1979年11月）。

〔註6〕周勛初此二書並收錄於氏著《周勛初文集》（南京：江蘇古籍出版社，2000年）。

〔註7〕程毅中：《唐代小說史話》（北京市：文化藝術，1990年）。

〔註8〕韓雲波：《唐代小說觀念與小說興起研究》（成都市：四川民族出版，2002年）。

〔註9〕王夢鷗：《唐人小說研究》（台北市：藝文印書館，1971年12月）。

〔註10〕王夢鷗：《唐人小說校釋》（台北市：正中書局，1985年）。

〔註11〕李劍國《唐稗思考錄》一文，資料來源爲唐代文學上課講義，爲授課老師經李劍國先生同意由同學將此份資料輸入爲文字檔，供同學上課之用。

〔註12〕劉瑛：《唐代傳奇研究》（台北市：聯經出版，1994年）。

〔註13〕劉開榮：《唐代小說研究》（台北市：台灣商務印書館，2005年7月二版三刷）。

朱美蓮《唐代小說中的女性角色研究》〔註14〕以社會學的角度進行女性角色分析。許文惠《唐代傳奇所反映的唐代社會》〔註15〕是以唐傳奇爲文獻資料，配合史料的佐證，考察唐代的社會景況，借以彰顯唐代傳奇與唐代社會之間的關係。而李淑媛《唐代婦女之法律地位》〔註16〕是由《唐律》與傳統儒家體系下之婦女受限於男尊女卑二端，以研究唐代婦女的法律地位。楊姍霈《唐代小說中婦女之社會地位研究》〔註17〕在於呈現及廓清唐代婦女之社會生活及眞實風貌，進而透顯出唐代婦女在社會上之地位。熊嘉瑜《唐傳奇女性傳記研究》〔註18〕透過對唐傳奇女性傳記的分析，探究較眞實的唐朝婦女面貌，進而對兩性之間的權力結構及性別關係有更深入的思考。

2、探究小說中思想及觀念層面之研究成果

在思想觀念層面的研究有：王義良《唐人小說中之佛道思想》〔註19〕是以唐人小說多取材民間信仰，從中研究唐代道老佛教浸興之面目。劉美菊《唐人小說的結構--以行爲規範爲觀察角度》〔註20〕是從倫理規範的觀察向度，以社會統計分析方法，掌握小說作爲作者意義表現之主題，包括其道德教訓、人生觀察及宇宙反映的意義，進而從小說主題經由文學肌理的構織過程中，勾勒出小說的結構模式。而俞炳甲《唐人小說所表現之倫理思想研究:以儒家爲中心》〔註21〕則探求唐人小說儒家思想影響下之婚姻倫理、夫婦倫理、親子倫理、交際倫理、政治與經濟倫理。陳玲碧《唐人小說中的定命觀研究》〔註22〕則旨在以唐人小說中的定命觀爲研究範圍，經由全面的分析探討，一窺唐人定命觀之堂奧。而謝淑愼《唐代士人的價值觀一以唐人小說爲研究範疇》〔註

〔註14〕朱美蓮：《唐代小說中的女性角色研究》（政大中文所碩論，1988年）。
〔註15〕許文惠：《唐代傳奇所反映的唐代社會》（東吳大學社會學研究所碩論，1988年）。
〔註16〕李淑媛：《唐代婦女之法律地位》（文化大學史研所碩論，1992年）。
〔註17〕楊姍霈：《唐代小說中婦女之社會地位研究》（文化大學中文所碩論，1999年）。
〔註18〕熊嘉瑜：《唐傳奇女性傳記研究》（暨南國際大學中文所碩論，2000年。
〔註19〕王義良：《唐人小說中之佛道思想》（高師中文所碩論，1975年）。
〔註20〕劉美菊：《唐人小說的結構——以行爲規範爲觀察角度》（台師大國文所碩論，1988年）。
〔註21〕俞炳甲：《唐人小說所表現之倫理思想研究:以儒家爲中心》（政大中文所博論，1993年）。
〔註22〕陳玲碧：《唐人小說中的定命觀研究》（輔大中文所碩論，1990年）。
〔註23〕謝淑愼：《唐代士人的價值觀——以唐人小說爲研究範疇》（台師大國研所碩論，1992年）。

23〕則由文本以探討唐代士人之仕宦價值觀、愛情價值觀、婚姻價值觀及生命價值觀。蔡明貞《唐人小說報意識研究》〔註 24〕則分析而呈顯出的唐人受「報」意識影響下的行爲準則，乃透露著當時民眾的社會行爲模式與文化上的深層意義。陳嘉麗《唐代佛道思想小說研究》〔註 25〕則著重佛道兩教的通俗層面之論述。詹麗莉《唐傳奇女性宿命觀研究》〔註 26〕探討唐傳奇女性的宿命觀，以內含女性宿命觀的唐傳奇文本爲主要分析對象。而丁氏秋水《從佛教五鈍使看唐人傳奇》〔註 27〕則探析中佛教五鈍使「貪、瞋、癡、慢、疑」在唐傳奇中所呈現的涵義與表現的結果。

以上臚列之論文，不論就唐人小說之思想層面、社會層面與寫作技巧層面的探討，洋洋大觀，成績斐然。

除了專書與碩博士論文之外，尚有見於各類期刊與大學學報中的單篇論文，數量不可勝紀，或從寫作技巧、人物形象切入研究，或研究唐人小說中愛情婚姻故事，或研究豪俠故事等等，蔚爲大觀，凡此，皆豐富唐代小說之研究，亦爲本論文參考取用之研究成果。

三、取材範圍

本論文取材的範圍，就時代而言，是以唐人書寫的小說爲主，兼採晚唐末年跨越至五代士人所書寫的關於唐人的小說；就性質而言則兼採作意好奇、幻設虛構之傳奇〔註 28〕與筆記小說，乃因士人虛構之傳奇以其前後情節

〔註 24〕蔡明貞：《唐人小說報意識研究》（輔大中文所碩論，1997 年）。

〔註 25〕陳嘉麗：《唐代佛道思想小說研究》（文化大學中文所碩論，1999 年）。

〔註 26〕詹麗莉：《唐傳奇女性宿命觀研究》（南華大學文研所碩論，2002 年）。

〔註 27〕丁氏秋水：《從佛教五鈍使看唐人傳奇》（文化大學中文所碩論，2005 年）。

〔註 28〕「傳奇」一辭至今定義仍眾說紛紜，以魯迅的看法認爲「敘述宛轉，文詞華豔」的特色是唐人小說有別於六朝小說之處，且是文人作意好奇的產物，題材遍及神仙人鬼妖怪，並不限於人間事。因此即是以「文體特徵」與「創作者的意識」爲傳奇之特點。祝秀俠的《唐代傳奇研究》、孟瑤的《中國小說史》與吳志達的《唐人傳奇》等書，對傳奇的界定，都不在題材是現實或超現實，流傳方式是單篇或叢集，而在敘述方式的特徵上。而王汝濤編校的《全唐小說》四卷，則以單篇爲傳奇，專輯分爲志怪與雜錄，而不以文體做分類準則。而龔鵬程先生在〈唐傳奇的性情與結構〉一文中，對唐傳奇則採更爲寬泛的認定，他從汪辟疆《唐人傳奇小說》之序例言：「唐人說部專書，如段成式酉陽雜俎、張讀宣室志、蘇鶚杜陽雜編、范攄雲溪友議之屬，本應酌錄數則，以備一種」之言，認爲汪氏心目中的傳奇是包含雜俎野稗的。又從明刻《五朝小說大觀》又將〈周秦行記〉、〈三夢記〉、《幽怪錄》、《前定錄》、〈長恨歌

脈絡發展完整，能察知主人公隨著故事發展的心緒變化而見長，而筆記小說中所反映的當時社會生活之豐富面向，與士人在仕途與官場的遭遇情況紛繁多樣，皆非傳奇所能及，二者皆有其特色，可資取作研究。本文取「唐人小說」爲範圍，主要在於生命困境的示現，因此乃以唐人小說中聯繫到生命困境的篇章爲取材來源，而不以是否爲現實或超現實之題材以及創作意識之不同而作爲取材標準。所取材之書籍與版本如下：

（一）王汝濤編校《全唐小說》：山東文藝出版社出版。共四大冊，計 3258 頁。王汝濤先生編校之《全唐小說》是以唐朝當時的小說概念以選擇作品，按照傳奇、志怪、雜錄三大類收錄作品。全書分爲五個部份：一、傳奇之部，計收單篇傳奇共 50 篇；二、志怪之部，計收錄 21 種志怪集；三、雜錄之部，計收雜錄集 40 種，王汝濤先生認爲雜錄之部的作品，用中國古代小說定義衡量的話，倒是最「正統」的小說〔註 29〕，觀其內容則是紀錄時人時事和敘服用器物之類的作品。爲了體現一個「全」字，除以上三部之外，尙有四、輯佚之部，收志怪類 21 種與雜錄類 14 種，及未見著錄之零星篇什 31 種；五、疑似之部，收志怪類 7 種與雜錄類 5 種。後兩部分未有單篇傳奇。因資料蒐羅完備，取材堪稱便利。

（二）汪辟疆校錄《唐人小說》：採用上海古籍出版社之版本。汪辟疆先生搜集了除零星雜記和易見專著外的現存唐人小說的大部份重要作品，並用多種版本進行了文字上的校勘訂正。在每篇之後並附以考證，列述作者經歷、故事源流及後代演變等，有一些與原作有關的材料也作爲附錄繫於篇末。〔註 30〕全書分爲上下卷，上卷爲單篇流通之傳奇，共三十篇；下卷則取錄自各傳奇集或備存於《太平廣記》者，文本以具傳奇體「敘述宛轉、文辭華豔」情節完整之性質者甄錄之，計四十五篇，是以汪辟疆先生謂：「故唐稗雖繁，而佳篇略備於是矣。」附錄則是與原作有關的篇章，其體裁不限於傳奇體，作者時代亦不限於唐朝。本論文旨在探尋小說人物遭逢困境之原因與其心理細

傳〉、〈劍俠傳〉收入偏錄家，與瑣記家、傳奇家鼎足而三的情況，而說：「這些傳奇述異的文字，有些固然是胡應麟所說的『盡幻設語』『作意好奇』（少氏山房筆叢卷卅六），但大部分都是傳錄舛訛、喧騰巷議，如〈前定陸序〉所云：『秩散多暇，時得從乎博聞君子，徵其異說；每及前定之事，未嘗不三復本末，提筆記錄』。這兩種性質，並存於唐傳奇中。

〔註 29〕王汝濤：《全唐小說》前言。頁 5。

〔註 30〕汪辟疆：《唐人小說》（上海市：上海古籍出版社，1988 年 1 月 4 刷）出版說明。

膩的變化，並且敘其對治態度，因爲傳奇體之唐人小說具有敘述宛轉的特色，能將小小情事描繪地悽惋欲絕，無論事件之情節與人物心理變化過程均有充分的述寫，自是爲取材之上選。

（三）蔡守湘選注《唐人小說選注》：里仁書局出版。本書是以汪辟疆先生所選之《唐人小說》爲底本，詳加注釋，對涉及唐代重要文化現象的地方，如政治、經濟、地理、官制、服飾、飲食、民俗等等，則旁徵博引，務求做出簡明而精確的介紹。筆者學殖未豐，此書詳加察考唐代文化現象，提供了極多助益。

（四）其他：本論文論述唐人小說示現之生命困境，其中仕途艱難的生命困境一章中，論述唐朝科舉制度與仕途中士人之遭遇，王定保之《唐摭言》〔註31〕書中詳備記載唐代的科舉制度，保存了不少騷人墨客、文壇風習的珍貴資料。卻未被王汝濤先生收錄於《全唐小說》中，然而周勛初先生《唐代筆記小說敘錄》將此書列入唐代筆記小說。王定保生於唐懿宗咸通十一年（公元870），死於南漢劉龑大有十三年（公元940），在唐昭宗光化三年（公元900）進士及第。此書之成，當在後梁貞明二、三年（公元 916、917）之間。其時唐亡已十載，然仍惓惓有故國之思。故後代之書，如《郡齋讀書志》等，仍歸爲唐人之作。〔註32〕由於內容與論文主題有密切關係，是本論文取材範圍。

再者，由於本論文中論述士人仕途蹇滯而致沉陷困境，由於晚唐政治之腐敗最爲令仕途蹭蹬之士人產生對朝廷強烈失望與不滿，以致沉陷困境並轉思由各方面發洩不滿情緒。職是，需舉晚唐士人之行事作爲例證，而對晚唐士人之行事記載則多見於孫光憲之《北夢瑣言》〔註33〕一書中。孫光憲生年當在唐昭宗乾寧二年（公元895），卒於宋太祖開寶元年（公元968）。孫光憲是唐末宋初的篤學之士，撰述《北夢瑣言》的目的，是鑒於「廣明亂離，秘籍亡散，武宗以後，寂寞無聞，朝野遺芳，莫得傳播」，故而寫作此書，「因事勸誡」。對於皇室、宰輔、藩鎮、官吏、科舉、門閥、文士、僧道等方面，都有記敘。〔註34〕共有二十卷，前十六卷記晚唐事，後四卷記五代事，保存史料極爲豐富，此書未被收錄進王汝濤所編校之《全唐小說》中，而周勛初

〔註31〕王定保之《唐摭言》採姜漢椿《新譯唐摭言》（台北市：三民書局，2005年1月）。

〔註32〕周勛初：《周勛初文集・唐代筆記小說敘錄》（江蘇古籍出版社），頁464。

〔註33〕孫光憲：《北夢瑣言》（北京市：中華書局，1985年）。

〔註34〕周勛初：《周勛初文集・唐代筆記小說敘錄》，頁478。

先生在《唐代筆記小說敘錄》亦將此書列入唐代筆記小說。作家雖跨越不同朝代，然本書對於晚唐社會有詳盡的勾勒，亦爲本論文取材之範疇。

四、研究進路

前賢研究之成果可觀，深具參考價値。但是對於唐人小說聯繫於人世之生命困境，在探討社會狀況與女性關懷類別之論文中或有觸及；而遭逢生命困境之對治方法，則散見於屬於思想與觀念層面的論文，並非完全與生命困境一一對應；由於前賢研究於生命困境及對治方法二者皆未見完整詳細的論述，職是，本論文將接續前賢研究成果，在既有的基礎繼續開展。研究進路爲：一、就唐人小說文本，尋繹人物所面對之生命困境。二、探析造成生命困境的原因。三、闡述人物面對生命困境幽微的心路歷程。四、論述遭逢生命困境者所持之對治方法，與其所持方法影響下之不同結果。希望藉由生命困境的呈現與對治方法之探究，作爲人生之借鑑。

職是，本論文正文部分有兩篇，上篇先呈現唐人小說中所示現的各面向的生命困境，下篇則析論面臨困境者之對治方法與態度。

研究步驟，首先是經由細讀文本，加以歸納、分析，並隨時註記，首先尋繹出唐人小說中出現的生命困境，共有四個面向，置於上篇分四章論析，生命困境之安排次第是依照人本主義心理學家馬斯洛提出的人類基本需求的順序作爲根據。馬斯洛最初所提出人有五種基本需要：生理需要、安全需要、歸屬與愛的需要、尊重需要和自我實現的需要。其後又在尊重需要和自我實現需要之間加上了認知需要和審美需要。避免遭受死亡威脅是源於人類生理需要與安全需要；唐代社會士人奔競於赴舉入仕之途其中極爲首要的原因在於滿足自我與家族成員不受凍餒的生理需求，而入仕同時可以一展所長且改善家族在社會上的地位，則是滿足了更高一層之尊重需要與自我實現的需要，雖然有悖亂需要層次，但同屬仕途的論述範圍；而入仕是爲了改變位階，因而第三章討論社會上由於身分性別位階對立之下，卑下者遭遇到的不公義的對待，其生理需要、安全需要、歸屬與愛的需要和尊重的需要無法得到滿足的困境（以奴婢爲例，其生命權、貞操權、婚姻權遭受侵奪，處於被欺凌、打殺的處境，是以上列之需要皆無法得到滿足）；最後論述愛情難遂的困境，乃因愛情於生理需求方面雖有希望獲得滿足的企望，但是愛情之生理需求程度上並無死亡對生命威脅之急迫性，於人類基本需求上較偏重於歸屬與愛的需要。茲表列如下，俾利於對照：

表一：生命困境與基本需求關涉一覽表

境　困	死亡威脅	仕途難登	身分性別位階	愛情難遂
基本需要	生理需要 安全需要	生理需要 尊重需要 自我實現的需要	生理需要 安全需要 歸屬與愛的需要 尊重需要	生理需要 歸屬與愛的需要

馬斯洛認爲人類的需要是以一種漸進的層次表達出來，大抵皆先滿足低層次的需要，再關注高層次的需要。由於前三種困境皆聯繫著生理需要之滿足：首先，死亡是人類最大威脅；其次，入仕又爲了解決生命衣食之需，以免除死亡之威脅；入仕之改善自身與家族社會地位又與身分位階有連帶關係，因此第三章論述身分性別位階；而愛與歸屬之需要則排序於生理需要與安全需要之後，因此愛情難遂置於最後論述。上篇各章研究進路如下：

第一章論述「死亡威脅的壓力」。文本中小說人物所遭逢的死亡威脅事件是什麼？導致死亡威脅的原因又是什麼？面對死亡威脅時小說人物又生發了怎樣的情緒？文本中死亡場景之鋪寫產生了怎樣的效能？將於本章一一論述。

第二章論述「仕途難登的處境」。唐人小說爲士人的作品，其中反映與關心的核心亦多爲士人生活，士人希望解決家族存續課題，免於困陷飢寒的處境，乃藉由赴舉求仕使「族益昌而家益肥」，除此之外，入仕之企望又有怎樣的內涵？入仕企望之昂揚，文本中卻有多數士人遭遇下第的窘境，仕途難登的原因究竟爲何？進入官場後，宦途生涯又是怎樣的景況？第二章將一一論述。

第三章論述「身分、性別與位階的哀歌」。在唐朝社會中，由於身分、性別與位階之差異，社會給予的對待程度也有顯著差異。造成位階的原因有哪些？位階、性別之差異中卑下者又將遭遇怎樣的困境？第三章一一論述身分、性別、位階的哀歌，探究其成因及處境。

第四章論述「愛情難遂的憂傷」。歸屬與愛的需要是人類的基本需求，愛情的企望是人類心理與生理本然的需求，愛情的滿足可以讓生命充滿光華，缺乏愛情的滋潤則生命亦爲之枯槁。唐人小說膾炙人口的愛情故事，男女主人公往往愛情路上崎嶇難行。男女雙方對愛情的期待是什麼？初識時的甜美愉悅，將有哪些原因造成愛情難遂？男女主人公在愛情難遂處境下又生發哪些複雜的心緒？第四章將一一探究。

上篇四章推究造成生命困境之成因，其成因有其「歷史因素」與「當代因素」及「個人因素」，成因若由歷史長期累積的傳統觀念，則尋找此傳統觀念形成原因與歷來之演變發展。成因若出於唐代當時政治、法律、宗教等影響，則加以考察唐代政治、法律、宗教與各種制度。小說主人公之價值取向與內在情志亦是造成生命困境之成因之一，是以探求文本中遭逢困境者之個人因素。

論文下篇集中探討遭逢生命困境者對治生命困境的方法，主人公對治方法之不同，亦有歷史影響，前人的對治方式可爲後人援引使用，是以探尋前人對治之方法，方法容或有運用上的差異，然而態度精神是相近的。對治方法之不同將造成不同結局，再由文本中探察主人公最終結果，以見對治方法與結果之關聯。以主人公採持之不同對治方法茲分爲三方面，置於下篇分三章論述：

第一章論述「現世之執迷」。唐人小說中的人物對於生命中所企望的目標如入仕、愛情或身分位階的提昇，都有奮力追求、執著不捨的過程，或有因形勢之惡劣超乎心力而致無法如願，卻未在生命中尋求其他正向出路以期脫出困境的束縛，仍一逕執意沉陷其中，摧折身心，終至斲傷自身或他人生命亦不改其初衷。本章將探究仕途難登之士人在宦途不如意的情況下有怎樣的沉陷與執迷？於身分位階中卑下者沉陷的情況有哪些不同的表現？遭逢愛情難遂時主人公陷溺困境未思尋求出路，又將造成怎樣的結局？此章將作一探究。

第二章論述遭逢困境者的另一種擇取態度——「轉化超越：尋求歸宿與接受命運」。在唐人小說中，或有主人公遭逢困境時，亦曾力挽但知無望，在逆境中採取轉變心態的方式，轉變方式有哪些不同的方向？對擇取者又產生哪些影響？此章將作一探究。

第三章論述遭逢困境者更積極的處理態度——「扭轉事實：合義承擔」。在唐人小說中，主人公遭遇生命困境的另一對治方法，是投入全副精神力量以扭轉生命困境之事實的積極行動。首先探究遭遇死亡威脅之困境時有哪些圖存與救危之積極作爲？受危者對救危者之信任，與救危者所發出的救危誓言及實現承諾全力拼搏的勇者形象，又呈現了怎樣的美學典範？在仕途難登之生命困境的對治，士人有怎樣的努力過程？生命志業陷於存續危機時，主人公又有怎樣的努力？在身份性別與位階方面，卑下者又將如何掙脫身分位階枷鎖？小說主人公遭逢愛情難遂之困境時，轉變困境事實採取哪些積極的作爲？此章將一一論述。

經由從唐人小說生命困境的探究與對治方法的發掘，隨著問題意識的出現，研究進路亦隨之展開，更期盼在這一番沉潛努力之後，不僅更貼近繁麗多姿的文學世界，心靈亦有更上層樓的成長。

上篇　生世不諧，盍言適志
——唐人小說中示現的生命困境

第一章　死亡威脅的壓力

生命的誕生，令人感到喜悅，卻立即面對終必有一死的宿命，這是死亡的確定特質，死亡同時具有不確定的特質，即是何時生命將走向終點，由於這種不確定的特質而造成的懸宕，致使稍有覺知者，一生皆籠罩在死亡威脅之中。對比於宇宙之浩瀚，時間之無窮，突顯出人類的渺小與生命的短暫，終必有一死的定命使得人們喟嘆年壽有時而盡。生命短暫的人生感懷，是文學中的重要母題，東漢末年的古詩十九首已集中呈現了面對節序的遷移與時間的迅邁，所發出對死亡的強烈感受，如：

人生天地間，忽如遠行客。（〈青青陵上柏〉）〔註1〕

人生寄一世，奄忽若飆塵。（〈今日良宴會〉）〔註2〕

人生非金石，豈能長壽考。（〈迴車駕言邁〉）〔註3〕

人生忽如寄，壽無金石固。（〈驅車上東門〉）〔註4〕

個體生命的有限性與宇宙時空的無限性之間的對立，構成了人類生命意識的核心，在歷代文學中反覆吟唱著，所有人生價值需得在有限的短暫生命中取得實現的機會，如同夸父追日一般，希冀能得長繩以繫日，能緊握住時間，然而跟在後面追逐不捨的，卻是每個人必會碰面的死神。由於生命短暫使人

〔註 1〕清・丁福保《全漢三國晉南北朝詩》（台北市：藝文印書館，1968 年）。第四冊，頁 111。

〔註 2〕清・丁福保《全漢三國晉南北朝詩》，頁 111。

〔註 3〕清・丁福保《全漢三國晉南北朝詩》，頁 112。

〔註 4〕清・丁福保《全漢三國晉南北朝詩》，頁 112。

汲汲營營追求自我實現，卻又因人必有死亡的命題，使得一切努力終將幻滅，死亡不但讓人感到生存時間之緊迫，也使得一切人世的努力盡成空。海德格爾認爲人是「向死而在」。死亡是人生重大課題，文學是人生的反映，存在於生命中若隱若現無法預料何時會出現的死神，對生命造成的威脅，成爲文學中重要的母題。死神無情的攫奪是人生所面臨的最重大的生命困境，唐人小說中的人物遭遇了怎樣的死亡威脅？又是哪些原因導致人物需面對死亡威脅？本章將分節探析。

第一節　小說人物之死亡原因

人類具有生存本能，用盡各種方法抗拒死亡，死亡卻不因此而鬆手，由文本中的人物之死亡來看，造成死亡的原因可分爲兩類，其一是自然死亡，其二是非自然死亡。自然死亡又可分爲兩個方面：其一是生命歷程中自然的生老病死，其二是在定命觀之下，因天命難違，小說人物之死亡早經前定。非自然死亡亦可分以下幾端，如帝王意志的推擴、戰爭亂離、家人侵逼、他人負義、他者意識與天然災害。而小說中或有人物亦遭逢死亡，其死亡乃出於自由意志的決定，則死亡不構成人物之威脅與壓力，如〈楊娼傳〉中楊娼感念嶺南帥甲護衛自己的深情，盡反帥之賂，設位而哭，撤奠而死之。〈無雙傳〉中古押衙報答仙客之恩遇，救回無雙後，亦身殉仙客。死亡是楊娼或古押衙感恩報恩的方法，屬於自主決定的有爲之死。

一、自然死亡

自然死亡是指生命歷程中因疾病或年老帶來的死亡，疾病之中相思成疾因愛情互動而生，由於主人公無法寬釋而致疾，以及瘟疫導致疾病造成死亡，亦列於此。

（一）生命歷程之死亡

生命歷程中總不免疾病的侵襲，或因藥物救療而恢復健康，亦有病重終而亡故者。如〈牛應貞〉中牛應貞爲作者牛肅之女，少而聰穎多慧，然困於沉疾，毀頓精神、羸悴形體，雖有藥物救療，卻有加無瘳，年二十四而卒。〈無雙傳〉中王仙客之母身染重病，終致不痊。在醫藥相較於今尚未高度發達的唐朝，傳染病也是人們面臨的死亡威脅，如《唐國史補》曰：「大歷初，關東

人疫死者如麻。滎陽人鄭損，率有力者，每鄉大為一墓，以葬棄屍，謂之鄉葬。」〔註5〕

亦有因愛情難遂之打擊而成疾者，輕如滎陽生金盡遭計逐之時，因惶惑發狂，不知所措，心生怨懣，絕食而遘疾甚篤，而至綿惙移時，幸經凶肆中人悉心照料而免於一死。更有因時空遙遠或遭惡意離棄造成深刻的懸念，終至成疾而亡者，如〈霍小玉傳〉中之霍小玉、《閩川名士傳》之〈歐陽詹〉中的歐陽詹及所愛的太原樂妓。小說中亦有壽考而病亡者，如〈枕中記〉盧生於夢中年逾八十，罹病而歿。〈南柯太守傳〉夢醒之後，悟人世之倏忽，遂棲心道門，絕棄酒色，後卒於家。

（二）天命難違

顏翔林在《死亡美學》書中揭示：「在古典藝術裡，死亡意境大多導源於主人公命運的神祕力量，它超自然和超意志，不可抗拒也無法戰勝，命運把人物的死亡道路、悲慘結局做了既定的邏輯安排，甚至顯示了在劫難逃的宿命論，乃至迷信的意向。如索福克勒斯《俄狄浦斯王》，主人公堅強意志與善良行為和命運展開激烈的衝突，但其結果仍然未能逃出命運的劫難，主人公因命運的神祕力量而走向毀滅。」〔註6〕在中國由於宗教的影響，很多宣揚因果報應的文本，其中人物的死亡皆因神祕的命運，是死亡原因的定命論，但由文本人物表現而言，則多順應命運的進行，採取接受的態度，鮮少如俄狄蒲斯之勇於與命運相搏，是以缺少「知其不可為而為之」的悲劇生發。

如〈圓觀〉中圓觀與李源約遊蜀州，後因爭議旅遊路線，半年未訣。圓觀讓步從李源之意，但在南泊繫舟山下時，見婦人負瓮而汲，望而泣下，對李源表示不想遊此，因恐見其婦人也。李源驚而詰問旅遊途中似此徒者不少，何以獨泣此數人？圓觀的回答即是生死前定之定命觀：

> 圓觀曰：「其中孕婦姓王者，是某託身之所。踰三載未娩懷，以某未來之故也。今既見矣，即命有所歸。釋氏所謂循環也。」〔註7〕

生死輪迴的循環生死觀是圓觀的死亡原因，其中雖有些許不捨，然終而「圓觀具湯沐，新其衣裝。是夕圓觀亡而孕婦產矣。」最後仍是隨順定命之安排。

再如〈秀師言記〉中秀師是一曉陰陽術之僧人，得以供奉禁中。某日崔

〔註5〕王汝濤：《全唐小說》，頁1829。
〔註6〕顏翔林：《死亡美學》，頁198。
〔註7〕汪辟疆：《唐人小說》，頁312。

晤與李仁鈞同詣秀師，秀師僅泛敘寒溫，更不開一語。臨別對李仁鈞作揖於門扇之後，表示有情曲需陳述，請惠然獨賜一宿。後李赴約，夜半秀師說其心聲：

> 及夜半，師曰：「九郎今合選得江南縣令，甚稱意。從此後更六年，攝本府糺曹，斯乃小僧就刑之日；監刑官人，即九郎耳。小僧是吳兒，酷好瓦棺寺後松林中一段地，最高敞處；上元佳境，盡在其間。死後乞九郎做宰〔註8〕堵坡於此，爲小師藏骸骨之所。」〔註9〕

當乞九郎惠然一宿之時，秀師已了知自身後事。後果以坐洩宮內密事得罪遭流放，並將付府受笞而死。雖能預知後事，仍不可避免須得罪受刑。知生死定命是冥冥中不可知的安排，只能被動接受。

在唐朝，定命觀念濃厚，年壽幾何是人們關心的命題，小說中常出現具有陰陽家〔註10〕色彩的人物，能預知人們壽命，但是卻又無法說明爲何生命將終於該年歲，於是將一切皆歸之於神祕命運的安排。如《定命錄．崔元綜》中崔元綜爲則天朝時宰相，令史奚三兒告訴他：「公從今六十日內當流南海，六年三度合死。從此後發初，更作官職，後還於舊處坐，壽將百歲，終以餒死。」〔註11〕其後事事逐一徵驗，至九十九歲時，子侄皆死，惟獨一身，病臥在床，令奴婢取飯粥，奴婢欺之，皆笑而不動。崔元綜既無力責罰，奴婢亦未遭處分，遂感憤不食，數日而死。雖早已預知年壽，然而只能隨順進行，卻無法了知原因，因此只能歸諸於天命難違。

〔註8〕此字在文本中做上「宀」下「卒」，是宰的古體字，據蔡守湘《唐人小說選注》頁678〈秀師言記〉之注。

〔註9〕汪辟疆：《唐人小說》，頁212。

〔註10〕唐人小說中定命觀念極爲濃厚，集中述寫定命觀念的文本如趙自勤的《定命錄》、溫畬的《續定命錄》、鐘輅的《感定錄》與《前定錄》以及分散於志怪之部、雜錄之部與單篇傳奇中，皆有定命觀念。而文本中與定命觀念同時出現的預知命運的方法如望氣、占夢、卜筮、相骨、日者等，皆源自遠古原始信仰，而這些手法又爲先秦陰陽家繼續發展。將小說文本中所使用預知命運的手法與程發軔先生所著《國學概論》〈兩漢學術〉術數略簡表互作比對，可知這些手法與陰陽數術範疇並無差別。因此唐人小說中所出現的能預知未來的這些人物實具有陰陽家的色彩，無論是〈虬髯客傳〉中披了道袍的道士，或是〈秀師言記〉著袈裟之僧人，或是〈李相國揆〉中宣平里善易筮的王生，以及〈劉邈之〉中能知人壽考祿位的山人魏琮，並未能歸爲同一宗教範疇中，因此將這些人物稱具有陰陽家之色彩。

〔註11〕王汝濤：《全唐小說》（濟南市：山東文藝出版社，1993年3月1刷），頁2458。

二、非自然死亡

死亡原因若是出於疾病及年老，則死亡為主人公預料之中，如果是來自於非生命歷程之外在力量，多出於瞬間，令人措手不及。攸關非自然死亡外在力量有以下幾端：

（一）帝王意志

顏翔林在《死亡美學》中揭示「歷史更多展現的是人性的卑劣而非人性的輝煌，歷史更多剝奪人的尊嚴和生命而非賦予人更多的理性價值和生命自由，它只不過是權力和野心的競技場而已。這種歷史殘酷性使藝術文本必然地要表現生命的受難和死亡。」〔註12〕歷史的演替來自於帝王意志，他說：「歷史一般只符合兩種意志，不是它選擇現存的帝王意志去行事，就是它暗中受到已有帝王意志的『英雄』們的操縱，整個歷史的矛盾就交織在帝王意志和寶座的殘酷競爭和決鬥上面。」〔註13〕歷史不過是帝王意志的表演舞台，芸芸眾生在帝王意志操縱之下進行搏鬥廝殺，而導致了無數的流血及死亡。帝王意志並非帝王獨有，凡是依自我認定的權利去行事，對一切不符合自身權力意志的生命存在予以非理性非人道的剝奪。〈齊推女〉篇中齊推女父親為饒州刺史，因丈夫赴舉，有孕留父親家待產，將臨盆之時，移至後東閣子。當晚，齊推女夢一衣冠甚偉之男子，嗔目按劍，斥責齊氏曰：「此屋豈是汝腥穢之所乎？亟移去。不然，且及禍。」齊氏告知父親，父親認為自己即是家宅主人，其他妖孽何能侵擾？後齊氏生產，果被所夢者至其床帳亂毆致耳目鼻皆流血而卒。此因刺史家宅原為西漢鄱縣王吳芮之宅，雖亡故已久，仍猶恃雄豪，侵佔土地，肆其暴虐。齊推女的死亡原因即是吳芮亡故後仍膨脹其帝王意志所致。而〈上清傳〉中之竇參與〈無雙傳〉中之劉震則是典型的帝王意志之下的犧牲品。

〈陶尹二君〉中的古丈夫為秦人，屢數其不遇世之遭遇，由其歷數之四次遭遇見出，首先秦皇為遂其長生不死之帝王意志，不顧童男童女千人至海島須歷浪濤排空、葬身魚腹的死亡威脅；復次，秦始皇畏懼高壓的統治將遭儒生議論，遂燒盡典籍，坑殺儒生，造成眾多生命蒙難。其後又為防北方民族入侵，使生民遠離家鄉夯築長城，於冰天雪地中墮趾傷骨，死傷枕藉。當秦皇崩殂，大修塋墳，又令工人匠石，盡閉幽隧。帝王為遂自身意志進而剝

〔註12〕顏翔林：《死亡美學》（上海市：學林出版社，1998年10月1刷），頁268。
〔註13〕顏翔林：《死亡美學》，頁269。

奪人民生命，當其時令舉國人民時時暴露於死亡威脅之中。

顏翔林進而論及:「其次是同居於帝王之位的帝王的意志爲了各自對對方的征服，尋找到唯一性的權力意志，去導演生命殘殺的話劇。」〔註 14〕以唐朝而言，當時各藩鎮節度使之間的侵奪，同樣也是以毀滅生命爲代價，進行壓抑他人意志以實現自我的權力意志。在〈聶隱娘〉中聶隱娘本爲唐貞元中魏博大將聶鋒之女，少時受尼劫而教奇術，能白日刺殺人於都市中，人莫能見。魏博節度使知隱娘之異能，以金帛聘爲左右吏。元和間，魏博節度使與陳許節度使不諧，遣隱娘賊其首。又如〈紅綫〉篇中魏博節度使田承嗣因患熱毒風，遇夏增劇。謀畫移鎮山東，納其涼冷，可緩數年生命，亦即將侵奪潞州，特地挑選軍中武勇十倍者厚卹養之，夜直州宅。此亦推擴自身權力意志以屈壓他人之權力意志，戰事若起則眾多生命亦將遭剝奪。〈吳保安〉篇中因南蠻作亂，唐朝出師討伐，亦是李唐王室帝王意志之膨脹，造成蠻人與唐軍之生命損失。

顏翔林又謂：「最後是某些潛在的帝王意志爲了實現他帝王意志的現實性，發動政變和戰亂，以殺戮的方式獲得權力意志的滿足。」〔註 15〕此即成爲戰亂悲劇的根源。

（二）戰亂悲劇

帝王意志實現以戰亂爲其必然手段。翻開唐書，自唐高祖武德元年，至唐朝末位皇帝哀帝天祐四年，其間大大小小戰事不可勝數。以汪辟疆《唐人小說》爲文本，從中亦可尋繹出多次戰亂的描寫，雖僅作爲故事背景而輕描淡寫，然而戰亂一起，大量生命遭受殺戮，則不可避免。

〈補江總白猿傳〉時間爲梁大同末，歐陽紇妻遭白猿所劫之事，是因梁武帝「遣平南將軍藺欽南征，至桂林，破李師古、陳徹。別將歐陽紇略地至長樂，悉平諸洞，深入險阻。」〔註 16〕「南征」、「破李師古、陳徹」、「略地」、「悉平諸洞」對鄰近民族的侵略，謂之開拓邊疆、擴大版圖，將帝王意志之膨脹作合理解釋。

〈古鏡記〉時間爲隋末動亂之時，王度哀其寶鏡離去無蹤，亦悲當時之動亂：「今度遭世擾攘，居常鬱快，王室如燬，生涯何地」〔註 17〕，篇末處士

〔註 14〕顏翔林：《死亡美學》，頁 269。
〔註 15〕顏翔林：《死亡美學》，頁 269。
〔註 16〕汪辟疆：《唐人小說》（上海：上海古籍出版社，1988 年 1 月 4 刷），頁 18。
〔註 17〕汪辟疆：《唐人小說》，頁 3。

勸王勣速歸家鄉，乃因「宇宙喪亂」〔註18〕。

〈吳保安〉篇中是「南蠻作亂，以李蒙爲姚州都督，帥師討焉。」〔註19〕以本國爲中心的立場而言，是「破賊立功」，亦將作戰合理化。

〈柳氏傳〉則以安史之亂爲背景：「天寶末，盜覆二京，士女奔駭。」〔註20〕〈東城老父傳〉亦以安史之亂爲時代背景，篇中述寫天寶「十四載，胡羯陷洛，潼關不守。」〔註21〕〈長恨歌傳〉亦因楊氏家族之得寵點燃安史之亂的戰火：「天寶末，兄國忠盜丞相位，愚弄國柄。及安祿山引兵嚮闕，以討楊氏爲詞。潼關不守，翠華南幸。」〔註22〕〈王維〉亦同是以安史之亂爲背景，「天寶末，祿山初陷西京」〔註23〕，戰爭僅以「初陷」二字輕描淡寫，然其中萬姓蒙塵、生靈塗炭則難以計數。

〈鶯鶯傳〉時間在德宗貞元中，崔氏一家將歸長安，經蒲州借宿普救寺，當時曾在安史之亂與朱泚作亂皆有平定叛亂之功的郡王渾瑊薨於蒲，而部將丁文雅不善領軍，軍人因喪而擾，大略蒲人。崔氏因財產甚多，惶駭不知所托，而求救於張生。

〈無雙傳〉則是德宗建中朝之事，由劉震口中提到戰事的發生：「涇原兵士反，姚令言領兵入含元殿，天子出苑北門，百官奔赴行在。」至黃昏，仙客不見無雙家人出城，由守門者口中方知「朱太尉已作天子。」是以朱泚叛亂爲背景，當劉震一早趨朝知此事，走馬入宅時汗流氣促，連呼家人：「鏁卻大門！鏁卻大門！」〔註24〕是何等驚恐，令一家惶惑不安。

在〈枕中記〉篇中，盧生夢中的際遇：「是歲，神武皇帝方事戎狄，恢宏土宇。會吐番悉抹邏及燭龍莽布支攻陷瓜沙，而節度使王君綽新被殺，河湟震動。帝思將帥之才，遂除生御史中丞，河西道節度。大破戎虜，斬首七千級。」〔註25〕唐朝王室發動對鄰近國家的攻略戰事，美稱爲「方事戎狄，恢宏土宇」，迨遭他國反擊以致節度使被殺，則河湟震動，而盧生之被皇帝重用，進而「大破戎虜，斬首七千級」，則是以勝利的語氣道出盧生之意氣風發，一

〔註18〕汪辟疆：《唐人小說》，頁10。
〔註19〕汪辟疆：《唐人小說》，頁291。
〔註20〕汪辟疆：《唐人小說》，頁62。
〔註21〕汪辟疆：《唐人小說》，頁135。
〔註22〕汪辟疆：《唐人小說》，頁140。
〔註23〕汪辟疆：《唐人小說》，頁303
〔註24〕汪辟疆：《唐人小說》，頁204。
〔註25〕汪辟疆：《唐人小說》，頁46。

將功成萬骨枯，造就一個具有豐功偉績的將領，是多少生命的陪葬。

即連〈南柯太守傳〉中淳于棼夢中的螞蟻王國亦有戰事：「是歲，有檀羅國者，來伐是郡。王命生練將訓師以征之。乃表周弁將兵三萬，以拒賊之眾於瑤臺城。弁剛勇輕進，師徒敗績，弁單騎裸身潛遁，夜歸城，賊亦收輜重鎧甲而還。」〔註 26〕周弁帶領兵士三萬遭敗績，僅周弁單騎潛遁歸城，其中雙方折損難計。戰亂興起因一人欲得遂其帝王意志，強力驅迫徵兵拉伕，成為槍箭下犧牲品，百姓何辜，亦得成為戰亂下的祭品。

（三）家人侵逼

家人對主人公生命的侵逼，亦造成死亡的威脅。文本中或因主人公沉淪墮落不符家族期待而遭鞭撻，或因家長貪利而將子女送上死路，人物皆得面對死亡。封建社會中，宗族意識濃厚，一人之毀譽與宗族聲譽息息相關，如〈裴伷先〉中裴伷先之伯父裴炎得罪武則天，處以極刑，家人遭除籍為民。個人受到宗族的照顧與保護，對宗族亦具有責任。如若行為損及宗族聲譽，將遭族人驅趕、撻伐甚至鞭楚至死，由於家族觀念的濃厚，導致家族長者對家族中卑幼成員之生死有主導權。如〈李娃傳〉中滎陽公對迥然不群、雋朗有文的滎陽生充滿希望，時對人說：「此吾家千里駒也。」〔註 27〕當滎陽生淪落為凶肆輓歌唱者之時，滎陽公震怒斥責曰：「志行若此，污辱吾門；何施面目，復相見也。」〔註 28〕除去滎陽生衣服，以馬鞭鞭之數百，生不勝其苦而斃，父棄之而去。滎陽生行為差忒遭父鞭笞，不敢有恨，當其成名之後仍選擇回歸宗族，以光耀門楣。〈郭元振〉中村女因父母貪利而棄女就死，女曰：「多幸為人，託質血屬，閨闈未出，固無可殺之罪。今日貪錢五百萬，以嫁妖獸，忍鎖而去，豈人所宜？」〔註 29〕因怨恨父母、鄉人，選擇從侍郭公。二人遭受死亡命運之因不同，最後的選擇也不同，但是死亡威脅則同樣來自於家人的侵逼。

（四）他者意識

而死亡威脅亦有來自於人物的「他者意識」〔註 30〕。中國自古以來即有如

〔註 26〕汪辟疆：《唐人小說》，頁 105。
〔註 27〕汪辟疆：《唐人小說》，頁 119。
〔註 28〕汪辟疆：《唐人小說》，頁 123。
〔註 29〕汪辟疆：《唐人小說》，頁 256。
〔註 30〕麻國慶對「他者」的論述，認為是在殖民擴張的過程中，歐洲國家積累了許多對於與自己不同的『他者』世界的記述和認識，18 世紀末至 19 世紀中葉逐漸形成一股探尋「他者」的熱潮，他說：「在『被發現』的地域，傳教士、探

同現代西方意義的「他者意識」，黃玉順自古代漢語人稱代詞的分析中推究出中國傳統的「他者意識」，他先由文字起源的觀點來做說明，「他」字來源於「它」，「它」是「蛇」的古字，以象形造字。古人居住於草叢之間，懼怕蛇類的侵襲，因此見面時互相問：「無它乎？」亦即是後人問候時說：「別來無恙？」因此由蛇的意義擴大為生活中懼怕之事，對於未知懼怕事物以「它」代稱。黃玉順復以《詩經·大雅·既醉》「其類維何？室家之壺。君子萬年，永錫祚胤」為例，認為：「必茲君之子孫實續之，不出於它矣。韋昭注：『類，族也』；『它，它族也。』『不出於它』即不出自外族。所以，『無它乎』的通常意思是問：沒有外族來犯吧？相反，如遇外族侵犯，便是『有它』。」〔註31〕。

中國自古即有強烈的「夷夏之分」，如《論語・憲問》子曰：「微管仲，吾其被髮左衽矣。」〔註32〕居住中原地區的先民對其他民族稱為夷狄，視為未開化的野蠻民族，因面對各方異族的攻擊，懼怕為異族所覆滅吞併，對這些異族懷有深刻恐懼與敵意，「夷夏之分」即為中國傳統的「他者意識」。「他者」是「我」的對立面，對於陌生、異己、危險的「他者」，自我總懷著猜疑、敵意，即使「他者」並無加害「我」之心，但自我卻覺必得先誅除之，方不受其威脅。

在小說中，對異族的「他者」意識可擴大為對異類的「他者」意識。如〈古鏡記〉中王度加之於鸚鵡，以及王勣之加於毛生、山公之死亡威脅即是來自於「他者意識」。當王度引鏡自照時，鸚鵡即叩首求饒，王度疑其為精魅，

險家不斷地出沒於這些『他者』的世界，同時把軍隊和控制權延伸到這些所謂『蠻荒』的世界，大批獵奇式的『異文化』的紀錄和描述，開始在歐洲流行起來。在和『他者』的接觸中，歐洲人確立了歐洲中心主義的文化立場，他們把新大陸和非洲等為代表的『他者』的世界，視為野蠻和未開化的世界。與這一『他者』相對應的歐洲被認定為理性和文明的世界。其實，即使在18世紀前，在諸多的旅行記中，對於『他者』的認識已經被貼上了野蠻的標籤。」見氏著：《走進他者的世界》（北京市：學苑出版社，2001年1版），頁8。另外，林豐民在〈東方文藝創作的他者化〉一文中說：「『他者』（the other）和『自我』（self）是一組相對的概念，西方人將『自我』以外的非西方世界視為『他者』，將兩者截然對立起來。所以『他者』的概念實際潛含著西方中心的意識形態。其實，『他者』的觀念在中國古代也早已有了類似的表述，如『非我族類，其心必異』就已經把『我族』與非我的『異族』區分開來，並且帶有一種居高臨下的心態，甚至於歧視異族的心理。」見氏著：〈東方文藝創作的他者化〉，收錄於《國外文學》（2002年第4期，總第88期）。

〔註31〕請參看黃玉順：〈中國傳統的"他者"意識 —古代漢語人稱代詞的分析〉，收錄於《中國哲學史》（2003年第2期）。

〔註32〕蔣伯潛：《語譯廣解四書讀本論語》，（台北市：啓明書局，未註明年份）頁216。

引鏡逼之。王度且以主觀想法先設定鸚鵡「汝本老狸，變形爲人，豈不害人也？」鸚鵡說明變形以事人，對人未有加害之意，然王度雖說欲放鸚鵡生路，卻時而疑懼鸚鵡將復逃匿。王勣對山公、毛生的經過則是，由嵩山少室日暮所遇：

> 屬日暮，遇一嵌巖，有一石堂，可容三五人，勣棲息止焉。月夜二更後，有兩人：一貌胡，鬚眉皓而瘦，稱山公；一面闊，白鬚眉長，黑而矮，稱毛生。謂勣曰：「何人斯居也？」勣曰：「尋幽探穴訪奇者。」二人坐與勣談久，往往有異義，出於言外。勣疑其精怪，引手潛後，開匣取鏡。鏡光出，而二人失聲俯伏。矮者化爲龜；胡者化爲猿。懸鏡至曉，二身俱殞。龜身帶綠毛，猿身帶白毛。〔註33〕

山公、毛生以勣爲尋幽探穴訪奇者，對其無加害之心，復與勣共坐久談，對王勣亦無戒心，然而王勣「疑其精怪，引手潛後，開匣取鏡」，緣於自身對異類的恐懼與未知，加上出於自我防衛心理，且已知古鏡具有殺傷力，由於「他者」意識進行對異類的生命剝奪，並且對王度言「此鏡眞寶物也」心中懷有沾沾自喜之意。其後「躋攝山、趨芳嶺，或攀絕頂，或入深洞；逢其群鳥，環人而噪；數熊當路而蹲；以鏡揮之，熊鳥奔駭。」〔註34〕等等遇異類則強加異類死亡威脅，是「他者意識」之作用。

「他者意識」有其複雜的內涵，除了源於對異類未知、恐懼，而生出「非我族類，其心必異」的揣想之外，有時「他者意識」出現於人物以居高臨下的角度看待「他者」，而未將之視爲有血肉、有感情的同類，忽視其感受，逕以自身的決定強加諸於他人身上，如〈陶峴〉中陶峴之於摩訶，〈無雙傳〉中古押衙爲報恩殺眾多無辜者，〈柳毅傳〉中錢塘君爲懲涇陽君殺人六十萬傷稼八百里。

〈補江總白猿傳〉中白猿即可視爲居住蠻荒深林中具異能之異族，眾婦人雖與白猿共處相當時日，但仍以異類視之。婦人與歐陽紇謀面僅兩次，卻合謀計殺白猿，是一族類認同問題。白猿進犯劫奪婦人是其主要死因，白猿之另一死因則是同一族類出之於「他者意識」對異類之生命剝奪。

（五）負義行為造成死亡

或有主人公全力助人，未得受恩者善意酬報，反遭其謀害，使主人公面

〔註33〕汪辟疆：《唐人小說》，頁8。
〔註34〕汪辟疆：《唐人小說》，頁9。

臨死亡威脅時惶駭與不解。如〈崔煒〉中崔煒因解救一老嫗，而獲其贈「越井岡艾」，只一炷即可去除贅疣，其後崔煒爲一家有巨萬之任姓老翁，以艾除去斯疾。任翁告將以十萬酬謝，望其從容稍住，勿草草離去。崔煒善絲竹，聽堂前彈琴聲，問而知是主人女兒弄琴，崔煒借琴而彈，任女聽後對崔煒產生好感。卻因家中奉事獨腳神之鬼，每三年需殺一人以饗之，時間逼近，又未獲人。任翁以家中久無來客，無血腥以祭神，竟言「吾聞大恩尚不報，況愈小疾耳。」於是擬於夜半殺崔煒，已暗中扃鎖崔煒所處之室。煒未知覺，任女授刃與煒，告知此事要煒速離去，崔煒遭逢任翁負義對待，逃離時腳步慌亂、心緒畏怖：

> 煒恐悸汗流，揮刃攜艾，斷窗櫺躍出，拔鍵而走。任翁俄覺，率家僮十餘輩，持刃秉炬，追之六七里，幾及之。煒因迷道，失足墜於大枯井中。追者失蹤而返。〔註 35〕

〈崑崙奴〉篇中崔生對於崑崙奴磨勒力助其救奪所迷戀之紅綃妓，未曾懷感謝之意，或乃因其爲主僕身分。然當一品知家中猛犬遭斃、家妓遭劫與崔生有關時，召崔生詰問，崔生懼不敢隱，細言端由，「皆因奴磨勒負荷而去」，將一切責任推諉給崑崙奴，於是一品言將爲天下人除害，此是崔生因負義致使崑崙奴需面對死亡的威脅。一品欲除崑崙奴的大陣仗是「命甲士五十人，嚴持兵仗，圍崔生院，使擒磨勒」，磨勒持匕首飛出高牆時，以密如雨絲般地集中對他射箭。

（六）天然災害

人們經年累月地對大自然的觀察中，累積了一些天然災害將降臨的徵兆之常識，但仍無法掌握天然災害何時而降，如何躲避，天然災害亦是生靈受到死亡威脅的重要原因。〈鄭德璘〉中韋氏巨舟在明月清風之下張帆而去，怎能料得風勢變緊，波濤巨浪令人生畏，遂有漁人告知德璘：「向者賈客巨舟，已全家歿於洞庭耳。」〔註 36〕又如〈李衛公靖〉篇中李靖爲龍宮降雨，因感曾借寓之山村對其資助之友善，本是一番回報之意，遂至行雨過多，釀成巨災，蓋如龍宮夫人之言：「天此一滴，乃地上一尺雨也。此夜半，平地水深二丈，豈復有人？」雖是虛構文本，但亦反映天然災害爲人類帶來深深的死亡威脅。

〔註 35〕汪辟疆：《唐人小說》，頁 334。

〔註 36〕汪辟疆：《唐人小說》，頁 225。

第二節　面臨死亡威脅的情緒

生命伊始如一葉扁舟，不駐足地航向生命的彼岸，生命大海中不定時的風浪是生命中各個階段的挑戰，需要奮力勇敢面對，如獲親朋師長的鼓舞與護持，可助成小舟安全航行，如若風起雲湧以致驚濤駭浪，毀滅的力量勝過護持的力量，則生命夭亡如小舟遭巨浪吞噬，臨死者之不甘、親人之不捨，誠是人生中無可挽回的憾恨。人們喜愛團圓，厭惡離散，生離雖然悲傷悵恨，猶能期待下次相會，而死亡則是全然的隔斷，一經死別則人世間再也無處尋覓，是以人之樂生惡死尤甚於喜聚惡散。死亡不但造成臨死者與親朋心靈的創傷，死前生理尚須承受四大分離諸般疼痛折磨，也令人因此厭惡死亡。佛洛伊德認為人同時具有生存本能和死亡本能，生存本能是愛，死亡本能是恨，二者存在著尖銳的對立。生存本能是「生命的保護者」，死亡本能的核心之「恨」就是侵犯、施虐，即對生命的破壞。唐人小說中的人物，既乏英雄般成仁取義慷慨赴死的悲壯，也鮮少對死亡深刻的哲學思考，由於皆具生存本能，是以面對死亡同感詫異與驚恐。面臨死亡，除了詫異驚恐之外，小說人物還出現怎樣的情緒？本節將作析論。

死亡在凡人心中認為是與「此在」的完全隔斷，包括心愛的親人、熟悉的事物，一切將因生命的截斷而完全遭到強力阻隔，面臨死亡時的情緒，卻因人而異，其類型如下：

一、怨望憤恨憂傷難抑

面臨死亡，如果是因外力造成，則主人公心中常是怨望、喟嘆、憂傷。嗟怨造成死亡的原因，嘆息生命短暫，憂心難捨親人，如〈霍小玉傳〉中小玉之死雖是因疾病而羸弱沉綿，卻是來自於李益之負約失信慚恥忍割所導致，臨死前對李益說：

> 我為女子，薄命如斯。君是丈夫，負心若此。韶顏稚齒，飲恨而終。慈母在堂，不能供養。綺羅絃管，從此永休。征痛黃泉，皆君所致。李君李君，今當永訣！我死之後，必為厲鬼，使君妻妾，終日不安。〔註37〕

怨恨李益之負心造成征痛黃泉，傷嗟自己之薄命、韶顏稚齒卻落得飲恨而終，

〔註37〕汪辟疆：《唐人小說》，頁97。

且憂心慈母無人奉養，心愛之綺羅弦管無以爲繼，復因怨恨之深巨而痛下誓言將使李益家庭不諧。面對死亡帶來生命將喪失，無力挽回的憾恨，生發出怨恨憂心百般糾纏的複雜情緒。

又如〈綠翹〉中女冠魚玄機本志慕清虛，然不能自持，謔浪於豪俠之間。綠翹乃魚玄機之婢，明慧有色，魚玄機猜疑綠翹與其素相暱者有私，及夜訊之：

> 翹曰：「自執巾盥數年，實自檢御，不令有似是之過，致忤尊意。且某客至，款扉，翹隔闔報云：『鍊師不在。』客無言，策馬而去。若云情愛，不蓄於胸襟有年矣。幸鍊師無疑。」機愈怒，裸而笞百數，但言無之。既委頓，請杯水酹地曰：「鍊師欲求三清長生之道，而未能忘解珮薦枕之歡；反以沉猜，厚誣貞正。翹今必斃於毒手矣！無天則無所訴，若有，誰能抑我彊魂，誓不蠢蠢於冥冥之中，縱爾淫佚。」〔註38〕

魚玄機鞭笞之前，綠翹言「若云情愛，不蓄於胸襟有年矣」情愛之思的禁錮已是生命的枯槁、精神的死亡，復遭主人之深疑怒笞，更難抑對主人之不滿，是以責主人既志慕清虛，卻尚未忘情愛致身非貞潔，又厚誣貞正。與小玉相似處在於生前未有能力報復，深誓寄望死後復仇，怨恨之情緒發而爲生前對主人的指責與發誓死後的報復。

〈陶峴〉篇中與綠翹同是婢僕身分的摩訶，其死乃因自命風雅實則殘酷不仁的主人，視之爲玩物，摧逼致死。當摩訶爲尋環劍用盡氣力，殆不任持之時，陶峴再度強迫摩訶下水力爭，且謂：「汝與環劍，吾之三寶。今者既亡環劍，汝將安用，必須爲我力爭也。」之後雖摩訶不發言抗議，而其畫面上之形象已呈現了最深沉的抗議：

> 摩訶不得已，被髮大呼，目眥流血，窮命一入，不復出矣。久之，見摩訶支體磔裂，浮於水上，如有視於峴也。〔註39〕

婢僕生命受到主人的賤視，被當作寶物以炫耀玩弄，又被視爲比環劍更爲不如，生命受到主人之播弄掌控，臨死之際，情緒之複雜，心中之深恨，豈能盡訴於言表，終究竟以悲慘的死亡畫面做爲怨怒恚恨的情緒表述。

〈郭元振〉中村女臨死無以自救，陷入恐懼僅能嗚咽，郭元振問何以獨

〔註38〕汪辟疆：《唐人小說》，頁359。
〔註39〕汪辟疆：《唐人小說》，頁310。

泣，回答中亦有嗟嘆之音：

> 妾此鄉之祠，有烏將軍者，能禍福人。每歲求偶於鄉人，鄉人必擇處女之美者而嫁焉。妾雖陋拙，父利鄉人之五百緡，潛以應選。今夕鄉人之女並爲遊宴者到是，醉妾此室，共鏁而去，以適於烏將軍者也，今父母弃之就死，而今惴惴哀懼。君誠人耶？能相救免，畢身爲掃除之婦，以奉指使。〔註 40〕

村女首言罪魁爲鄉民所供奉的神祇，是能禍福鄉人的烏將軍，每年需供給一處子，方能保障地方平安。貪利的父母暗中以女應選，又有其他鄉人共謀，使不知情的村女以爲遊宴而被灌醉後上鏁而離去。最深的怨恨是父母棄之就死，無以自救而至惴慄哀懼。

二、無力挽回，無聲就死

如果死亡威脅來自於君王的力量，則令當事者身陷其中無力挽回，容或有機會辯白，但君王爲鞏固政權，即使錯殺，在所不惜，則雖當事者的情緒未表現於文字之間，無聲無息就死，造成一種讀者對死亡無可奈何的悲嘆。〈上清傳〉中竇參宅第深夜庭中樹上有人，竇參知奏與不奏皆將及禍，必竄死於道路，知不可免，僅能交代上清：「吾身死家破，汝定爲宮婢。聖君若顧問，善爲我辭焉。」翌日果有執金吾奏此事，德宗厲聲責竇參：「卿交通節將，蓄養俠刺，位崇台鼎，更欲何求！」竇公頓首曰：「臣起自刀筆小才，官以至貴，皆陛下獎拔，實不由人。今不幸至此，抑乃仇家所爲耳！陛下忽震雷霆之怒，臣便合萬死。」〔註 41〕頓首之言誠惶誠恐，然帝王一怒則臣下難免一死，其後貶爲郴州別駕，又復遭誣交通節將，流放驩州，未及流所又遭下詔自盡，無法申訴，終至無言而死。

〈無雙傳〉中朱泚叛亂，「三更向盡，城門忽開，見火炬如晝，兵士皆持兵挺刃，傳呼斬斫使出城，搜城外朝官。」說明叛亂發生，不願順從新政權者，須面臨死亡威脅。而李唐王朝尅復，京師重整，因劉震亂中未及出城，受僞命官，亦得處極刑，此是側面聽聞得知，無復表現死者情緒，死亡是如此的無聲無息，僅使得生者聞而哀冤號絕。

〔註 40〕汪辟疆：《唐人小說》，頁 255。
〔註 41〕汪辟疆：《唐人小說》，頁 209。

三、預知宿命，泫泣良久

而猶有釋氏門徒了知生命為循環不已之段段生死，雖預知後事仍未能忘情而為之泣涕。〈圓觀〉篇中圓觀是一僧人，與友人李源出遊，因爭議旅途路線之規劃，遲未決定，乃因圓觀已知從友人之議，則將圓寂另外投胎，但知不可避免，遂從李源之議。面對自己此生將結束的事實，雖知生命循環的規律，仍是泣下，蓋不捨今生友朋，而李源知此，「遂悔此行，為之一慟。」〔註42〕。然自「圓觀具湯沐，新其衣裝。是夕圓觀亡而孕婦產矣。」觀之，死亡原是如此平靜無礙，僅是形體軀殼之轉換而已，已不見圓觀其他情緒表現。然李源前往觀看圓觀轉世投胎的嬰兒時，仍泣下，至所約十二年後中秋月夜之再次聚合，李源因無由與圓觀轉世成長後的牧童敘話，望之潸然。死亡不獨是死者個人面對的事件，生者亦在親人的死亡中學著接受死亡之事實。

又如〈秀師言記〉中秀師是薦福寺之僧人，預知六年後將因事就戮，而監刑官即是來詣見之李仁鈞，遂乞求李九郎為之收埋骸骨，葬於瓦棺寺後松林地最高敞處，然而秀師說完「泫然流涕者良久」〔註43〕。雖已預知後事，但面對死亡威脅加諸於生理之痛楚磨難與生命之結束，猶是引人悲慟不已。

四、面臨深愛，不捨其死

上述三端皆是面對自身死亡所引發的情緒，此處則是主人公面臨自己所深愛者遭受死亡威脅而引發的情緒，臨死者並不知情，而主人公為知情者，對自己所深愛的人將面臨死亡，表現出憂懼與掙扎的情緒勝過於面對自己的死亡時的情緒，蓋因深愛，更不忍見其遭臨不幸。如〈杜子春〉中杜子春深感道士援濟之恩，為道士守丹爐，道士告誡：「慎勿語，雖尊神、惡鬼、夜叉、猛獸、地獄，及君之親屬為所困縛萬苦，皆非眞實。但當不動不語，宜安心莫懼，終無所苦。當一心念吾所言。」是以子春面臨猛虎毒龍哮吼拏攫，神色不動，見妻子受諸般苦刑亦不動聲色，備嘗「鎔銅鐵杖、碓擣磑磨、火坑鑊湯、刀山劍樹之苦」皆能忍受不呻吟。然當投胎為啞女後，面對聰慧無敵的幼兒遭受丈夫「持兩足，以頭撲於石上，應手而碎，血濺數步」，遂愛生於心，忽忘其約，不覺失聲云：「噫。」〔註44〕此一「噫」聲如此之壓抑，卻又

〔註42〕汪辟疆：《唐人小說》，頁312。
〔註43〕汪辟疆：《唐人小說》，頁212。
〔註44〕汪辟疆：《唐人小說》，頁280。

展現愛的力量之強大，難以自凡人心中泯除。面對摯愛親人的死亡，雖如子春有求道之深願，亦不免因深愛而不捨。

又如〈楊娼傳〉嶺南帥甲深愛楊娼，楊娼深感其恩亦事帥尤謹，而帥甲之妻善妒且兇悍，先約若有異志者，當取死白刃下。原來愛的反面是如此之深恨，如此迫近死亡。當帥甲病重，設想一使楊娼冒充爲婢入侍之計，未行先洩，「帥之妻乃擁健婢數十，列白梃，熾膏鑊於庭而伺之矣。須其至，當投之沸鬲。」帥甲面臨深愛的楊娼將遭慘死，心中充滿恐懼，迅速令止楊娼入侍。且曰：「此我之意，幾累於渠；今幸吾之未死也，必使脫其虎喙。不然，且無及矣。」〔註 45〕由帥甲之言中亦感受到因深愛對方而發出不願所愛面臨死亡，而對死亡的深深恐懼之情緒。

第三節　死亡場景之鋪寫內容

一、烘托悲悽情緒

面臨死亡威脅時的憂傷或恐懼的情緒，除了自人物言語表現之外，作者更用死亡場景以烘托當時的情緒，如同在畫面上敷上一層悲淒的色調，對情境之呈現更有加乘效果。其中以〈長恨歌傳〉中，白居易在〈長恨歌〉中對楊妃死亡場景之鋪色施彩，最爲經典之作：

> 漁陽鼙鼓動地來，驚破〈霓裳羽衣曲〉。九重城闕煙塵生，千乘萬騎西南行。翠華搖搖行復止，西出都門百餘里。六軍不發無奈何，宛轉娥眉馬前死。花鈿委地無人收，翠翹金雀玉搔頭。君王掩面救不得，回看血淚相和流。黃埃散漫風蕭索，雲棧縈紆登劍閣。峨嵋山下少人行，旌旗無光日色薄。〔註 46〕

由之前非比尋常之受寵與戰火之升起以預示死亡的來臨，九重城闕煙塵生鋪陳戰亂中萬姓之蒙塵，引發六軍之不滿，積累的怨怒終將爆發，而以處死楊妃以塞天下之怨爲結。死亡在一瞬間即成爲事實，平時看似珍貴的花鈿、翠翹、金雀、玉搔頭，如何也比不上君王心中深愛的貴妃，貴妃之死，珍貴的首飾又算得了什麼？君王無力挽救，卻不忍心眼睜睜著看著貴妃就死，然而

〔註 45〕汪辟疆：《唐人小說》，頁 222。
〔註 46〕汪辟疆：《唐人小說》，頁 142。

雖死了，終究仍是深愛，回看時血淚俱下，楊妃之死，玄宗的心靈亦隨之枯槁，白居易接著即以蕭索的場景加以烘托玄宗的心頹意喪。

二、對比蕭索心緒

亦有場景是作為與面臨死亡威脅者心緒的對比，如〈霍小玉傳〉中小玉與李益生離與死別皆在美景當前的春季，既烘托出李益之春風得意，亦對比出小玉之意緒蕭索。生離時的場景是：

> 其後年春，生以書判拔萃登科，授鄭縣主簿。至四月，將之官，便拜慶於東洛。長安親戚，多就筵餞。時春物尚餘，夏景初麗，酒闌賓散，離思縈懷。〔註47〕

李益赴任，長安親友為之餞別，李益當是意氣風發如夏景初麗，然而春夏之生氣蓬勃與面臨離別威脅的小玉心緒卻形成對比，酒闌賓散意味著二人將自此離散，無盡的離別情思遂縈繞心懷，久久難釋。李益四月將赴任，誓言八月將尋使奉迎，但因母親為之約婚甲族，又因聘財數額龐大需到處舉債，遷延時日，失約後又以絕對的隔斷消息，決定徹頭徹尾做個負心漢，遂令小玉求神問卜，懷憂抱恨，羸臥空閨，遂成沉疾。在長安諸人撻伐李益之際，又逢另一年春天，失信負心的李益卻猶能無愧的盡情嬉春：

> 生與同輩五六人詣崇敬寺翫牡丹花，步於西廊，遞吟詩句。〔註48〕

遊賞牡丹花，卻著一「翫」字，似在指陳李益對小玉的態度亦僅尋歡取樂而已，玩弄過後隨即丟棄。李益密友韋夏卿謂生曰：「風光甚麗，草木繁榮。傷哉鄭卿，銜冤空室。」亦以春天之繁麗與小玉的羸弱狀況作為對比。因黃衫豪士強挾之下，二人再次短暫的聚合卻成了永遠的死別，死亡的書寫則多聚焦於小玉舉止之描寫，而小玉所作之夢亦成了讖語，以此讖語為中心形成了死亡的輻射作用。

三、表現人物冷酷

或有死亡場景之描寫著重烘托出人物的冷酷，如〈馮燕傳〉中馮燕之殺張嬰妻的場面描寫，文字十分簡鍊，卻醞釀出無情冷酷的氣氛：

> 會嬰從其類飲。燕伺得間，復偃寢中，拒寢户。嬰還，妻開户納嬰。

〔註47〕汪辟疆：《唐人小說》，頁94。

〔註48〕汪辟疆：《唐人小說》，頁96。

以裾蔽燕。燕卑蹐步就蔽，轉匿户扇後，而巾墮枕下，與佩刀近。嬰醉且瞑。燕指巾令其妻取，妻即刀授燕，燕熟視，斷其妻頸，遂巾而去。〔註 49〕

死亡與愛又再度如此貼近。馮燕本悅嬰妻之色冶，而有不倫之戀，復因此嬰妻遭受張嬰累毆，張嬰妻對張嬰之怨望以致無情而欲授刀與燕，令燕殺之，皆起因於馮燕，馮燕未思自身之過，見嬰妻之無情，遂亦冷酷殺之。場面之描寫不帶任何情緒的字眼，冷靜細膩地描繪個人的位置與事物的所在，因而也烘托出其中人物之冷酷無情。

四、呈現惴慄感受

有的篇章死亡場景之描寫則令人感到驚悚惴慄，〈無雙傳〉中古押衙用茅山道士藥術營救無雙，欲令知情者盡皆死亡，以免洩露劫回無雙之始末。仙客問起茅山使者，古押衙僅答：「殺卻也，且吃茶。」已透露出古押衙之冷酷，又暫借塞鴻於舍後掘一坑。坑稍深，抽刀斷塞鴻頭於坑中。並說茅山使者及舁篼人，在野外處置訖。老夫爲郎君，亦自刎，復爲仙客安排避禍之方，說完，舉刀，仙客救之，頭已落矣。死亡場景的描寫雖著墨不多，字裡行間卻時時透露出血腥的氣息，用以造成令人驚悚惴慄的感受。

五、突顯貪婪行爲

亦有篇章中之死亡場景的描寫突顯出人類貪婪好殺之野蠻作爲，如〈王知古〉中王知古夜來爲狐妖所收留並將聯姻，及至卑袍現出自己爲張直方同黨時，狐妖幻化之人亦因驚恐而洩漏了自己的身分，迨雙方面具都取下後，原先彬彬有禮之文明僞飾即不復存在。隔日群狐被張直方之徒獵殺之場景描寫，可謂唐人小說中殺戮之最爲顯豁露骨的描繪。

知古前導，雪中馬跡宛然。直詣柏林下，至則碑板廢於荒坎，樵蘇殘於茂林。中列大塚十餘，皆狐兔之窟宅，其下成蹊。於是直方命四周張羅彀弓以待。内則秉蘊荷鍤，且掘且薰。少焉，有群狐突出，焦頭爛額者，罝羅冐掛者，應弦飲羽者；凡獲狐大小百餘頭以歸。〔註 50〕

〔註 49〕汪辟疆：《唐人小說》，頁 198。
〔註 50〕汪辟疆：《唐人小說》，頁 353。

碑板、荒坎、樵蘇、大塚，已先呈現出死亡氣息。張羅、彀弓、秉蘊、荷鍤又顯示出全面捕殺的企圖。焦頭爛額、罝羅罥掛、應弦飲羽，則是殘酷獵殺的成果。與獵殺群狐相似的場景是〈郭元振〉篇中之誅除烏將軍，但因出自於爲鄉人除淫妖之獸的義舉，是以場景與動作雖形似，卻令人有誅而後快之感。

本章小結

死亡威脅是人們生命中最重大且必定遭逢之生命困境。生命一旦降臨，雖居太平盛世，猶得時時面對著如影隨形的死亡威脅，揮之不去，趕之不走。造成死亡威脅的原因或由於自然死亡，如生命歷程中疾病侵襲、年老體衰而致死亡，或因情愛難遂相思成疾香消玉殞；或是小說中人物難違定命的安排。非自然原因中造成大量生命死亡的最主要原因是身處衰世，帝王意志膨脹推擴形成戰亂造成生命的遭受剝奪殘害無法計數，或因他人貪利負義侵逼生命，或因天然災害發生走避不及遂致喪生，皆是生命中的憾恨。不論來自於自然或非自然的死亡威脅，文本中皆呈現了面對死亡威脅時，人類之難以遁逃。面臨死亡威脅所產生的哀傷憾恨之情緒，在臨死猶生之際，一寸一寸對心靈之凌遲，錯綜複雜，交纏縈繞，更是人類最難消解的恐懼。當此之際，是人類最沉重的生命困境，更是古今中外宗教與哲學產生的源頭，藉由宗教的慰藉與哲學的智慧，雖無法改變某些既定事實，但消解死亡帶來的恐懼情緒，則是人類心中最大安慰。而文本中著力描寫之死亡場景，則更烘托出死亡威脅對生命產生的驅迫與壓力。

第二章　仕途難登的處境

在唐人小說中，出現了爲數眾多的落第士人，這些不第士人何以在落第之後仍屢仆屢起，不停地奔競於赴舉的途徑中？而及第之後果眞稱心如意嗎？若稱心如意，何以及第出仕之後的士人，在詩篇中、小說裡卻仍有唱不完的士不遇的哀歌？又出仕之後，士人將會遭遇怎樣的景況？本章將探究小說中唐代士人爲何汲汲營營於出仕之途，以及士人仕途難登的處境，與造成士人飽嚐仕途艱難痛楚的原因。

第一節　唐代士人企望出仕之探究

在價值觀尚未能接受行行出狀元的傳統社會裡，士農工商四民之中，農工商皆有其發揮的職場，而士人的出路何在？這是迫切亟待解決的問題，唐朝開科取士，適足以爲士人稍微緩和這個問題，卻也促成更多士人投入仕途，造成仕途擁塞艱難。究竟士人出仕之企圖心爲何如此強盛？出仕對於士人具有哪些意義？本節將逐一探究。

一、改善經濟狀況

士人企望出仕首先在於改善家族與個人的經濟狀況。孟子說：「士之仕也，猶農夫之耕也。」〔註 1〕於職業而言，仕宦是士人的職業，猶如耕種是農

〔註 1〕出自《孟子．滕文公》，見蔣伯潛：《語譯廣解四書讀本．孟子》（台北市：啓明書局），頁 139。

夫的職業，士之求仕，本毋庸厚非。出仕除了可以實現經世濟民的理想之外，與士人最切要者即是可以改善自身的經濟狀況。《論語・里仁》：子曰「富與貴，是人之所欲也。」〔註2〕孔子認爲富與貴本是人的平常欲求，只要得之有道，本不須恣議。

出仕除了俸祿之外，若得君王賞識，尚有不可計數的恩賜。從〈上清傳〉篇中上清對德宗表示竇參的家財來源，可見一斑：

> 竇某自御史中丞歷支、户部、鹽鐵三使，至宰相，首尾六年，月入數十萬，前後非時賞賜亦不知紀極。乃者郴州所送納官銀物，皆是恩賜。〔註3〕

〈枕中記〉篇中盧生夢中出將入相，生五子皆有才器且位居顯職，並且姻媾皆天下望族，而盧生本身則「出入中外，徊翔臺閣，五十餘年，崇盛赫奕，性頗奢盪，甚好佚樂，後庭聲色，皆第一綺麗。前後賜良田、甲第、佳人、名馬，不可勝數。」原來衣裝敝褻、困於畎畝的盧生，一經出仕，彷彿經由仙人手中法杖輕點，一變而爲服飾鮮盛、輔佐君王的重臣。這雖是盧生的夢，其實正是廣大士子心中編造的美夢，經由出仕，即取得生活衣食之需，甚至更可進一步擁有奢華之生活享受。職是，遂吸引無數士子義無反顧的投入全副時間精力，安於貧困的苦讀生活，孜孜矻矻，將一切希望寄託於及第的美夢中。

因而未出仕者夢想著由出仕而改善生活，如：《玄怪錄・岑順》中載：「汝南岑順，字孝伯，少好學有文，老大尤精武略。旅於陝州，貧無宅第。其外族呂氏有山宅，將廢之。順請居焉。……夜中聞鼓鼙之聲，不知所來；及出戶，則無聞。而獨喜自負之，以爲石勒之祥也。祝之曰：『此必陰兵助我。若然，當示我以富貴期。』〔註4〕」既出仕而官卑祿薄者，則夢想能升高官享厚祿，如：《獨異志・張寶藏》中載：「貞觀中，張寶藏爲金吾長史，常因下直，歸櫟陽，路逢少年畋獵，割鮮野食，倚樹嘆曰：『張寶藏身年七十，未嘗得一食酒肉如此者，可悲哉！』傍有一僧指曰：『六十日內，官登三品，何足歎也。』言訖不見，寶藏異之，即時還京。」〔註5〕其後果因兩次獻藥方治癒太宗氣痢

〔註2〕蔣伯潛：《語譯廣解四書讀本・論語》（台北市：啓明書局），頁44。
〔註3〕汪辟疆：《唐人小說》，頁210。
〔註4〕汪辟疆：《唐人小說》，頁248。
〔註5〕王汝濤：《全唐小說》，頁710。

之苦，得受三品官。

由上所見，唐代士人之汲汲於求進，急於脫離貧窘是原因之一。在未能登仕前，因缺乏經濟來源困於貧窮而落落寡歡者，在唐人小說中屢屢出現，例如：

> 廣德中，有孫恪秀才者，因下第遊於洛中。……恪久貧。（《傳奇・孫恪》）〔註6〕
>
> 河中少尹鄭復禮始應進士舉，十上不第，困厄且甚。（《野史・郭八郎》）〔註7〕
>
> 江陵副史李君嘗自洛赴進士舉……五六舉下第，欲歸無糧食，將住，求容足之地不得。（《逸史・李君》）〔註8〕
>
> 李敏求應進士舉，凡十有餘上，不得第，海內無家，終鮮兄弟姻屬，栖栖丐食，殆無生意。（《逸史・李敏求》）〔註9〕
>
> 貞元中，有孟員外者，少時應進士舉，久不中第，將罷舉，又無所歸。託於親丈人省郎殷君宅，爲殷氏賤棄，近至不容。染瘴癘日甚，乃白於丈人曰：「某貧薄，疾病必不可救，恐污丈人華宇，願委運，豈待盡他所。」殷氏亦不與語。（《逸史・孟君》）〔註10〕

其中士人久舉不第，生活困頓，或無親故可投靠，或如孟君依親又遭賤棄，身染重病恐污丈人豪宅，經濟富厚擁有華宇的丈人竟不伸手援救，一任孟君委之於命運，無怪乎不第士子常嘆惜命運蹇滯。又有未得功名而受鄉黨親故所輕視者，待忽得及第消息時，鄉黨親族態度立即大幅改變，士子可謂嘗盡箇中人情冷暖與世態之炎涼：

> 彭伉、湛賁，俱袁州宜春人，伉妻即湛姨也。伉舉進士擢第，湛猶爲縣吏。妻族爲置賀宴，皆官人名士，伉居客之右，一座盡傾。湛至，命飯於後閤，湛無難色。其妻忿然責之曰：「男子不能自勵，窘辱如此，復何爲容！」湛感其言，孜孜學業，未數載一舉登第。伉常侮之，時伉方跨長耳縱遊於郊郭，忽有僮馳報湛郎及第，伉失聲而墜。故袁人謔曰：「湛郎及第，彭伉落驢。」（《唐摭言・湛賁》）

〔註 6〕汪辟疆：《唐人小說》，頁 339。
〔註 7〕王汝濤：《全唐小說》，頁 2900。
〔註 8〕王汝濤：《全唐小說》，頁 861。
〔註 9〕王汝濤：《全唐小說》，頁 858。
〔註10〕王汝濤：《全唐小說》，頁 853。

〔註11〕

唐人對屬於濁職的刀筆吏，向來輕視，如湛賁長受彭伉之欺凌，幸而妻子激勵之後，孜孜苦讀，終於赴舉及第。又如：

> 趙琮妻父爲鍾陵大將，琮以久隨計不第，窮悴甚，妻族益相薄，雖妻父母不能不然也。一日，軍中高會，州郡謂之春設者，大將家相率列棚以觀之。其妻雖貧，不能無往，然所服故弊，眾以帷隔絕之。設方酣，廉使忽馳吏呼將，將驚且懼。既至，廉使臨軒，手持一書校約：「趙琮得非君子壻乎？」曰：「然。」乃告之：「適報至，已及第矣！」即授所持書，乃膀也，將遽以膀奔歸，呼曰：「趙郎及第矣！」妻之族即撤去帷障，相與同席，相以簪服而慶遺焉。(《玉泉子・趙琮》)〔註12〕

當趙琮之未及第，致生活困窘使得妻子衣衫襤褸，妻族未能於此刻伸出援手，鄙棄而以帷障隔絕；待及第消息傳來，態度翻然轉變，並競以簪服相贈，直可令趙琮夫妻嘗夠世態炎涼的滋味。亦有赴舉士子，遇氣候酷寒而陷入困境者：

> 喬琳以天寶元年冬，自太原赴舉，至大梁，舍於逆旅，時天寒雪甚，琳馬死，傭僕皆去。(《前定錄・喬琳》)〔註13〕

然亦有幸運得到友人或族人相助者：

> 唐長慶中，有裴航秀才，因下第遊鄂渚，謁故舊友人崔相國。值相國贈錢二十萬，遠挈歸於京。(《傳奇・裴航》)〔註14〕
>
> 唐包誼者，江東人也，有文詞。初與計偕，至京師，赴試期不及，宗人祭酒佶憐之，館於私第。(《唐摭言・包誼》)〔註15〕

但多數士子赴舉前或下第後皆貧困潦倒，爲了能更集中全副精力讀書以應舉，多數士子選擇暫棲佛寺道觀以習業，在嚴耕望〈唐人習業山林寺院之風尚〉〔註16〕一文中有詳細的論析，今茲舉數則爲例：

〔註11〕姜漢椿：《新譯唐摭言》，頁262。
〔註12〕王汝濤：《全唐小說》，頁2239。
〔註13〕王汝濤：《全唐小說》，頁688。
〔註14〕汪辟疆：《唐人小說》，頁330。
〔註15〕姜漢椿：《新譯唐摭言》，頁257。
〔註16〕嚴耕望：〈唐人習業山林寺院之風尚〉一文結集於《唐代研究論集》，(台北市：新文豐出版公司，1992年11月)。第二輯，頁1至頁58。

> 嬾殘者名明攢，唐天寶初，衡嶽寺執役僧也。……時鄴侯李泌寺中讀書。(《甘澤謠・嬾殘》)〔註17〕
>
> 王播少孤貧，嘗客揚州惠昭寺木蘭院，隨僧齋飡。諸僧厭怠，播至，已飯矣。(《唐摭言・起自寒苦》)〔註18〕
>
> 李相國紳……初貧，遊無錫惠山寺，累以佛經爲文藁，被主藏僧毆打，故終身憾焉。後之剡川天宮精舍……有老僧……知此客非常，延歸本院，經數年而辭別赴舉。將行，贈以衣缽之資，因諭之曰：郎君必貴矣，然勿以僧之多尤，貽於禍難。及領會稽，僧有犯者，事無巨細，皆至極刑。(《雲溪友議・李紳》)〔註19〕

觀李紳多次以佛經爲文藁，應是對佛教思想缺乏虔誠之信仰，且達貴之後，待僧嚴苛，可證非釋氏之徒，然卻習業於無錫惠山寺與剡川天宮精舍，乃因士子貧窘，不得不寄寓寺院以便習業也。

由於出仕改善生活窘境，因此，士人時時惦記在心者莫過於仕途窮達與否，《前定錄・陳彥博》〔註20〕一篇正是士子對上牓與否患得患失心情之寫照：陳彥博與謝楚同爲大學廣文生，於夢中彥博得一紫衣人告知將牓上有名，而無謝楚之名，彥博「既悟而喜，不以告人」。在現實生活中，與謝楚同應策試，有人自中書見上榜名單，私下告訴謝楚而未告知彥博，「彥博聞之，不食而泣」，謝楚曉諭彥博「君之能豈後於我，設使一年未利，何若是乎？」此時彥博方說出夢境內容，且說：「若果無驗，吾恐終無成矣。」彥博一開始認爲當能及第而竊喜在心，其後又恐不中，遂「不食而泣」，告知諸生夢境又懼夢境若未成眞，將一生無成。寫出了士子憂慮不第的心思。

士子既如此關心窮通與否，在唐人小說中士子若遇到有機會能求知未來之事，多問以窮達之事。如《前定錄・薛少殷》篇中述寫河東薛少殷舉進士，忽然暴卒，乃因其亡兄以少殷未成名，欲薦其於冥間從事，當時少殷新婚，萬般不肯留住於冥間，亡兄知不可留，陳述於官府，同意放少殷回人間。少殷則問：「既得歸人間，願知當爲何官？」〔註21〕又如《前定錄・袁孝叔》篇中述寫袁孝叔於一廢棄道觀古石壇上尋得曾出現在夢中的老父，以囊中九靈

〔註17〕汪辟疆：《唐人小說》，頁313。
〔註18〕姜漢椿：《新譯唐摭言》，頁213。
〔註19〕王汝濤：《全唐小說》，頁2025。
〔註20〕王汝濤：《全唐小說》，頁696。
〔註21〕王汝濤：《全唐小說》，頁693。

丹治癒母疾，然而除此之外，最爲孝叔時刻牽掛者仍是爵祿之事：

> 孝叔意其能曆算爵祿，常欲發問，而未敢言。〔註22〕

士子心中最掛念者是一生窮通與否，因而爲能上榜，除了學業及人際上的努力之外，尚有更改名以求能登仕者：《續定命錄·樊陽源》篇中述寫樊陽源初名源陽，及第那年，夢登上高塚見一文書，是河南府送舉解，名單中第六人有樊陽源，而無樊源陽，其後問處士石洪，石洪認爲「陽源實勝源陽。」又爲其解夢曰：「此夢固往塚者丘也，豈非登塚爲丘徒哉，於此大振，亦未可知。」〔註23〕《感定錄·李言》篇亦有士子爲上第而更名：

> 有進士李嶽，連舉不第。夜夢人謂曰：「頭上有山，何以得上第？」及覺，不可名嶽，遂更名言，果中第。〔註24〕

此皆因士人若未第則生活所需全無著落，經濟上的窘困即造成生存的威脅，這是迫切需要解決的問題，士人之出路惟有應舉、及第、出仕的途徑最爲社會所認同，由於經濟之壓力與社會價值觀遂使得士人爭競於仕途。

二、提升家族地位

登仕的進一層好處是能使「族益昌而家益肥」，除了寒門庶士競相赴舉外，而世家大族爲維繫家聲也激勵子孫應舉。王定保在《唐摭言》中說：「三百年來，科第之設，草澤望之起家，簪纓望之繼世。孤寒失之，其族餒矣；世祿失之，其族絕矣。」〔註25〕經由應舉入仕，則寒門得以提升社會地位，而衣冠家族亦能維持家聲。在傳統社會中，個人與家族休戚相關，如〈杜子春〉中杜子春在多次揮霍之後，痛下決心要做一番改變，當他得到老人大筆資財時，首先即是處理家族中孤貧親人之安頓。因此士人要想光耀家族門楣，最直接的方式即是透過苦讀以應舉而入仕，如〈李娃傳〉中「時望甚崇，家徒甚殷」的常州刺史滎陽公「有一子，始弱冠矣，雋朗有詞藻，迥然不群，深爲時輩推伏」，滎陽公愛而器之，時對人說：「此吾家千里駒也。」爲其準備豐足的旅費，望其應鄉賦秀才舉，可一戰而霸。因此在滎陽生耽於美色，用盡旅費，被李娃與姥計逐，落難唱輓歌之際，也就不難理解滎陽公鞭撻數

〔註22〕王汝濤：《全唐小說》，頁694。
〔註23〕王汝濤：《全唐小說》，頁2543。
〔註24〕王汝濤：《全唐小說》，頁2925。
〔註25〕姜漢椿：《新譯唐摭言》頁286。

百，棄之而去的行爲。而如《宣室志・李賀》中述寫李賀求仕的想望即是「非只求一位而自飾也，且欲大門族，上報夫人恩。」李賀雖爲李唐王室之王孫，但由於庶出，且父親早亡，家道中落，致使企望經由入仕以提升家族之社會地位。

家族自古在中國即是一生命共同體，家族中任何一人與家族命運休戚相關，任何一人的行爲與家族盛衰息息相關。一人犯罪，連坐九族〔註 26〕，如《紀聞・裴伷先》:「工部尚書裴伷先，年十七，爲太僕寺丞，伯父相國炎遇害，伷先廢爲民，遷嶺外。」〔註 27〕〈無雙傳〉中劉震出爲僞朝之官，處極刑後，家族中良賤皆沒爲宮婢；反之，一人得道，則雞犬升天。若家族中有人爲官以提攜援引親族，澤被族人，則使家族更爲昌盛。唐朝士人爲了讓自己能在科考中有入牓的機會，皆先向朝中權貴或主司行卷干謁，而干謁的士子太多，權貴或主司會先考慮關係親疏，屬同一宗族總有較佳優勢得到援助。唐朝入仕門徑尚有門蔭一途，若家族中有人在朝爲官，則家族子姪可依此法入仕。入仕能夠提升家族社會地位，族人皆蒙受利益，職是，更鼓勵舉國士人盡皆汲汲於仕進。

三、實現自我理想

孔門四科中政事乃其中之一，人謂半部《論語》治天下，乃因《論語》中時見孔子回答諸侯或弟子爲政之道，即是孔子也時時懷抱出仕的願望，《論語・子罕》篇中：

> 子貢曰：「有美玉於斯，韞櫝而藏諸？求善賈而沽諸？」子曰：「沽之哉！沽之哉！我待賈者也。」〔註 28〕

《論語・子張》篇中，子夏曰：「學而優則仕。」〔註 29〕仕宦是士人實現理想的舞台，士人唯有出仕，才得以學以致用，才得以自證及向世人證明自身的

〔註 26〕《唐律疏議》〈賊盜一〉:「諸謀反及大逆者，皆斬。父子年十六以上皆絞，十五以下母女、妻妾、祖孫、兄弟、姐妹、若部曲、資財、田宅，並沒官。」唐人小說中〈無雙傳〉中劉震當朱泚僞政權之官，李唐政權尅復後遭處死，家族中不論貴賤皆遭籍沒；〈上清傳〉中竇參遭誣陷與節將交通，德宗下詔令自盡，家族亦盡沒爲婢。而若罪輕者，家屬則除籍爲民。足證個人與家族緊密的關係。

〔註 27〕王汝濤：《全唐小說》，頁 302。

〔註 28〕蔣伯潛：《語譯廣解四書讀本・論語》，頁 125。

〔註 29〕蔣伯潛：《語譯廣解四書讀本・論語》，頁 293。

存在價值。在《孟子‧滕文公》篇中有一段孟子對士人求仕的看法：

> 周霄問曰：「古之君子仕乎？」孟子曰：「仕。《傳》曰：『孔子三月無君，則皇皇如也。出疆必載質。』公明儀曰：『古之人，三月無君則弔。』」「三月無君則弔，不以急乎？」曰：「士之失位也，猶諸侯之失國家也。」〔註 30〕

孟子以孔子爲例回答周霄，士而能仕，方可將才能貢獻於國家社會，若得不到出仕的機會，則栖栖惶惶，若有所失，欲去國另尋出仕的機會，必也載贄（質即贄矣，即是見面禮。）以備見所適之國之君。乃因士人失去貢獻能力、施展理想的機會，猶如諸侯失去國家一般。因此士人唯有出仕，一展雄才，實現抱負，心中方有踏實之感。

儒家之入世情懷以拯濟蒼生爲士人要務，而唯有出仕從政方得以實現濟世的理想，唐朝士人奔競於科舉路途的另一個原因即是政治理想之實現。盛唐詩人李白具有高度的政治理想，他抱持熱忱，希望藉由出仕能夠「申管晏之談，謀帝王之術，奮其智能，願爲輔弼」，最後則達成「寰區大定，海縣清一」的理想目標。〔註 31〕而杜甫出仕的理想也希望能「致君堯舜上，再使風俗淳。」〔註 32〕皆抱持濟世的理想。唐代開國氣象宏偉，延續隋朝科舉制度開科取士，使寒門士人有機會藉由考試進入政治體系，參與政治實現抱負，科舉考試鼓舞了士人出仕以建功立名，社會價值觀也以建功立名爲尚。〈枕中記〉中盧生歎息生世不諧，乃來自於未能建功樹名，正是當時士人價值觀的典型代表：

> 士之生世，當建功樹名，出將入相，列鼎而食，選聲而聽，使族益昌而家益肥，然後可以言適乎。吾嘗志於學，富於游藝，自惟當年青紫可拾。今已適壯，猶勤畎畝，非困而何？〔註 33〕

盧生將人生價值建立在建功樹名之上，因功名未建而意氣頹喪。其後於呂翁所授青瓷枕竅之中，夢娶世族之女，舉進士，歷經連串官位之後，後來「出典同州，遷陝牧。生性好土功，自陝西鑿河八十里，以濟不通。邦人利之，

〔註 30〕蔣伯潛：《語譯廣解四書讀本‧孟子》，頁 139。

〔註 31〕李白：〈代壽山答孟少府移文書〉，見清‧王琦：《李太白全集》下冊（北京：中華書局，1977 年）。頁 1225。

〔註 32〕杜甫：〈奉贈韋左丞丈二十二韻〉，見清‧仇兆鰲：《杜詩詳注》第一冊（台北縣：漢京文化事業有限公司，1984 年 3 月），頁 74。

〔註 33〕汪辟疆：《唐人小說》，頁 45。

刻石紀德」，在其位方有能力謀其政，方可實現理想。「性好土功」是心中潛藏的理想，在未出仕時絕對無法實現，鑿河以濟不通實是象徵突破困境，人生之路通暢順遂。其後盧生為「御史中丞，河西道節度。大破戎虜，斬首七千級，開地九百里，築三大城以遮要害。邊人立石於居延山以頌之。歸朝策勳，恩禮極盛。」出為邊將則建立輝煌的戰功。而當其入朝為相時，則「嘉謨密令，一日三接，獻替啓沃，號為賢相。」因出仕得以建立土功、戰功，出將入相，意氣風發，對照著未有功名時之困頓頹喪，遂鼓舞著天下士子風起雲湧競趨於赴舉出仕的道路上。

〈枕中記〉乃盧生在夢中實現立功的願望，在現實人生中當以〈開元升平源〉為典型的自我價值得到實現之例證。姚元崇向玄宗皇帝獻諫十事，皆針對當時朝政之弊端提出改進之道，都深中玄宗平生之志，此十事分別是：鑒於朝廷以刑法理天下，因請聖政先仁義，此其一；鑒於拓邊喪師，因請三數十年不求邊功，此其二；鑒於武后臨朝，閹人任喉舌，因請中官不預公事，此其三；鑒於國親用事致官員進用班序荒雜，因請國親不任臺省官，此其四；鑒於佞幸之徒觸法卻因寵免，因請行法，此其五；鑒於豪家、公卿、方鎮向中央貢獻求媚，對百姓強加徵稅，因請在租、庸、賦稅之外，悉杜塞之，此其六；鑒於寺觀興造，費鉅百萬，耗蠹生靈，因請止絕建造寺觀宮殿，此其七；鑒於武后穢亂致先朝褻狎大臣虧君臣之敬，因請陛下接之以禮，此其八；鑒於臣子因獻直得罪致諫臣沮色，因請臣子皆得觸龍鱗，犯忌諱，此其九；鑒於外戚危政，因請陛下書之史冊，永為殷鑒，作萬代法，此其十。上獻十事皆深觸玄宗素志，終令玄宗感激潸然良久，姚元崇曰:「此誠陛下致仁政之初，是臣千載一遇之日，臣敢當弼諧之地，天下幸甚！天下幸甚！」〔註 34〕開元年間社會升平，作者將來源皆歸諸於姚元崇向唐玄宗提出治理國家的十大政策，代表社會良心的士人最期望的即是拯濟蒼生，立功不朽，杜甫的「致君堯舜上，再使風俗淳」的深願，即實現於此，士人出仕之企望最美善的境地莫過於此。

第二節　仕途難登的原因

對士人而言，出仕得以實現理想，改善經濟，並提升家族地位，因此投入科舉考試人數眾多，則落第士人亦隨著為數眾多。然國家之管理與運作需

〔註 34〕王汝濤：《全唐小說》，頁 111。

要眾多人才，爲何仍有爲數眾多士子落第？考其原因在於以開科取士開放士子參與政治的管道狹窄，加上及第與否有眾多人爲因素的操控，遂令落第者有不遇之深痛。本節將由取用人才途徑與左右上牓的因素探析落第之因。

一、唐代開科取士途徑狹窄

唐朝承繼隋朝開科取士，使士人有較東漢魏晉以來更大的參政空間，然而在唐朝徵用人才途徑中，進士及第人數佔官員徵用之人數，自比例而言，毋寧說是偏低的。自漢朝以來，統治者徵選舉用人才，呈現多軌並行、相輔相成的局面，非只是一般「察舉——九品中正——科舉」三階段的遞嬗。以下主要依據侯劭文《唐宋考試制度史》與樓勁、李華〈唐仕途結構述要〉以呈現唐朝取用人才之方式。唐代取士〔註 35〕路徑多軌並行，大抵有四，分別是常科、制科、吏道及門蔭。略述如下：

（一）常科

唐代以考試方式開放取士的方法有二，爲常科與制科，《新唐書・選舉志》載：「唐制取士之科，多因隋舊，然其大要有三：由學館者曰生徒，由州、縣者曰鄉貢，皆升於有司而進退之。……其天子自詔者曰制舉，所以待非常之才焉。」〔註 36〕其中生徒與鄉貢皆參加常科考試，其差別在於參加者身分不同，因此可歸爲制科與常科二途。每年分科舉行的稱爲常科，由皇帝下詔臨時舉行的稱爲制科。常科的考生，有兩個來源：一是生徒，一是鄉貢。生徒來自於中央與地方的學校，中央有國子監、弘文館、崇文館，地方有州、縣學。學生人數有一定額，亦明確規定入學年齡及修業年限。每年冬天中央及各州縣學校都要將經考試合格的學生送尚書省參加考試，這些考生即是生徒。而不在學校學習而學習有成者，則向州縣「投牒自舉」，即以書面形式提出申請，經考試合格，由州送尚書省參加考試，這些考生隨各州進貢物品解送，所以稱爲鄉貢。

常科的科目，有秀才、明經、俊士、進士、明法、明字、明算、一史、三史、開元禮、道舉、童子。其中明法、明字、明算等科，不爲人們重視。俊士、一史、三史、開元禮、道舉、童子等科，並不常舉行。秀才一科，在

〔註 35〕此處集中於取文士途徑之說明，因而未包括軍功與方伎。

〔註 36〕宋・歐陽修：《新唐書》（台北市：鼎文書局，1976 年 10 月）。卷 44，《選舉志上》，頁 1159。

唐初要求很高，太宗貞觀年間（西元 627—649）規定，凡被推薦應秀才科而未能中選的，其所在州的長官要受處分，所以應秀才科的人很少。高宗時，曾一度停止。後來雖然恢復，但是主司以此科久廢，不願錄取。於是，明經、進士兩科，就成了唐代常科的重要科目。高宗永徽二年(西元 651)規定明經考試以孔穎達《五經正義》爲依據，不許發揮個人見解，創立新意，於是主司出題務求其難，此舉促成明經優勢的衰落。從此以後，博雅文學之士競集於進士，甚至朝士公卿亦以出身於進士科爲榮。進士除試帖經和時務策外，還試雜文。雜文即指箴、論、銘、表。至玄宗開元年間，雜文改爲詩賦，體裁自由，內容複雜多變，「非通古知今之人，不能作」。帖經只需記誦，時務策可以抄襲，一般士人皆可報考，不足爲貴，而詩賦要求創新，對應考的士人來說是高要求，考取進士的人當然就顯得高人一等。而錄取名額，明經又遠比進士多，進士科得第者只佔應考人數的百分之一、二，每年約二三十人，明經科得第的佔應考者十之一、二，每年有一、二百人。因此，《唐摭言・散序進士》曰：「縉紳雖位極人臣，不由進士者，終不爲美。以至歲貢，恒不減八九百。其推重，謂知白衣公卿，又曰一品白衫；其艱難，謂之三十老明經，五十少進士。」〔註 37〕其言貼切。

而禮部會試考中進士後，只是取得爲官的出身門第，並不能立即入仕，須再經吏部考試合格，才能授與官職。吏部試在四月舉行，擇人的方法有四：一、觀其身，取其體貌豐偉；二、觀其言，取其言詞辨正；三、觀其書，取其楷法遒美；四、觀其判，取其文理優長〔註 38〕。也就是禮部選舉重文學，吏部選官兼及身、言、書、判，唐代士人必須經過這兩重嚴格的要求方能晉登仕途。

（二）制科

唐朝帝王爲鞏固政治統治而徵隱求賢，以彰顯君王禮賢下士不遺餘力，而有皇帝親自下詔之「制科」，廣爲搜求拔擢使野無遺賢，具有表示樂善求賢之政治目的。唐人封演在《封氏聞見記》卷三中對制科的說法是：「國朝於常舉取人之外，又有制科，搜揚拔擢，名目甚眾。則天廣收才彥，起家或拜中書舍人、員外郎、次拾遺、補闕。元宗御極，特加精選，下無滯才。」〔註 39〕

〔註 37〕姜漢椿：《新譯唐摭言》，頁 13。
〔註 38〕請參見杜佑：《通典・選舉三》〈歷代制下・大唐〉（台北市：大化書局，1978 年 4 月），頁 143。
〔註 39〕王汝濤：《全唐小說》，頁 1620。

應制科考試者，可以是得第得官者，可以是登過常科的人，也可以是庶民百姓。制科考試，由皇帝親自主持。杜佑曰：「其制詔舉人不有常科，皆標其目而搜揚之。試之日，或有殿廷，天子親臨觀之。試已，糊其名於中考之，文策高者，特授與美官，其次與出身。」〔註 40〕但是，在社會評價上制科的地位仍不如進士科。《封氏聞見集》卷三提到：「御史張麵兄弟八人，其七人皆進士出身，一人制科擢第。親故集會，兄弟連榻，令制科者別坐，謂之雜色，以爲笑樂。」〔註 41〕所以封氏謂：「制舉出身名望雖高，猶居進士之下。」〔註 42〕然若是得第之士子再應制舉者，則亦立致顯位，比之科舉及第僅委以縣尉一類卑職者，自屬較勝一籌，唐代以制舉吸收不少人才，唐之名臣賢相，如王旦、裴度、顏眞卿、張九齡、崔融、白居易、蘇頲、崔翹、牛僧孺、崔浩、逢萬石，均以制舉入仕。〔註 43〕但因不是經常舉行，唐人小說中下第士子應多指應常科考試的士子。

（三）吏道

除了以考試取士的途徑之外，尙有以吏道與門蔭方式進入官場者。「吏道」指的是各州刀筆吏積累勞考漸次登進爲官的道路，亦即一般所說的「流外入內」。樓勁、李華在〈唐仕途結構述要〉一文中對「流外入內」有清楚的說明：「『流外入內』指的是由各州按期從佐史、低官蔭子和白身中向朝廷選送願充流外者，再由吏部郎中一人負責『小銓』，試以書、計、時務，有一優長者可任流外職。以後可漸次從『後行閑司』轉入『前行要望』，即吏部、兵部、考功司、都省、御史臺和中書、門下省爲吏，亦可在規定年勞滿後參加流內銓合格而成官。」〔註 44〕吏道之成員爲官場中最基層之刀筆吏，其官位卑下，需處理瑣碎雜事，僅爲濁職。自魏晉以來，士庶清濁之分甚嚴，士大夫羞於擔任濁職，同時，清職又容不得身分卑下者擔任，在當時凡所事繁碎冗雜的低濁官職，皆由朝廷統一調補或由身分卑下的吏員中選用，這種士庶清濁之分的情況至唐代較南北朝有過之而無不及。《舊唐書・劉祥道傳》載其顯慶年間上言：「尙書省二十四司及門下、中書都事、主書、主事等，比來選補，皆

〔註 40〕杜佑：《通典・選舉三》〈歷代制下・大唐〉，頁 141。

〔註 41〕王汝濤：《全唐小說》，頁 1621。

〔註 42〕王汝濤：《全唐小說》，頁 1621。

〔註 43〕侯紹文：《唐宋考試制度史》，（台北市：台灣商務印書館，1973 年）。頁 61。

〔註 44〕樓勁、李華：〈唐仕途結構述要〉，收錄於《蘭州大學學報》1997 年 25 卷第 2 期， 頁 117～127。

取舊任流外有刀筆之人，縱欲參用士流，皆以儔類爲恥。」〔註 45〕又《舊唐書・張玄素傳》載張玄素爲流外之出身，爲太宗當朝面詰時，「精爽頓盡，色類死灰。」〔註 46〕吏道雖是一條爲一般士大夫鄙棄的途徑，但入仕數量卻極多，《通典・選舉五》顯慶年間劉祥道陳奏：「吏部比來取人傷多且濫，每年入流數過千四百人是傷多，不簡雜色人即注官是傷濫。」又開元十七年楊瑒上言：「竊見入仕諸色出身，每歲向二千餘人，方於明經、進士多十餘倍。」又如《唐會要》卷 58《吏部尚書》載大中六年十一月吏部奏：「條流諸司流外入流令史等，請減下四百五十員。」〔註 47〕由此顯示，唐吏道的年入仕規模，遠遠超過科舉之取士數量。〔註 48〕唐朝負有才氣的寒門士子不由此道入仕，然吏道入仕卻又是入仕比例較高者。爲數眾多士子競相爭擠進士科窄門，下第比例自然居高不下，一而再、再而三的赴舉復落第，挫折舉國眾多士子心志，且浪費其精力光陰，對全國的損失而言，不可謂不巨。

（四）門蔭

唐代門蔭可分爲三類，第一類爲皇親國戚功臣宰相等顯貴弟子，可依法直接參加吏部銓選而獲官，但爲數甚少，大抵皇帝緦麻以上，太后、皇后大功以上一家限蔭二人，宰相、功臣身食實封者、京官職事三品以上亦限一蔭二或一人而已。第二類是五品以上中高級官員及勛官有爵者、爵國公者的子孫，可依法在皇帝或太子身邊充千牛備身、備身左右、殿中進馬或太子僕寺進馬、親、勛、翊衛，或充親王府執杖、執乘等儀衛人員，經五或八考合格後再送吏部選入仕。另五品以上子孫及六品清資官之子儀狀端正無疾者，可充太廟或郊社齋郎，滿六或八考後可經禮部試合格送吏部選。而可供第二類用蔭登進的儀仗宿衛之職及齋郎，編制員額一度遠超過六千人。第三類是五品以下一般低官之子可依法充王公以下親事、帳內，或與勛官三至五品之子一起列爲「納課品子」，經十至十三年供事無誤，由兵部簡試，合格者選爲武官或送吏部選。第三類所充王公以下親事、帳內即納課品子的限額一度達二萬人。第二類和第三類基數甚大，最終由之入仕者在數量上亦相當可觀，二

〔註 45〕後晉・劉昫：《舊唐書》（台北市：鼎文書局，1976 年 10 月）。卷 81，列傳 31，頁 2753。
〔註 46〕後晉・劉昫：《舊唐書》卷 75，列傳 25，頁 2463。
〔註 47〕宋・王溥：《唐會要》（北京市：中華書局，1985 年）。。
〔註 48〕樓勁、李華：〈唐仕途結構述要〉。

者共同點是皆須充事執役或可納資以代，積累必要資歷後才許預選，合格者方可入仕。第三類年限須較長，且所充職位低下，由之登進實同吏道。而其中第二類少數權貴子弟，所充千牛備身〔註 49〕之類地位甚高，其考課、賜會及祿秩之升降，同京職事官之制，且他們在入仕時易得援手，入仕後亦易致身顯位，其性質與第一類較接近。然門蔭入仕方式較常受人質疑，如《舊唐書・蕭至忠傳》載其中宗時上疏：「臣竊見宰相及近侍要官子弟多居美爵，此並勢要親戚，罕有才藝，遞相嘱託，虛踐官榮。」〔註 50〕《冊府元龜》卷 630《銓選部》條制二開元九年十月敕中指出：「朝官子弟未曾經歷即登要職。」〔註 51〕因此在輿論上與科舉進士出身者相比，便處於次一等的境地，整個社會率皆趨向「士無賢不肖，恥不以文章達」的風氣，也漸次降低了門蔭的吸引力，即是高官權貴子弟亦由科舉尋求功名，因可行請託以護衛權貴子弟入仕機會，且又贏得進士出身的美名。

門蔭屬高官子弟進入仕途的特殊管道，寒門士子自是無由得進；流外的出身積累勞考補選入內，僅充濁職，爲人所鄙視，自是恃才傲物之寒門士子所不取之路徑；而制舉是皇帝臨時下詔，又若隱居山野有了制舉諸種聲名，再待人推舉，曠日費時，豈是汲汲於仕進之士子所願等待。由是，唐代士子入仕的管道遂多限科舉一途，管道原已狹隘，又加上高官權貴子弟轉換入仕跑道，擠向常科考試行列，挾其請託之優勢，則寒門士子赴舉求進路途之坎坷更在所難免。

二、上牓關涉人爲因素

由唐代取士路徑之狹仄來看，寒門士子赴舉求仕之道，已備極艱辛。而反映在唐人小說中，士人上榜與否又普遍存在多種人爲因素：如主司主觀成分，包括與士子之恩怨、親疏、爲取悅皇室或畏懼權貴，而士人干謁、行卷、請託、行賄之行爲等，皆影響主司對應舉士人之取捨。茲分述如下：

〔註 49〕在裴鉶《傳奇・崑崙奴》中即述寫一顯僚之子，正是充職千牛備身：「唐大曆中有崔生者，其父爲顯僚，與蓋代之勳臣一品者熟，生時爲千牛。」見汪辟疆校錄《唐人小說》頁 324。

〔註 50〕後晉・劉昫：《舊唐書》卷 92，列傳 42，頁 2970。

〔註 51〕宋・王欽若等：《冊府元龜》（台北市：大化書局，1984 年 10 月）。卷 630，《銓選部》條制二，頁 3329。

（一）士子與主司之恩怨影響上牓

大批士子競趨赴舉，每次及第比例極低，寒門士子要能在競試中勝出，除了實力之外，還須有良善的人際關係。人際關係良善則左右逢源，若不擅處理人際關係，甚至一生將遭永棄。如《唐摭言．包誼》篇中寫包誼赴試期不及，得到宗人祭酒包佶接濟，館於私第，而包誼多遊佛寺，卻冒犯了中書舍人劉太眞，致劉太眞因銜恨而欲永棄包誼；而《唐摭言．賈泳》篇中賈泳則是不拘細碎，對裴贄傲睨相向，當裴贄爲主司時，則因銜恨而黜落賈泳：

> 太眞覩其色目，即舉人也。命一价詢之，誼勃然曰：「進士包誼，素不相識，何勞致問？」太眞甚銜之，以至專訪其人於佶，佶聞誼所爲，大怒，因詰責，遣徙他舍，誼亦無怍色。明年，太眞主文，志在致其永棄。〔註52〕
>
> 泳落拓，不拘細碎。嘗佐武臣倅晉州。昭宗幸蜀，三牓裴公，時爲前主客員外，客遊至郡，泳接之傲睨。公嘗簪笏造泳，泳戎裝一揖曰：「主公尚書邀放鷂子，勿怪。」如此倥偬而退，贄頗銜之。後公三主文柄，泳兩舉爲公所黜。《唐摭言．賈泳》〔註53〕

在任何時代、任何地區，若要工作平順、升遷如意，除了才智有過人的表現，也得謙虛受教，若倨傲無禮、目中無人，將使人際關係大壞，終而遭人厭棄，因此士子得罪權貴將影響仕途。

（二）以干謁、請託、行賄左右上牓

由於唐朝科舉考試試卷上不糊名，且由主司專責試務，主司於考前常有內屬，於是舉人於省試前，將所賦詩文，干謁主司，以求賞識。其實主司又多畏於譏議，而接受朝士與時賢之推薦，因此舉人常先向權貴顯要投文，冀由延譽以激揚聲價，而後再求登第。行卷干謁現象之普遍，已成爲唐朝科舉之特色，如《唐摭言》中曰：「太和中，貢士不下千餘人，公卿之門，卷軸塡委，率爲閽媼脂燭之費。」〔註54〕行卷之詩文卷軸數量龐大，竟成爲守門者與老婦脂燭之費，因此出現主司明令宣布限制行卷數量：「劉允章侍郎主文年，榜南院曰：『進士納卷，不得過三軸。』」〔註55〕

〔註52〕姜漢椿：《新譯唐摭言》，頁257。
〔註53〕姜漢椿：《新譯唐摭言》，頁363。
〔註54〕姜漢椿：《新譯唐摭言》，頁404。
〔註55〕姜漢椿：《新譯唐摭言》，頁404。

因此唐朝士人爲了提高自己名聲以利登仕，紛紛奔走於名公巨卿之門，如李白爲能入朝爲官而「歷抵公卿，遍干諸侯」〔註56〕，藉由結識公卿諸侯，展現自身濟世與文學才華，延譽於公卿，以望推薦入仕，此即爲「干謁」，李肇《唐國史補》曰：「造請權要，謂之關節。激揚聲價，謂之往還。」〔註57〕即是指應常科考試或冀求由制舉入仕的士人干謁公卿，投獻自己的代表作品用以延譽的行卷行爲。干謁的目的，有的是以布衣求仕，如李白〈與韓荊州書〉；有的是求及第，如白居易以〈草原詩〉謁著作郎顧況〔註58〕；有的是及第後求仕，如韓愈〈三上宰相書〉。干謁時之行卷則多發生於赴舉應試士子身上。此外士人爲了希望應舉得利，又有請託與行賄的行爲，唐朝士人爲了入仕可謂不擇手段。

行卷、干謁的目的在於藉由公卿權貴之提攜而提高聲譽，即是藉由公卿權貴之引薦，而得到入仕機會或增加應舉上榜的機會。如李白詩集中多次呈現出李白的出仕企望，希望所請託之權貴爲之引薦，原因在於詩人認爲自己的才華如同明珠一般，若不經由他人引薦，突兀地明珠暗投，人反懼而按劍。古之士人失官去國，「出疆必載質」，到另一國家尋求出仕機會，若無人從中引進，則需自己帶著「贄」以備見所適之國的君王，孟子解釋載贄的理由是：「古之人，未嘗不欲仕也，又惡不由其道，不由其道而往者，與鑽穴隙之類也。」〔註59〕有人引薦當然最好，若無人從中引薦，則自己帶上贄禮以求見君王，也是正式的途徑。然孟子所言乃適應春秋戰國之時空，並不適用於開放公平競爭擇用人才的考試制度中。唐代分科取士既是對廣大士子開放由考

〔註56〕李白在〈與韓荊州書〉云：「白隴西布衣，流落楚、漢。十五好劍術，遍干諸侯。三十成文章，歷抵卿相。」遍干與歷抵之目的在於得到諸侯與卿相之延譽，進而期望獲得推薦而入仕，因此曰：「白聞天下談士相聚而言曰：『生不用萬戶侯，但願一識韓荊州。』何令人之景慕，一至於此耶！豈不以有周公之風，躬吐握之事，使海內豪俊，奔走而歸之，一登龍門，則聲譽十倍。所以龍盤鳳逸之士，皆欲收名定價於君侯。願君侯不以富貴而驕之，寒賤而忽之，則三千賓中有毛遂，使白得穎脫而出，即其人焉。」見王琦《李太白全集》頁1239。

〔註57〕王汝濤：《全唐小說》，頁1861。

〔註58〕《唐摭言》〈知己〉篇曰：「白樂天初舉，名未振，以歌詩謁顧況。況謔之曰：『長安百物貴，居大不易。』及讀至〈賦得原上草送友人〉詩曰：『野火燒不盡，春風吹又生。』況歎之曰：『有句如此，居天下有甚難！老夫前言戲之耳。』」事見姜漢椿：《新譯唐摭言》，頁237。

〔註59〕蔣伯潛：《語譯廣解四書讀本・孟子》，頁140。

試公平競爭，則不應使用干謁、請託、行賄等有違公平原則之手段介入其中以爭取入仕機會。然而既是社會上流行的風氣，則成爲擋不住的浪潮，遂教多數難以抵擋巨浪者盡皆汩沒其中。李白一開始求仕的態度是「不屈己，不干人」，其後迫於生活窘困，有志難伸，一變而爲「歷抵公卿，遍干諸侯」，這也是當時士子的悲痛，其間的低聲下氣，仰人鼻息，實是重挫士子自尊心。

干謁、行卷的行爲在唐人小說中之典型代表應屬薛用弱之《集異記．王維》：

> 王維右丞，年未弱冠，文章得名。性閑音律，妙能琵琶，遊歷諸貴之間，尤爲岐王所眷重。時進士張九皐，聲稱籍甚。客有出入於公主之門者，爲其致公主邑司牒京兆試官，令以九皐爲解頭。維方將應舉，具其事言於岐王，仍求庇借。〔註60〕

王維未弱冠時，即以文章與音樂遊歷諸貴之間，爲岐王所眷重，此即是干謁行爲（結識權貴以邀名聲）。而張九皐企望成爲當年由州縣保舉至京應考者的榜首，已經有出入公主宅第之客，請公主身邊邑司（財務人員）以公主名義寫推薦公文送達主考官，令主考官以九皐爲榜首。張九皐此舉是尚未登門拜謁，已利用人事爲其進行請託。王維這一年也將應舉，將九皐請託之事告訴岐王，表示希望藉由岐王之力庇助自己能當上解頭。岐王認爲「貴主之強，不可力爭」，而爲王維謀畫：選錄十篇清越舊詩，新度怨切之琵琶新聲一曲，五日後同詣公主宅。至公主宅之日，岐王拿出鮮麗奇異的錦繡華服，讓王維穿上，此舉欲令人目光焦點悉集於王維身上。令王維帶上琵琶，入公主宅時，岐王說承公主自宮內出來，因此攜帶酒樂奉陪飲宴，張筵之際，伶人一道進入，王維走在最前頭，「維妙年潔白，風姿都美」，出場的設計果然引起公主的注意，馬上問岐王：「此何人哉？」岐王僅回答：「知音者也。」即讓王維獨奏新曲，「聲調哀切，滿座動容」，因音樂之淒美動人，且是新曲，再次引起公主好奇而自發的詢問曲名，維起而答曰：「號〈鬱輪袍〉。」公主大奇，岐王乘勝追擊，表示「此生非止音律，至於詞學，無出其右。」使公主因好奇而主動要求王維出其詩卷，「維即獻出懷中詩卷」，王維此時即是行卷的行爲，但不是自己突兀的上獻詩卷，而是經過岐王引薦並且應公主要求。公主覽閱詩卷後，驚駭其詩文盡是平日所誦習者，以爲古人佳作，不知是王維作品，乃令王維換掉樂工服裝，晉升到客人的上位入座。接著「維風流蘊藉，

〔註60〕汪辟疆：《唐人小說》，頁302。

語言諧戲，大爲諸貴所欽矚。」先是外型引人注目，再因樂曲感動坐客，復因獻詩令人驚嘆，後以其語言讓人欽矚，層層出招，造成宴飲中的高潮與矚目焦點，再由岐王主導：「若使京兆今年得此生爲解頭，誠爲國華矣！」逼出公主自問：「何不遣其應舉？」此時岐王所言才是此行真正目的：「此生不得首薦，義不就試，然已承貴主論託張九皐矣。」公主因極爲賞識王維，笑曰：「何預兒事，本爲他人所託。」當下對王維說：「子誠取解，當爲子力。」在公主出力之下，「維遂作解頭而一舉登第」。姑不論此事是否屬實，也無庸評論薛用弱是否意在誣蔑王維。從文本看來，岐王猶如善於包裝藝人的經紀人，欲揚振王維名聲，而有如此大的排場，但是先決條件還是必須欲延名聲者，先得具有出眾的外貌與非凡的才華。

干謁需論親疏，若非親非故，則無由干謁權貴，從另一角度而言，亦是家族中若有人爲官則能澤及族人。但寒門士人干謁權貴，雖屬同宗，仍得看人臉色，如：

> 開元二十五年，鄭虔爲廣文博士，有鄭相如者，年五十餘，自隴右來應明經，以從子謁虔，虔待之無異禮。他日復謁，禮亦如之。(《前定錄・鄭虔》)〔註61〕

鄭虔雖與鄭相如同一宗族，鄭相如年高且以從子身分謁虔，鄭虔姿態仍相當高。對於出身貧寒，缺乏政治背景的士子而言，投遞行卷並非易事，尤其遭遇的是高高在上，又無愛惜人才之心的權貴，貧寒舉子要去干謁行卷，內心屈辱感自是在所難免。《文獻通考》卷29《選舉考》引江陵項氏之論，生動的描寫了士子們投遞行卷的痛苦：「王公大人巍然於上，以先達自居，不復求士。天下之士，什什五五，戴破帽，騎蹇驢，未到門百步，則下馬奉幣刺再拜，以謁於典客者。投其所爲之文，名之爲求知己，如是而不問，則再如前所爲者，名之曰溫卷，如是而又不問，則有執贄於馬前，自贊曰：某人上謁者。」〔註62〕士子們爲了行卷以延譽，不得不卑躬受辱。韓愈在未及第之前，也多次行卷權貴，他在〈送李愿歸盤谷序〉中形容自己「伺候於公卿之門，奔走於形勢之途，足將進而趑趄，口將言而囁嚅」〔註63〕，形象地描繪出自己行

〔註61〕王汝濤：《全唐小說》，頁683。

〔註62〕馬端臨：《文獻通考》(台北市：新興書局，1963年)。卷29《選舉考二》，頁2740。

〔註63〕羅聯添：《韓愈古文校注彙輯》(台北市：國立編譯館，2003年6月)，頁1146。

卷時自卑且猶豫不決的心理。

及第士子希望藉權貴之力如願得到心中所希望的官職，有時是以請託的方式。請託有別於干謁，干謁則干謁者身份較為卑下，猶如乞人憐恤，相當挫傷士子尊嚴卻是無可奈何之舉，而請託則請託者與受託者身分地位差距較小，或為受託者之故舊或恩師，故較能不卑不亢，如：

> 秘書監劉禹錫，其子咸允，久在舉場無成。禹錫憤惋宦途，又愛咸允甚切。比歸闕，以情訴於朝賢，太和四年，故吏部崔群與禹錫深於素分，見禹錫蹭蹬如此，尤欲推輓咸允。其秋，群門生張正謩充京兆府試官，群特為禹錫召正謩，面以咸允託之，覬首選焉。(《續定命錄．張正矩》)〔註 64〕

> 趙璟、盧邁二相國皆吉州人，旅眾呼為趙七盧三。趙相自微而著，蓋為是姚曠女婿，姚與獨孤問俗善，因託之，得湖南判官，累奏官至監察。蕭相復代問俗為潭州，有人又薦於蕭，蕭留為判官，至侍御史。《嘉話錄．趙璟盧邁》〔註 65〕

劉禹錫與崔群深於素分，而張正謩又是崔群的門生，由於故舊與師生的門徑，則劉咸允自是比一般士子走得較平順。趙璟之能夠仕途平順，自微而著，除了才學之外，最重要的是一路得到貴人相助，初為丈人請託於獨孤問俗，而後有人薦於蕭相，後因政有美聲聞於德宗，終得君王賞識，而入朝為相。相較於一開始缺乏外力援助的寒門士子，自是幸運無比。

而士子久舉不中，又缺乏人事背景，或有以行賄手段以求上牓者，前文曾引《逸史．李君》篇中李君「五、六舉下第，欲歸無糧食，將住，求容足之地不得。」其後幸而由一僧人處得李君之父所寄放的二千貫錢，然而「又三數年不第，塵土困悴，欲罷去」，後值一客對李君言有侍郎郎君有門徑，要錢一千貫，可致及第：

> 李君問曰：「此事虛實？」客曰：「郎君見在樓上房內。」李君曰：「某是舉人，亦有錢，郎君可一謁否？」曰：「實如此，何故不可？」乃卻上，果見之，話言飲酒，曰：「侍郎郎君也。」云：「主司是親叔父。」乃面定約束，明年果及第。〔註 66〕

〔註 64〕王汝濤：《全唐小說》，頁 2547。
〔註 65〕宋．李昉《太平廣記》卷 152，頁 1092。
〔註 66〕王汝濤：《全唐小說》，頁 861。

高門勢族子弟在科考中，有其門徑可請託說項。而一無親故可援引之士子無法由干謁、行卷以延譽於公卿，或有行賄以託主司親故以求上牓，然仍需財源富厚爲其後盾。

（三）主司為取悅皇室或懼怕權貴而影響上牓

上牓與否跟主司爲取悅皇室有關，有士子已牓上有名，卻因故而除名，科舉之公平性亟待商榷。

> 太眞將放牓，先呈宰相。牓中有姓朱人及第，時宰以泚近爲大逆，未欲以此姓及第，亟遣易之。（《唐摭言．包誼》）〔註67〕

因朱泚叛亂，影響到主司須顧及皇室的感受，爲取悅皇室，而使已及第之朱姓士子，橫遭更易。

與上例情形相反的是：高官恃勢倨貴，主司害怕得罪權貴，而令考試不及格應被黜落的高官子弟上牓，如《明皇雜錄．楊暄》：「楊國忠之子暄舉明經，禮部侍郎達奚詢考之，不及格，將黜落，懼國忠而未敢定。」達奚詢即令擔任會昌尉的兒子達奚撫至楊國忠私第探楊國忠的意思，當楊國忠聽到這情形時的反應是「卻立大呼曰：『我兒何慮不富貴，豈藉一名，爲鼠輩所賣。』不顧，乘馬而去。」令達奚撫「惶駭，遽奔告於珣。」楊暄竟由不及格應被黜落一改而爲「致暄於上第」。〔註68〕上第與否不全由士子才學實力作唯一的根據，時時夾雜考試以外其他因素的介入。尚有舉子得宦官撐腰要求爲進士中之狀頭，自身親入貢院威嚇主司者：

> 高鍇侍郎第一榜，裴思謙以仇中尉關節取狀頭，鍇庭譴之，思謙迴顧厲聲曰：「明年打脊取狀頭。」第二年，鍇知舉，誡門下不得受書題。思謙自懷士良一緘入貢院，既而易以紫衣，趨至鍇下，白鍇曰：「軍容有狀，薦裴思謙秀才。」鍇不得已，遂接之。書中與思謙求巍峨，鍇曰：「狀元已有人，此外可副軍容詣。」思謙曰：「卑吏面奉軍容處分，裴秀才非狀元，請侍郎不放。」鍇俛首良久曰：「然則略要見裴學士。」思謙曰：「卑吏便是。」思謙詞貌堂堂，鍇見之改容，不得已遂禮之矣。（《唐摭言．裴思謙》）〔註69〕

裴思謙仗恃著仇士良做其靠山，直入貢院便要求成爲狀頭，惡行惡狀，口出

〔註67〕姜漢椿：《新譯唐摭言》，頁257。

〔註68〕王汝濤：《全唐小說》，頁1910。

〔註69〕姜漢椿：《新譯唐摭言》，頁294。

威脅之言，高鍇一開始尚能堅持，迨見思謙體貌豐偉，人物堂堂，卻馬上改變容色，從其所求。一則因權貴氣勢凌人，再則乃因主司不能堅持立場，遂令科舉貢院成爲權勢競逐之地。

朝中權貴對士子上牓頗具影響力，除了主司能堅持不受外力撓阻之外，其實也須看帝王是否有魄力，在懿宗咸通末年（西元 860—874 年），因爲權貴干擾太甚，使錄取工作很難進行，氣得主持考試的禮部侍郎高湜將烏紗帽摘下擲地，憤然表示：「吾決以至公取之，得譴固吾分！」秉公錄取了公乘億、許棠、聶夷中等有眞才實學的人。〔註 70〕主司乃爲國舉才，帝王應是最大受惠者，本應成爲主司靠山，但是由於帝王的軟弱，遂使主司得不到帝王的支持，如：

> 大歷十四年改元建中，禮部侍郎令狐峘下二十二人及第。時執政間有怒薦託不得，勢擬傾覆。峘惶恐甚，因進其私書。上謂峘無良，放牓日竄逐；並不得與生徒相面。後十年，門人田敦爲明州刺史，峘量移本州別駕，敦始使陳謝恩之禮。（《唐摭言・令狐峘》）〔註 71〕

由上引文所見，權貴勢力對科舉之干涉，甚至連帝王也得依順權貴而懲處主司，風氣之惡，無以復加。

（四）主司主觀的印象分數也左右上牓

由禮部考試得第的士子尚須經過吏部「身、言、書、判」的試練，侯紹文說：「按唐代取人之法，禮部則試以文學，故曰策、曰大義、曰詩、曰賦。吏部則試以政事，故曰身、曰言、曰書、曰判。此身、言、書、判四事，實爲銓選之試目，即唐代試官之四項準則也。」前文曾提及，吏部試在四月舉行，其擇人即以身、言、書、判爲準則：一、觀其身，取其體貌豐偉；二、觀其言，取其言詞辨正；三、觀其書，取其楷法遒美；四、觀其判，取其文理優長。〔註 72〕其中便攙入了主觀判斷的成分。「言、書、判」三者皆可待後天勤習提昇能力，唯「身」一端，求體貌豐偉，則寒門庶士後天調養自不如高門勢族，又倘因身體先天殘缺，縱令才情高妙，學識豐洽，也將失去上榜機會，對士子的打擊豈非雪上加霜。何光遠《鑑誡錄》卷 8〈屈名儒〉云：

〔註 70〕王道成：《科舉史話》（台北市：國文天地雜誌社，1990 年 3 月），頁 6。

〔註 71〕姜漢椿：《新譯唐摭言》，頁 455。

〔註 72〕見侯紹文：〈唐代銓選試目身、言、書、判之沿革考〉，收錄於氏著：《唐宋考試制度史》頁 198。

> 唐末宰臣張文蔚，中書舍人封舜卿等奏，前有名儒屈者十有五人，請賜孤魂及第，方干秀才是其數矣。……干爲人缺脣，應十餘舉。有司議：「干，才則才矣，不可與缺脣人科名，四夷所聞爲中原鮮士矣。」干潛知所論遂歸鏡湖。〔註 73〕

方干自應舉即因相貌的缺點而遭排除及第的希望，見出唐代主司取士輕才情而重相貌，後來張文蔚與封舜卿及何光遠俱爲此而鳴不平。在〈屈名儒〉篇中，亦提及晚唐之際，有才子羅隱，工詩，尤長詠史詩，因貌寢陋，一連應舉十次，卒未被錄取。明代《斬鬼傳》及清代《平鬼傳》中鍾馗的故事正是對唐代取士特重相貌的嚴厲諷刺。

（五）其他因素

除上述幾個較爲主要的原因左右上牓之外，在干謁行卷時，並非每個士子皆具有眞才實學，因此也會出現使用他人詩文冒充而行卷者。除此亦有先求試題者，各種型態的作弊，俱在始以考試爲錄用人才的唐代，就已全都出現。

> 崔元翰爲楊崖州所引，欲拜補闕，懇曰：「願舉進士。」由此獨步場中，然不曉程試，先求題目爲地。崔敖知之。旭日都堂始開，敖盛氣白侍郎曰：「若試白雲起封中賦，敖請退。」侍郎爲其所中，愕然換其題，是歲二崔俱捷。（《唐國史補．崔元翰》）〔註 74〕

由於寒士入仕門徑之狹窄，加上各種人爲力量之操縱，遂使新、舊唐書中與唐人小說中，寒士屢舉不第的例子不勝枚列，不僅是寒士的悲哀，也是國家嚴重的損失，而寒士怨望之氣甚至危及國家基業。

第三節　官場與宦途之景況

士子及第之後，將參加連串的歡慶活動，這是士子最爲風光的一段時間。科舉及第，士子僅取得出身，須再參加吏部的考試，與全國經由各種管道可入仕者爭取官職，並非當年即可獲官職，因此，未獲官職者又回復到原來困窘的生活。而已獲官職者是否一路順遂？仕途官場又會遭逢何種景況？本節將逐一論述。

〔註 73〕何光遠：《鑑誡錄》收錄於《筆記小說大觀》六編（台北市：新興書局，1975年），頁 251。

〔註 74〕王汝濤：《全唐小說》，頁 1862。

一、及第之後，短暫歡慶

士子經過重重關卡，終於進士及第，得來不易，是極高的榮譽，當時人們稱之爲「登龍門」。禮部考試放榜，在正、二、三月間，屬於春季，所以有稱爲「春榜」，亦有稱爲「金榜」。金榜書及第人姓名，張貼於禮部南院。榜帖則先書主司銜，後書同榜姓名、籍貫，彙集一冊，用素綾爲軸，上貼金花，供四處傳閱。新科進士及第後，即用泥金書帖向家鄉親友報喜，謂之喜信，於是親朋好友四處奔相走告，共同歡慶。新科進士之名，很快就傳遍天下。〔註75〕唐人詩賦中有不少是描寫放榜的，劉禹錫〈宣上人遠寄和禮部王侍郎放榜後詩，因而繼和〉詩：「禮闈新榜動長安，九陌人人走馬看，一日聲名遍天下，滿城桃李屬春官。」〔註76〕放榜之後，下第士子落寞的整理行李歸鄉再做捲土重來的打算，或於京城附近擇一寺觀寄宿以習業，及第士子則滿心欣喜的參加連串的歡慶活動。

據王定保《唐摭言》記載放榜後，新及第進士狀元以下先至主司宅第謝恩。謝恩後，詣期集院，在未敕下之前，每日期集，兩度詣主司之門，三日之後，主司堅辭，則止期集。敕下後，新及第進士過堂，當天，團司先在光範門裡東廊供帳，準備酒食，新進士於此等候宰相上堂，宰相既集，橫行至都堂門裡敘立，由堂吏通報：「禮部某姓侍郎領新及第進士見相公，而後狀元以下敘立階上，狀元出行列前行致詞曰：「今月某日，禮部放榜，某等幸忝成名，皆在相公陶鎔之下，不任感懼。」致詞畢作揖退回行列中，自狀元以下，一一自稱姓名後，主司長揖，領生徒退，詣舍人院。〔註77〕

新及第進士在謝恩、期集、過堂之後，最爲歡欣的應是參加曲江之杏園宴。〔註78〕曲江是長安城東南邊的遊覽勝地，碧波蕩漾，兩岸綠樹成行，鳥

〔註75〕資料來源：唐詩故事教學系統 http://www.im.thit.edu.tw/chang/culture/mainsub/mb06.htm 唐代的科舉制度 2006年7曰15日下載。

〔註76〕《全唐詩》卷359_34，資料來源：公益書庫 ttp://win.mofcom.gov.cn/book/htmfile/23/s4116_6.htm2006年9曰25日下載。

〔註77〕資料來源取自王定保：《唐摭言》之〈謝恩〉、〈期集〉、〈過堂〉。見姜漢椿：《新譯唐摭言》，頁74至頁78。

〔註78〕王定保於《唐摭言》曰：「曲江亭子，安、史未亂前，諸司皆列於岸滸。幸蜀之後，皆燼於兵火矣，所存者唯尚書省亭子而已。進士關宴，常寄其間。既撤饌，則移樂泛舟，率爲常例。宴前數日，行市駢闐於江頭。其日，公卿家傾城縱觀於此，有若中東床之選者，十八九鈿車珠鞍，櫛比而至。」見姜漢

語花香，亭台樓閣，櫛次鱗比。所以，每年三月杏花怒放時，新科進士都要在此舉行著名的曲江宴，亦稱杏園宴。三月間，狀元與同年相見後，眾人共選出錄事、主宴、主酒、主標、探花、主茶等人，具體負責有關宴會的事務。探花又稱探花郎，或稱兩街探花使，要選新科進士中最年輕的二人擔當，他們騎馬遊遍長安名園，摘取早春鮮花。中唐詩人孟郊〈登科後〉一詩，對此情景有深刻鮮明的摹寫：「昔日齷齪不堪嗟，今朝放蕩思無涯。春風得意馬蹄疾，一日看盡長安花。」〔註79〕曲江宴的主角固然是新科進士，但這也是長安官民同樂的喜慶節日。宴會前數日，市集已羅列於曲江池附近，達官貴人們往往也在這天挑選東床快婿，有時皇帝還登上位於曲江池旁的紫雲樓垂簾觀看，以致於曲江一帶車馬塡塞，熱鬧非常。新進士於曲江宴後，皆集於慈恩寺之大雁塔下題名，同年中推善書者記之，他日有將、相，再以朱塡之，此亦唐代舉子及第後最稱榮幸之一事。白居易一舉得第，在同榜中年紀最輕，詠題名有句云：「慈恩塔下題名處，十七人中最少年。」可想見其當時得意之色。

二、登第之後的等待

經過了曲江遊宴，杏園探花，雁塔題名等風光的歡慶活動之後，這群新及第進士暫時揮別過去的困頓淹蹇，憧憬於亮麗的未來，然錦繡前程果眞即刻展現在他們眼前？唐制，試士與試官分途舉行，試士歸禮部管，試官歸吏部管。士子經禮部考試及第者，僅取得出身，即獲得任官資格，須再經吏部考試中格，始得釋褐服官，故吏部考試也稱「釋褐試」，即經考試中格後，授以官職，釋去賤服而易以官衣〔註80〕。所以士人及第並不意味著有官可授，還須經吏部考試，合格方可授官，而所授官職又多僅止校書郎、縣尉等微職，對寒門庶族士子而言，即使僥倖及第，面前仕途仍是險阻重重。如韓愈因出身貧寒，在〈上宰相書〉中言：「四舉於禮部乃一得，三選於吏部卒無成。九品之位其可望，一畝之宮其可懷。遑遑乎四海無所歸，恤恤乎饑不得食，寒不得衣。」〔註81〕每年參加吏部考試者，除了進士、明經、諸科及第者之外，

椿《新譯唐摭言》，頁92。

〔註79〕清聖祖：《全唐詩》卷374《孟郊》三（台北市：明倫出版社，1971年5月），頁4205。

〔註80〕侯紹文：《唐宋考試制度史》，頁62。

〔註81〕羅聯添：《韓愈古文校注彙輯》（台北市：國立編譯館，2003年6月），頁625。

尙有以門蔭入仕之皇族貴戚高官子弟與經由吏道流外入內等類別，綜計各類選人，率二千人左右，進士、明經、諸科僅佔百分之五。故沈既濟有云：「入仕之途太多，世胄之家太優。」即爲常科及第之士子鳴不平。〔註82〕

三、仕途蹇滯與險惡

唐人小說中士人之遭遇仕途蹇滯險惡，據其狀況推究原因，大抵有以下幾點：因主司職掌銓選權力、官吏之間的恩怨、失職、士子理想與執政者利益相左、政權改換。導致的宦途情況有：出任處非其所願、因官吏間恩怨傾軋與衝撞統治者致貶謫、及第卻未得受官至各地節度幕中從事卻升遷無門、秩滿而下任難期、因失職而除籍爲民、因政權改換更導致生命面臨死亡威脅。因原因與情況有因果關係，不便分述，將依文本逐項舉述。

（一）主司職掌銓選權力

和士子參加考試求及第時相同，官位的升遷也受到主司的掌控。主司職掌銓選派任之權，握住出仕官人的仕途走向，有時並不完全以官吏表現當作派任標準，如：《會昌解頤·麴思明》篇中趙冬曦任吏部尙書即曰：「以某今日之勢，三千餘人選客，某下筆，即能自貧而富，捨貴而賤，飢之飽之，皆自吾筆。」〔註83〕

又如《前定錄·馬遊秦》也顯示出官吏的銓選掌握在吏部官員手中，富貴由之：「吏部令史馬遊秦，開元中，以年滿當選。時侍郎裴光庭，以本銓舊吏，問其所欲，遊秦不對，固問之，曰：『某官已知矣，不敢復有所聞。』光庭曰：『當在我，安得之。』」〔註84〕

吏部掌銓選之責，若掌事者設限嚴格，思欲壓抑人才，則士人仕途之路將走得更爲艱辛：

> 貞觀元年，溫彥博爲吏部郎中，知選，意在沙汰，多所擯抑。而退者不伏，囂訟盈庭，彥博惟騁辯與之相詰，終日喧擾，頗爲識者所嗤。（《唐會要·溫彥博》）〔註85〕

由溫彥博意在沙汰的銓選策略看，吏部之銓選尙未形成可遵循之制度，因此

〔註82〕侯紹文：《唐宋考試制度史》，頁62。
〔註83〕王汝濤：《全唐小說》，頁2634。
〔註84〕王汝濤：《全唐小說》，頁695。
〔註85〕宋·李昉等：《太平廣記》卷185，頁1382。

被擯退者於心不服，溫彥博尚須與之騁辯，且終日喧擾。士人獲得官職與否並無常規可循，時爲人爲因素所擺弄。又如《唐會要》中述貞觀四年戴胄兼檢校吏部尚書時，「即在銓衡，頗抑文雅而獎法吏」〔註86〕。又「貞觀八年十一月，唐皎除吏部侍郎，常引人入銓，問何方穩便。或云，其家在蜀，乃注與吳。復有云，親老，先住江南，即唱之隴右。論者莫測其意。」〔註87〕如果遭逢主觀意識極強的主司，且不與人方便，更增加仕途之坎坷。

而「溥天之下，莫非王土；率土之濱，莫非王臣」〔註88〕，帝王是整個國家官吏結構之最高主司，官位授予或由君王恩賜，受拔擢者或因是帝王東宮時故舊，或因官員有治績，或出於嘉許官員之行爲。如：

> 明皇在府之日，與絳州刺史宋宣遠兄惲有舊，及登極之後，常憶之，欲用爲官。(《定命錄・宋惲》)〔註89〕
>
> 開元中，上急於爲理，尤注意於宰輔，常欲用張嘉貞爲相。(《明皇雜錄・張嘉貞》)〔註90〕
>
> 趙璟，……主留務，有美聲，聞於德宗。……右丞有缺，宰相上名，德宗曰：「趙璟堪爲此官。」追赴拜右丞，不數月，遷尚書左丞平章事。(《嘉話錄・趙璟盧邁》)〔註91〕
>
> 齊丘貴後，恩敕令與一子奉御官。齊丘奏云：「兩姪早孤，願與姪。」帝嘉之，令別與兩姪六品已下官，齊丘之子，仍與東宮衛佐，年始十歲。(《定命錄・張齊丘》)〔註92〕

主司掌控官人之仕途，與主司有故舊親族之淵源者，自有其優勢以致宦途平順。在仕途中，取捨由人。蓋士子能受主司之澤被，與宦途中有美政能上聞於日理萬機之天子，皆屬少數，則慨嘆不遇的士子仍佔大多數。趙璟之拜右丞，尚是「頃之，德宗忽記得璟」，在眾多赴舉與入仕行列中之士人，能受賞識於天子而得拔擢者，蓋少矣！

〔註86〕宋・李昉等：《太平廣記》卷185，頁1383。

〔註87〕宋・李昉等：《太平廣記》卷185，頁1383。

〔註88〕《詩經・小雅・北山》見屈萬里：《詩經詮釋》，(台北市：聯經出版事業公司，1988年七月第四次印行)，頁395。

〔註89〕王汝濤：《全唐小說》，頁2463。

〔註90〕王汝濤：《全唐小說》，頁1908。

〔註91〕宋・李昉等：《太平廣記》，卷152頁1091。

〔註92〕王汝濤：《全唐小說》，頁2461。

（二）入仕無由，升遷無門

士子雖通過禮部考試取得授官資格，卻又未能通過吏部考，有的已經過吏部試，卻尚未授官，因迫於生活困窘，即投向各地節度使幕下求職，如：《續定命錄．樊陽源》載：

> 唐山南節判殿中侍御史樊陽源，元和中，入奏，岐下諸公攜樂，於岐郊漆方亭餞飲。從事中有監察陳庶、獨孤乾禮皆在幕中六七年，各歎淹滯。〔註93〕

士子因求仕無門，在幕中多年，聚飲之時，悲從中來，長嘆仕途淹滯、命運乖蹇。然而獲得官職，並不表示就一直保有此官職，唐代官吏尚要面對秩滿的壓力，「秩滿」謂職官任期，滿一定的年限。如：〈吳保安〉篇中吳保安請郭仲翔薦用於李蒙將軍，乃因：「此官已滿，後任難期。以保安之不才，厄選曹之格限，更思微祿，豈有望焉，將歸老田園，轉死溝壑。」〔註94〕又如〈無雙傳〉中王仙客求官於金吾將軍王遂中，遂中薦見仙客於京兆尹李齊運，齊運以仙客前銜為富平縣尹，知長樂驛。而後為搭救無雙，需尋找富平縣古押衙，「遂申府，請解驛務，歸本官。……秩滿，閒居於縣。」〔註95〕因此無論是未獲授官或秩滿欲求下任官職，在士人而言，皆因充滿未知數，而憂心忡忡。

侯紹文說：「唐代授官非常困難，既試吏部之後，宜即可以授官，是又不然。按唐代格令，內外官凡萬八千八十五員，而合入官者，自諸館學生以降，凡十二萬餘員，故每八九人爭官一員，士有出身二十餘年尚有不獲祿者。」〔註96〕這些投向各地節度使幕下的士子，到晚唐時集結成一股深巨的怨氣，甚至終而成為李唐皇室巨大的隱憂。〔註97〕

（三）出任處，非所願

士人被派任的官職與地方非己所願，令士人感到仕途蹇滯，心中忽忽不怡。士子登第後，須經吏部考試後方得派官，然吏部所授官職卑微〔註98〕，

〔註93〕王汝濤：《全唐小說》，頁2543。

〔註94〕汪辟疆：《唐人小說》，頁291。

〔註95〕汪辟疆：《唐人小說》，頁206。

〔註96〕侯紹文：《唐宋考試制度史》，頁63。

〔註97〕請參見房銳：〈從王鐸死因看晚唐藩鎮之禍及落第士人的心態〉，收錄於《天津大學學報》第4卷第1期，2002年3月，頁52至頁56。

〔註98〕參加科舉考試，秀才、明經、進士之及第者，所獲官職並不高，《文獻通考》記載：「凡秀才上上第，正八品上。上中第，正八品下。上下第，從八品上。

多爲八、九品以下縣尉，縣尉是縣中佐貳官，掌管緝捕盜賊、查察姦宄之職，因而多半使及第士子感到氣餒甚而忿忿不平。《前定錄．李相國揆》中述寫相國李揆初以進士調集在京師時，曾請一善易筮者王生爲之卜派任官職，當王生爲之開卦言李揆當得河南道一尉時，李揆的反應是「揆負才華，不宜爲此，色悒忿而去。」〔註99〕這是見卜筮結果，不如所願而忿忿不平。

而在《續定命錄．韋貫之》篇中則是現實世界中士子因感於官位卑微的悲泣：

> 武元衡與韋貫之，同年及第。武拜門下侍郎，韋罷長安尉，赴選，元衡以爲萬年丞，過堂日，元衡謝曰：「某與先輩同年及第，元衡遭逢，濫居此地，使先輩未離塵土，元衡之罪也。」貫之嗚咽流涕而退。〔註100〕

同年及第而宦途上卻有不同命運，元衡此說又加重了貫之的傷痛。

〈遊仙窟〉篇中張鷟則因派任處離故鄉路途遙遠，感到命運迍邅。〈許雲封〉篇中的韋應物與〈韋宥〉篇中的韋宥俱因派任非所願而心生憤懣：

> 僕從汧隴，奉使河源。嗟命運之迍邅，嘆鄉關之眇邈。(〈遊仙窟〉)〔註101〕
>
> 貞元初，韋應物自蘭臺郎，出爲和州牧，非所宜願，頗不得志。(《甘澤謠．許雲封》)〔註102〕
>
> 元和中，故都尉韋宥出牧溫州，忽忽不怡。(《集異記．韋宥》)〔註103〕

士人一旦投入國家運作體制之中，除非是權貴子弟，否則銓選派任皆鮮能如願，故常使得古今士人發出「長恨此身非我有」之浩嘆。

（四）居官失職，革除官職

士人經過多年苦讀，忍受貧窶，終於在考試中出人頭地，經吏部考試，又幸而得授官職，方能揚眉吐氣之際，但仕途上仍得如臨深履薄一般走得戰

中上第，從八品下。明經上上第，從八品下。上中第，正九品下。中上第，從九品下。進士、明法甲第，從九品上。乙第，從九品下。弘文、崇文館生及第亦如之。應入五品者以聞。書、算學生，從九品下敘。」

〔註99〕王汝濤：《全唐小說》，頁692。

〔註100〕王汝濤：《全唐小說》，頁2546。

〔註101〕汪辟疆：《唐人小說》，頁23。

〔註102〕汪辟疆：《唐人小說》，頁318。

〔註103〕汪辟疆：《唐人小說》，頁306。

戰戰兢兢，唯恐稍有閃失，好不容易得到的工作又再落空。如：

唐青州刺史劉仁軌，知海運，失船極多，除名爲民。(《朝野僉載·劉仁軌》)〔註104〕

唐餘干縣尉王立調選，傭居大寧里，文書有誤，爲主司駁放，資財蕩盡，僕馬喪失，窮悴頗甚，每丐食於佛祠。(《集異記·賈人妻》)〔註105〕

獲得官職卻復淪落如此景況，實令人難以意料。

（五）恩怨傾軋影響仕途

士子爲了企求及第需行干謁請託，以造成良好人際關係而順利及第。同樣的，獲官之後，爲求仕途平順升遷如願，亦得需有良好的人際關係。既已入仕，若因官場利害關係而得罪他人，或因細事結隙，多造成仕途不順遂，如：

唐狄仁傑之貶也，路經汴州，欲留半日醫疾，開封縣令霍獻可追逐當日出界，狄公甚銜之。即回爲宰相，霍以爲郎中，狄欲中傷之而未果。(《定命錄·狄仁傑》)〔註106〕

又《續定命錄·崔元亮》篇中載：「元和十一年，監察御史段文昌，與崔植同前入臺。先是御史崔元亮，察院之長，每以二監察後至，不由科名，接待間多所脫略，段與崔深銜之。」至元和十五年，崔、段二人入相，而崔元亮罷密州刺史，有心求官而上謁宰相，崔、段二人將舊事俱告門下侍郎蕭相，蕭相曰：「若如此，且令此漢閑三五年可矣。」〔註107〕今日失勢者未必永遠居於下層，若恃勢陵侮他人，未能與人爲善，則又爲自己仕途添加絆腳石。

仕宦生涯中有時因細故而結怨，有時則會因奪權而產生傾軋，輕則遭遇貶謫的命運，重則賜死。〈上清傳〉篇中竇參月夜閑步中庭，其常寵之青衣上清發現有人藏身樹上，竇參曰：「陸贄久欲傾奪吾權位，今有人在庭樹上，吾禍將至。且此事奏與不奏，皆受禍，必竄死於道路。」隔日執金吾果奏其事，而德宗亦未加追查，即立刻厲聲譴責竇參，交通節將，蓄養挾刺。貶郴州別駕，不久又因宣武節度使通好於郴州，德宗亦輕易即判斷「交通節將，信而

〔註104〕王汝濤：《全唐小說》，頁1459。
〔註105〕王汝濤：《全唐小說》，頁644。
〔註106〕王汝濤：《全唐小說》，頁2458。
〔註107〕王汝濤：《全唐小說》，頁2545。

有徵。」對竇參懲處是「流竇公於驩州，沒入家資，一簪不著身。竟未達流所，詔自盡。」仕途之變化難料，升遷充滿變數，令人觸目驚心。又迨上清沒入掖庭，以善應對，能煎茶，得以在德宗左右，具言竇參受陸贄誣陷之事，陸贄因此不再受德宗重用。此時裴延齡探知陸贄恩捧，得恣行媒孽，贄竟受譴不迴。由陸贄與竇參官位之升降來看，宦途之升遷變化實夾雜官吏之間眾多權力傾奪擠軋的因素。

玄宗時李林甫頗具野心，未完全握有大權時，汲汲於排擠先進，既已掌權，懼怕權柄旁落，則操弄權柄，無所不至：

> 張九齡在相位，有謇諤匪躬之誠。玄宗既在位年深，稍怠庶政，每見帝，無不極言得失。李林甫時方同列，聞帝意，陰欲中之。時欲加朔方節度使牛仙客實封，九齡因稱其不可，甚不叶帝旨。他日，林甫請見，屢陳九齡頗懷誹謗。於時方秋，帝命高力士持白羽扇以賜，將寄意焉，九齡惶恐，因作賦以獻，又爲歸鷰詩以貽林甫，其詩曰……，林甫覽之，知其必退，恚怒稍解。九齡洎裴耀卿罷免之日，自中書至月華門，將就班列，二人鞠躬卑遜，林甫處其中，抑揚自得，觀者竊謂一鵰挾兩兔。俄而詔張、裴爲左右僕射，罷知政事，林甫視其詔，大怒曰：「猶爲左右丞相邪？」二人趨就本班，林甫目送之，公卿已下視之，不覺股慄。(《明皇雜錄・李林甫》)〔註 108〕

李林甫之操弄權柄，無視於官場倫理，更無視於帝王詔書，對於先進張九齡、裴耀卿排擠呼叱，令朝中觀者心生寒慄。李林甫且懼怕權利被他人侵奪，於是厚賄玄宗之左右寵幸，以及早得知玄宗的任何動靜。玄宗某日於勤政樓宴罷，垂簾以觀，兵部侍郎盧絢以爲玄宗已歸宮掖，垂鞭按轡，橫縱樓下，「絢負文雅之稱，而復風標清粹」，玄宗一見，不覺目送之，又稱其蘊藉。此事被持權忌能的李林甫得知，隔日即召盧絢子弟言，欲借重盧絢之賢才，派任南方，若認爲太遠，可以請老歸鄉，不然亦可「以賓詹分務東洛」。子弟歸而轉告盧絢，盧絢以賓詹爲選，李林甫又怕違背眾望，遂派其出任華州刺史，不久，又謊稱盧絢有疾，未能善理郡政，再貶官。〔註 109〕盧絢之仕途出處遭李林甫擅加操弄，又現出官場險惡之一斑。

〈枕中記〉中盧生夢中宦途的變化是士人宦途的典型代表，在盧生建立

〔註 108〕宋・李昉等：《太平廣記》，卷 188，頁 1408。
〔註 109〕事見《明皇雜錄・盧絢》，收錄於宋・李昉等：《太平廣記》，卷 188，頁 1408。

軍功「歸朝冊勳，恩禮極盛。轉吏部侍郎，遷戶部尚書兼御史大夫。時望清重，群情翕習」之時，「大爲時宰所忌，以飛語中之，貶爲端州刺史。」此時僅是左遷，尚無生命威脅。其後又「徵爲常侍，未幾，同中書門下平章事。與蕭中令嵩、裴侍中光庭同執大政十餘年，嘉謨密令，一日三接，獻替啓沃，號爲賢相。」正是入朝相業之最高峰，此時卻又「同列害之，復誣與邊將交結，所圖不軌。制下獄。府吏引從至其門而急收之，生惶駭不測……引刃自刎，其妻救之，獲免。其罹者皆死，獨生爲中官保之，減罪死，投驩州。」〔註110〕雖僅一夢，實概括的表現出士人宦途之起落浮沉。而仕途變化難料者又如《定命錄・袁嘉祚》所述：

> 袁嘉祚爲滑州別駕，在任得清狀，出官未遷，接蕭岑二相自言，二相叱之曰：「知公好蹤跡，何乃躁求？」袁慙退，因於路旁樹下休息。有二黃衣人見而笑之，袁問何笑。二人曰：「非笑公，笑彼二相耳。三數月間並家破，公當斷其罪耳。」袁驚而問之，忽而不見。數日，敕除袁刑部郎中，經旬月，二相被收，果爲袁公所斷〔註111〕。

而有這種傾軋現象或出自於官員權力慾望之高漲，有時亦出自於整個官僚體系微妙的制衡設計：

> 諫院以章疏之故，憂患略同；臺中則務糺舉；省中多事，旨趣不一。故言遺補相惜，御史相憎，郎官相輕。(《國史補・雜說》)〔註112〕

官吏之間的恩怨造成宦途之艱難，而造成恩怨有時竟起因於官職內容之要求，而引起官吏間矛盾。

（六）政權改換，手足無措

唐朝幾度政權改換，不僅萬姓蒙塵，朝中高官亦無法倖免。武則天篡唐自號爲周之前，爲排除異己，朝中忠於李唐王朝的大臣更是首當其衝。而安史之亂與朱泚叛亂帶來國家動盪不安，高官亦難以自保，未及逃離京城的官員陷入爲官與否皆無從自擇的困境，此是宦途中最爲險惡之事件：表明傾向新政權，則有愧於禮法；表明忠於李唐王室，則面對殺身之禍。若畏懼死亡而從命當了僞朝官員，迨尅復之後，亦難免一死，是所有官員之兩難。

唐高宗朝，武則天佐高宗治國，永淳二年（西元 683 年）十一月，高宗

〔註110〕汪辟疆：《唐人小說》，頁 46。
〔註111〕王汝濤：《全唐小說》，頁 2460。
〔註112〕宋・李昉等：《太平廣記》，卷 187，頁 1402。

一病不起。太子李顯即位，是爲唐中宗，以太子妃韋氏爲皇后，把韋氏父親韋玄貞由小小的參軍，破格提升爲豫州刺史，不久又打算將韋玄貞提升爲宰相等級的侍中，眼見外戚掌政的局面將要出現，顧命大臣中書令裴炎力諫制止，唐中宗大怒說道：「朕就算把天下都讓給韋玄貞，也沒有什麼不可以，何況只是個侍中？」裴炎將唐中宗的話轉告太后武則天，不久武則天提出廢中宗爲盧陵王，無人反對，便由裴炎率同羽林將軍程務挺與中書侍郎劉禕之，領著禁衛軍，進入皇宮之中，宣讀太后飭令：「皇帝素行不端，任用奸臣，廢爲盧陵王。」其後武則天立么子李旦爲睿宗，但只有虛名，自己臨朝聽政，執掌所有的大權，多數大臣於此事心有不服，裴炎是其中之一，勸武則天把朝政大權歸還皇帝。其後武則天想將武家祖先追封爲王，裴炎力諫而得罪武則天。當徐敬業討伐武則天時，多數人主張攻打徐敬業，唯獨裴炎反對，建議太后若還政於皇上，則徐敬業自然不會與朝廷作對。再次又與武則天作對，加上監察御史彈劾裴炎：「他是顧命大臣，又是宰相，如果不是別有圖謀，怎會請求太后歸政？」武則天便逮捕裴炎，不久將裴炎處死。裴炎的作爲乃忠於李唐皇室之法統，卻與武則天政治權力慾望相衝突。政權轉換之際，是最敏感的時刻，掌握權力者若與法統相違背，則將招來忠於法統的大臣反對，掌權者爲鞏固權力，誅殺異己是最常使用的手段。武則天引用一批酷吏，對朝臣屈打成招，曾經由武則天姪子武懿宗審理來俊臣密告箕州刺史劉思禮欲陰結朝臣圖謀反叛，案件中受構陷、誣告者被牽連而滿門抄斬的有三十六家，流放者千餘人。

武則天時代發生的事亦反映於唐人小說中，《紀聞・裴伷先》：

> 工部尚書裴伷先，年十七，爲太僕寺丞，伯父相國炎遇害，伷先廢爲民，遷嶺外。伷先素剛，痛伯父無罪，乃於朝廷封事求見，面陳得失，天后大怒，召見，盛氣以待之。謂伷先曰：「汝伯父反，干國之憲，自貽伊戚，爾欲何言？」伷先對曰：「臣今請爲陛下計，安敢訴冤！且陛下先帝皇后，李家新婦，先帝棄世，陛下臨朝，爲婦道者，理當委任大臣，保其宗社，東宮年長，復子明辟，以塞天人之望。今先帝登遐未幾，遽自封崇私室，立諸武爲王，誅斥李宗，自稱皇帝，海內憤惋，蒼生失望。臣伯父至忠於李氏。反誣其罪，戮及子孫，陛下爲計若斯，臣深痛惜，臣望陛下復立李家社稷，迎太子東宮，陛下高枕，諸武獲全。如不納臣言，天下一動，大事去矣，

產、祿之誡，可不懼哉！臣今爲陛下用臣言未晚。」天后怒曰：「何物小子，敢發此言？」命牽出，伷先猶反顧曰：「陛下採臣言實未晚。」如是者三。天后令集朝臣於朝堂，杖伷先至百，長隸攘州。伷先解衣受杖，笞至十而伷先死，數至九十八而蘇，更二笞而畢。〔註 113〕

裴炎一心爲國，卻與武后權力慾望相牴觸，觸怒武后，無罪而被誣陷謀反而處死，親屬皆廢爲庶人。而伷先盡忠王室，犯顏進諫武后，不畏死亡卻受杖笞並流放。反之巧媚悅上者，得以升官加祿：《紀聞・裴伷先》述寫當時補闕李秦授寓直中書，上言建議武后誅殺流放在外者，以免數萬流人一旦同心招集爲逆，恐危社稷，武后納其言，且「即拜考功員外郎，仍知制誥，敕賜朱紱，女妓十人，金帛稱是。」

懂得當權者心理，先意希旨，自是富貴無限。武后納李秦授言，表面敕使十人於十道安慰流者，實則賜墨敕與牧守，令殺流放者。迨天后推測流人已死，卻又使使者安慰殘存的流人，曰「吾前使十道使安慰流人，何使者不曉吾意，擅加殺害，深爲酷暴，其輒殺流人使，並所在鏁項，將至害流人處斬之，以快亡魂；諸流人未死，或他事繫者，兼家口放還。」〔註 114〕這即是武后所慣用的一刀兩面刃的政治手腕，既誅殺異己又收服人心，而方才利用來諸除異己者，使命完成，生命隨即到達終點，掌握權勢者對人臣性命眞可謂予取予求。又《定命錄・崔元綜》：「崔元綜，則天朝爲宰相……得罪，流於南海之南。」〔註 115〕與武則天朝名相狄仁傑亦遭武則天所用的酷吏構陷而貶官。士人一旦成爲朝中高官，也許可以實現「致君堯舜上」的政治理想，但並非從此青雲直上，高枕無憂。因爲在改換政權時，最先面臨表態之後遭遇清算的也是這批清要重臣。

在李唐政權面臨安史叛軍攻入京城之際，玄宗及時在三軍簇擁之下安全離開長安幸蜀。不及離開京城逃亡的官員，不願成爲新政權之官員則爲新政權論罪，若成爲僞官，待尅復之後，又將爲唐朝皇室論罪，唐人小說中亦反映這部份的史事：

開元二十五年，鄭虔爲廣文博士，有鄭相如者，年五十餘，自隴右來應明經，以從子謁虔，虔待之無異禮。他日復謁，禮亦如之。相

〔註 113〕王汝濤：《全唐小說》，頁 302。
〔註 114〕王汝濤：《全唐小說》，頁 304。
〔註 115〕王汝濤：《全唐小說》，頁 2458。

如因謂虔曰：「叔父頗知某之能否？」……虔曰：「吾之後事，可得聞乎？」曰：「自此五年，國家當改年號。又十五年，大盜起幽薊，叔父此時當被玷污，如能赤誠向國，即可以遷謫，不爾，非所料矣。」……天寶十五年，安祿山亂東都，遣僞署西京留守張通儒至長安，驅朝官就東洛。虔至東都，僞署水部郎中，乃思相如之言，佯中風疾，求攝市令以自污，而亦潛有章疏上。肅宗即位靈武，其年東京平，令三司以按受逆命者罪，虔以心不附賊，貶溫州司户而卒。(《前定錄‧鄭虔》)〔註 116〕

天寶末，祿山初陷西京。維與鄭虔、張通皆處賊庭。洎尅復，俱囚於宣陽里楊國忠舊宅。(《集異記‧王維》)〔註 117〕

在政權改換之際，身處淪陷地區的朝官，仕宦與生死皆非由自身掌握，鄭虔幸因信從相如之言而免於一死。王維因在朝中博學多藝，「天寶末，陷賊中，維服藥取痢，僞稱瘖病。祿山憐之，遣人迎置洛陽，居於普施寺，迫爲給事中。」〔註 118〕因所做〈凝碧詩〉聞於行在，肅宗嘉許其大節耿然。薛用弱於小說中又寫，王維後來爲崔圓畫私第數壁，「當時皆以圓勳貴無二，望其救解。故運思精巧，頗絕其能，後由此事，皆從寬典；至於貶黜，亦獲善地。」〔註 119〕復有其弟王縉以官爵贖之，方免一死。

在《逸史‧崔圓》篇中則寫崔圓少貧賤落拓之時，曾經獲得刑部尚書李彥允厚待，李彥允並爲崔圓請託於楊國忠，崔謁見時，得楊國忠禮遇，奏崔圓爲節度巡官。其後遇安祿山反亂，玄宗播遷，崔遂爲節度使，旬日拜相，迨京城尅復之時，僞官陳希烈等並爲誅夷，李彥允在其中，議罪時，正由崔圓主判，崔圓以官贖彥允罪，肅宗允許，特詔免死，流嶺外。

能夠如鄭虔、王維、李彥允得人相助，而免遭死罪者，皆有特殊原因值得好事者爲之紀錄。然而大部分同樣遭遇的官員就沒有這樣的運氣。以下是小說中述寫朱泚判亂時，官員的遭遇。

朱泚之亂，未及離京的官員被逼爲僞官，待尅復之後，又遭皇室清算。在〈無雙傳〉篇中，劉震爲尚書租庸使，門館赫奕，冠蓋塡塞，位尊官顯。一日，

〔註 116〕王汝濤：《全唐小說》，頁 683。
〔註 117〕汪辟疆：《唐人小說》，頁 304。
〔註 118〕引汪辟疆於《集異記‧王維》篇之題解，見汪辟疆：《唐人小說》，頁 304。
〔註 119〕汪辟疆：《唐人小說》，頁 303。

趨朝廷，日初出時，又快馬奔回官宅中，慌張命家人「鏁卻大門！鏁卻大門！」後曰「涇原兵士反，姚令言領兵入含元殿，天子出苑北門，百官奔赴行在。」劉震以妻女爲念，回家略加安排，答應將無雙嫁與王仙客，並要仙客先行載走家中貴重物品，約在城外安全隱密不顯眼的旅店相見。其後朱太尉作天子，劉震欲出城門不得，而「三更向盡，城門忽開，見火炬如晝，兵士皆持兵挺刃，傳呼斬斫使出城，搜城外朝官。」逃出城外的朝官亦難以倖免。迨京城尅復，劉震因受僞命官，與夫人皆處極刑，無雙沒入掖庭。〔註 120〕

又如《前定錄・喬琳》:「後陷賊朱泚中，（琳）方削髮爲僧，泚知之，竟逼受逆命。及收復，亦陳其狀，太尉李晟，欲免其死，上不可，遂誅之，時年七十一。」〔註 121〕喬琳之削髮爲僧，也明示不爲僞官，但相對於前引安史之亂時，鄭虔佯中風疾，不受僞命官，迨尅復後，肅宗以鄭虔心不附賊免其死罪，比較之下喬琳就沒有鄭虔的運氣，而未能得到德宗的赦免。士人出仕原爲實現抱負，但遭逢改換政權之時，卻身不由己，生命之存亡由人。士人進入仕途，原是如此充滿險惡。

（七）帝王作風嚴峻

帝王宅心寬厚或作風嚴峻也影響士人仕途之險惡與否，唐太宗爲歷史上締造了最輝煌的「貞觀之治」，在於太宗能廣開忠諫之路，任用賢能，雖有時亦氣憤於逆耳之忠言，但賢慧的皇后長孫氏卻因此向太宗賀喜，告訴太宗主明則臣直，有忠諫之臣，表示太宗是明君。然而如太宗具有寬宏度量的皇帝歷史上極爲罕見，士人遭逢作風嚴苛的帝王，仕途之險惡則難免。如前述，武則天時引用酷吏大加誅殺異己，功臣、忠臣多慘死。又如《續定命錄・崔朴》述寫德宗時事：

> 德宗初即位，用法嚴峻。是月，三日之內，大臣出貶者七，中途賜死者三。劉晏、黎幹，皆是其數。戶部侍郎楊炎貶道州司戶參軍，自朝受責，馳驛出城，不得歸第。〔註 122〕

德宗的作風在前幾段，由他對竇參、陸贄、喬琳的態度，即可見一斑。此篇中楊炎自朝受責，快馬奔馳出城，連家都不敢回去，其惶惑畏懼之狀，正是「伴君如伴虎」的最貼切例證。

〔註 120〕汪辟疆：《唐人小說》，頁 305。
〔註 121〕王汝濤：《全唐小說》，頁 688。
〔註 122〕王汝濤：《全唐小說》，頁 2541。

（八）族人謀反，遭受連坐

以上各項多爲士人自身的作爲對仕途的影響，但是仕途之變化有時卻不完全由自己的行爲來決定，族人故舊的行爲亦互爲影響。其原因在於王室爲鞏固政權，不單獨懲處罪犯，也對其族人實施連坐法，或處決或流放或沒爲宮婢，以杜絕罪犯之族人對王室的報復。《朝野僉載．盧崇道》：

> 太常卿盧崇道坐婿中書令崔湜反，羽林郎將張仙坐與薛介然口陳欲反之狀，俱流嶺南。經年，無日不悲號，兩目皆腫，不勝淒楚，遂並逃歸……並男三人，亦被糺捉，敕杖各決一百，俱至喪命。〔註 123〕

本章小結

仕宦之路是士人伸展長才的舞台，士人學而優則仕，出仕不僅可實現理想，改善生活，並且光耀門楣，提高家族在社會上的地位。由於唐朝開科取士，寒門士人有機會參與政治，可懷牒自薦於州縣，造成唐朝士人相競趨赴於求仕之路。科舉制度於統治者而言，是從鞏固政權爲出發點，貞觀年間（西元 627—649 年），唐太宗看見新進士從端門牓下綴行而出時，非常高興，說：「天下英雄入吾彀中矣！」〔註 124〕於帝王而言，科舉制度是「牢籠志士，驅策英才」的手段，但是對士人而言，入仕一開始面臨的赴舉之路即非康莊大道，而是處處充滿血淚。仕途艱難之因計有：進士及第，爲人稱羨，然取士比例低，而赴舉者眾多，此其一也；赴舉及第與否又有多項人爲因素左右，對缺乏政治背景之寒門俊士尤爲不公，此其二也。入仕門徑狹窄，而各方求入仕者眾多，即官員總需求量低，而從各管道進入朝廷參加吏部考試之求仕者數倍於需求得人數，此其三也。幸而入仕者，仕途之艱難處更多：或出任處非所願，或升遷無門，或秩滿下任難期，或因失職而遭革職，或因官場上官吏間恩怨傾軋，或因政權改換手足無措，或因帝王作風嚴峻，或因族人謀反遭受株連等，輕則仕途淹蹇，或除籍爲民，然尚可保命；重則流放僻遠之地或身遭極刑，則仕途非但僅止艱難，更是令人望而生畏，因此仕途之艱難誠是唐代士人遭逢之重大生命困境。

〔註 123〕王汝濤：《全唐小說》，頁 1459。
〔註 124〕姜漢椿：《新譯唐摭言》，頁 9。

第三章　身分性別與位階的哀歌

在唐人小說文本中，明顯地呈現出一個等級森嚴的社會，降生在唐代時空中之眾生，由於身分、性別與位階之差異，唐代社會給予之對待亦有明顯差別。以身分差異而言，可分為人類與異類之差異，在唐人小說文本中，異類所面對的是來自於人類無情與無節制的驅使、壓迫與殺伐，而異類在人類社會之處境又成為人類社會位階差異之象徵。就性別差異而言，男性與女性由於生理特徵之差異與婚姻型態妻從夫居之確立以及男女分工之差異——「男主外、女主內」之下，家族中握有經濟主導權之男性同時擁有發聲權，從而形成男尊女卑，女性遭受男權社會下長期之壓欺與抑制。就位階差異而言，分別是：君臣位階之別、官民位階之別、良民賤民位階之別、主人與奴婢位階之別，位階之差異表現於社會之對待與法令明文規定。身分、性別與位階之差異與社會給予之對待是一體兩面，其產生由來已久，在歷史與傳統的積澱下促成身分、性別與位階之差異與對待之產生有哪些原因？唐朝當時的社會價值觀與律法又對不同的差異有怎樣的規範？而唐人小說中身分、性別與位階之不同對身處其中的人物究竟造成哪些影響？本章將一一探析。

第一節　異類處境與幻變為人之象徵意義

異類雖非人類社會中任一階層，然唐人小說中所書寫之異類，具有困陷於身分位階桎梏的象徵，由異類之企思突破原有物種之外形，幻變為人類，以象徵社會中賤民階層突破原有階層之企求。而異類之遭受人類迫害則是社會中卑下階層遭受較高位階者的壓迫之象徵。

異類泛指異於人類的他種物類，包括蟲魚鳥獸、花妖木魅、神鬼夜叉等六道眾生中非我族類者。人類對非我族類常抱持著「其心必異」的疑慮，為何會有這般想法？遠古原始時代，人類為求生存，需面對大自然中水澇乾旱各種天災及毒蛇猛獸的侵襲，如《淮南子・本經篇》曰：

> 堯之時，十日並出，焦禾稼，殺草木，而民無所食。猰貐、鑿齒、九嬰、大風、封豨、修蛇，皆為民害。堯乃使羿誅鑿齒於疇華之野，殺九嬰於凶水之上，繳大風於青丘之澤，上射十日而下殺猰貐，斷修蛇於洞庭，禽封豨於桑林。〔註1〕

又如《孟子・滕文公上》曰：

> 當堯之時，天下猶未平，洪水橫流，氾濫於天下。草木暢茂，禽獸繁殖。五穀不登，禽獸偪人，獸蹄鳥跡之道，交於中國；堯獨憂之，舉舜而敷治焉。舜使益掌火，益烈山澤而焚之，禽獸逃匿。〔註2〕

二則引文雖是對上古洪荒時代先民生活的揣想，卻也反映先民為求生存，必須時時與自然災害及凶禽猛獸抗爭，「猰貐、鑿齒、九嬰、大風、封豨、修蛇，皆為民害」，此時人與禽獸是處於對立的局面，必須「誅鑿齒、殺九嬰、繳大風、殺猰貐、斷修蛇、禽封豨」，方得以安全無虞的生活。

另一方面，人類對溫馴的動物，則加以馴化、驅使與食用，《說文》:「美，甘也，从羊大，羊在六畜主給膳也。」〔註3〕羊大為美，原始時代初民於郊野狩獵時，遇到食草動物，既不必擔心被襲擊，又能捕捉食用，感覺吉祥美好。《孟子・梁惠王》篇曰：「不違農時，穀不可勝食也。數罟不入洿池，魚鼈不可勝食也。」〔註4〕又曰：「雞豚狗彘之畜，無失其時，七十者可以食肉矣。」對魚鱉與雞豚狗彘之畜不過份捕食，並非憐惜其生命，而是以合理方式利用。再者，儒家的入世觀主張人應進入人世改易天下之無道，認為「鳥獸不可同群」〔註5〕，不苟同避世隱居，與禽獸和樂融洽的生活並非儒家的理想畫面。合而言之，對溫馴動物則以利用的角度看待，對凶猛禽獸則因懼其攻擊需誅除之始能安心，物種與人類乃處於二元對立，人類並非任由其他生物在自然

〔註1〕熊禮匯：《新譯淮南子》（台北市：三民書局，1997年2月），頁358。
〔註2〕蔣伯潛：《語譯廣解四書讀本孟子新解》，頁125。
〔註3〕清・段玉裁：《說文解字注》，頁148。
〔註4〕蔣伯潛：《語譯廣解四書讀本孟子新解》，頁9。
〔註5〕出自《論語・微子》篇，見蔣伯潛廣解：《語譯廣解四書讀本論語新解》，頁282。

界中自在的生滅，而是以人類自我中心爲考慮的基準點加以干涉。

唐人小說中〈古鏡記〉表現了人類對非我族類者的排斥與迫害，其中對於其他物類變形爲人，雖不侵犯人類，然被認定不守本分，僭越階級之分際，便是有罪。如：王度持古鏡對程雄家婢鸚鵡之逼迫，鸚鵡乃異類化成人類，由於位階意識遍及社會且深入人心，異類更爲人類所賤棄，所以鸚鵡自承「大行變惑，罪合至死」，並自知「逃匿幻惑，神道所惡，自當至死耳」、「天鏡一臨，竄跡無路」。最初王度引鏡自照，鸚鵡遙見，便叩頭流血表示不敢繼續居住於此，主人程雄不知鸚鵡的來歷，王度疑其爲精魅，引鏡逼之，鸚鵡求饒表示願意變回原形，王度掩住古鏡說：「汝先自敘，然後變形，當捨汝命。」鸚鵡自陳爲千歲老狸所變，迨鸚鵡陳述之後，度又疑其爲老狸所變是否將加害於人，鸚鵡表明「變形事人，非有害也。但逃匿幻惑，神道所惡，自當至死耳。」王度表示要放過他，鸚鵡感謝王度的恩德，但表示受天鏡臨照，已不可逃脫，只求王度收鏡入匣，許盡醉而終，然王度又疑鸚鵡將趁收鏡入匣時逃竄，鸚鵡笑王度適才答應要放過，現在卻又怕鸚鵡會逃走，此時若「緘鏡而走，豈不終恩」。王度幾次的言行矛盾，既答應願放過鸚鵡卻又怕她逃竄，從中看到當時社會不同位階之間若任意脫變，不爲大眾所認同，必也繩之以法，才算是回歸秩序。

在階級社會中，官私奴婢逃亡皆須受懲。異類變形爲人正如同低層位階欲改變自己身份，躋身於更高位階，獲得更佳待遇，免於遭受世人歧視與律法之迫害。律法對階級社會中越底層者，限制越多，桎梏越重，一旦有翻身的機會，即使被發現後需面臨死亡威脅，亦在所不惜，且一旦翻身成功，必不欲回復原有身份。鸚鵡說：「久爲人形，羞復故體。」〔註 6〕即使自己也以過去的身分爲羞恥。〈任氏傳〉中任氏知鄭六已發現她的眞實身分，便躲著鄭六，但鄭六不以爲意：

> 任氏對曰：「事可愧恥。難施面目。」鄭子曰：「勤想如是，忍相棄乎？」對曰：「安敢棄也，懼公之見惡耳。」〔註 7〕

任氏也以自己眞實身分爲愧恥，懼怕他人厭惡。〈古鏡記〉中王勣欲遠遊，王度贈其古鏡，以爲保身，三年後歸長安，還古鏡，並告訴王度遍遊天下之遭遇，對所遇物種不論侵犯人類與否，率皆以古鏡照臨，期保自身平安，不論

〔註 6〕汪辟疆：《唐人小說》，頁 4。

〔註 7〕汪辟疆：《唐人小說》，頁 53。

其他物種的感受。以遊嵩山少室巖洞所遇爲例：

> 屬日暮，遇一嵌巖，有一石堂，可容三五人，勣棲息止焉。月夜二更後，有兩人：一貌胡，鬚眉皓而瘦，稱山公；一面闊，白鬚眉長，黑而矮，稱毛生。謂勣曰：「何人斯居也？」勣曰：「尋幽探穴訪奇者。」二人坐與勣談久，往往有異義，出於言外。勣疑其精怪，引手潛後，開匣取鏡。鏡光出，而二人失聲俯伏。矮者化爲龜；胡者化爲猿。懸鏡至曉，二身俱殞。龜身帶綠毛；猿身帶白毛。〔註8〕

以人爲仲裁的尺度，凡有所疑懼，其他物種即聽判爲死罪。其後王勣「躋攝山趨芳嶺，或攀絕頂，或入深洞；逢其群鳥，環人而噪；數熊當路而蹲；以鏡揮之，熊鳥奔駭。」〔註9〕又一次因古鏡能保護人類避免受異類之侵犯的勝利，透顯出人類因疑生懼，「先下手爲強」的霸氣與不友善，卻又沾沾自喜。

又如〈孫恪〉篇中孫恪娶袁氏，帶給久貧的孫恪豪貴生活，其表兄張閒雲爲一處士，觀孫恪詞色間妖氣頗濃，追問之下，孫恪自陳娶納袁氏之因，張生駭異直指袁氏爲妖孽，需除之而後安。亦只顧及自身安危，而不問其他物類之苦樂。

《論語・先進》：「季路問事鬼神。子曰：『未能事人，焉能事鬼？』曰：『敢問死。』曰：『未知生，焉知死。』」〔註10〕儒家著重於對人世之經營，先學會事人，方能言事鬼，對於生仍感蒙昧，則死更無從了解。子曰：「敬鬼神而遠之，可謂知矣。」〔註11〕人若崇信鬼神，則爲之迷惑，不信鬼神者，又不能敬鬼神，能敬能遠，方可稱爲智，強調對鬼神保持一段距離，由於儒家入世思想的影響，鬼神總被神秘的面紗隔開，人類由無知而生懼怕，由懼怕而產生驅離或厭惡的心理。除非愛的力量大過於懼怕的成分，否則鬼神亦陷入人類所造作的枷鎖之中。〈崔書生〉中崔生母見新婦甚美，對崔生言：「有汝一子，冀得求全。今汝所納新婦，妖媚無雙。吾於土塑圖畫之中，未曾見此。必是狐魅之輩，傷害於汝，故致吾憂。」此事新婦旋即得知，深爲遺憾，說：「本侍箕箒，望以終天。不知尊夫人待以狐魅輩。明晨即別。」〔註12〕由於對鬼神的疑懼遂斬斷一段美好姻緣。

〔註8〕汪辟疆：《唐人小說》，頁8。
〔註9〕汪辟疆：《唐人小說》，頁9。
〔註10〕蔣伯潛：《語譯廣解四書讀本論語新解》，頁158。
〔註11〕蔣伯潛：《語譯廣解四書讀本論語新解》，頁81〈雍也〉篇。
〔註12〕汪辟疆：《唐人小說》，頁235。

對於毫無節制的殺戮異類，唐人小說有所呈現並有撻伐之聲，〈王知古〉篇中盧龍節度使張直方嗜好田獵，「淫獸於原，巨賞狎於皮冠，厚寵襲於綠幘，暮年而三軍大怒。」因沉溺於田獵，同獵人狎玩且給予巨賞，引起軍隊怨恨憤怒。其後遷至京師長安，竟公然「設置罘於通道，則犬彘無遺」，嗜好捕獵的程度到無可救藥。《唐律疏議》曰：「有人施設機槍及穿坑穽，不在山澤擬捕禽獸者，合杖一百。」〔註 13〕律法明文規定不得於山澤之外施設陷阱，而張直方竟公然於京城四通八達的大道上大剌剌地設置網罟，民間豬狗盡遭捕獵。其後因私自處死家中臧獲，諫官列狀上，請將張直方收付廷尉，天子不忍置於法，遂降爲昭王府司馬，分派至東京洛陽，在東京依然我行我素：「直方至東京，既不自新，而慢遊愈亟。洛陽四旁翥者走者，見皆識之，必群噪長嗥而去。」眾生有情，遭受生命威脅，豈能不驚駭奔逃。是以深夜收留王知古的甲第狐群，得知王知古乃張直方同黨，反應之激烈，頗富藝術張力：

> 又問所從？答曰：「乃盧龍張直方僕射所借耳。」保母忽驚叫仆地，色如死灰。既起，不顧而走入宅。遙聞大叱曰：「夫人差事，宿客乃張直方之徒也。」復聞夫人者叫曰：「火急斥出，無啓寇讎。」於是婢子小豎輩，群出秉猛炬，曳白梏而登階。知古恇勷，避於庭中，四顧遜謝。罵言狎至，僅得出門。既出，已橫關闔扉，猶聞喧譁未已。〔註 14〕

得知客人身分後，群狐驚懼之情盡皆呈現在畫面中。其後王知古告知張直方深夜所遇怪事，導引張直方一夥獵徒，直奔昨夜遇怪事之處：

> 至則碑板廢於荒坎，樵蘇殘於茂林。中列大塚十餘，皆狐兔之窟宅，其下成蹊。於是直方命四周張羅彀弓以待。內則秉蘊荷鍤，且掘且薰。少焉，有群狐突出，焦頭爛額者，罝羅罥掛者，應弦飲羽者；凡獲狐大小百餘頭以歸。〔註 15〕

相較於王知古深夜迷途，誤入狐穴，爲狐收留時，狐中保母之言：「然僻居與山藪接軫，豺狼所嘷，若固相拒，是見溺不救也。」所流露出的仁心，正嘲諷張直方之輩殘物取樂，乃人不如禽獸。張直方對臧獲奴婢之迫害其實和對異類之迫害無異，皆是較高位階對卑下位階肆無忌憚的予取予求。

〔註 13〕唐・長孫無忌等：《唐律疏議》，頁 607。
〔註 14〕汪辟疆：《唐人小說》，頁 353。
〔註 15〕汪辟疆：《唐人小說》，頁 353。

在唐人小說中對此類迫害亦出現反省的聲音，上述多爲異類及異類化人爲人所迫害。唐人小說中或有主人公外形化爲異類，而內則仍存有人的精魂，從而展開遭受人類連串迫害，求援無門之悲慘遭遇。如〈薛偉〉篇中薛偉病重之中，靈魂出遊，至江潭見水色可愛，河伯允其暫從鱗化爲巨鯉，並告誡勿貪食餌，後因難忍飢餓，且自矜爲官人，只是暫時戲而魚服，必不爲漁人趙幹所殺，但未能從願，趙幹收釣線，以手捉拿薛偉時，薛偉連聲呼叫，趙幹不聽，以繩穿貫魚鰓。張弼買魚，自行於蘆葦叢中尋得薛偉提著回官府，薛偉對屬下張弼訓斥「我是汝縣主簿，化形爲魚遊江，何得不拜我？」張弼不聽，提之而行，薛偉罵聲不斷，張弼皆不理睬。至縣門時，見縣吏弈棋，薛偉大聲呼喊，得不到回應，僅笑說可怕的大魚，大約有三四斤吧！後入階，見縣丞鄒滂與縣尉雷濟、裴寮，皆喜魚大，催促盡速付廚，薛偉大叫而泣：「我是公同官，而今見殺，竟不相捨，促殺之，仁乎哉？」當鱠手王士良磨刃以對時，因魚肥大而感欣喜。薛偉又再度詰問：「王士良，汝是我之常使鱠手也，因何殺我？何不執我，白於官人？」〔註 16〕士良若不聞。鱠手即是劊子手之謂，執掌死刑。薛偉化魚方知被捕之魚面臨死亡歷程的恐懼，由魚的角度反映出人對異類死亡的冷眼旁觀，甚至是帶著笑容，冷酷的逕行殺戮。人而化魚，如同社會中由較高位階而淪沒於卑下位階，遭受身處高位階者的迫害甚至生命遭受剝奪之威脅，誠爲具體之象徵。

又如〈徐佐卿〉篇中記述：「明皇天寶十三載，重陽日，獵於沙苑。雲間有孤鶴徊翔焉。上親御弧矢，一發而中。其鶴則帶箭徐墜，將及地丈許，欻然矯翰，西南而逝；萬眾極目，良久乃滅。」同一時間青城道士徐佐卿「一日忽自外至，神爽不怡，謂院中人曰：『吾行山中，偶爲飛矢所加，尋已無恙矣。』」且知箭主非尋常凡人，留箭於壁上，囑咐觀院中人勿遺箭矢，後年箭主將至此，再付之，並援筆題壁曰：「留箭之時，則十三載九月九日也。」〔註 17〕及玄宗避亂幸蜀，暇日出遊至此，見所掛箭，取而觀玩，詢問道士，道士據實以對，乃知前歲中箭之孤鶴乃徐佐卿所化。見壁上所題時日，感到驚奇，因沙苑位在今陝西大荔縣南，而徐佐卿掛箭處爲益州城外十五里之明月觀，乃位於今四川成都。〈徐佐卿〉與〈薛偉〉二篇由人異化爲魚或禽鳥，來呈現人對其他物類的迫害，時則象徵較高位階對卑下位階之迫害，皆緣於人未能

〔註 16〕汪辟疆：《唐人小說》，頁 273。
〔註 17〕汪辟疆：《唐人小說》，頁 298。

設身處地感知遭受迫害時的恐懼，兩篇皆出現反省的聲音。

第二節　傳統禮法對女性之壓抑

男尊女卑之觀念在唐代社會已根深柢固，普遍已被認爲理所當然，但由唐人小說文本中反映出，女性處境由於較男性卑微低下，常期遭受夫權父權壓抑之痛苦，仍發出哀嘆不平低聲啜泣之悲歌。根深柢固的男尊女卑觀念之產生或發展究竟有哪些原因？在男權社會下女性遭逢怎樣的要求與困境？唐人小說中又出現了怎樣的反映？在本節將分別作一呈現。

一、歷史與社會背景

宗法制度產生於父系家長制大家庭，從先秦典籍《易經》與《詩經》中看女性地位已屈居於男性之下，男尊女卑的現象已定型。如《易經》蒙卦九二爻辭：

> 九二，包蒙，吉。納婦，吉；子克家。〔註18〕

「納」即是「娶」之意，結婚於女子而言是「嫁」，於男子而言是「娶」，說明易經時代結婚後是妻從夫居。《歸妹》卦亦可看出女子出嫁從夫居的情況，此即表示《易經》時代人類由於婚姻模式已步入妻從夫居的狀態，顯示已進入以夫權、父權爲重心的男權時代，女性成爲男性的附屬品。《易經》中常常可見到「崇陽抑陰」的現象，如《小畜》卦九三爻辭：「輿脫輻，夫妻反目。」〔註19〕九三之爻處於下卦之上，處於六四之下，顯現陽爻仰承陰爻畜養且受陰爻所制之勢，若陽剛喪失主導地位，而靠陰柔之畜養，終將造成脫離與反目的結局，充分表現出「崇陽抑陰」的思想。《姤》卦：「女壯，勿用取女。」〔註20〕取通娶，《姤》掛象徵遇合，女子若過於強盛，則不宜娶此女子。女壯顯得男弱，則男尊女卑的關係將被顛覆，這是當時不能被接受的情況，因此「勿用取女」，顯示出《易經》時時刻刻都維護著「男尊女卑」的觀念。在《詩經》中也有同樣的觀念，如《詩經・小雅・斯干》：

> 乃生男子，載寢之床，載衣之裳，載弄之璋。其泣喤喤，朱芾斯皇，

〔註18〕郭建勳：《新譯易經讀本》（台北市：三民書局，1999年8月2刷），頁47。
〔註19〕郭建勳：《新譯易經讀本》，頁85。
〔註20〕郭建勳：《新譯易經讀本》，頁341。

室家君王。乃生女子，載寢之地，載衣之裼，載弄之瓦。無非無儀，唯酒食是議。無父母詒罹。〔註21〕

家族對迎接男嬰出生之儀式爲「載寢之床，載衣之裳，載弄之璋」，相當具有堂皇之威儀；對男嬰的期待是由男嬰哭聲之宏亮，預期他將是一家之主。對女嬰出生儀式則是「載寢之地，載衣之裼，載弄之瓦」，相較於男嬰則顯出卑微之狀；對女嬰的期待則希望「無非無儀」，即是期望女子對他人之言，不持異議，而自己又不做主張，以順從爲美德；主持家族中酒食，不讓父母擔憂，由是可看出男尊女卑的現象。

男尊女卑的現象究竟如何產生？產生的原因又是什麼？這都需向更遠古的社會探求。女性地位之改變是與婚姻形態之演進有著重要關係，人類的婚姻形態經歷了血緣群婚制、亞血緣群婚制、對偶婚制、入贅婚、一夫一妻制。黃超在〈婚姻形態與原始社會婦女政治地位的喪失〉一文中認爲原始時代最初婚姻形態爲血緣群婚制，而血緣氏族制度的本質是：氏族社會的公有制經濟和民主評等制度都是建築在相同血緣基礎之上的，這是一種狹隘的平等制度。任何人的政治權益都受到血緣關係的嚴格制約。表現爲：只有相同血緣的人才能享受到氏族制度的權益。因此，個體婚姻以前的婚姻形態對社會制度的影響，不僅僅是導致女性成爲當時社會的中心，更重要的是，它還保證每一個人——無論是男子還是女子——終身都生活在自己的血緣氏族中，永遠享受與其他氏族成員相同的政治權利。個體婚姻形態的變革，尤其是出嫁行爲的產生，對原始社會每一個氏族成員的政治、經濟地位有著直接而巨大的影響。按照原始社會的通行準則，任何人在與自己無血緣關係的氏族中生活時，他或她的各項權益是得不到所在婚姻氏族承認的；他或她的血緣氏族也無法保護其所在婚姻氏族的政治地位。不僅如此，財產爲氏族所有的舊習俗，使任何一個出嫁結婚的氏族成員不可能帶走血緣氏族的財產。同樣的原因，在個體家庭中生活的出嫁者，也不能擁有婚姻氏族的財產所有權。隨著個體婚姻型態的產生，個體家庭中必然存在一個沒有任何政治、經濟地位的成員；而組成家庭的另一方，則因一直生活在血緣氏族中，本人的政治、經濟地位依然受到傳統制度地保護。

其後在從夫居的婚姻形態確定後，婦女失去了政治地位，儘管他是家庭經濟的主要承擔者，仍然要從屬於男子的統治，因爲男子能充分得到原有氏

〔註21〕屈萬里：《詩經詮釋》，頁340。

族制度的保護〔註 22〕。正因爲女子將出嫁到另一氏族，原來的氏族經濟繼承權落在男性身上，男性掌握了氏族經濟大權，亦即擁有重要政治地位。《禮記．郊特牲》:「出乎大門而先，男帥女，女從男，夫婦之義由此始也。婦人，從人者也，幼從父兄，嫁從夫，夫死從子。夫也者，夫也；夫也者，以知帥人者也。」〔註 23〕女性一生中皆從屬於男性的統治，雖身負繁重家庭事務的操作，卻無法擁有經濟支配權。《禮記．內則》:「子婦無私貨，無私畜，無私器，不敢私假，不敢私與。」〔註 24〕婦女離開自己原來的氏族，原來的氏族財產歸留在氏族中的成員所有，進入夫家氏族中，夫家氏族財產由具有血緣關係的氏族成員所有，婦女未具有財產支配權。

對於「男主外，女主內」社會中的女性而言，婚姻無疑是女性生活的重心所在。《禮記．昏義》:「昏禮者，將合兩姓之好，上以事宗廟，而下以繼後世也。」〔註25〕古代婚禮的直接目的在於「結兩姓之好」，即是讓不同姓的氏族更形親近，是帶著一種政治目的。「上以事宗廟，而下以繼後世」是爲了祭祀祖先而結婚，爲了傳宗接代而結婚，結婚似乎與當事人幸福與否無關。所以如果婚姻中無法滿足「上以事宗廟，而下以繼後世」的目的，將導致婚姻的解體——離婚。離婚是男子的特權，由於女子婚後從夫而居，因此離婚又稱爲出妻。在一妻一夫制時代，結婚強調明媒正娶，六禮具備，而離婚卻易如反掌，男子有離婚的權利，女子只是離婚的犧牲品，東漢學者許慎《說文解字》:「婦，服也。」清代學者段玉裁注：「婦，主服事人者也。《大戴禮．本命》曰：『女子者，言如男子之教而長其義理者也，故謂之婦人。婦人，伏於人也，是故無專制之義，有三從之道。』」〔註26〕婦女面對離婚的命運，只能服從，不許反抗。

婚姻是爲了達成事宗廟、繼後世的目的，以夫家氏族權益爲考慮的重點，不能達到這種目的的婚姻，就面臨解體的危機。「七出」把出妻制度化了。《大戴禮記．本命》記載之「七去」即是「七出」:「婦有七去：不順父母去，無

〔註22〕黃超：〈婚姻形態與原始社會婦女政治地位的喪失〉，《阜陽師院學報》（1995年第二期），頁 65 至 69。
〔註23〕王夢鷗：《禮記今註今譯》，頁 433。
〔註24〕王夢鷗：《禮記今註今譯》，頁 454。
〔註25〕王夢鷗：《禮記今註今譯》，頁 964。
〔註26〕段玉裁：《說文解字注》（台北市：黎明文化事業股份有限公司，1980 年 10 月 5 版）頁 620。

子去，淫去，妬去，有惡疾去，多言去，竊盜去。不順父母去，爲其逆德也；無子，爲其絕世也：淫，爲其亂族也；妬，爲其亂家也；有惡疾，爲其不可共粢盛也；口多言，爲其離親也；竊盜，爲其反義也。」〔註 27〕

「事宗廟」是婚姻的主要目的之一，廣義而言也包涵侍奉舅姑，如果得不到舅姑的歡心（不順父母），也會成爲出妻的原因。《禮記・內則》曰：「子甚宜其妻，父母不說，出。」〔註 28〕決定女子婚姻的是「父母之命」，而被休棄逐出的權限則掌握在舅姑、丈夫手中。「無子爲絕嗣」——要能維持氏族宗廟香火綿延，最重要的是必須生下男孩子，無子就難以「上以事宗廟，而下以繼後世」，有男子方可繼承氏族，「不孝有三，無後爲大」，無子在重視族權、父權、夫權的男權社會中令人難以容忍。無子，以今天醫學證明，未必全是女子單方面的因素，更可能是男子某些隱疾所致，但是「無子」從古到今仍多視爲婦女的罪過。「淫，爲亂族」——一妻一夫制的目的在於生育出屬於父親血統的兒子，「淫亂」則導致血統紊亂，因此淫亂之婦將被休棄逐出氏族。一妻一夫制是對女性限制一妻僅可配一夫，然而爲了氏族之壯大，對男性而言一夫一妻之外，可以有媵妾侍婢。這是不對等的要求，但是在男權社會中卻認爲理所當然。「妬，爲亂家」——一妻一夫制時代，官宦之家一般都有一個到數個妾，妻妾之間常因爭寵而引起衝突，破壞家庭的和諧。如果妻子嫉妒成性，動輒打罵訓斥夫妾，甚至要趕妾出門，家庭就難以安寧。會造成妻妾爭寵的癥結在於允許一夫除元配之外，還可以有妾。癥結未解除，卻要求女子需寬容丈夫，若有嫉妒的情緒，導致家庭分裂，妻子可以被休棄逐出。「惡疾不可供粢盛」——女子嫁到夫家，要服侍舅姑，伺候丈夫，處理家務，如果身患惡疾，反須夫家照顧，則爲夫家所不容。身患惡疾豈是人所願意，正需要家庭的照顧，夫妻之間本應疾病相扶持，妻子健康時，夫家要求擔當家務，若妻子患了惡疾，便棄如敝屣，純粹將女性物化。「多言離親」——在成員複雜龐大的家族中，爲了維持家族秩序，防止家族內部發生衝突，要求女子柔順、聽從、嫻靜、寡言，因此舅姑丈夫有任何不合理的要求，女子不具發聲權，需逆來順受。如果婦女多言，易惹事生非，擾亂家庭，離間家族成員之間的關係，對夫家是一大禍害，難逃被休棄的命運。「盜竊反義」——婦

〔註 27〕高明：《大戴禮記今註今譯》（台北市：台灣商務印書館，1984 年 3 月修訂出版），頁 510。

〔註 28〕王夢鷗：《禮記今註今譯》，頁 452。

女若有竊盜行爲，將爲夫家帶來恥辱，《禮記・內則》:「子婦無私貨，無私畜，無私器，不敢私假，不敢私與。」婦女不可有私人物品、牲畜、器具，也不可私下借給他人物品或給予他人物品，也不可私自取用氏族共有財物，否則亦屬竊盜之罪。「七出」所列，無一不與夫家的家族利益有關〔註29〕，對婦女的壓抑無所不用其極，只要不合丈夫、舅姑心意，隨時可能一紙休書，輒令出門。等到媳婦熬成婆時又用同一套方法來規範新婦，因此階級轉換後，被壓迫者轉爲壓迫他人者，脫卸了階級枷鎖之後，又轉而置放再另一代身上，只要禮法陋規深入人心，則抗拒枷鎖如同作困獸之鬥。在《唐律》中，「義絕」也是造成離婚的原因：

第一、謂毆妻之祖父母、父母，及殺妻外祖父母、伯叔父母、兄、弟、姑、姊、妹。

第二、若夫妻祖父母、父母、外祖父母、伯叔父母、兄、弟、姑、姊、妹自相殺。

第三、妻毆詈夫之祖父母、父母，殺傷夫外祖父母、伯叔父母、兄、弟、姑、姊、妹。

第四、妻與夫之緦麻以上親姦，或夫與妻母姦。

第五、妻欲害夫者。〔註30〕

以上所列五項原因，除第二項是夫妻雙方對等外，其餘幾項由男女所犯條例看來，對婦女的要求標準顯然高於男性。對於丈夫而言，用的字眼是「毆」與「殺」，方犯義絕；對妻子而言，則或「毆」或「詈」與「殺傷」，即犯義絕，這是不平等之一。妻與夫之緦麻以上親姦即犯義絕，而夫若非與妻母姦則不爲義絕，這是不平等之二。妻欲害夫爲義絕，夫欲害妻則不在此列，這是不平等之三。屬於義絕的情況，夫妻二性氏族將不適合再結爲親家。妻子若符合「七出」任何一條都可以作爲丈夫要求離婚的理由，權限在於丈夫，而義絕則必須離婚，權限不在丈夫，而在法律。

對「七出」的限制是「三不去」，即「婦有三不去：有所取無所歸，不去；與更三年喪，不去；前貧賤後富貴，不去。」〔註31〕妻子嫁到夫家之後，娘

〔註29〕請參看張樹棟、李秀嶺：《中國婚姻家庭的嬗變》（杭州市：浙江人民出版社，1990年5月一刷），頁130至136。

〔註30〕唐・長孫無忌等：《唐律疏議》卷十四〈戶婚〉，（台北市：中華書局）頁301。

〔註31〕《大戴禮記・本命》見高明《大戴禮記今註今譯》，頁511。

家不幸，父母雙亡，兄弟無存，若遭休棄即無家可歸，不可休逐；曾爲舅姑持三年喪，不在七出之列；若正爲舅姑持三年喪時，喪服在身，更不可此時出妻，否則喪服之禮不全，有辱先人；丈夫娶妻時貧賤，因門第觀念只可與貧窮家庭結親，後來發跡富貴，嫌貧愛富思欲攀援高門另娶他人，這是不被允許的。凡是加以規定的禮或法，都可從中反映社會中曾發生過如此之狀況，《唐律疏議》有一條規定：「諸妻無七出及義絕之狀而出之者，徒一年半。雖犯七出，有三不去者而出之者，杖一百，追還合。若患惡疾及姦者，不用此律。」〔註 32〕由這一條規定可證出，當時社會尚有婦女並無犯七出或義絕之過錯仍被休棄逐出的情況，也有「雖犯七出，有三不去者而出之者」的情況，並且條文上明白的表示若婦女患惡疾被逐，即使有三不去的情況，丈夫也不需遭受杖擊，這眞是身爲婦女的悲哀。

二、唐人小說中女性處境

由於家庭分工之下，男性寬闊的肩膀、強壯的膂力適合擔負粗重的生產工作，因而掌握家庭經濟大權，女性負責處理家務瑣事，無法取得家庭之經濟大權，在家族中的政治地位喪失，也失去了發聲權。傳統禮法影響之下，男尊女卑的觀念在唐傳奇又呈現了何種面貌？

（一）錮閉女性，青春虛度

首先看王室中女性的處境。在封建體制下，王室爲了壯大家族，讓子孫能得以如瓜瓞般綿延，而行一夫多妻制。《禮記・昏義》：「古者天子后立六宮、三夫人、九嬪、二十七世婦、八十一御妻。」〔註 33〕主要目的爲了避免「無後」，但對女性而言，後宮遂成了幽禁來自天下良家女子的監牢。〈長恨歌傳〉中描述天寶厭政的玄宗在位歲久：

> 勌於旰食宵衣，政無大小，始委於右丞相，稍深居遊宴，以聲色自娛。先是元獻皇后、武淑妃皆有寵，相次即世。宮中雖良家子千數，無可悅目者。上心忽忽不樂。時每歲十月，駕幸華清宮，內外命婦，熠燿景從，浴日餘波，賜以湯沐，春風靈液，澹蕩其間。上心油然，若有所遇，顧左右前後，粉色如土。詔高力士潛搜外宮，得弘農楊

〔註 32〕唐・長孫無忌等：《唐律疏議》卷十四〈户婚〉，頁 301。
〔註 33〕王夢鷗：《禮記今註今譯》，頁 969。

玄琰女於壽邸。……與上行同輦，止同室，宴專席，寢專房。雖有三夫人、九嬪、二十七世婦、八十一御妻，暨後宮才人、樂府妓女，使天子無顧盼意。自是六宮無復進幸者。〔註34〕

在天下太平、四海無事之天寶年間，厭倦理政的玄宗，政事無論大小悉委右丞相，生活重心完全擺置於「深居遊宴，聲色自娛」，即使宮中有千數良家女子，仍感無可悅目，而悶悶不樂，視內外命婦粉色如土，遂以詔令高力士潛搜外宮，得弘農楊玄琰女於壽邸。楊貴妃受寵後，「雖有三夫人、九嬪、二十七世婦、八十一御妻，暨後宮才人、樂府妓女，使天子無顧盼意。自是六宮無復進幸者。」天寶末年，有花鳥使專爲玄宗至天下各地密采艷色。〔註35〕帝王爲滿足一人之情色慾望，廣搜天下良家女子，然而進宮之後，多半未承恩幸，一任青春虛度，白居易曾在〈上陽白髮人〉、〈陵園妾〉詩中對宮女遭禁錮的現象發出不平之鳴。女性未被視爲獨立存在的個體，僅成爲依附於男性的物品，對於帝王的予取予求，女性更無任何迎拒的發聲權。而〈長恨歌傳〉作者陳鴻雖諷刺玄宗的好色荒淫造成萬姓蒙塵，但是亦嚴詞譴責楊貴妃，將唐王朝衰敗歸因爲「尤物禍國」〔註36〕。其實美色無罪，統治者荒廢政事、沉溺聲色才應爲國家之衰頹負責。

（二）物化女性，餽贈酬報

物化女性，將女性作爲贈送酬報的用途，在唐人小說中亦常出現，在當時應是普遍的社會現象，酬贈者並不以爲不妥。〈任氏傳〉中任氏爲感謝韋崟無所吝惜地提供衣食之需，乃爲韋崟尋找美色作爲「報德」之舉，先是將鬻衣之婦張十五娘弄到手，不久韋崟即生厭，後又以巫術使韋崟中意之女子寵奴患病，且密賂巫者，使之道「不利在家，移出居東南某所，以取生氣」，即任氏宅第，「未數日，任氏即密引韋崟通之，經月乃孕。」〔註37〕以「遇暴不失節」受稱許之任氏，對其他女性卻持物化的觀點，將女性當作酬謝韋崟恩情的禮物。

〈柳氏傳〉中柳氏原爲李生幸姬，李生素重韓翊，對韓翊無所悋惜，柳氏

〔註34〕汪辟疆：《唐人小說》，頁139。

〔註35〕唐・白居易：《白居易集》（台北市：漢京文化事業有限公司，1984年3月），頁59，卷第三，諷諭三〈上陽白髮人〉詩中小注：「天寶末，有密采艷色者，當時號花鳥使。呂向獻《美人賦》以諷之。」

〔註36〕陳鴻作《長恨歌傳》乃因：「不但感其事，亦欲懲尤物，窒亂階，垂於將來者也。」見汪辟疆：《唐人小說》，頁141。

〔註37〕汪辟疆：《唐人小說》，頁56。

亦慕韓翊，李生遂將柳氏薦枕韓翊。在孟棨《本事詩》中也記柳氏事：李生「具饌邀韓，酒酣，謂韓曰：『秀才當今名士，柳氏當今名色，以名色配名士，不亦可乎？』遂命柳從坐接韓。韓殊不意，懇辭不敢當。李曰：『大丈夫相遇杯酒間，一言道合，尚相許以死。況一婦人，何足辭也。』卒授之，不可拒。」〔註 38〕以幸姬相贈由李生看來是大丈夫義氣的表現，是將女性當做可以互相餽贈顯示義氣的物品，女性屬第二性，在以夫權、父權爲主的社會中，僅是男性的附屬品。女性做爲商品來買賣餽贈，在婚姻制度中行之有年，娶妻須依禮聘娶，聘禮本身也是一種變相的或者說禮儀化了的買賣，妾則可以隨意買賣，《禮記·曲禮》：「取妻不取同姓。故買妾不知其姓則卜之。」〔註 39〕

在〈吳保安〉中郭仲翔之答謝姚州都督楊安居，亦是將女性作爲酬謝的物品。郭仲翔追隨將軍李蒙討伐作亂之南蠻，覆敗軍沒，成爲蠻人俘虜，蠻人貪得漢人財物，被擄者可以財物贖回，仲翔爲國相郭元振之姪，蠻人認爲不同眾人，求絹千匹方可贖。仲翔致書吳保安，望保安轉告郭元振，而當時元振已卒，保安回信告知願贖仲翔，遂傾家換得絹二百疋，又往巂州十年不歸，經營財物，前後得絹七百疋，尚未達可贖之數，後因姚州都督楊安居義助得以贖回仲翔，仲翔爲答謝安居，於蠻洞買回具姿色女口十人以贈安居。仲翔初陷沒南蠻時，「賜蠻首爲奴，其主愛之，飲食與其主等。經歲，仲翔思北，因逃歸，追而得之，轉賣於南洞。」其後受洞主鞭笞苦役，難忍困厄，三逃三擒，其間轉賣三次，洞主防其再逃，「乃取兩板，各長數尺，令仲翔立於板，以釘自足背釘之，釘達於木。每役使，常帶二木行。夜則納地檻中，親自鏁閉。」〔註 40〕當蠻首待仲翔如一般人之時，仲翔尚因思歸故鄉而逃，其後淪爲其他洞主之奴隸時，受鞭笞苦役毫無人身自由，遍嘗身爲奴隸之痛楚，然一旦被贖回，回覆自由之身，卻又購蠻洞之女作爲餽贈恩人之禮，而未能以同理心體會身處異鄉爲人奴隸之悲哀。階級一旦轉換，原爲受壓迫者轉而成爲壓迫他人者，是當時社會受傳統階級觀念積習而侷限了反省能力。

（三）柔順無聲，不得自訴

唐朝相較其他朝代，社會風氣較爲開放，然傳統禮法觀念〔註 41〕要求婦

〔註 38〕王汝濤：《全唐小說》，頁 1927。
〔註 39〕王夢鷗：《禮記今註今譯》，頁 27。
〔註 40〕汪辟疆：《唐人小說》，頁 295。
〔註 41〕《禮記·昏義》曰：「成婦禮，明婦順，又申之以著代，所以重責婦順焉也。

女需有柔順的德性，其實仍為社會所承繼保有。《禮記・內則》曰：「女子十年不出，姆教婉娩聽從。」〔註 42〕女孩長到十歲之後，要養在深閨，學習婦道，女師教他們言語柔婉，容貌貞靜，並且要聽從長者的指示，其具體作法在《禮記・內則》中說：「在父母舅姑之所，有命之，應唯敬對。進退周旋慎齊，升降出入揖遊，不敢噦、噫、嚏、咳、欠伸、跛倚、睇視，不敢唾洟；寒不敢襲，癢不敢搔。」〔註 43〕在父母舅姑跟前，有所使喚的時候，要立即答應，恭敬的答話。在長者面前進退周旋，心要肅敬，貌要齊莊，升降出入，亦要俯身而行，不敢縱肆容體，不敢打呃、噴嚏、咳嗽、伸懶腰、打哈欠；不敢一腳斜立，不敢斜視，不敢吐口水、流鼻涕。天寒不敢在長者前加衣，身癢不敢在長者前抓搔。女性需泯滅自己生理與心理的需求，凡事順從父母、舅姑、丈夫，不具任何發聲權。在唐人小說中，〈杜子春〉篇中杜子春轉生為啞女，猶如女性不具發聲權，杜子春為報答道士多次資助，為道士守藥爐，需不動不語，當將軍欲令杜子春言其姓名而不得，令人執其妻，或鞭捶流血，或射斫燒煮，其妻難忍痛楚，嚎哭求道：「誠為陋拙，有辱君子。然幸得執巾櫛，奉事十餘年矣。今為尊鬼所執，不勝其苦。不敢望君匍匐拜乞，但得公一言，即全性命矣。人誰無情，君乃忍惜一言！」言語中充滿女性的卑微，在性命交關之際，對丈夫的百般求情，杜子春卻置若罔聞，此處雖是道士對杜子春的試煉，其實正說明真實生活中女性處境之卑微。而後杜子春亦備嘗「鎔銅鐵杖、碓擣磑磨、火坑鑊湯、刀山劍樹之苦」，因心念道士之言，亦似可忍，竟不呻吟。閻羅王認為杜子春為人陰賊，「不合得作男，宜令作女人」〔註 44〕，以派生為女人作為懲罰，也見出當時男尊女卑的社會觀念。在〈紅綫〉中也有類似的情況，紅綫自云前世為男子，是一行走江湖的大夫，因用藥治療孕婦之蠱癥，誤殺孕婦及腹中二子，因一舉殺三人，「陰司見誅，降為女子」〔註 45〕，由轉世為女子作為懲罰來看，可反證女子之社會地位不如男性。而杜子春再世生而為女，雖歷經諸多苦痛，終不失聲，雖容貌絕代，而

婦順者，順於舅姑，和於室人；而後當於夫，以成絲麻布帛之事，以審守委積蓋藏。是故婦順備而後內和理；內和理而後家可長久也；故聖王重之。」婦人需為家庭之和樂長久具備柔順之美德。

〔註 42〕王夢鷗：《禮記今註今譯》，頁 482。

〔註 43〕王夢鷗：《禮記今註今譯》，頁 448。

〔註 44〕汪辟疆：《唐人小說》，頁 280。

〔註 45〕汪辟疆：《唐人小說》，頁 317。

口無聲，家人視爲啞女。「親戚狎者，侮之萬端，終不能對」〔註 46〕，呈現出女性遭逢恥辱，必須忍辱吞聲，無法發聲以保護自己。「同鄉有進士盧珪者，聞其容而慕之。因媒氏求焉。其家以啞辭之。盧曰：『苟爲妻而賢，何用言矣。亦足以戒長舌之婦。』」娶妻需有容色與賢慧柔順之美德，強爲發聲長舌之婦在婚姻中是不受歡迎的。數年間恩情深厚，有一子無比聰慧，盧珪抱兒和她說話，不回應，用各種方法引逗她說話，仍不言語。盧珪憤怒地認爲她鄙視丈夫，說：「大丈夫爲妻所鄙，安用其子。」〔註 47〕乃持兒子兩腳，以頭擲向石上，應手而碎，血濺數步。女性爲難之處在於：強爲發聲則被視爲長舌之婦，不發聲則是鄙視丈夫，丈夫則以毀壞妻子最鍾愛的子女作爲報復。

〈齊推女〉中饒州刺史齊推之女回娘家待產，夜間夢原屋主不願屋舍因齊推女生產而成爲腥穢之所，希望齊推女快速搬離，否則將有災禍臨頭。隔天告訴父親齊推，齊推剛烈，認爲自己即是宅第土地擁有人，其他妖孽何能侵擾。數日齊推女生產後，即被所夢者毆搽而亡。丈夫李生至京師舉進士，下第，知道妻子死亡的消息，等回到饒州，妻死亡已半年，李生知妻橫死，哀悼悲傷，想到陰間爲她洗雪冤情。接近城郭已黃昏，忽然於曠野中見一女子，掩映於草樹之間，服飾打扮不似村婦，李生下馬接近，確是其妻，二人相見悲泣，妻止之曰：

> 且無涕泣，幸可復生。俟君之來，亦已久矣。大人剛正，不信鬼神；身是婦女，不能自訴。今日相見，事機校遲。〔註 48〕

在陽世本可避免的災禍因父親不信鬼神，使得齊推女被毆致死。「身是婦女，不能自訴」，即使已轉換空間，到了陰間冥界婦女仍不能挺身爲自己發聲申訴冤情，由於女性位階之卑下，令女性面對死亡威脅時，無力保護自己，寶貴生命因此喪失。到了陰間又不能申訴，需藉助男性發聲方可挽回頹勢。其後齊推女要李生至心誠懇拜求與村童授經之田先生，田乃九華洞中仙官。一開始田先生一再推辭，後爲李生之誠心感動，遂爲審理此事，由田先生與府署小吏之對話，亦可得知當時女性之地位：

> 田先生問：「比者此州刺史女，因產爲暴鬼所殺，事甚冤濫，爾等知否？」皆俯伏應曰：「然。」又問：「何故不爲申理？」又皆對曰：「獄

〔註 46〕汪辟疆：《唐人小說》，頁 280。

〔註 47〕汪辟疆：《唐人小說》，頁 280。

〔註 48〕汪辟疆：《唐人小說》，頁 251。

訟須有其主。此不見人訴，無以發擿。」〔註 49〕

由於男尊女卑的傳統觀念影響之下，女性被要求「無非無儀」，不得否定男性的見解，且不得提出自己的看法，以柔順爲婦女須具備的美德，在以上所舉唐人小說中呈顯出崇陽抑陰之下，處於女性卑微位階的悲哀處境。

（四）婚姻生命，無自主權

由於缺乏發聲權，女性甚至連生命、婚姻皆須取決於家族中長輩。如《郭元振》篇中郭元振夜行昏暗迷路，於一燈火輝煌、牢饌羅列之宅第，聽一女子嗚咽哭泣聲，詢問得知，女子鄉祠有一烏將軍，能禍福鄉人，每年求偶於鄉人，鄉人需選一貌美之處女嫁給烏將軍，女子父親因貪得鄉人所提供之五百緡錢財，瞞著村女暗中答應，當晚女子在不知情的情況下，和鄉中其他女子一起歡宴到這座宅第，被灌醉之後鎖在此處，其他鄉女離去，獨留此女子嫁給烏將軍，女子因被父母遺棄就死，惴慄哀傷而哭泣。這裡反映出女子的生存權與婚姻權掌握在父親手中，父親可因錢財而犧牲女兒的終身幸福甚至是生命，並且闔鄉之人不以爲非，容或鄉人與女子父母爲女子之喪命而悲泣，但仍以全鄉之安危爲首要考慮者。

天方曙……俄聞哭泣之聲漸近，乃女之父母兄弟及鄉中耆老，相與舁櫬而來，將取其屍，以備殯殮。見公及女，乃生人也。咸驚以問之。公具告焉。鄉老共怒公殘其神，曰：「烏將軍此鄉鎮神，鄉人奉之久已。歲配以女，才無他虞。此禮稍遲，即風雨雷雹爲虐。奈何失路之客，而傷我明神？致暴于人，此鄉何負。當殺卿以祭烏將軍，不爾，亦縛送本縣。」〔註 50〕

「歲配以女，才無他虞」，每年犧牲女子生命以諛神，換取全鄉平安，女性僅當作供奉神明的祭祀物品，在父權社會中，女子被視爲沒有個性沒有聲音的物品，全然漠視女子與男子一樣有恐懼、憤怒、悲傷的情緒。當鄉人發現女子未死，且烏將軍被郭元振斷腕，心中揉雜了震驚恐懼與憤怒，怪罪郭元振殺傷鄉人奉之已久之神明，若神明因此而降罪施暴鄉人，全鄉如何承擔災難，因而欲執縛郭元振殺之以祭烏將軍。其後郭元振曉諭鄉人若圍除妖獸，將永無少女年年橫死妖畜之患，鄉人從命而除去禍害。而得免之女有機會一吐心聲，控訴父母之殘忍：

〔註 49〕汪辟疆：《唐人小說》，頁 251。

〔註 50〕汪辟疆：《唐人小說》，頁 256。

得免之女，辭其父母親族曰：「多幸爲人，託質血屬，閨闈未出，固無可殺之罪。今日貪錢五百萬，以嫁妖獸，忍鎖而去，豈人所宜？若非郭公之仁勇，寧有今日。是妾死於父母，而生於郭公也。請從郭公，不復以舊鄉爲念矣。」〔註51〕

〈柳毅〉篇中小龍女也因「父母之命、媒妁之言」造就的婚姻導致了女子不幸。柳毅應舉下第，道中見一殊色婦人，牧羊於路旁，「然而蛾臉不舒，巾袖無光，凝聽翔立，若有所伺。」此乃由柳毅觀察所得，何以容貌殊麗之婦女卻單獨於曠野中牧羊，並且「蛾臉不舒，巾袖無光」足以引人疑惑，其後女子自訴「恨貫肌骨」，究竟生命中遭遇如何的困境會令人內則恨貫肌骨，形於外則蛾臉不舒？在男權社會中，女性依附男性方得以生存，因此婚姻生活可說是婚後女性的全部生活重點，婚姻一旦不幸，則女子頓失依靠。而婚姻不幸原因何在？

妾，洞庭龍君小女也。父母配嫁涇川次子，而夫婿樂逸，爲婢僕所惑，日以厭薄。既而將訴於舅姑，舅姑愛其子，不能禦。迨訴頻切，又得罪舅姑。舅姑毀黜以至此。〔註52〕

由龍女自訴，得知這樁婚姻是聽從父母的安排而配嫁涇川次子，並無愛情爲基礎；復次，所嫁夫婿徒好樂逸，爲侍婢所迷惑，對元配日漸生厭冷淡；加上舅姑愛其子，並不訓責其子。因訴怨過於頻繁，激怒了舅姑，而被貶棄至荒野牧羊。《大戴禮記》提到婦有七出，其中「不順父母出……淫出，妒出……不順父母爲逆德……淫爲亂族，妒爲亂家」〔註53〕，純粹站在男權的立場要求女性需具備柔順聽從貞潔的美德，必須從一而終，卻允許男子擁有眾多妻妾，且女子不可有妒嫉之情緒，需寬容丈夫可與自己婚姻以外之其他女子自由交往，否則被視爲器量狹小足以亂家而被男子休棄。傳統禮法加諸於女性身上的束縛，遂讓女性需一以貫之的逆來順受，即使是「妻」的身分，也未必能永保地位之確固。是以其後柳毅累娶張氏、韓氏，迨張、韓繼卒，龍女終得以嫁柳毅，得遂報恩之誓。然卻得待產子之後方敢言及當初誓報之心願：

〔註51〕汪辟疆：《唐人小說》，頁256。
〔註52〕汪辟疆：《唐人小說》，頁74。
〔註53〕引自唐・長孫無忌等：《唐律疏議》卷十四〈戶婚〉釋文，（台北市：中華書局），頁307。

婦人匪薄，不足以確厚永心，故因君愛子，以託相生。未知君意如何？愁懼兼心，不能自解。〔註 54〕

作爲婦人是如此菲薄卑微，不足以保證能得到丈夫永遠的愛，因此必須藉著丈夫疼愛兒子，來確保能與丈夫共同度過一生。婦女處境艱難，心中揉雜著憂愁與恐懼，無法寬心。「無子」是「七出」原因之一，是以貴爲洞庭龍女，也需靠生子來鞏固在家庭中的地位。

然而「有子」果眞能鞏固婦女在家庭中的地位與丈夫永遠不變的愛嗎？答案有時卻是未必！〈廬江馮媼傳〉董江之妻雖有二男一女，且身爲冢婦較其他姬妾、侍婢地位尊崇，然而董江另娶新婦，則連舅姑亦落井下石地欲奪回象徵冢婦尊崇地位的筐筥刀尺祭祀舊物〔註 55〕。

（五）視女如物，恣意鞭撻

唐律對婦女的罰則皆重於男性，以毆傷爲例，丈夫毆傷妻子，減凡人二等，若毆致死，以凡人論，需處絞刑。若丈夫毆打妾折傷以上，減妻二等，即是減凡人四等。反觀若妻子毆夫，徒一年，若毆傷重者，加凡鬬傷三等，即徒二年，若毆致死，則處以斬刑。妾與婢的地位低於妻，較妻而言，則又更無法律的保護，當犯罪時，罰則又重於妻〔註 56〕。男女雙方罰則並不對等，由於法律未能提供對女性的保護，因而發生家庭暴力事件時，婦女多居於劣勢。〈霍小玉傳〉中李益對妻妾、侍婢的作爲，令人髮指：

憤怒叫吼，聲如豺狼，引琴撞擊其妻，詰令實告。盧氏亦終不自明。爾後往往暴加捶楚，備諸毒虐，竟訟於公庭而遣之。盧氏既出，生或侍婢媵妾之屬，蹔同枕席，便加妒忌。或有因而殺之者。生嘗遊廣陵，得名姬曰營十一娘者，容態潤媚，生甚悅之。每相對坐，嘗

〔註 54〕汪辟疆：《唐人小說》，頁 81。

〔註 55〕汪辟疆：《唐人小說》，頁 117。女曰：「我舅姑也。今嗣子別娶，徵我筐筥刀尺祭祀舊物，以授新人。我不忍與，是有斯責。」

〔註 56〕《唐律・疏議》條文曰：「諸毆傷妻者，減凡人二等，死者以凡人論。毆妾折傷以上，減妻二等。」疏議曰：「妻之言齊，與夫齊體，議同於幼，故得減凡人二等。死者，以凡人論，合絞。以刃及故殺者，斬。毆妾非折傷，無罪。折傷以上，減妻罪二等，即是減凡人四等。若殺妾者，止減凡人二等。」又：「諸妻毆夫，徒一年。毆傷過重者，加凡鬬傷三等。死者斬。媵及妾犯者，各加一等。過失殺傷者，各減二等。」見唐・長孫無忌等：《唐律疏議》卷二十二〈鬬訟二〉頁 500，501。由條文顯示出，夫、妻、媵、妾有尊卑之別。賤犯貴，處罰從重；貴犯賤，處罰從輕。

> 謂營曰：「我常於某處得某姬，犯某事，我以某法殺之。」日日陳說，欲令懼己，以肅清閨門。出則以浴斛覆營於床，週迴封署，歸必詳視，然後乃開。又蓄一短劍，甚利，顧謂侍婢曰：「此信洲葛溪鐵，唯斷作罪過頭！」大凡生所見婦人，輒加猜忌，至於三娶，率皆如初焉。〔註 57〕

由於對妻妾的不信任，加諸於妻妾身上的有：語言暴力、肢體暴力、限制人身自由與生命威脅，唐律條文中表示家庭中若有毆傷事件，「皆須妻妾告乃坐，即至死者，聽餘人告」，即是如妻妾僅為夫毆傷，須妻妾自身告訴乃論，外人告訴則犯者仍無罪，若妻妾遭毆傷致死，則聽餘人告，餘人不限親疏，皆得論告。「七出」僅是對女性單方面的懲處，而男性妻妾成群，非「淫」為何？且嚴格限制妻妾貞潔，非「妬」為何？

又如〈步飛烟〉中飛烟為武公業甚為嬖愛之妾，經女奴密告步飛烟與鄰家趙象有染，對飛烟的懲罰是「縛之大柱，鞭楚血流」〔註 58〕，至深夜，公業倦怠而假寐，飛烟呼所愛女僕給予水，飲盡而絕，公業起將再次鞭打，飛烟已死，而後乃言飛烟因暴疾致殞。由《唐律》卷二十二〈鬬訟二〉：「即媵及妾詈夫者，杖八十。若妾犯妻者，與夫同。媵犯妻者，減妾一等。妾犯媵者，加凡人一等。」來看，在家庭中，丈夫的地位最為尊貴，其次為妻，再其次為媵，其下為妾。李益既對聘娶而來的妻子盧氏「暴加捶楚，備諸毒虐」，對其他侍婢媵妾更不會手軟；而飛烟雖是武公業嬖愛之妾，但當其犯過時懲罰亦是無所忌憚。概因女子地位卑微，甚至連生命遭遇威脅，法律也難以伸出援手，只能任由打殺。

從以上所舉唐人小說之事例來看，由於男權社會崇陽抑陰的傳統觀念根深柢固，牢不可破，處於男尊女卑狀態下的女性遭逢的困境計有：首先在優渥富裕的王室中有選自天下良家女子遭受禁錮青春虛度的處境；其次在富豪世族的男性或將女子作為餽贈酬謝的物品，其三女性被要求柔順無聲方具有美德，即使生命交關亦不得自訴；其四是女性婚姻生命不具自主權，悉取決於家族長輩；其五是對女性之要求嚴苛，且處罰相較男性更重，小說中男主人公視妻妾如奴婢，恣意鞭撻至死，因法律對女性的保障仍有偏頗之處，誠是女性生命中之困境。

〔註 57〕汪辟疆：《唐人小說》，頁 98。
〔註 58〕汪辟疆：《唐人小說》，頁 357。

第三節　社會位階的產生原因與升沉之勢

一、宗法制度與徵才方式

位階之產生，由來已久。對於初民而言，一切威脅中最大的威脅無疑是死亡，初民為延續生命，力圖征服死亡的行為，是生活中最需要的智能，也是意義深遠的事，人類文化的建構都與此有關。初民為了對抗自然力量的襲擊如猛獸侵害所造成的死亡，自覺的採取了集體狩獵的組織形式，因此出現了較高級的社會形式，並產生了原始性的平等互助之類的倫理觀念〔註 59〕。社會形式的產生，即出現最基本的階級觀念雛型，此即形成領導者與被領導者位階的不同。為延續生命，原始人除了要與大自然中各種災害與猛獸相搏鬥之外，還需尋找維繫族群生命的水源與食物，部落之間為爭奪獵物、水源、領地，遂產生爭戰與併吞。而屬於同一部落亦有因權勢爭奪而造成戰亂的問題，戰勝的一方固然擁有權勢，然而爭戰與併吞帶來的動亂，造成人口耗損，田園荒廢，且擔憂另一次的爭戰淪為敗亡的一方。源於這種擔憂焦慮所激發出的「秩序情結」遂成為文明初期建立制度的肇因。統治者基於「秩序情結」的要求，為穩固政權，確保一家一姓建立之國家國祚綿長，所制定的制度皆以維護當權者利益為優先。穆渭生說：「封建法律是統治者的特權法，人們的社會等級身分，由法律劃分確認，不得任意逾越。歷代的立法原則是：賤不得干貴，下不得陵上。良犯賤，處罰從輕；賤犯良，處罰從重。〔註 60〕」是以位階的產生來自於當權者鞏固政權的需求，從確立社會每個人上下位階的秩序，由位階之高下差異定其規範，來確固當權者的統治，對中國歷史影響最鉅的位階確立則屬周朝之宗法制度。

於今觀之，對整個中國文化影響最大的朝代，莫過於周朝，周人所制定的宗法制度確立了每個人在社會上所處的地位，獨斷地規範著每個人的身分位階之等級。周初以小邦克殷得勝，取得政權，欲以小邦進行對廣大新取得之領地進行統治，實屬不易。職是，周初統治者總結夏、商覆敗滅亡的教訓，依據周人原有的制度與傳統，並借鑑前代的文化成果，制定了一套綱紀天下

〔註 59〕錢志熙：《唐前生命觀和文學生命主題》（北京：東方出版社，1997 年 6 月 1 刷），頁 9。

〔註 60〕穆渭生：〈唐代賤民的等級與法律地位〉，《陝西教育學院學報》第 12 卷第 1 期，1996 年 3 月。

的典章、制度、規矩和儀節，即是極爲完備的「禮樂文化」體系。這套完備的「禮樂文化」體系是基於周初統治者「敬德保民」的思想而設計，其原因在於「天視自我民視，天聽自我民聽」〔註 61〕的考慮，而眞正目的則在於希望政權永遠歸於周室。而禮樂制度是與周人的宗法制度互爲表裡，宗法制度設計目的在於爲王室提供統治的憑藉，換言之即是爲王室之長治久安的著想，來規範階級制度下各階級應守的分際。周人制定的宗法制度，其制定原則是由血緣之「親親、尊尊」精神爲骨幹，以森嚴的等級制度規範、維持封建體制尊卑貴賤上下的秩序。《禮記・樂記》:「聖人作樂以應天，制禮以配地。」〔註 62〕又說：「天尊地卑，乾坤定矣；卑高以陳，貴賤位矣。」〔註 63〕經由儒家對禮樂制度的全力拱衛，套入宇宙間天地萬物的存在方式與運行規律，從而強化等級制度中尊卑觀念的無可置疑性。由「秩序情結」而產生了制度，因著制度的設計而造成講究身分等級的社會現象，名位不同，禮亦異數。不同階級有不同的禮法規定，不得僭越。

錢宗范在《周代宗法制度研究》一書中表示:「作爲宗法制度基礎的家族、宗族，是從歷史上最早出現的具有族權、父權的原始父系家長制大家庭形式中發展起來的。」〔註 64〕宗法制度產生於父系家長制大家庭形式，宗法制度在宗族中施行的方式是由嫡庶來分出尊卑等級，繼承宗嗣的必須是嫡夫人所生的長子。宗族或家族是由被稱爲「宗」的族長來掌管宗族共財，宗有大宗小宗，大宗是一個大的「宗」或「氏」的領袖，有管理整個宗族的權利，由嫡長子繼承宗嗣，庶出者爲小宗，而小宗即「家」的領袖亦由嫡長子擔任，就「家」而言，此時領袖即是「大宗」，庶出者成爲小宗，小宗即「室」的領袖亦由嫡長子擔任。大宗、小宗是相對的概念。周族統治者則利用宗族中的宗法組織擴大成國家統治機構，實行逐級的宗法分封，形成了貴族的等級制和對土地的世襲佔有制。宗法制決定了分封制、等級制和對土地的佔有制，而分封制、等級制和對土地的佔有制又鞏固了貴族的宗法統治。〔註 65〕周族

〔註61〕清・阮元：《十三經注疏》《尚書正義》〈泰誓〉（台北市：新文豐出版公司），頁 155。

〔註62〕王夢鷗：《禮記今註今譯》（台北市：台灣商務印書館股份有限公司，2002 年 5 月 8 刷），頁 620。

〔註63〕王夢鷗：《禮記今註今譯》，頁 620。

〔註64〕錢宗范：《周代宗法制度研究》（廣西：廣西師範大學出版社，1989 年），頁 2。

〔註65〕錢宗范：《周代宗法制度研究》，頁 25。

統治者將宗法制度推擴實施於國家統治，將宗法統治與政治統治密切結合，天下之大宗爲周天子，庶出分封爲諸侯；諸侯是一國之大宗，庶出分封爲卿或大夫；卿或大夫爲采邑內大宗，庶出爲士；士之下則爲庶人、工商、皀隸牧圉〔註 66〕。於是，出生順位即決定他的貴賤等級。統治者爲了穩固政權，根據「親親、尊尊」的原則而制定出宗法制度之倫理規範，規定了每個人的身分地位，認定每個人遵循制度、守自己的本分，則國家社會得以穩定和諧。而謹守分際、遵循制度則被稱許爲具有倫理道德，反之則爲悖逆、僭越。然而深究其制度設計之邏輯，實有大謬存焉。這種由出生順序決定出人在社會中的身分位階的情形至唐代依然如此，如〈霍小玉傳〉中霍小玉由於庶出的身分，在霍王過世後，不被宗族兄弟收留，最後僅能淪落爲倡家。如〈紅綫〉中紅綫爲家生婢，家生婢是奴婢所生的子女，一出生即是奴婢的身分。

宗法制度使每個人出生即決定了在社會上的位階，此外，在漫長歷史進行中，當政者不同的徵用人才的方式，漢朝實行察舉孝廉的徵用人才的制度，由於需透過保舉人推薦，至東漢末年，被舉者多爲權勢者的子弟。至魏文帝爲魏王時，因三方鼎力，士流播遷，士人錯雜，詳核無所，想要執行東漢時的察舉制，已不容易，於是採取陳羣訂定之九品官人之法，於各州郡縣設置大小中正，區別所管人物，定爲九等。〔註 67〕中正在評定人才時，主要考察這個人的家世、才德，定出品、狀，呈報吏部，作爲選用官吏之依據。設計立意良善，但是因州郡遼闊，彼此略不相識，實施不易，原本重用有才德之士，但大小中正及主簿公曹「但能知其閥閱，非復辨其賢愚」，故皆取著姓大族爲之，以知定門胄，品人物，因此從開始起，九品官人之法就是「尊世胄，

〔註 66〕西周春秋時代記載貴族階級與庶人及奴隸階級的重要史料主要有三條：1、《左傳・昭公七年》：「天有十日，人有十等，下所以事上，上所以共神也。故王臣公，公臣大夫，大夫臣士，士臣皀，皀臣輿，輿臣隸，隸臣僚，僚臣僕，僕臣台。」2、《左傳・桓公二年》：「天子建國，諸侯立家，卿置側室，大夫有貳宗，士有隸子弟，庶人工商，各有分親，皆有等衰。」3、《左傳・襄公十四年》：「天子有公，諸侯有卿，卿置側室，大夫有貳宗，士有朋友，庶人工商皀隸牧圉，皆有親暱，以相輔佐也。」分別見李宗侗：《春秋左傳今註今譯》（台北市：台灣商務印書館，1995 年 3 月 2 刷）。頁 1105，頁 67 及頁 853。

〔註 67〕杜祐《通典》記載：「魏文帝爲魏王時，三方鼎立，士流播遷，士人錯雜，詳核無所。延康元年（公元 220 年），吏部尚書陳羣，以天朝選用，不盡人才，乃立九品官人之法。州郡皆置中正，以定其選。擇州郡之賢有識鑒者爲之，區別人物，第其高下。」

卑寒士，權歸右姓」〔註 68〕。從而造成社會上身分位階之差距，主要表現在門第的差別，亦即高門世胄與孤寒庶族位階之對立，至唐代對婚姻與出仕方面仍造成影響。

二、位階升沉，繫乎勢之得失

位階的產生除了法律上明文的規定之外，是否另有其他原因造成位階高下之別？從唐人小說中呈現了一個明顯的情形，即位階之升沉是隨著得勢或失勢而隨時有所改變，即連尊貴如帝王亦未能倖免於這種變化原則，至於人臣位階之升降亦與勢之得失有密切關係。

從唐人小說部分文本中看到，在唐代雖位居帝王之尊，有時卻難免淪落而受他人壓迫，其原因即在於勢之得失。郭湜之〈高力士外傳〉〔註 69〕中記載安史之亂發生之後，肅宗即位於靈武，尊玄宗爲太上皇於成都，改元爲至德元年。而後安祿山、史朝義相次伏誅。「初，至德二年十一月，詔迎太上皇於西蜀，十二月至鳳翔，被賊臣李輔國詔取隨駕甲仗。上皇曰：『臨至王城，何用此物？』悉令收付所司。欲至城，皇帝具儀仗出城迎候。」上皇至城，肅宗皇帝尚具儀仗迎候，而李輔國卻能稱以皇帝之詔而取隨駕甲仗，且玄宗也順從其意收下儀仗，這在重視禮法威儀的封建時代是令人感到不可思議，何以李輔國膽敢冒犯君威？即在於肅宗即位爲皇帝，則表示玄宗權勢之下降，甚至連一肅宗底下之中官李輔國亦敢冒犯。又「上元元年七月，太上皇移仗西內安置，高公竄謫巫州，皆輔國之計也。上皇在興慶宮先留廄馬三百匹，欲移仗前一日，輔國矯詔，索所留馬，惟留十匹。有司陳奏，上皇謂高公曰：『常用輔國之謀，我兒不得終孝道，明早向北內。』及曉，至北內，皇帝使人起拜云：『兩日來疹病，不復親起拜伏，伏願且留吃飯。』飯畢，又曰：『且歸南內。』至夾城，忽聞嘎嘎聲，上驚回顧，見輔國領鐵騎數百人便逼

〔註 68〕王瑤：《中古文學史論》〈中古文學思想〉之政治社會情況與文士地位，見氏著：《中古文學史論》（台北市：長安出版社，1986 年 6 月 3 版）頁 15。

〔註 69〕王汝濤所編校之《全唐小說》將全唐小說分爲三部，其一是傳奇之部，其二是志怪之部，其三是雜錄之部，〈高力士外傳〉乃列於傳奇之部，然視其內容則與幻設虛構的大部分耳熟能詳的傳奇有些差距，屬性應更接近於稗史。據王汝濤之解題曰：「此篇當撰於代宗大歷中。文中敘事，俱署年月。所述力士生平，多爲後世史家所採。」對作家的介紹，王汝濤則說：「郭湜，太原人。僅知大歷中曾爲大理司直。據本文，似在肅宗朝與高力士同貶。」由以上兩點看來，則此篇當更爲接近時事之紀錄。

近御馬，輔國便持御馬。高公驚下爭持，曰：『縱有他變，須存禮儀，何得驚御！』輔國叱曰：『老翁大不解事，且去！』即斬高公從者一人。高公即攏御馬，直至西內安置。自辰及酉，然後老宮婢十數人將隨身衣物至，一時號泣，上皇止之。皆輔國矯詔之所爲也，聖上寧得知之乎？上皇謂高公曰：『興慶是吾王地，吾頻讓與皇帝，皇帝仁孝不受。今雖爲輔國所制，正愜我本懷。』」何以一「趨馳末品，小了纖人」的宦官李輔國得以逼迫玄宗由南內移住西內，先是削減南內馬匹，再於途中逼圍御駕，便持御馬，且斬高力士從者？膽敢以卑賤淩駕尊貴，究其原因乃在於此時玄宗已處於失勢，而李輔國爲肅宗中官乃處得勢，肅宗「冀清海內，不暇揀擇左右，屏棄回邪」，致李輔國「一承攀附之恩，致位雲霄之上……熒惑兩宮，至傷萬姓，恣行威福，不懼典刑。」〔註 70〕作者郭湜身處唐朝，不敢直接批評肅宗，然李輔國會如此膽大妄爲，當是得勢之肅宗對失勢之玄宗之傾軋。蔡守湘認爲「肅宗和他的心腹太監李輔國怕玄宗復位，於上元元年（西元 760 年）七月，由李輔國領兵劫玄宗遷居太極宮，稱西內。」〔註 71〕

位階原是宗法制度與法律明文規定，每個人有其存在的位置，且須遵循其所在位置規定的禮法，然卻會因其他因素而產生與原本位階不相應的狀況，如得寵與否及建功高低，女性由於美色巧言得寵於當權者，得以改變位階或獲得超越所屬位階之待遇；而男性則由於精通當權者所喜愛之技藝或因建立邊功或平定內亂，得以改變位階或得到超越所屬位階之待遇。

如〈長恨歌傳〉中楊貴妃因「殊豔尤態，才智明慧，善巧便佞，先意希旨」而受寵於玄宗，更使「叔父昆弟皆列位清貴，爵爲通侯。姐妹封國夫人，富埒王宮，車服邸第，與大長公主侔矣。而恩澤勢力，則又過之，出入禁門不問，京師長吏爲之側目。」〔註 72〕因受寵而得勢，車服邸第與大長公主相同，恩澤勢力又超越大長公主，儼然形成淩駕原本王室成員之新貴階級。又如〈東城老父傳〉中玄宗喜歡鬥雞戲，賈昌因善於馴導雞群而受寵於玄宗，「天子甚幸愛之，金帛之賜，日至其家。」賈昌之父賈忠「死泰山下，得子禮奉尸歸葬雍州。縣官爲葬器喪車，乘傳洛陽道。」〔註 73〕因受寵而待遇超乎常

〔註 70〕王汝濤：《全唐小說》，頁 30 至 37。
〔註 71〕蔡守湘：《唐人小說選注》（台北市：里仁書局，2002 年 6 月），頁 389。
〔註 72〕汪辟疆：《唐人小說》，頁 139。
〔註 73〕汪辟疆：《唐人小說》，頁 134。

人應有，皆會造成社會輿論，人心羨慕楊貴妃一人受寵而家族盡沾光，有歌謠云：「生女勿悲酸，生男勿歡喜。」又有：「男不封侯女作妃，看女卻爲門上楣。」〔註74〕對賈昌之受寵，時人有語曰：「生兒不用識文字，鬥雞走馬勝讀書。賈家小兒年十三，富貴榮華代不如。能令金距期勝負，白羅繡衫隨軟轝。父死長安千里外，差夫持道輓喪車。」〔註75〕而一旦統治者遭逢戰亂無力迴護受寵者之時，又會出現何種景況？天寶末年安祿山以討楊氏爲藉口出兵，翠華南幸，至馬嵬坡而六軍徘徊持戟不進，楊國忠受誅以謝天下，貴妃就死於尺組之下以塞天下怨。而賈昌因傷足未能跟進南幸之列，安始亂後，「洎太上皇歸興慶宮，肅宗受命於別殿，昌還舊里。居室爲兵掠，家無遺物，布衣顦悴，不復得入禁門矣。」〔註76〕前後境遇爲宵壤之別。

階級也是相對的概念，就共時性而言，受壓迫者面對更低階級者會成爲壓迫者，如功高者對功低者，受寵者對失寵者，男性對女性；就歷時性而言，則受寵與否、得勢與否充滿變數，此時壓迫他人者，彼時成爲受壓迫者。職是，雖位居高官，也未能保證一生富貴無虞，官場中位高遭嫉被人構陷，皆因身分位階之困陷。〈上清傳〉中竇參得寵時「前後非時賞賜亦不知紀極。乃者郴州所送納官銀物，皆是恩賜。」一旦遭陷，被扣上交通節將之罪名，先是「流竇公於驩州，沒入家資，一簪不著身。」而後「竟未達流所，詔自盡。」〔註77〕雖是高官，官位升遷與生死之權限仍操縱於帝王之手，在封建體制下的知識份子遂常生發「長恨此身非我有」之嘆。待德宗下詔平反竇參之冤時，原受重用之陸贄遂不受寵，「時裴延齡探知陸贄恩衰，得恣行媒孽，贄竟受譴不迴。」〔註78〕而竇參之流貶冤死與陸贄之恩衰受譴皆來自帝王一念之間。在封建體制下，帝王金口玉言，出言即是法律，「率土之濱，莫非王臣」，「臣」與「妾」在西周本爲「奴」與「婢」之意〔註79〕，高官僅是食祿較高、權限較大的高級奴才，亦不免置身於階級枷鎖困境之中，階級制度如同天地間的

〔註74〕汪辟疆：《唐人小說》，頁140。
〔註75〕汪辟疆：《唐人小說》，頁135。
〔註76〕汪辟疆：《唐人小說》，頁136。
〔註77〕汪辟疆：《唐人小說》，頁210。
〔註78〕汪辟疆：《唐人小說》，頁210。
〔註79〕《尚書・費誓》：「馬牛其風，臣妾逋逃，無敢越逐；……無敢寇攘：踰垣牆，竊馬牛，誘臣妾，汝則有常刑。」臣，男僕之賤者；妾，女僕之賤者。臣妾是西周、春秋對奴婢的統稱。見吳璵《新譯尚書讀本》（台北市：三民書局，2001年8月9刷），頁239。

羅網，任何人皆無所逃於天地之間。

又如〈無雙傳〉中劉震為建中朝臣：「時震為尚書租庸使，門館赫奕，冠蓋填塞。」在朱泚叛變時未能及時逃出京師而被迫成為偽朝官員，在京師收復之後卻因「受偽命官，與夫人皆處極刑」〔註 80〕，劉震成為偽朝官員與其後因受偽命官而處極刑，皆身不由己。

或如〈柳氏傳〉中韓翃愛妾柳氏為初立功之蕃將沙吒利所劫，韓翃「意色皆喪，音韻悽咽」，同事許俊願為效力，以計徑入沙吒利之第奪回柳氏，然當時沙吒利「恩寵殊等，翃、俊懼禍」〔註 81〕。沙吒利因受寵得勢，可不懼法典劫人愛妾，而奪回己妾之韓翃與助韓翃之許俊反因階級不及沙吒利而懼禍，在封建體制下，只問階級之貴賤，而不問合理公正與否，「賤不得干貴，下不得陵上」亦即尊貴者可順理成章的欺凌卑賤者。階級之尊卑造成地位之高低，而地位之高低並非永恆不變，其升沉轉變關鍵則來自於得勢或失勢。

第四節　相對位階之卑下者的處境

本節中，首先聲明所論述之「相對位階之卑下者」是將身居社會最底層之奴婢排除在外的，「奴婢」將在下一節集中討論。在唐人小說文本中，呈現了等級森嚴的唐代社會中，高位階對低位階充滿無所不在的歧視與欺凌，以門第而言，閥閱世族對寒門庶人充滿歧視與欺壓；以官位與出身而言，科考出身輕視刀筆吏出身者；若同為科考出身，則明經出身者仍受將參加進士科考者歧視，而擁有功名之官員與得勢的高位階者對一般百姓之欺壓更屬常事。

首先，唐朝社會最為注重門第，因此平民階層雖屬於良民，但若未能擁有功名，雖自食其力從事耕作，仍為衣冠士族所鄙視，甚至因小事而遭受官員剝奪生命，本節將從官民位階之別，以唐人小說為例，論述平民階層的處境。首先是篤實躬耕的平民階層在唐代社會中因不具功名，而遭受鄙夷的眼光，如〈張老〉篇中韋恕由揚州官署之屬官任職期滿，張老為園叟，欲求婚配於韋恕之女，由媒媼之言可看到當時社會門第觀念：

> 叟何不自度。豈有衣冠子女，肯嫁園叟耶？此家誠貧，士大夫家之

〔註 80〕汪辟疆：《唐人小說》，頁 205。
〔註 81〕汪辟疆：《唐人小說》，頁 63。

> 敵者不少。顧叟非匹，吾安能爲叟一盃酒，乃取辱於韋氏？〔註82〕

當時二姓婚配最重視門第相當，衣冠士族雖沒落、貧窮，面對平民百姓存有一分驕氣，婚配講究門當戶對，非匹敵者，不爲婚配。然張老固請媒媼爲他求親於韋氏，媼不得已，冒著可能遭韋氏責罵而爲張老說親，韋恕大怒認爲媒媼因其家貧而輕視他，爲張老求親，憤而欲媼告訴張老若一日內能得五百緡則答應婚事。張老允諾，不久果眞車載納於韋氏，諸韋大驚悔之不及遂許婚。其後：

> 張老既娶韋氏，園業不廢。負穢钁地，鬻蔬不輟，其妻躬耕爨濯，了無怍色。親戚惡之，亦不能止。數年，中外之有識者，責恕曰：「君家誠貧，鄉里豈無貧子弟，奈何以女妻園叟，既棄之，何不另遠去也？」〔註83〕

以當時社會價值觀而言，張老婚後與韋氏不廢園業，躬耕不輟，韋氏以衣冠子女的身份下嫁園叟，且「躬耕爨濯」是可鄙可恥之事，而韋氏卻顯得「了無怍色」乃引發親戚之厭惡，然亦難以阻止他們繼續從事園業，數年之後「中外之有識者」責求韋恕命其遠去，張老方從命離去。相較於平民的身分，韋家雖貧窮然位階貴於張老，面對躬耕力田的張老自有一分驕氣，以今日價值觀而言，自食其力，躬耕園業，當令人嘉許，然在當時「萬般皆下品，惟有讀書高」，知識份子一心求仕目的皆爲了提高家族社會地位，若家庭成員反倒淪落至社會中更下一階層，則中外親表皆同感恥辱。如果由此角度審視決意放棄官職歸隱田園者，其衝決社會評價羅網及實踐決心之勇氣，實令人深爲敬佩讚嘆。

張讀《宣室志》中〈閭丘子〉一文亦反映唐朝社會閥閱世族對寒門庶族與工商層級之鄙視與欺凌，如：

> 有滎陽鄭又玄，名家子也。居長安中。自小與鄰舍閭丘氏子，偕讀書於師氏。又玄性驕，率以門望清貴，而閭丘氏寒賤者，往往戲而罵之曰：「閭丘氏非吾類也！而我偕學於師氏，我雖不語，汝寧不愧於心乎？」閭丘子嘿然有慚色。後數歲，閭丘子病死。及十年，又玄以明經上第。其後調補參軍於唐安郡。既至官，郡守命假蔚唐興。有同舍仇生者，大賈之子，年始冠。其家資產萬計。日與又玄會，又玄累受其金錢賂遺，常與讌遊。然仇生非士族，未嘗以禮貌接之。

〔註82〕汪辟疆：《唐人小說》，頁283。
〔註83〕汪辟疆：《唐人小說》，頁284。

> 嘗一日，又玄置酒高會，而仇生不得預。及酒闌，有謂又玄者曰：「仇生與子同舍，會讌而仇生不得預，豈非有罪乎？」又玄慚，即召仇生。生至，又玄以巵飲之。生辭不能引滿，固謝。又玄怒罵曰：「汝市井之民，徒知錐刀爾，何爲僭居官秩邪？且吾與汝爲伍，實汝之幸，有何敢辭酒乎？」因振衣起。仇生羞且甚，俛而退。遂棄官閉門，不與人往來。經數月病卒。〔註84〕

鄭又玄以門望清貴而鄙視寒賤之閭丘子，認爲「非吾類也」，而閭丘子亦感到羞慚，是知社會價値觀深入人心，寒賤者也以出身寒賤爲恥，對於世族子弟之驕縱欺凌，只能「嘿然有愧色」。在唐代社會，位階差異是一道沉重的桎梏，牢固的加諸於卑微位階者身上。其後鄭又玄也以其出身望族之高姿態對待常以金錢資助自己的大賈之子仇生，而未以禮待之生。嘗置酒飲宴〔註85〕，而仇生不得與會，甚至旁人亦感不宜，後又玄慚而召仇生與會，仇生以酒量不勝辭以巵飲酒，遭又玄怒罵以市井之民而僭居官秩，且自認仇生與己爲伍乃仇生之幸，遂致仇生羞慚退席，以至棄官閉門，甚而抑鬱病卒。

位階之差異造成高位階與低位階之間的對立，高位階者常以俯瞰凌駕的高姿態欺凌低位階者，除了門第觀之外，尚有官位出身差異之對立，如《唐摭言》卷八：

> 許棠，宣州涇縣人，早修舉業。鄉人汪遵者，幼爲小吏，洎棠應二十餘舉，遵猶在胥徒，然善爲歌詩，而深晦密。一旦辭役就貢，會棠送客至灞滻間，忽遇遵於途中，棠訊之曰：「汪都何事至京？」遵對曰：「此來就貢。」棠怒曰：「小吏無禮！」而與棠同硯席，棠甚侮之。後遵成名五年，棠始及第。〔註86〕

上章提及唐朝入仕的途徑，其中刀筆吏之出身最爲科考出身者所鄙視，以許棠而言，參加科考應二十舉尚未及第，卻對出身刀筆吏的汪遵仍是一副趾高氣揚的嘴臉。對汪遵參加科考深深不以爲然，參加考試時，仍是輕慢對待汪遵。這種士人之倨傲無禮在唐朝社會可說是極多見。

參加科考者鄙視刀筆吏出身者，而同爲科考出身者，明經出身亦不如進

〔註84〕張讀《宣室志》〈閭丘子〉，見王汝濤：《全唐小說》，頁1323。

〔註85〕在唐人小說中，置酒飲宴屬於公開的社交活動，與會者常講究身分匹敵，對身分不相當者，常加以排斥或訕笑，如本篇、《唐摭言》卷八〈以賢妻激勸而得者〉、《玉泉子》中〈趙琮〉等等。

〔註86〕姜漢椿《新譯唐摭言》，頁261。

士出身者。《劇談錄》載李賀於元和中以歌詩著名，然尚未及第。當時元稹以明經擢第，常願結交李賀，一日執贄造門，李賀覽刺竟謂：「明經擢第，何事來看李賀？」元稹慚憤而退。此則亦突顯唐代社會位階差異如何深入人心，隨時在人事互動之間引發衝突，因此當元稹不久「制策登科，爲禮部郎官，乃議賀父名晉肅，不合舉進士。時輩從而排之，賀竟不第。……賀亦以輕薄爲時輩所排，遂至轗軻。」〔註 87〕觀李賀之命運坎坷，亦來自於李賀之倨傲無禮。這種倨傲無禮的表現與唐朝因位階差異而產生的不同位階之間的對立態度，可以說是始終如影隨形。

因位階差異而有高位階者對低位階者之語言行爲上的鄙視，究其原因，除了高位階者以門望、官位驕矜之外，更表現在法律上刑罰輕重有別。在以「親親、尊尊」爲行事基準的階級社會中，表現最爲明顯的即在於法律條文上。階級不同，罰則自是輕重有別，下犯上，處罰從重，上凌下，處罰從輕，以《唐律疏議》鬭訟兩條條文爲例：「諸鬭毆人者，笞四十」，又「諸流外官以下毆議貴者〔註 88〕，徒二年」，同一階級鬭毆的罰則爲笞四十，如果以賤毆貴如勳品以下及庶人毆三品以上文武職事官員，則須徒二年。因此，庶民、部曲、奴婢居於社會中下階層，受到較高階級壓迫，僅能順從並任由欺凌壓迫。如〈崑崙奴〉中衣紅綃者本是一富家女子，何以成爲一品官家中歌妓？如其所言「某家本富，居在朔方。主人擁旄，逼爲姬僕。」〔註 89〕一品官乃「蓋代之勳臣」且擁有優渥武力，平民百姓只能任其宰割，哪有抵禦的能力與膽量？文學如同一面鏡子，是現實社會的反映，唐人小說中書寫的情況多爲現實之縮影，《舊唐書・郭元振傳》曰：

> 郭元振，魏州貴鄉人。舉進士，授通泉尉，任俠使氣，不以細務介意，前後掠賣所部千餘人，以遺賓客，百姓苦之。〔註 90〕

又《唐語林》卷二〈政事〉記載：

> 郭尚書元振，始爲梓州射洪尉，徵求無厭，至掠部人賣爲奴婢者甚眾。〔註 91〕

〔註 87〕《劇談錄》之〈李賀〉，見王汝濤《全唐小說》，頁 1398。

〔註 88〕《唐律疏議》卷二十一〈鬭訟一〉條文疏議曰：「流外官，謂勳品以下，爰及庶人。……議貴，謂文武職事官三品以上，散官二品以上，及爵一品者。」

〔註 89〕汪辟疆：《唐人小說》，頁 325。

〔註 90〕後晉・劉昫：《舊唐書》，頁 3042。

〔註 91〕宋・王讜：《唐語林》卷二〈政事〉（台北市：藝文印書館，1968 年），頁 8。

二條引文均是郭元振掠賣部人爲奴婢事。《唐律疏議》卷二十〈賊盜四〉曰：「諸略人、略賣人爲奴婢者，絞。爲部曲者，流三千里。爲妻妾子孫者，徒三年。」掠賣良人爲奴婢、部曲是法律所不允許〔註 92〕，但許多朝廷官員亦公開掠賣而未受懲治。官員對平民之欺壓即使牴觸法律，卻受到官員位階之保護而得免。然而如果平民犯錯，即使罪不及死，官員卻能羅織理由判爲死罪。如〈王公直〉中述寫「咸通庚寅歲間，洛師大飢，穀價騰貴，民有殍於溝塍者。」〔註 93〕至養蠶時節，因桑葉多爲蟲食，桑價騰漲，王公直家植桑數十株，長得茂盛蔭翳，與妻商謀，家中歉收無糧，徒竭力養蠶，未知結果如何，思棄蠶賣桑，乘貴獲利，換得一月之糧，以接麥熟之時，方不至飢餒而死。於是掘地瘞蠶，背荷桑葉至市集鬻賣得錢三千文，買回豬前腿與糕餅置於囊袋中。門吏見囊袋中鮮血灑地，遂攔止盤問，王公直據實而告，復請門吏搜索囊中物品，發現有人的左臂，如新支解的肢體。遂被反縛雙手送官府查辦，由主簿審問得口供爲「某瘞蠶賣桑葉，市肉以歸，實不殺人」，及王公直所寫自白狀令鄰里中人過目，鄰人「皆稱實知王公直埋蠶，別無惡跡。」仍無法證其無罪，遂掘發蠶坑，發現瘞蠶處有一死人缺其左臂，取囊中之臂附之，宛然符合。府尹判爲死罪的說詞爲：

> 王公直雖無殺人之事，且有坑蠶之咎；法或可恕，情在難容。蠶者天地靈蟲，綿帛之本，故加勦絕，與殺人不殊。當寘嚴刑，以絕凶醜。〔註 94〕

由於未能證明王公直是否殺人，僅由瘞蠶一事而判爲死罪，枉殺人命，直是大謬。文末又特別提及「使驗死者，則復爲腐蠶矣。」實又更令讀者心中感覺遺憾。傳奇承繼史傳與志怪，藉虛虛實實的書寫手法，以達到嘲諷的效果。由時間一咸通庚寅歲，地點一洛師，先鎖定事件發生之時空，並且特別注明事件發生在「洛師大飢，穀價騰貴，民有殍於溝塍者。」然而府尹判案之時未能體諒人民面對飢荒難以存活方有瘞蠶賣桑變通之舉，卻顢頇地以「蠶者，天地靈蟲」爲由，視殺蠶等於殺人，平民階層完全無法申訴，遂遭枉殺，人命如草菅，依法律而言雖不致於死罪，卻還要加上「情在難容」，直是欲加之罪何患無辭，平民百姓的生命到底誰能保護？由「尊尊」的原則即會導致「賤

〔註 92〕唐・長孫無忌等：《唐律疏議》，頁 437。

〔註 93〕汪辟疆：《唐人小說》，頁 361。

〔註 94〕汪辟疆：《唐人小說》，頁 362。

賤」的操作方式，位階越卑下者，越被賤視，也就越談不到生存所需的一切人格權，這是階級社會莫大的罪惡。

在唐朝官與民的對立相當明顯，形成確立的模式，如皇甫枚的《三水小牘》中〈溫京兆〉曰：「舊制：京兆尹之出，靜通衢，閉里門；有笑其前道者，立杖殺之。」〔註95〕且爲官者，對人民越是嚴殘，則越被稱許爲「治有能名」，在皇甫枚的《三水小牘》中〈溫京兆〉中即揭露一個貪贓枉法、殘忍好殺的京兆尹溫璋，爲了樹立自身威嚴，出巡時遇一傴僂弊衣曳杖之老道士橫闖其儀仗間，護衛喝止卻不聞，溫璋命人捕捉而鞭笞。在唐朝官員對平民的壓欺已積澱成爲固定模式，在階級社會之下，期望獲得公平與正義對平民百姓而言直是奢求。

張鷟《朝野僉載》記述多則武則天朝時高位階對低位階的壓欺，讀之令人深嘆正義何存，如：

> 周補闕喬知之有婢碧玉，姝絕能歌舞，有文華，知之時喜，爲之不婚。僞魏王武承嗣暫借教姬人梳妝，納之，更不放還知之。知之乃作綠珠怨以寄之……碧玉讀詩，飲淚不食，三日，投井而死。承嗣撩出屍，於裙帶上得詩，大怒，乃諷羅織人告之。遂斬知之於南市，破家籍沒。〔註96〕

高位階者強奪低位階家婢，不必受法律制裁，反倒是遭人橫奪家婢者卻被隨意羅織罪狀，而遭處決且破家籍沒，國家律法的尊嚴全然被恣意踐踏，人民亦無從尋得絲毫庇護，僅能任得勢者宰割。更有虐民以爲戲樂者，如：

> 成王千里使領南，取大蛇八九尺，以繩縛口，橫於門限之下。州縣參謁者，呼令入門，但知直視，無復瞻仰，踏蛇而驚，惶懼僵仆，被蛇繞數匝。良久解之，以爲戲笑。又取龜及鱉，令人脫衣，縱龜等囓其體，終不肯放，死而後已。其人酸痛號呼，不可復言。王與姬妾共看，以爲玩樂。……人被試者皆失魂至死，不平復矣。〔註97〕

由上所舉各例可看到唐人小說對社會中位階差異對立下，卑微位階者所遭受的各式各樣來自高位階者的欺凌與鄙視，輕者是言語上的暴力，復次是強奪平民爲奴婢或奪取他人家婢等人身自由的侵奪，更甚者則是侵奪低位階者之性命以爲笑樂或樹立官威。

〔註95〕王汝濤：《全唐小說》，頁2962。
〔註96〕王汝濤：《全唐小說》，頁1464。
〔註97〕王汝濤：《全唐小說》，頁1465。

第五節　奴婢賤民，哀哀無告

唐代社會中階層分明，最上為帝王，其次是不同品次的官員，其下為平民，平民中又有良賤之分，賤民中又分官私，其中又以奴婢位階最為低下，在唐人小說中奴婢的生死完全取決於主人，最為哀哀無告。本節將先說明奴婢產生之歷史背景，並且呈現在唐律之下奴婢的處境，接著論述唐人小說中奴婢所遭逢的困境。

一、奴婢產生之歷史背景

奴婢是唐代社會中最低下卑微的階級，其由來已久。「奴」字造字方法與「取」字相同，「又」字是右手的象形字，動詞化便是捉的意思，亦即「奴」字實際上表示用捕捉的方法取得的女人〔註 98〕。郭沫若說：「原始氏族的鬥爭具有極端的殘忍性……優勝者對於劣敗者的處理，起初是斬盡殺絕。所謂『墜命亡氏，踣其國家』（左傳襄公十一年范宣子盟書中語），便是那種殘忍時代的思想殘餘。繼後發覺了人的使用價值，對於一部分的俘虜，不加以殘殺而加以奴役，使「男為人臣，女為人妾」，並使他們的一部份專門從事生產。」〔註 99〕《說文解字注》曰：「奴：奴婢皆古辠人，周禮曰：『其奴，男子入於辠隸，女子入於舂稾。』」〔註 100〕又：「婢：女之卑者也。」〔註 101〕而奴婢與奴隸是有本質區別的，郭沫若從史料上爬梳剔羅，從生產情況、工商業發展、意識形態上分析，認為奴隸制社會的下限應該劃在春秋與戰國之際〔註 102〕。奴隸與奴婢的區別有兩點：首先，在奴隸社會，廣大的奴隸是作為一個獨立階級而存在，其與奴隸主階級的矛盾是當時社會的主要矛盾。與此不同，奴婢只是封建社會中的一個階層，農民與封建地主的矛盾才是當時社會的主要

〔註 98〕史鳳儀：《中國古代婚姻與家庭》（武漢：湖北人民出版社，1987 年 7 月一刷），頁 5。

〔註 99〕郭沫若：〈奴隸制時代〉收錄於《中國的奴隸制與封建制分期問題文選集》，（北京：三聯書店，1962 年），頁 2。

〔註 100〕段玉裁：《說文解字注》，頁 622。《周禮・序官》疏：「言罪隸，古者身有大罪，身既就戮，男女緣坐，男子入於辠隸，女子入於舂稾。」罪隸為罪人之家屬沒入官為奴者；舂人原為周禮地官之屬，掌供米物；稾人為周禮夏官之屬，箭幹謂之稾，此官主弓弩箭弓。沒入之女子則輸於舂人、稾人之官。

〔註 101〕清・段玉裁：《說文解字注》，頁 622。

〔註 102〕郭沫若：〈奴隸制時代〉，收錄於《中國的奴隸制與封建制分期問題文選集》，頁 23。

矛盾。其次，在封建社會，奴婢畢竟不像奴隸社會的奴隸那樣毫無人身保障，動輒就被奴隸主殺害而成爲殉葬品，因封建法律尚有一些保護奴婢人身安全的條款〔註103〕。

二、唐律對奴婢之規定

唐代法律把人分成貴族官僚、平民、賤民三大等級，不同等級的成員其社會地位差距十分懸殊。貴族官僚除外，凡不屬於士、農、工、商四大社會階層的人，皆視爲社會上的「賤民」，不得入「良民」之列。唐代賤民種類包括了雜戶、官戶〔註104〕、工樂戶、太常音聲人〔註105〕、部曲、客女、隨身和奴婢〔註106〕。其中雜戶、官戶、工樂戶、太常音聲人和官奴婢屬於官府，稱爲「官賤」；部曲、客女、隨身和私奴婢隸屬於官僚地主和私人，故稱爲「私賤」。「官賤」多爲罪犯就戮，罪犯家中良賤皆沒入官府及其後代所組成，《唐律疏議》〈賊盜一〉：「諸謀反及大逆者，皆斬。父子年十六以上皆絞，十五以下母女、妻妾、祖孫、兄弟、姐妹、若部曲、資財、田宅，並沒官。」疏議曰：「若部曲、資財、田宅，並沒官。部曲不同資財，故特言之，部曲妻及客女，並與部曲同。奴婢同資財，故不別言。」〔註107〕「私賤」主要來源於無法生存而自賣或被掠奪爲奴的弱勢百姓及其後代（家生奴或家生婢）。

（一）唐律對奴婢的規範

奴婢是唐代法律規範中地位最爲卑下的賤民，受到法律的保護最少，受

〔註103〕褚贛生：《奴婢史》（上海：上海文藝出版社，1994年7月一刷），頁2。

〔註104〕《唐律疏議》卷三〈名例三〉釋文曰：「雜戶：雜戶者，謂先代配隸在諸司課役者，若今不刺面，配在將作監太常院東西庫務者。官戶：官戶者，亦爲先代配役及配隸相生者，此等之人州縣無貫，唯屬本司，故曰雜戶、官戶。」見唐・長孫無忌等：《唐律疏議》，頁67。

〔註105〕《唐律疏議》卷三〈名例三〉：「工樂者，工屬少府，樂屬太常，並不貫州縣。……太常音聲人，謂在太常作樂者，原與工樂不殊，俱是配隸之色，不屬州縣，唯屬太常。」見唐・長孫無忌等：《唐律疏議》頁65。

〔註106〕《唐律疏議》卷二十二〈鬭訟二〉對部曲、奴婢、客女、隨身之釋文：「若依古制，即古者以臧沒爲奴婢，故有官私奴婢之限。荀子云：臧獲即奴婢也。此等並同畜產。自幼無歸，投身衣飯，其主以奴畜之，即其長成，因娶妻，此等之人，隨主屬貫，又別無戶籍，若此等之類，各爲部曲。婢經放良，並出妻者，名爲客女。二面斷約年月，賃人指使爲隨身。」見唐・長孫無忌等：《唐律疏議》，頁507。

〔註107〕唐・長孫無忌等：《唐律疏議》卷十七〈賊盜一〉，頁395。

到的限制最多，在唐律中關於奴婢的處境有以下幾個方面。

首先，表現在奴婢幾乎不享有人格權，《唐律疏議》曰：「奴婢賤人，律比畜產。」〔註 108〕《唐律疏議》〈雜律上〉：「諸買奴婢馬牛駞騾驢，已過價不立市券，過三日，笞三十。」〔註 109〕在唐代，奴婢不被當作人看待，如同馬牛駱駝騾驢畜產一般，是主人的資財，身分地位低於部曲、客女，是所有賤民等級最低者，享有的人格權並非全無，但極其有限。

其二，奴婢爲主人資財，沒有人身自由，無論官私奴婢，其日常生活都不能脫離官府或主人的管束與監督。如果逃亡，即是犯罪行爲，需受嚴厲懲罰，《唐律疏議》〈捕亡〉：「諸官戶奴婢亡者，一日杖六十，三日加一等。部曲私奴婢亦同。」〔註 110〕以私奴婢而言，當主人犯叛逆謀反重罪時，主人處以極刑，主人家屬、部曲及一切資財都得沒入官府〔註 111〕。

其三，既是主人的資財，則奴婢亦無親權，《唐律疏議》〈戶婚下〉條文：「即奴婢私嫁女與良人爲妻妾者，準盜論，知情娶者，與同罪，各還正之。」疏議曰：「奴婢既同資財，即合由主處分，輒將其女私嫁與人，須計婢贓準盜論罪。」〔註 112〕奴婢所生的子女稱爲家生婢或家生奴，皆是主人資財，父母親沒有權力安排子女的婚姻，若私自嫁女與人，即是偷竊了主人的財務，須當竊盜來論罪。

其四，奴婢是主人資財，亦沒有自主的婚姻權，主要體現在兩點：第一，奴婢不能與比自己等級高者結婚，《唐律疏議》〈戶婚下〉條文曰：「諸雜戶不得與良人爲婚，違者杖一百。官戶娶良人女者，亦如之。良人娶官戶女者，加二等。」疏議曰：「雜戶配隸諸司，不與良人同類，只可當色相娶，不合與良人爲婚，違律爲婚，杖一百。」〔註 113〕奴婢等級又低於雜戶與官戶，雜戶、官戶與良人爲婚，尚且稱違律爲婚，按唐律輕重相舉的原則，奴婢更不可違律爲婚。對「違律爲婚」者，除強制離婚外，還要治罪。而且婢若經主人放

〔註 108〕唐・長孫無忌等：《唐律疏議》卷六〈名例六〉，頁 115。

〔註 109〕唐・長孫無忌等：《唐律疏議》卷二十六〈雜律上〉，頁 622。

〔註 110〕唐・長孫無忌等：《唐律疏議》卷二十八〈捕亡〉，頁 678。

〔註 111〕《唐律疏議》卷十七〈賊盜一〉：「諸謀反及大逆者，皆斬。父子年十六以上皆絞，十五以下母女、妻妾、祖孫、兄弟、姐妹、若部曲、資財、田宅，並沒官。」疏議曰：「若部曲、資財、田宅，並沒官。部曲不同資財，故特言之，部曲妻及客女，並與部曲同。奴婢同資財，故不別言。」頁 395。

〔註 112〕唐・長孫無忌等：《唐律疏議》卷十四〈戶婚下〉，頁 304。

〔註 113〕唐・長孫無忌等：《唐律疏議》卷十四〈戶婚下〉，頁 304。

免，成爲良人，主人只能娶爲妾，不能爲妻。《唐律疏議》〈戶婚中〉條文曰：「諸以妻爲妾，以婢爲妻者，徒二年。以妾及客女爲妻，以婢爲妾者，徒一年半，各正還之。」疏議曰：「妻者齊也，秦晉爲匹，妾通買賣，等數相懸，婢乃賤流，本非儔類，若以妻爲妾，以婢爲妻，違別議約，便虧夫妻之正道，黷人倫之彝則，顚倒冠履，紊亂禮經。」〔註 114〕《唐律疏議》〈戶婚中〉曰：「妻者，傳家事，承祭祀，既具六禮，娶則二儀。婢雖經放爲良，豈堪承嫡之重，律既止聽爲妾，即是不許爲妻。」〔註 115〕第二，奴婢的婚配須由主人作主。《唐律疏議》〈戶婚下〉：「諸與奴娶良人女爲妻者，徒一年半，女家減一等離之。其奴自娶者，亦如之。主知情者，杖一百，因而上籍爲婢者，流三千里。」〔註 116〕說明主人有權爲奴娶婢爲妻，若違律婚配，主人須負法律責任。即使是奴自己娶妻，違律爲婚，主人知情，同樣須負法律責任。

其五，奴婢沒有改變自己身份的權利，奴婢如果想成爲良民，需經過主人的允許並且有書面證明，《唐律疏議》〈戶婚上〉條文之疏議曰：「依戶令，放奴婢爲良及部曲客女者，並聽之，皆由家長給手書，長子以下連署，仍經本屬申牒除附。」〔註 117〕，因此，改變奴婢卑賤身分的權利完全掌握在主人和官府的手上。

其六，奴婢對主人而言不享有貞操權。若主人姦奴婢或奴妻，對主人有何懲處，在唐律中未見明文規定。但從其他條文可以推測之，《唐律疏議》〈雜律上〉條文曰：「姦他人部曲妻、雜戶、官戶婦女者，杖一百。」疏議曰：「姦他人部曲妻，明姦己家部曲妻及客女，各不坐。」〔註 118〕姦他人部曲妻將受杖擊，則明白表示姦己家部曲妻與客女，不須負法律責任。部曲多娶良人之女或客女爲妻，主人姦己家部曲妻及客女尚且不坐，而階級低於部曲與客女的奴婢與奴妻，原即爲主人畜產資財，自不在法律保障之內，是以奴婢與奴妻對主人而言不具有貞操權。

其七，奴婢對主人而言亦不享有名譽權，對主奴間的名譽權保護，唐律的規定是單方面的，《唐律疏議》〈鬬訟四〉：「諸部曲奴婢告主，非謀反逆叛

〔註 114〕唐・長孫無忌等：《唐律疏議》卷十三〈户婚中〉，頁 292。
〔註 115〕唐・長孫無忌等：《唐律疏議》卷十三〈户婚中〉，頁 293。
〔註 116〕唐・長孫無忌等：《唐律疏議》卷十四〈户婚下〉，頁 303。
〔註 117〕唐・長孫無忌等：《唐律疏議》卷十二〈户婚上〉，頁 280。
〔註 118〕唐・長孫無忌等：《唐律疏議》卷二十六〈雜律上〉，頁 616。

者，皆絞。告主之期親及外祖父母者，流。大功以下親，徒一年。」〔註 119〕條文中規定部曲奴婢告發主人，若非謀反、大逆、叛國等大罪，不管主人罪行是否屬實，告發的部曲奴婢都處以絞刑；若部曲奴婢告發主人的期親和外祖父母，則處流刑；若告發主人大功以下親屬，處徒刑一年。反之，主人若誣告自家奴婢，同條條文之後疏議曰：「其主誣告部曲奴婢者，及同誣告子孫之例，其主不在坐限。」職是，主奴之間，奴婢是沒有名譽權的。

其八，奴婢犯罪時負有自然人的責任，並須負較一般人更重之刑責。《唐律疏議》〈賊盜一〉：「諸部曲奴婢謀殺主者，皆斬。謀殺主之期親、及外祖父母者，絞，已傷者，皆斬。」〔註 120〕是將奴婢視爲有責任能力和人格的自然人對待的。而刑責輕重之比較：如以折齒一事相較，奴婢毆部曲折一齒者，徒一年半。反之，部曲毆奴婢，使折一齒，僅需杖一百〔註 121〕。以部曲與奴婢毆良人而言，判處輕重有別，《唐律疏議》〈鬪訟二〉曰：「諸部曲毆良人者，加凡人一等，奴婢又加一等。若奴婢毆良人，折跌支體、及瞎其一目者，絞，死者各斬。」〔註 122〕表示奴婢犯罪時如同自然人須負刑責，且負較其他階級更重刑責。

（二）唐律對奴婢有限度的保護

唐代奴婢有別於奴隸社會的奴隸，也享有某些人格權，表現在下面幾個方面：

其一，奴婢享有有限度的生命權，《唐律疏議》〈鬪訟四〉：「諸奴婢有罪，其主不請官司而殺者，杖一百。無罪而殺者，徒一年。」〔註 123〕奴婢雖是賤隸，又各屬其主，但若取其生命，須通報官司，若奴婢有罪，不稟報有司，擅殺者，處杖擊一百；若奴婢無罪，主人擅殺，處徒一年。若主人之外其他良人毆傷或毆殺他人奴婢，處罰較重：若毆殺奴婢，處徒三年；毆傷奴婢使折一支，處徒二年；若非因鬪而故殺奴婢，處流三千里〔註 124〕。若部曲毆殺

〔註 119〕唐・長孫無忌等：《唐律疏議》卷二十四〈鬪訟四〉，頁 525。

〔註 120〕唐・長孫無忌等：《唐律疏議》卷十七〈賊盜一〉，頁 401。

〔註 121〕唐・長孫無忌等：《唐律疏議》卷二十二〈鬪訟二〉，頁 497。

〔註 122〕唐・長孫無忌等：《唐律疏議》卷二十二〈鬪訟二〉，頁 496。

〔註 123〕唐・長孫無忌等：《唐律疏議》卷二十二〈鬪訟二〉，頁 497。

〔註 124〕《唐律疏議》卷二十二〈鬪訟二〉條文曰：「其良人毆傷他人部曲者，減凡人一等，奴婢又減一等。若故殺部曲者絞，奴婢流三千里。」疏議曰：「良人毆傷或殺他人部曲者，減凡人一等，謂毆殺者流三千里，折一支者徒二年半之類；奴婢又減一等，毆殺者徒三年，折一支者徒二年之類。若不因鬪，故殺部曲者，合絞，若謀而殺訖亦同。其故殺奴婢者，流三千里。」見《唐律

奴婢折一齒，則處杖擊一百〔註 125〕。

其二，奴婢享有有限度的名譽權。在唐代，主人誣告奴婢與誣告子孫一般，主人不須負刑責，奴婢對主人而言，不享有名譽權。但若是以隱匿己名或假借他人姓字，潛投犯狀以告人罪，無問輕重，投告者即得流坐，即使是以匿名書告他人部曲奴，也依凡人法來治罪〔註 126〕。於此而言，奴婢享有名譽權。而在「誣告反坐」一條之疏議曰：「謂誣告部曲奴婢流罪，若實，部曲奴婢止加杖二百；既虛，誣告者不流，亦準杖法反坐。」〔註 127〕這裡顯示的是對等的規定，若有人誣告部曲奴婢被判流罪，若確有其事，則部曲奴婢不服流刑，改爲杖擊二百；若部曲奴婢確實無流罪，確實遭人誣告，則誣告者亦不必服流刑，亦罰杖擊二百。對奴婢名譽之保護略有助益。

其三，奴婢在某些方面享有與良人相等的權利。《唐律疏議》〈名例五〉對身體損傷有如此之疏議：「損，謂損人身體；傷，謂見血爲傷。雖部曲奴婢傷損，亦同良人例。」〔註 128〕在《唐律疏議》〈名例六〉亦記載奴婢與良人相同的義務與權利：「諸官戶、部曲、官司奴婢、有犯，本條無正文者，各准良人。」亦即官私奴婢有犯罪情事，在唐律中同一犯名本條有正文者，各從正條，若本條無正文者，各准良人之法。〔註 129〕

三、唐人小說中的奴婢處境

上一部分論述《唐律》之下奴婢的處境，提及奴婢冒犯主人時應受的懲罰，而冒犯包括詈罵、毆、殺與告狀，其中僅有主人若犯謀反叛逆重罪時，奴婢告主方不受重罰，若僅是在家庭中奴婢受到非人的對待，若告官則將受到絞殺的死罪。在唐代由於「奴婢賤人，律比畜產」，「奴婢同於資財」，奴婢完全談不上做爲人的尊嚴。主人對奴婢有恃無恐，體現在於主人對奴婢生命權與貞操權的予取予求。

首先看唐人小說中主人對奴婢生命權的扼殺，〈王知古〉篇中盧龍節度使

疏議》頁 497。

〔註 125〕《唐律疏議》卷二十四〈鬭訟四〉：「若部曲毆殺奴婢折一齒者，杖一百。」見《唐律疏議》，頁 550。

〔註 126〕唐・長孫無忌等：《唐律疏議》卷二十四〈鬭訟四〉，頁 527。

〔註 127〕唐・長孫無忌等：《唐律疏議》卷二十四〈鬭訟四〉，頁 516。

〔註 128〕唐・長孫無忌等：《唐律疏議》卷五〈名例五〉，頁 90。

〔註 129〕唐・長孫無忌等：《唐律疏議》卷六〈名例六〉，頁 114。

張直方遷至京師，「臧獲有不如意者，立殺之。或曰：『輦轂之下，不可專戮。』其母曰：『尚有尊於我子者乎？』則僭軼可知也。於是諫官列狀上，請收付廷尉，天子不忍置於法。」〔註130〕其中「臧獲」是古人對奴婢的賤稱〔註131〕，《唐律疏議》卷二十二〈鬪訟二〉：「奴婢有罪，其主不請官司而殺者，杖一百。無罪而殺者，徒一年。」這是法律上奴婢能享有的僅有的些微生命保障，奴婢只是主人的資產，若冒犯主人或家屬時，主人殺奴婢前只需要稟承官司，便不需被懲處。若不請官司輒殺者，罰杖一百。只是若權勢大如張直方者即使居處京師，亦不畏憚法典，甚至最後仲裁者——君王也不出面懲治，則奴婢之生命全然遭受位高權重者之踐踏，連呻吟求救的機會也沒有，就此無聲殞滅。對於張直方濫殺奴婢，有人勸告「『輦轂之下，不可專戮。』其母曰：『尚有尊於我子者乎？』則僭軼可知也。」則作者之意並非在於憐惜人命，而在於護持君王與法律的尊嚴。

又如〈綠翹〉篇中女冠詩人魚玄機本應是清靜淡泊的修行者，然卻是謔浪豪放女，誣陷家婢綠翹與自己相暱者有染，出於妒意與憤怒而任意鞭撻綠翹至死。

而〈陶峴〉篇中遍遊山水怡養性情的陶峴之對待摩訶，純粹將奴婢視爲物品，甚至是不如物品。陶峴拜訪南海太守，受贈三樣寶貝：「古劍，長二尺許；玉環徑四寸；海船崑崙奴，名摩訶，善游水，而勇健。」陶峴視爲「吾家之三寶也」，將三寶作爲戲玩之物：「每遇水色可愛，則遺環劍，令摩訶下取，以爲戲笑也，如此數歲。」後至巢湖，亦投環劍令摩訶下取，摩訶取環劍後迅速跳出水面謂被毒蛇咬傷，截去一指方能保命，舟中陶峴友人焦遂認爲冒犯水中陰靈，而陶峴回以「但徇所好，莫知其他。」認爲只是隨順自己平生之愛好，浪跡山水本來就是自己的緣分。船行至西塞山，見江水黑而不流，認爲水面下必有怪物，仍投環劍命摩訶取回，摩訶入水久而方出，氣力危絕，幾乎無法支撐，並報告主人水中有龍二丈許，若引手取環劍，龍則怒目而視。陶峴極力要求摩訶無論如何要取回環劍，說「汝與環劍，吾之三寶。今者既亡環劍，汝將安用，必須爲我力爭也。」未能體恤摩訶處境之危險，

〔註130〕汪辟疆：《唐人小說》，頁350。

〔註131〕褚贛生說：「漢揚雄《方言》云：『荊淮海岱并齊之間，罵奴約「臧」，罵婢曰「獲」。齊之北鄙，燕之北郊，凡民男而婿婢曰「臧」，女而婦奴曰「獲」。又，亡奴謂之「臧」，亡婢謂之「獲」。皆謂奴婢之賤稱。』」見氏著：《奴婢史》（上海市：上海文藝出版社，1994年7月一刷），頁7。

由冷酷的回答體現出陶峴心中摩訶乃人不如物，陶峴所在意的是另兩樣寶物，若寶物無法取回，摩訶自不必存留於世。強逼之下，摩訶「被髮大呼，目眦流血」，窮盡性命奮力一搏，只爲取回環劍，「久之，見摩訶支體磔裂，浮於水上，如有視於峴也」〔註 132〕。這些畫面呈現了摩訶深沉的怨恨與抗議。爲何摩訶不選擇就此逃亡？《唐律》卷二十二〈鬪訟〉條文之疏議曰：「部曲奴婢，是爲家僕，事主需存謹敬。又防其二心，故雖過失殺主者，絞。」〔註 133〕又《唐律》卷二十八〈捕亡〉：「諸官戶官奴婢亡者，一日杖六十，三日加一等，部曲私奴婢亦同。」〔註 134〕法律對奴婢管束嚴密，是法律給予主人對奴婢近乎絕對的管理與驅使的權利，強調尊者的威權，要求地位卑下者絕對的服從，奴婢對主人不合理的對待只能全盤接受，別無其他選擇。

此外，〈崑崙奴〉中崑崙奴爲小主人崔生竊回一品高官家中歌妓，後一品高官得悉歌妓去處：

> 召崔生而詰之事，懼而不敢隱。遂細言端由，皆因奴磨勒負荷而去。一品……命甲士五十人，嚴持兵仗，圍崔生院，使擒磨勒。磨勒遂持匕首飛出高垣，瞥若翅翎，疾同鷹隼，攢矢如雨，莫能中之。〔註 135〕

崔生對磨勒生命毫不愛惜，被發現竊姬之事，盡皆推諉於崑崙奴所爲，任由他人加害，可看出唐代社會中僅單方面要求奴婢忠心謹敬，而不見主人對手下人應有的道義。

其次看唐人小說中主人對奴婢貞操權的蹂躪。〈霍小玉傳〉中李益對其侍婢除了握有生殺大權之外，侍婢對主人則無法保留貞操權。《唐律》卷二十六〈雜律〉條文之疏議：「姦己家部曲妻及客女，各不坐。」〔註 136〕部曲之妻通常是良人之女，客女是「婢經放爲良，並出妻者」〔註 137〕，二者階層皆高於奴婢，奴婢待遇更低於部曲妻與客女，姦己家部曲妻與客女尚且不坐，更何

〔註 132〕汪辟疆：《唐人小說》，頁 311。
〔註 133〕唐・長孫無忌等：《唐律疏議》，頁 499。
〔註 134〕唐・長孫無忌等：《唐律疏議》，頁 678。
〔註 135〕汪辟疆：《唐人小說》，頁 326。
〔註 136〕唐・長孫無忌等：《唐律疏議》，頁 616。
〔註 137〕《唐律疏議》，頁 507 對部曲、奴婢、客女、隨身之釋文：「若依古制，即古者以臧沒爲奴婢，故有官私奴婢之限。荀子云：臧獲即奴婢也。此等並同畜產。自幼無歸，投身衣飯，其主以奴畜之，即其長成，因娶妻，此等之人，隨主屬貫，又別無户籍，若此等之類，各爲部曲。婢經放良，並出妻者，名爲客女。二面斷約年月，賃人指使爲隨身。」

論奴婢。〈郤要〉篇中郤要爲湖南觀察使李庾之女奴，因容貌舉止優美，且善於辭令應對。李庾有四子，「皆年少狂俠，咸欲烝郤要而不能也。」〔註 138〕郤要既爲李庾女奴，本無法對李庾保留貞操權，即爲眾多妻妾之一，且因巧媚才捷，李庾四子咸欲侵犯郤要，在人事複雜、人口眾多的家族中，須面對主人之子的垂涎，若缺乏處世智慧與手腕，自難免受到侵犯。

張鷟《朝野僉載》卷二的文本中多則反映了主人毫無忌憚的侵犯奴婢的生命權與貞操權，如：

> 嵩陽杜昌妻甚妬。有婢金荊，昌沐，令理髮，柳氏截其雙指。……又有一婢名玉蓮，能唱歌，昌愛而嘆其善，柳氏乃截其舌。〔註 139〕
>
> 貞觀中，濮陽范略妻任氏，略先幸一婢，任以刀截其耳鼻，略不能制。〔註 140〕
>
> 荊州枝江縣主簿夏榮判冥司。縣丞張景先寵其婢，厥妻楊氏妬之。景出使不在，妻殺婢，投之於廁。景至，紿之曰婢逃矣。景以妻酷虐，不問也。〔註 141〕

這幾則皆因婢女貞操權先遭主人侵犯，又因此而遭受善妒的主母傷害婢女身體，甚至侵奪婢女的生命，雖法律明文規定對奴婢有限度的保護，但通常奴婢皆被視之爲屬於家族中的財物，實際上任由家族中掌權者處置，不能得到律法的積極保護。因此在小說中通常都訴之於因果業報，使做惡者遭到報應。

日常生活中主人高居在上對奴婢鄙夷的態度在唐代社會習以爲常。〈崑崙奴〉篇中崔生自從見過一品家中著紅綃之歌妓後，返回學院即「神迷意奪，語減容沮，怳然凝思，日不暇食」，當家中崑崙奴磨勒細心觀察崔生舉止有異時說：「心中有何事，如此抱恨不已？何不報老奴？」崔生的回答是：「汝輩何知，而問我襟懷間事？」表現出身爲主子倨傲不遜的姿態。〈紅綫〉篇中魏博節度使田承嗣有取潞州之野心，潞州節度使薛嵩日夜憂悶，計無所出。紅綫探問是否爲鄰境之野心而不遑寢食，薛嵩答曰：「事繫安危，非汝能料。」

〔註 138〕汪辟疆：《唐人小說》，頁 360。李庾四子欲烝郤要，郤要爲李庾侍婢，依輩分而言高於四子，「烝」原來的意思是「繼承父親地位的兒子，可以和除了生母以外的父親其他妻妾發生婚姻關係。」（見　錢宗范：《周代宗法制度研究》頁 53）此時李庾仍在，四子並未繼承父親而擁其妻妾，顯然是因四子確是年少輕狂，而欲染指父親之侍婢。

〔註 139〕王汝濤：《全唐小說》，頁 1471。

〔註 140〕王汝濤：《全唐小說》，頁 1471。

〔註 141〕王汝濤：《全唐小說》，頁 1472。

身爲奴婢早已習慣主人對待奴婢的態度，但本著忠於主人願爲解憂的誠意，繼續進言。崑崙奴對崔生保證無論多麼困難，必可成功，進而爲其解隱語並逐步達成營救歌妓之事。紅綫則曰：「某雖賤品，亦有解主憂者。」後爲薛嵩至魏郡取回田承嗣床頭金盒以作儆戒。奴婢乃因著階級卑下而受到主人的賤視，而非能力、見識之不足。

本章小結

在唐代社會中，身分、性別與位階差異所帶來的差別對待是身處卑下者難以排除的生命困境。存在於社會上的身分、性別、位階差異對待行之有年，深深箝制著人們的思考模式，處在其中的卑下階層身陷嚴密的桎梏之中，對此制度雖無反省能力，但是身處卑下者總是受困其中。

本章所探究「身分」之差異爲人類之「他者意識」對異類的對待，對於非我族類之異類秉性溫馴則加以馴養、驅使、利用甚或食用，凶暴者則誅除而後方能安穩，或僅因出於人類的疑懼，雖異類並無害人之念，亦先下手誅除方稱安心，至於田獵除飽足人類口腹之欲外，率皆純爲玩樂而已，並不認爲異類自有生存的權利。而除了異類的處境探究之外，異類雖非人類社會中的階層，但是幻變爲人類的企望實可視爲身處卑下階層者的奮鬥象徵，亦有其美學典範的呈現。

其次論及性別差異對女性之不公對待，從婚姻型態確定爲妻從夫居之後，即是女性社會地位低於男性的開始，崇陽抑陰觀念的深固，使得女性不可表達意見，凡事以柔順爲美，連婚姻與生命權限皆操控於男性手中。

復次探究位階的產生來自於當權者基於秩序情結之長治久安的企圖，由人類出生順序之不同定出所屬的階層，再決定不同位階所擁有的義務與權利，此外位階會因得勢或失勢而產生鬆動改變。而由唐人小說中位階差異對待，見出平民百姓遭受簪纓世家之鄙視，且若官員不體恤百姓生活多艱，則百姓生命將遭到死亡威脅。最後論及奴婢是唐代社會位階中最爲卑微低下的階層，處處承受來自主人對生命、貞潔等各方面的侵奪，是最爲哀哀無告的一群。

第四章　愛情難遂的憂傷

愛情是文學天地中頌唱不已的詠嘆調，愛情讓心靈適意滿足，愛情讓生命潤澤甜蜜，擁有愛情能成就人們更為積極奮進，失去愛情也令人心灰意喪形銷骨立。愛情又具有佔有與排他的特質，當一份愛情漸行變色之際，雙方對付出與對愛情認定的差異，所生發之愁怒嫉怨的情緒，又足以造成巨大的破壞力，因此愛情的發展過程無法以三言兩語即道盡其中的曲折糾葛。魯迅說：「小說一如詩至唐代而一變，雖尚不離於搜奇記逸，然敘述宛轉，文辭華豔，與六朝之粗陳梗概者較，演進之迹甚明，而猶有顯者，乃在是時則始有意為小說。」〔註1〕正是唐人以作意好奇的寫作態度，敘述宛轉的寫作方式，在文辭華豔的載體上方得以描繪出唐代才子佳人細膩豐富的愛情世界。

愛情難遂的處境，究其故事發展之始，總源於人們對愛情的企望，愛情企望越高，當其失落之際，痛苦悲憤自是相對深化。而愛情有不同的企望模式，不同模式是否會影響愛情的進行？愛情進程一開始總是甜美喜悅，甜美喜悅程度越甚，失落之時心情頓成霄壤之別，傷害更重。而愛情進行當中卻屢屢由甜美喜悅轉為崎嶇坎坷，究竟唐人小說中人物在愛情過程中遭遇了哪些坎坷曲折的處境？而導致愛情崎嶇坎坷的處境又有哪些原因？在愛情難遂之際，主人公又有怎樣的心緒？本章將分節探析。

第一節　男女愛情崎嶇路

一、愛情企望的模式

唐人小說中愛情的發展多始於男性之愛情企望，而女性雖對愛情也充滿

〔註1〕魯迅：《中國小說史略》，頁59。

企望，但拘於禮法家教，顯得含蓄曲折，但當小說中的女性如果執意於愛情的追求，其深情執著更甚於男子。

（一）男性企望愛情的模式

在傳統禮法影響之下，唐人小說中出現部份士人將婚姻觀與價值觀擘分為不同路向，選擇婚姻對象則講究門第相當，娶妻必娶德，並且由父母之命媒妁之言來決定，然而在尚未由父母媒妁論及婚姻前，士人心中愛苗已然滋長，在「無幣不相見」的婚姻限制之下，遂出現愛情對象有別於婚姻對象之矛盾，亦造成了唐人小說中愛情難遂的主要原因。小說中士人或因赴舉或因求仕，遠離家鄉，心靈孤寂之時，潛藏在心湖中愛情的悸動，思得知己佳人以託付愛意，此時，士人的愛情價值觀乃建立於心靈愛情的共享，選擇對象主要則重其色藝雙全，然而最終則受到社會婚姻門第觀念影響，並不將愛情對象當成婚姻對象。另一種情形是，有些士人與愛情對象是青梅竹馬，將婚姻視為情感的歸宿，愛情與婚姻二者疊合為一。是以將士人對愛情的企望分為以下幾種模式。

1、脫離孤孑型

德裔美國心理分析家佛洛姆（Erich Fromm 1900～1980）〔註2〕在《愛的藝術》一書中說：「人最深沉的需要是脫出他的隔離狀態，是離開他的孤獨之牢獄。」〔註3〕脫出隔離狀態、離開孤獨之牢獄亦正是人本主義心理學家馬斯洛（A. Maslow 1908－1970）〔註4〕所說的人類基本需求中「歸屬和愛的需求」〔註5〕。唐代小說中有些士人之愛情與婚姻的目的即在於希望脫離孤寂的狀態。如：〈無雙傳〉中王仙客母亡，護喪歸葬襄鄧，服闋，思念：「身世孤孑如此，宜求婚娶，以廣後嗣。」〔註6〕身世的單薄在以家族為庇護的社會中，顯得無依無靠，因而企思建立家庭，生兒育女以壯大家族。

又如〈定婚店〉中杜陵韋固，少孤，思早娶婦。知月下老人為掌婚姻之

〔註2〕佛洛姆著：孟祥森譯：《愛的藝術》，（台北市：志文出版社，1986年5月），頁3至頁5，〈作者簡介〉。

〔註3〕佛洛姆著：孟祥森譯：《愛的藝術》，頁19。

〔註4〕莊耀嘉：《人本心理學之父——馬斯洛》（台北市：允晨文化實業股份有限公司，1982年11月），頁207至210，〈年譜簡表〉。

〔註5〕莊耀嘉：《人本心理學之父》第四章〈基本需求理論〉第二節〈人類的七種基本需求〉，頁77。

〔註6〕汪辟疆：《唐人小說》，頁203。

幽吏，喜曰：「固少孤，常願早娶，以廣胤嗣。」〔註 7〕韋固亦是因為無父母兄弟，身世單薄孤寂而思藉由婚娶，以排除孤單無依的狀態。

而〈秀師言記〉篇中，當崔晤之孤女託人進家狀於李仁鈞之几案時，李仁鈞謂：「余有妻喪，已大朞矣。侍余饑飽寒燠者，頑童老媼而已；徒增余孤生半死之恨，蚤夜往來于心。」〔註 8〕李仁鈞雖有家庭中頑童老媼為伴，但是喪妻對李仁鈞而言，生命中饑飽寒燠有人侍候，尚不為足，心中仍感到「孤生半死之恨」，因而定婚崔氏，排除了孤寂的狀態。因此除了身世孤孑之外，心靈的寂寞無依也是人類的憾恨，亦是尋求伴侶的動機，王仙客、韋固與李仁鈞俱是因思脫離孤獨寂寞而企望於婚姻。

2、求遂色慾型

或有赴舉與及第未仕的士人，因愛情欲念之滋長，或見女子容止美豔，或思求名妓，以求遂其色慾之願。〈鶯鶯傳〉中張生自言：「余眞好色者，而適不我值。何以言之？大凡物之尤者，未嘗不留連於心，是知其非忘情者也。」〔註 9〕在兵亂時對崔氏一家有護救之恩，崔母設筵答謝張生，宴中命子女以對仁兄之禮出拜張生，張生見鶯鶯顏色豔異，光輝動人，驚為天人，自此而惶惑不安，希望表達傾慕之愛意，卻無由致之，便數次找機會對鶯鶯婢女紅娘道其衷腸，紅娘建議張生可因媒氏而娶，張生回答：

> 余始自孩提，性不苟合。或時紈綺閑居，曾莫流盼。不為當年，終有所蔽。昨日一席間，幾不自持。數日來，行忘止，食忘飽，恐不能逾旦暮，若因媒氏而娶，納采問名，則三數月，索我於枯魚之肆。爾其謂我何？〔註 10〕

張生接受紅娘「試為喻情詩以亂」的建議，立綴春詞以授，鶯鶯果回〈明月三五夜〉之詩。迨既望之夕，張生攀援崔氏住所牆邊之杏樹到達西廂，心情是「且喜且駭，必謂獲濟」，由言語與行動見出張生企望愛情乃在於求遂色慾之願。

又如〈霍小玉傳〉中李益年二十即以進士擢第，且門族清華，自可攀得門第相當的婚姻，但卻是「自衿風調，思得佳偶，博求名妓」，久而未諧之時，誠託厚賂媒氏鮑十一娘，聽到鮑十一娘來報佳音，則「聞之驚躍，神飛體輕」

〔註 7〕汪辟疆：《唐人小說》，頁 268。
〔註 8〕汪辟疆：《唐人小說》，頁 213。
〔註 9〕汪辟疆：《唐人小說》，頁 162。
〔註 10〕汪辟疆：《唐人小說》，頁 163。

並引鮑手且拜且謝說:「一生作奴,死亦不憚。」〔註11〕且悅小玉之色藝,初識當夜即行雲雨之歡。李益家族清華,母親嚴毅,豈能容下身分位階不同的女子作爲婚姻對象,李益豈會無識於此,因此自一開始對這份愛情便不做久長之計,僅爲一時遂願之思。〈李娃傳〉中滎陽鄭生稅居之計成功後,明白的對李娃說:「今之來非直求居而已,願償平生之志。」滎陽生能與李娃恩愛相隨即是一償平生宿願。

3、深願結合型

或有士人與女子乃中外之親,長輩亦嘗言長大將令二人成親,因此男女雙方自幼便互相認定爲婚姻的對象,然而待二人長成之後,女方長輩又將女兒另許他人或遲未表態,然而男子卻執著心中原來的認定,努力求索,展現了與女子結合的深願。如:〈離魂記〉篇中王宙與倩娘是表兄妹,王宙自幼聰悟,容止俊美,深得倩娘父親器重,常說:「他時當以倩娘妻之。」王宙與倩娘也互相傾慕思念對方,家人卻未知曉。其後倩娘父親將倩娘另許婚他人,既是父母之命,則王宙與倩娘皆不敢違抗,惟失落之情令「女聞而鬱抑,宙亦深恚恨」,王宙以當調赴京的藉口離開傷心地,困限於禮法規範,未能積極爭取,然而倩娘深夜來奔時,王宙的反應是「欣躍特甚,遂匿倩娘於船,連夜遁去,倍道兼行,數月至蜀。」〔註12〕禮法的約束力實難以勝過深求結合的強大意願。

又如〈無雙傳〉篇中王仙客與無雙亦幼時戲弄相狎,無雙之母常戲呼仙客爲「王郎子」,亦即女婿之意,仙客母親是無雙的姑母,病重臨終時,特地對無雙父親說:「我一子,念之可知也。恨不見其婚室。無雙端麗聰慧,我深念之。異日無令歸他族。我以仙客爲託。爾誠許我,瞑目無所恨也。」〔註13〕無雙之父未做正面回答,仙客既思脫離孤絕,又對無雙一往情深,於是開展出仙客全心追求實現結合的深願,追求過程之令人感動乃植因於願望之深切與阻撓之巨大。

(二)女性企望愛情的模式

由於傳統社會上缺乏允許女性施展才華的空間,女性的養成是以進入家庭相夫教子爲主要目的,家庭是女性主要的伸展舞台〔註14〕,女性出嫁稱爲「歸」,

〔註11〕汪辟疆:《唐人小說》,頁92。
〔註12〕汪辟疆:《唐人小說》,頁59。
〔註13〕汪辟疆:《唐人小說》,頁203。
〔註14〕《禮記・內則》篇對男女性別之不同,有不同的期待與教育,男女十歲之前

出嫁之後才是女性的家室，傳統觀念深植社會，影響所及，是以小說中所描述的女性把婚姻作為一生大事，是託靠終身的安穩歸宿，但是若無真愛，婚姻反成為桎梏，是以女子共同的愛情與婚姻企望，乃是須追求到真愛才以之託靠終身。如：〈霍小玉傳〉中李益初入小玉家門，小玉母親便明說以小玉「永奉箕帚」，而當二人繾綣之際，小玉說出她的擔憂「慮一旦色衰，恩移情替，使女蘿無托，秋扇見捐」，但小玉也自知身份非為李益匹配，不敢有託靠終身之想，僅希望在李益三十婚娶之年的前八年，能「一生歡愛，願畢此期」〔註15〕。而〈任氏傳〉中任氏知道鄭六並不鄙薄自己的身分時，即說「願終己以奉巾櫛」〔註16〕。而〈崑崙奴〉中紅綃雖身穿綺羅，常眠珠翠，物質雖不虞匱乏，但「皆非所願，如在桎梏」，希望能藉崑崙奴以脫狴牢，則「所願既申，雖死不悔。請為僕隸，願侍光容。」〔註17〕〈鶯鶯傳〉中紅娘謂鶯鶯「善屬文，往往沉吟章句，怨慕者久之」，是知有情愛之思，而鶯鶯不慎誤蹈後，最大的希望即在於冀求張生能始於亂而終於合，希望「永謂終託」〔註18〕。〈虬髯客傳〉中紅拂夜奔李靖，即說：「絲蘿非獨生，願托喬木，故來奔耳。」〔註19〕但是其中仍有些許個別的差異。

1、欣慕才華型

〈霍小玉傳〉中小玉是一蕙質蘭心的女子，媒氏鮑十一娘眼中的小玉是「不邀財貨，但慕風流」。李益進小玉家門後，小玉出場，母親說：「汝嘗愛念『開簾風動竹，疑是故人來。』即此十郎詩也。爾終日吟想，何如一見。」呈現小玉對情愛之企望乃在於欣慕才華，李益說：「小娘子愛才，鄙夫重色。兩好相映，才貌相兼。」〔註20〕再次由李益視角作為印證。

所習之事相同，到男子十年，則出外就傅，居宿於外，學書記，到第十三年學樂，誦詩，學文武之舞，學射御之法，二十加冠之後學禮與大學之教，並且廣博學習做出仕之謀畫。而女子到十年時便不出門，養在深閨，學習婦道，女師教她們言語柔婉，容貌貞靜，並且要聽從長者言行，學習治理麻枲，繅絲織布等婦功，以備做一家的主婦。對於祭祀獻酒備籩豆菹醢之事，也是學習主課，以備將來參與祭祀之禮，十五歲始許嫁行笄禮，二十歲出嫁。由上文可見出家庭、社會對男女之期待與教育之不同，至唐朝容或有些興革，但傳統的影響使女性生活空間以家庭為主，以相夫教子為女性生活內容與期許。

〔註15〕汪辟疆：《唐人小說》，頁94。
〔註16〕汪辟疆：《唐人小說》，頁53。
〔註17〕汪辟疆：《唐人小說》，頁326。
〔註18〕汪辟疆：《唐人小說》，頁166。
〔註19〕汪辟疆：《唐人小說》，頁214。
〔註20〕汪辟疆：《唐人小說》，頁93。

〈步飛烟〉篇中的飛烟雖是武公業的嬖妾，但鄙武公業麄悍，並非良配，心中「恨爲媒妁所欺，遂匹合於瑣類」，曾窺見趙象，印象則是「大好才貌」，當趙象幾次投遞詩緘，終於動心思會見一面，由飛烟信中可窺得其情愛企望在於欣慕趙象才華，其詞曰：「豈謂公子，忽貽好音。發華緘而思飛，諷麗句而目斷。所恨洛川波隔，賈午牆高。連雲不及於秦臺，薦夢尙遙於楚岫。猶望天從素懇，神假微機，一拜清光，就殞無恨。」〔註 21〕

〈虬髯客傳〉中的紅拂女所展現的則是慧眼識英雄的情愛企望，紅拂女侍奉楊素日久，閱天下之人無數，見李靖上謁楊素時之氣宇昂揚，不畏楊素之權重望崇，果敢建言，遂生發夜奔李靖之舉，紅拂女之愛情企望即在於欣慕李靖之英雄膽識。

2、感念報恩型

而女子對前途感到晦暗，於生死掙扎之際，男子若有伸手援助的義行，雖男子之施恩並未求回報，但女子多思求託靠終身且思報答恩情，其愛情企望則表現於感念報恩的方式。如：〈郭元振〉篇中因汾陽附近某鄉人懼烏將軍作祟，每年以一女子作爲犧牲以換取全鄉平安，村女父母因貪得鄉人所聚錢財五百緡，遂致女子被鄉中女伴騙至某宅第灌醉鏁棄，郭元振激於義憤，決定力救女子，女子爲報其恩說：「能相救免，畢身爲除掃之婦，以奉指使。」〔註 22〕其後郭元振果智殺淫獸，村女對其父母親族怨望頗深，認爲生命乃由郭元振再造，果決的表示「請從郭公，不復以舊鄉爲念矣。」〔註 23〕

〈湘中怨解〉中氾人因少孤，由兄長養育，見惡於嫂，常遭毒虐，而思赴水就死，在橋下水旁哀泣，大學進士鄭生憐憫欲收容她，氾人說：「婢御無悔」〔註 24〕，也反映了女子之企望模式。

3、深願結合型

深願結合的愛情企望模式，則多出現在男女雙方原爲青梅竹馬，且長輩與男女雙方心中已存默許。如：〈離魂記〉中倩娘對父親將自己另許他人的決定，感到悲傷，但拘於禮教，卻不能反抗，僅能壓抑傷痛的情緒，因此在王宙離去之夕，離魂跣足來奔，充分體現愛情企望與禮教價値衝突之時，人心

〔註 21〕汪辟疆：《唐人小說》，頁 356。
〔註 22〕汪辟疆：《唐人小說》，頁 255。
〔註 23〕汪辟疆：《唐人小說》，頁 256。
〔註 24〕汪辟疆：《唐人小說》，頁 189。

產生拉扯撕裂的象徵，身形困陷於禮教規範不敢違抗父母之命，不敢投向所愛而敗壞門風，但心中愛情的渴望卻超越身形的拘限，倩娘對王宙的一番話正是其深願結合的體現：「君厚意如此，寢食相感。今將奪我此志，又知君深情不易，思將殺身奉報，是以亡命來奔。」〔註25〕

又如〈無雙傳〉中無雙被沒入掖庭，後被送往園陵，宿長樂驛時，仙客令塞鴻假為驛吏探聽消息，知無雙亦在往園陵之列中，無雙尋隙隔簾對塞鴻問仙客消息，悲泣嗚咽，問後簾下極鬧，中使索湯藥甚急，原來是無雙問訊之後悲痛昏厥。又無雙於舍閣子紫褥下之藏書，其中希望仙客誠求古押衙致力營救，亦是在嚴密無情的困境之中，無雙對愛情與結合的企望。

二、男女初識的欣喜

愛情的企望是追求的動力，推動主人公努力尋求結識對象的方法。在碰觸之際雙方感受到愛情之光華，帶來內心之喜悅，是愛情中最甜蜜的階段，亦解除了愛情企望所帶來的懸宕，在〈李娃傳〉中可以看到愛情企望懸宕得到解除的欣喜，當滎陽鄭生潔服盛賓往拜李娃時，「娃大悅」、「生聞之私喜」，當鄭生得以留宿李娃住處時，「生娃談話方切，詼諧談笑，無所不至。生曰：『前偶過卿門，遇卿適在屏間。厥後心常勤念，雖寢與食，未嘗或捨。』娃答曰：『我心亦如之。』生曰：『今之來，非直求居而已，願償平生之志。』」〈鶯鶯傳〉中張生積極追求鶯鶯不可得，卻意外得鶯鶯自薦枕席，張生欣喜得飄飄然，疑是一場夢。〈霍小玉傳〉中李益僅聽鮑十一娘為之覓得對象，即「聞之驚躍，神飛體輕」，由霍小玉母親之言亦可看出霍小玉的欣喜，其母云：「他亦知有李十郎名字，非常歡愜。」當霍小玉對李益提出色衰愛弛之疑慮得到李益「引諭山河，指誠日月」的保證後，「自爾婉孌相得，若翡翠之在雲路也」。愛情得遂的欣喜是愛情故事進行的第一個高潮，在文本中卻常常簡略帶過，但從遣詞可得主人公心情之愉悅。由愛情之甜蜜可襯出愛情難遂之時的悲痛，更帶出其後追求過程艱辛卻無怨無悔努力求索的動力。

有了愛情之企望，除卻原先青梅竹馬的情況，皆須有結識的因緣，雙方才得以接觸。唐人小說對二人邂逅的場景有精心的設計，在禮教規範之下，別有一番含蓄掩映之美感。此處將一一探悉，隨後展開的追求指的是結識初

〔註25〕汪辟疆：《唐人小說》，頁59。

始的追求，而愛情難遂之後的求索與突破困境，將留待下篇再做論述。

（一）結識的因緣

1、託媒尋求型

〈霍小玉傳〉中李益企望獲得愛情，「思得佳偶，博求名妓，久而未諧」〔註26〕，於是廣託媒氏爲之拉線，其後乃誠託厚賂長安「性便僻，巧言語」的媒氏鮑十一娘，方結識霍小玉。〈定婚店〉中韋固因想脫離孤寂的單身生活，強烈企思早點成親，當旅次宋城南店之時，有位客人爲之介紹清河郡司馬潘昉的女兒，約在隔天龍興寺門前見面，韋固因「求之意切」，第二天到所約之處，「斜月尚明」，方得遇月下老人。亦有士人先見女子而悅其色，復求媒介以通傾慕之意者，如〈鶯鶯傳〉中張生厚禮紅娘數四，以致其情。〈飛烟傳〉中趙象厚賂武公業家之守門者，守門者令其妻伺飛烟閑處之時，以趙象之意告之。

2、自身追求型

亦有士人先巧遇女子，悅其容色，進而展開一番追求，方牽合一段姻緣。〈崔書生〉中崔書生居東州邏谷口，好植名花，每天早晨必在盥漱之後，以虔敬的態度來觀看所植名花。一日忽有殊色之女乘馬經過，未及細視，已過矣。明日又過，崔生乃於花下先備置酒茗樽杓，鋪陳茵席以待，迎馬首拜曰：「某性好花木，此園無非手植。今正値香茂，頗堪流眄。女郎頻日而過，計僕馬當疲，敢具單醪，以俟憩息。」〔註27〕爲追求女郎頗費一番心思。

〈鄭德璘〉中鄭德璘與鹺賈韋生同抵湘潭，隔日又同宿洞庭之畔，二舟相近，德璘窺見鄰舟韋女垂釣甚美而心悅，以紅綃題詩惹韋女之，詩中表明傾悅之意。

〈裴航〉中裴航與樊夫人同舟，雖有帷帳相隔，但言談甚歡，裴航傾慕而無計會面，賂侍妾送達詩章，久而無答，又求名醞珍果以獻，樊夫人乃使侍妾召見裴航而相識，然樊夫人以丈夫欲棄官而幽棲巖谷，豈更有情留盼他人，婉拒裴航之示愛。而後賦詩以贈，詩中提及藍橋與雲英，恰是其後伏筆。裴航至藍橋驛因渴求漿飲用，老嫗呼雲英取漿，裴航方憶樊夫人詩句，便直接對老嫗求娶雲英。

〈李娃傳〉中滎陽生因訪友經鳴珂里見李娃凭雙鬟青衣而立，妖姿要妙，

〔註26〕汪辟疆：《唐人小說》，頁92。
〔註27〕汪辟疆：《唐人小說》，頁234。

絕代未有。乃密徵其友遊長安之熟者以訊之，經友人告知後，他日即潔其衣服，盛賓從而逕往追求。其它篇章中如〈孫恪〉中之孫恪、〈任氏傳〉中之鄭六、〈李章武傳〉中之李章武、〈遊仙窟〉中之張文成皆屬此一模式。

3、救人危急型

或有士人之結識因緣，並未先有愛情企望，而是出於救人危急，然而卻衍生出一段姻緣。如〈鶯鶯傳〉中的張生本爲救人危困，後見鶯鶯容止姝絕，遂興起追求之行動，其中亦請紅娘爲之牽線，但論其最初緣起，乃在救危一事。

〈柳毅〉中柳毅與龍女之結識，乃在於柳毅下第，將還鄉之途中因訪友而見一婦人牧羊於道旁。柳毅視其雖具殊色卻「蛾臉不舒，巾袖無光，凝聽翔立，若有所伺」〔註 28〕，疑怪而詰問，婦人方道出心中悽楚，值柳毅下第而功名未就，龍女被棄而生活無依，同遇生命中的困境，興起憐憫與義憤而答應爲龍女傳書信，本無情愛之企望，但是此處即是一段姻緣的緣起端緒。

又〈湘中怨解〉之鄭生對氾人亦是因救危而生出感情。〈郭元振〉中的郭元振之力救村女，〈崑崙奴〉中崔生由崑崙奴救出紅綃亦是同一模式。

4、豪情相贈型與慧眼投奔型

在唐人小說中，愛情故事中女性的身分多半是姬妾或娼妓，乃因傳統禮法規範下的婚姻需奉父母之命媒妁之言，「無媒不交，無幣不相見」〔註 29〕，婚姻對象無由得見，唯有娼妓、姬妾身分的女性生活空間較爲開放寬闊，男女結識多了一些機會，遂多成爲小說中士人的愛情對象。其中〈柳氏傳〉中柳氏原爲負氣愛才的李生之幸姬，李生與韓翊友善，知柳氏慕韓翊之才，遂豪氣地以柳氏薦枕韓翊。而〈虬髯客傳〉中之紅拂女原是楊素家妓，慧眼獨具，見李靖爲不可多得之英雄，果斷投奔。此二者亦結識之因。

（二）邂逅的場景

在「別男女、防淫邪」之禮法規範下，男女授受不親，男女情思未有適當管道予以宣洩抒發，且缺乏認識及會面的機會，因此唐人小說出現一些巧妙的邂逅場景。由於女性之拘謹含蓄，因此大抵皆由男性主導。如〈鄭德璘〉篇中鄭德璘與鹽商韋生二人俱泊舟於洞庭之畔，鄭德璘與韋生之女接觸的述寫極其巧緻：

〔註 28〕汪辟疆：《唐人小説》，頁 74。

〔註 29〕王夢鷗：《禮記今註今譯》（台北市：台灣商務印書館，2002 年 5 月 8 刷），頁 839。

韋氏美而豔，瓊英膩雲，蓮蘂瑩波，露濯蕣姿，月鮮珠彩，於水窗垂鈎。德璘因窺見之，甚悅，遂以紅綃一尺，上題詩曰：「纖手垂鈎對水窗，紅蕖秋色豔長江，既能解珮投交甫，更有明珠乞一雙。」彊以紅綃惹其鈎，女因收得。〔註30〕

又如〈李娃傳〉中滎陽生第一次與李娃接觸的場面亦十分有趣：

至鳴珂曲，見一宅，門庭不甚廣，而室宇嚴邃。闔一扉，有娃方凭一雙鬟青衣立，妖姿要妙，絕代未有。生忽見之，不覺停驂久之，徘徊不能去。乃詐墜鞭於地，候其從者，敕取之。累眄於娃，娃回眸凝睇，情甚相慕。竟不敢措辭而去。〔註31〕

滎陽生一見李娃，驚爲天人，但又不敢肆性駐足而看，以詐墜鞭於地，等候從者取之，來延長時間多看幾眼，而李娃則「回眸凝睇」，滎陽生亦不敢措辭，第一次的接觸，以無聲勝有聲，留下李娃在滎陽生心中的神秘美感，其後滎陽生密徵其友，更見出滎陽生爲有心人。

而〈裴航〉中的裴航更爲主動大膽，呈現出禮法未能阻禁情愛的企望。裴航至藍橋驛附近，因渴而向一老嫗求漿飲用，老嫗呼雲英取漿，裴航忽憶樊夫人詩中有雲英之句，尚未能領會其意。其後便是邂逅的場景：

俄於葦箔之下，出雙玉手，捧瓷。航接飲之，眞玉液也。但覺異香氤鬱，透於戶外。因還甌，遽揭箔，覩一女子，露裛瓊英，春融雪彩，臉欺膩玉，鬢若濃雲，嬌而掩面蔽身，雖紅蘭之隱幽谷，不足比其芳麗也。航驚怛，植足而不能去。〔註32〕

由裴航之視角寫見雙玉手捧瓷之視覺感受，飲用而覺其眞玉液之味覺感受，並以異香氤鬱透於戶外之嗅覺感受各方面的描寫，烘托雲英的身分與美感，而「遽揭箔」則顯出裴航之企望，復造成雲英之嬌羞與裴航乍見之植足。

（三）追求的過程

經過託媒尋求或窺見或略嫌莽撞的揭帷相見，經結識之後方進入追求。在屬於愛情初始的階段，追求雖有點困難，由於懷有美麗的憧憬與希望，仍充滿欣喜。〈李娃傳〉滎陽生自見過李娃，意若有失，詢問朋友之後，說：「苟患其不諧，雖百萬，何惜。」堅定的語氣表示必勝的決心，由心中之企望轉

〔註30〕汪辟疆：《唐人小說》，頁224。
〔註31〕汪辟疆：《唐人小說》，頁119。
〔註32〕汪辟疆：《唐人小說》，頁331。

爲行動的實踐。於是潔其衣服，盛賓從而往。以稅居之藉口求入李娃宅第，李娃初見滎陽生時即懷好感，此時心中大悅亦整粧易服而出。並且烹茶飲酒盤桓多時，至暮且紿以所居遙遠，希冀見留，李娃大方答應，二人互道初識後皆傾慕思念，滎陽生並明言欲償平生之志，姥姥直言：「男女之際，大欲存焉。情苟相得，雖父母之命，不能制也。女子固陋，何足以薦君子之枕席？」一番言語違逆禮教，卻又足以顯示姥姥身分。滎陽生「及旦，盡徙其囊橐，因家于李之第。自是生屛跡戢身，不復與親知相聞。日會倡優儕類，狎戲遊宴。囊中盡空，乃鬻駿乘，及其家童。歲餘，資財僕馬蕩然。」〔註 33〕滎陽生此階段的追求是一沉溺聲色的過程，散盡金錢換得美色。

〈任氏傳〉中鄭六對任氏之追求過程亦不甚艱難。鄭六某日偶値三婦人行於道中，其中著白衣之女子容色姝麗，鄭六見之驚悅，策其驢，忽先之，忽後之，將挑而未敢。白衣時時盼睞，意有所受。鄭六戲曰，「美艷若此，而徒行，何也？」白衣笑曰：「有乘不解相假，不徒行何爲？」鄭六曰：「劣乘不足以代佳人之步，今輒以相奉。某得步從，足矣。」相視大笑，加上同行者更相眩誘，稍已狎暱。鄭六跟隨任氏回其住處，隔日由鬻餅胡人處方知任氏眞正身分，「然想其豔冶，願復一見之心，嘗存之不忘。」任氏知此有意躲避鄭六，加深鄭六追尋的難度，亦增強戲劇張力，更表現出鄭六對任氏愛情企望之強烈。第二次遇合乃述鄭六勤想強追的經過。任氏多次側身周旋以避鄭六，鄭六則逼近連呼，任氏以自己身份表示羞愧無顏見人，鄭六則表示自己思念之深，怎忍相棄，任氏言非敢相棄，懼怕見惡於鄭六，待鄭六言詞懇切之發誓後，「任氏乃迴眸去扇，光采艷麗如初」知鄭六眞誠對待，「願終己以奉巾櫛。」〔註 34〕

相較於李娃與任氏「妓」之身分，則裴航之追求雲英，難度便相對提高。雲英具有神仙身分，自應不受紅塵侵擾，有意追求者則需經過艱困的試煉，待能通過難關的考驗，方稱得上是眞正的有心人，因此裴航所遭遇的情形應屬於「難題求婚」〔註 35〕，其間經多次淬煉，結果終能幸福圓滿。裴航初見

〔註 33〕汪辟疆：《唐人小說》，頁 121。

〔註 34〕汪辟疆：《唐人小說》，頁 53。

〔註 35〕朱鳳華引用日本學者伊藤清司《神話——原型批評》謂「難題求婚」型故事：「求婚者在求婚時，被以出難題來解決婚配問題的故事。」朱鳳華說：「難題求婚命題裡對於求婚者的難題，相當於成人儀式中的 ordeal（仲裁、考驗）。」見氏著〈難題求婚：生成與轉換——兼論文學作品中的愛情——婚姻模式〉，

雲英，為其艷麗姿容所驚悅，向老嫗謂願納厚幣以娶之，老嫗以金帛無用，但期望得玉杵臼以搗神仙所遺靈丹，冀吞丹藥以得長生，裴航始展開尋玉杵臼之舉。裴航本是下第士人，遊鄂渚時謁友人崔相國，幸運得到相國贈錢二十萬，老遠的將巨大款項帶回長安，本應以赴舉之事為要，待見過雲英，並約百日攜回玉杵臼，則不以舉事為意。全心於鬧市中高聲訪求玉杵臼，皆無消息。遇舊友若不相識，眾言為狂人，數月之後由一賣玉老翁得知有人賣玉杵臼，且見裴航誠心懇求，願為書導達。然玉杵臼價格高昂，且賣玉者不肯降價出售，裴航傾盡囊中資財，尚不足以支付，更加上賣掉僕人與馬匹，才湊齊錢數，更為搗藥百日方得議婚。裴航之追求非常困難，且有時間限制，需盡資財，且未必能尋得，但老嫗先使情況明朗，未來樂觀可期，因此雖有困難，仍值得全心拼命一搏。

〈無雙傳〉中王仙客企望與無雙結合，早在朱泚叛亂之前，就已用了相當的心力。舅父的遲未許婚，使得身世孤孑的仙客缺乏安全感，更於窗隙間窺見無雙，姿質明豔，若神仙中人，心中更為發狂，唯恐姻親之事不諧也。其為求與無雙結合的努力作為令人憫然：

> 遂鬻囊橐，得錢數百萬。舅氏舅母左右給使，達於廝養，皆厚遺之；又因復設酒饌，中門之內，皆得入之矣。諸表同處，悉敬事之。遇舅母生日，市新以獻，雕鏤犀玉，以為首飾。舅母大喜。又旬日，仙客遣老嫗，以求親之事聞於舅母。舅母曰：『是我所願也，即當議其事。』又數夕，有青衣告仙客曰：『娘子適以親情事言於阿郎，阿郎云：「向前亦未許之。」模樣云云，恐是參差也。』仙客聞之，心氣俱喪，達旦不寐，恐舅氏之見棄也。然奉事不敢懈怠。」〔註36〕

仙客不單須處處用心討好舅父舅母，連舅父舅母周圍左右給使與奴僕，皆需厚遺之，且為閽者設酒饌，方可自由出入中門，復敬事諸表，而後能遣老嫗以達心聲，又能有青衣主動告知舅父舅母之交談，用心不可不謂周全與細膩。迨聞婚事恐參差，又心神俱喪，但仍不敢懈怠對舅父舅母之奉侍，其壓抑與忍耐已非愛情初期之甜美，而是酸澀無比，然其作為終能使舅父臨危時主動將無雙託付給仙客。

收錄於麗水師專學報，1994年第一期，頁15至19。

〔註36〕汪辟疆：《唐人小說》，頁203。

三、愛情難遂的傷痛情緒

愛情發展過程，初識的欣喜是一高潮，然因個人與外在因素的介入與影響，造成愛情難遂則又是故事中的另一次高潮，但卻是幽怨傷痛之高潮，初識的欣喜心情如在雲宵，愛情的難遂又使心情跌至谷底，霄壤之分判正是造成故事戲劇張力之所在。而愛情難遂或起於初識時雖有喜悅卻又參雜些許疑猜，而引發了幽微的情思，既期待又怕受傷害的不安全感。更因愛情交往過程或因不合乎傳統禮法規範，出現了心中禮法家教與愛情企望之掙扎交戰，此交戰復阻滯愛情的順利發展。在愛情中敏感纖細的心靈，特別能感覺到離別的徵兆，此時又會造成怎樣的心緒？分手之時，週遭的景物又如何烘托出這種心緒？此段將一一論析。

（一）幽微的情思

幽微的情思起於禮法規範之下，心中油然生成之情思無由抒洩，對父母表明企望則畏父母斥責，僅能暗暗潛藏或透露於詩句及歔歎之中。〈離魂記〉中王宙與倩娘「常私感想於寤寐，家人莫知其狀」，待倩娘被父親另許婚他人後，「女聞而鬱抑，宙亦深恚恨」〔註 37〕，此皆起因於傳統禮法對自然情思之壓抑。

〈步飛烟〉中飛烟容止纖麗，善秦聲好文墨，卻因媒妁之欺，嫁給麤悍的武公業。因此自趙象以閽媼致情，始而凝睇不答，趙象復以絕句祈閽媼送達飛烟，飛烟則深嘆匹配非人情思無寄，雖趙象有大好才貌，因福薄而無分，賦詩以回，詩中充滿女性愛情無以寄托之幽恨，詩曰：「綠慘雙娥不自持，只緣幽恨在新詩。郎心應似琴心怨，脈脈春情更泥誰」〔註 38〕。幽微情思並非女性獨有，趙象在飛烟微有不安未回書信之時，亦幽懣在心，又恐事洩，又恐飛烟追悔而不再往返書信，賦詩曰：「綠暗紅藏起暝烟，獨將幽恨小庭前。沉沉良夜與誰語，星隔銀河月半天。」迨閽媼傳飛烟訊息時，則爲文以表心緒，其中曰「自因窺覯，長役夢魂」「憂抑之極，恨不翻飛」〔註 39〕，亦皆以見男性爲情所困時內心幽微的情思。

〈霍小玉傳〉中自始小玉即知非李益之婚姻對象，尙希求聚合時日稍加久長，故時而透露幽微心思於言語之中，如初識繾綣之夜，流涕觀生曰：「妾

〔註 37〕汪辟疆：《唐人小說》，頁 59。
〔註 38〕汪辟疆：《唐人小說》，頁 355。
〔註 39〕汪辟疆：《唐人小說》，頁 355。

本倡家，自知非匹。今以色愛，托其仁賢。但慮一旦色衰，恩移情替，使女蘿無託，秋扇見捐。極歡之際，不覺悲至。」〔註 40〕使得李益引諭山河，指誠日月，以安小玉之心。即授官需省親拜家慶，分手前夕，小玉仍十分明白自身狀況，卻又割捨不了情緣，復對李益求以八年聚合之期，此亦將幽微情思付於言表。

（二）內心禮教與情思的掙扎

內心的掙扎起於禮教枷鎖與愛情之思兩者的交戰，以〈鶯鶯傳〉中的鶯鶯最爲典型代表。一開始的出場，鶯鶯即是謹守禮法極爲拘謹，鶯鶯一家因張生伸手相援方得以保命，鶯鶯母親鄭氏筵饌以饋張生，命子女答謝，其子出拜後，命鶯鶯出拜：

> 次命女：「出拜爾兄，爾兄活爾。」久之，辭疾。鄭怒曰：「張兄保爾之命。不然，爾且擄矣，能復遠嫌乎？」久之，乃至。常服睟容，不加新飾，垂鬟接黛，雙臉銷紅而已。顏色豔異，光輝動人。張驚，爲之禮。因坐鄭旁，以鄭之抑而見也，凝睇怨絕，若不勝其體者。〔註 41〕

母親首次呼喚，久之且辭以疾，至母怒斥，復久之乃至，千呼萬喚仍是極不甘願的出現，不加新飾，且凝睇怨絕。當張生以諭情詩挑之，回以〈明月三五夜〉詩，張生喜而赴約，卻遭鶯鶯端容數落，數夕之後禮教與情思在鶯鶯心中交戰，情愛企望顯然略勝禮教的藩籬，但視鶯鶯終夕無言淚光熒然之行止，欲愛不敢，欲罷不能，內心仍是充滿禮教與情思的矛盾與糾雜。是後十餘日，杳不復知。而在張生將啓程至長安之前，先以情諭之，「崔氏宛無難詞，然而愁怨之容動人矣。」〔註 42〕鶯鶯善屬文，張生求索再三，終不可得，張生以文挑之，亦不甚覩覽。鶯鶯善鼓琴，張生求之，卻終不復鼓。此皆因禮教枷鎖不斷在鶯鶯心中作祟，在鶯鶯的言語與書信中俱充滿禮與情的交戰，終究因鶯鶯晦澀不明的態度，導致張生的困惑而採「忍情」的對待。

〈離魂記〉中倩娘離魂跣足投奔王宙，則是掙扎之後愛情企望之具體行動，但實是禮教與情思對身形與心靈撕扯下的結果，離魂即是禮與情將身與心強加撕扯之形象化。而倩娘時又感到對父母恩義之虧欠，愛情之思與父母

〔註 40〕汪辟疆：《唐人小說》，頁 94。
〔註 41〕汪辟疆：《唐人小說》，頁 162。
〔註 42〕汪辟疆：《唐人小說》，頁 165。

之恩在倩娘心中皆有重要份量，倩娘涕泣之言即是心中的掙扎：

> 吾曩日不能相負，棄大義而來奔君，向今五年，恩慈間阻。覆載之下，胡顏獨存也？〔註 43〕

一邊是兒女之情，一邊是父母之恩，未能兩全，時懷對父母的愧疚，甚至感到無顏存於覆載之間。幸遇王宙之體貼，能哀憐其情，其曰：「將歸，無苦。」正是對倩娘最大的安慰。

（三）離別的傷痛

愛而別離是人生重大苦痛之一，如若屬於違逆禮法的愛情模式，則往往愛情伊始即潛藏分離之因，纖細敏銳的心靈多能感受分離徵兆。〈霍小玉傳〉在初識歡愛之時，即流涕對李益說出色衰愛弛之懼，二年之後，李益授鄭縣主簿，赴任之前須回鄉拜慶省親，小玉對李益情況了然於心，已嗅出離別徵兆：

> 至四月，將之官，便拜慶於東洛。長安親戚，多就筵餞。時春物尚餘，夏景初麗，酒闌賓散，離思縈懷。玉謂生曰：「以君才地名聲，人多景慕，願結婚媾，固亦眾矣。況堂有嚴親，室無冢婦，君之此去，必就佳姻。盟約之言，徒虛語耳。」〔註 44〕

小玉清醒地羅列出李益必就佳姻的各項因素，並清醒知道「盟約之言，徒虛語耳」卻難以割捨深刻的愛情，而約八年歡愛之期，後讓李益「妙選高門，以諧秦晉」，而自己選擇捨棄人事，剪髮披緇。李益聽此又慚愧又感動，不覺流涕，再度以皎日發誓，「死生以之，與卿偕老，猶恐未愜素志」〔註 45〕並請小玉端居相待，必當尋隙專使奉迎。而李益母親已為益約婚高門，李益不敢違逆母親且為張羅龐大的聘財到處奔走，失信負約於小玉，又希望遮斷消息，以斷絕小玉的希望。遂造成小玉的憂恨：

> 玉自生逾期，數訪音信。虛詞詭說，日日不同。博求師巫，遍詢卜筮，懷憂抱恨，周歲有餘，羸臥空閨，遂成沉疾。……玉日夜涕泣，都忘寢食，期一相見，竟無因由。冤憤益深，委頓床枕。〔註 46〕

小玉之恨深入肌髓，乃因夾雜了離別之傷痛與雖立盟約卻遭失信負約的怨憤。因此當黃衫豪士挾持李益至小玉住處，小玉乃含怒凝視，不復有言，後

〔註 43〕汪辟疆：《唐人小說》，頁 59。
〔註 44〕汪辟疆：《唐人小說》，頁 94。
〔註 45〕汪辟疆：《唐人小說》，頁 95。
〔註 46〕汪辟疆：《唐人小說》，頁 95、96。

斜視李益良久，舉杯酹地之語，令人痛心：

> 我爲女子，薄命如斯。君是丈夫，負心若此。韶顏稚齒，飲恨而終。慈母在堂，不能供養。綺羅絃管，從此永休。徵痛黃泉，皆君所致。李君李君，今當永訣！我死之後，必爲厲鬼，使君妻妾，終日不安。〔註 47〕

小玉已將痛徹心扉之恚怒幽怨轉爲冤戾之氣，誓爲厲鬼，使李益難享家庭和樂，愛情的力量可以突破陰陽空間拘限，而愛情變色轉爲怨恨之氣亦能充貫天地、突破陰陽空間之阻隔而造成巨大殺傷力，是以知小玉愛情難遂傷痛之深巨。

〈鶯鶯傳〉中當張生離去前夕，不自復言其情，愁歎於鶯鶯之側，鶯鶯亦感知將永訣，平時張生求鼓琴而不可得，此夕卻主動爲張生鼓琴，然不數聲，哀音怨亂，不復知其是曲也，鶯鶯遽止，投琴泣下流連。在書信中鶯鶯也說到離別之憂痛心緒：

> 自去秋已來，常忽忽如有所失。於諠譁之下，或勉爲笑語，閒宵自處，無不淚零。乃至夢寐之間，亦多感咽。離憂之思，綢繆繾綣，暫若尋常。幽會未終，驚魂已斷。雖半衾如暖，而思之甚遙。〔註 48〕

〈柳氏傳〉中柳氏與韓翃無奈分別，後翃遣使行求柳氏，以練囊盛麩金，題曰:「章臺柳，章臺柳！昔日青青今在否？縱使長條似舊垂，亦應攀折他人手。」因故離別無能照顧到心愛的女性，尋找時卻又出言懷疑傷害，此是男性佔有的天性引發的疑慮與妒嫉。柳氏捧金嗚咽其答詩中亦充滿幽怨：「楊柳枝，芳菲節，所恨年年贈離別。一葉隨風忽報秋，縱使君來豈堪折！」〔註 49〕離別後戰亂變故如秋風之摧折，縱使再見也非過去的面貌。其後柳氏復遭立功受寵之蕃將沙吒利劫奪，韓翃隨長官入覲，至京師，已失柳氏所止，歎想不已。韓翃偶值柳氏車駕，柳氏使女奴言失身沙吒利，約期相待於道政里門。韓及期而往，柳自車中授以充裝香膏之玉盒，結以輕素，曰:「當遂永訣，願寘誠念。」〔註 50〕離別的場景烘托出離情之感傷，離情之感傷出自於愛而別離之難以挽回的絕望心緒：

> 乃回車，以手揮之，輕袖搖搖，香車轔轔，目斷意迷，失於驚塵。

〔註 47〕汪辟疆:《唐人小說》，頁 97。
〔註 48〕汪辟疆:《唐人小說》，頁 165。
〔註 49〕汪辟疆:《唐人小說》，頁 63。
〔註 50〕汪辟疆:《唐人小說》，頁 63。

> 翊大不勝情。會淄青諸將合樂酒樓，使人請翊。翊強應之，然意色皆喪，音韻嗚咽。〔註51〕

以特寫鏡頭，專注於分離場面剎那間的延時效果，短暫的交會復分離的情景，挹注於心中的卻是對分離剎那間永恆的傷痛。

〈無雙傳〉中仙客時懷與無雙結合之願，卻時時不遂，亦時時生發巨痛。當舅父遲未許婚又窺見艷姿之無雙時，爲之發狂。遣人探知舅父之意時，知婚事恐參差，而感心氣俱喪。當朱泚叛亂，仙客出城等待無雙與家人，待久不至，南望目斷。知無雙與舅氏不及逃出，則失聲慟哭。京師尅復，然舅父舅母因受僞命官，被處極刑，無雙沒入掖庭，仙客聞知哀冤號絕，感動鄰里。後無雙送往園陵以備灑掃，經渭橋時，仙客假作理橋官，果窺見車中的無雙，仙客悲感怨慕，不勝其情。讀紫褥下無雙所留書信，仙客見無雙眞跡，詞理哀切，覽而茹恨涕下。仙客知古押衙爲人間有心人，不敢突兀冒進，力遂古生之願，寶贈之品不可勝紀，感動古生願粉身以答效，至此仙客方泣拜，以實告古生。又古生以茅山道術令無雙死而復活，仙客事先未知情，認爲無雙已死，號哭嘆息：「本望古生。今死矣！爲之奈何！」〔註52〕流淚歔欷，不能自已。〈無雙傳〉中出現了希望與失望之交錯進行，稍抱一絲希望，旋即破滅變爲失望，因此仙客的悲慟直至最後無雙復活才告停止。

又有旋即窺見，心生愛慕，卻旋即死別，令人悲恨。〈鄭德璘〉方窺見鄰舟韋氏美艷，以紅綃惹其鉤，傳達愛慕之意，女亦以鉤絲投夜來鄰舟女所題紅牋，德璘凝思頗悅，喜暢可知。韋氏亦愛惜紅綃時繫縛於臂，明月清風之時，韋氏巨舟遽張帆而去，後則風勢將緊，波濤恐人，鄭德璘之小舟不敢啓航，然心意殊悵恨。將暮，有漁人告知德璘韋氏巨舟已沉沒，全家盡歿於洞庭。生離卻成爲死別，德璘聞之大駭，神思恍惚，悲惋久之，不能排抑。

第二節　導致愛情難遂之原因

造成愛情難遂的原因通常有多種原因，大致可以內在及外在因素區分之，內在因素指當事者的個性與價值取向，外在因素則可以由結合型態、外力相撓、戰亂與空間阻隔幾個因素，茲析論如下。

〔註51〕汪辟疆：《唐人小說》，頁63。

〔註52〕汪辟疆：《唐人小說》，頁207。

一、內在因素

導致愛情難遂有時是因當事人本身個性與價值取向所決定，前文提及男性愛情企望若屬於色慾求遂模式，通常已爲愛情難遂埋下種子。德裔美國心理分析家佛洛姆在《愛的藝術》一書中說：「愛是主動活動，而不是被動的傾向；它是『屹立於』，而不是『墜入』。以最通常的說法，愛的主動性可以用這樣的陳述描繪出來：愛首要的意義是給予，而非接受。」〔註 53〕如果愛情結合是以色慾求遂爲目的，而不及於愛情中的責任感，則愛情難保持久。佛洛姆又認爲：「情愛中有一重要因素：意志。愛某個人，並不僅是強烈的感情——它是一項決心，一項判斷，一項允諾。如果愛只是感情，則它就沒有任何基礎可以建立永遠互愛的允諾。」〔註 54〕如果僅只見色而欣悅，迅速墜入情網，而未思考對愛情永久持續的眞心允諾，則將造成愛情難遂之最終結果爲離散。

（一）人物性格

〈霍小玉傳〉中小玉對李益癡心以待，卻因李益個性之荏弱，未能對母親延遲婚姻的舉行，甚或因全心對待小玉而拒絕母親的安排。然而恐怕在父母包辦子女婚姻的時代，與唐律明文規定長輩做主的婚姻效力高於子女自行決定的情況下〔註 55〕，李益確實無能拒絕母親的決定，乃得奉母之命婚娶盧氏。然而如果明白託人告知小玉，將不至於令小玉心靈懸宕，博求遍詢，音訊闕如，以至懷憂抱恨。李益對小玉並非毫無愛情，然而因聘財借貸費時以致負約，加上知小玉已纏綿病床，「慚恥忍割，終不肯往」〔註 56〕，既已失信，不敢面對小玉，索性採取逃避的姿態，甚且不加憐惜小玉乃因己而至沉疾，是其個性上之儒弱涼薄，造成難遂之後，終以悲劇收場。而小玉之執著與癡心，視愛情爲生命全部的依靠，當愛情無憑之際，生命亦隨著愛情的難再尋回而凋萎。

〈鶯鶯傳〉中張生之薄情、鶯鶯之心理糾葛產生對待張生晦澀不明的態度，二人之個性乃是造成愛情難遂的原因。〈崔書生〉中新婦知見疑於崔母，

〔註 53〕佛洛姆著：孟祥森譯：《愛的藝術》，頁 33。
〔註 54〕佛洛姆著：孟祥森譯：《愛的藝術》，頁 71。
〔註 55〕《唐律・户婚下》規定：「諸卑幼在外，尊長後爲定婚，而卑幼自娶妻，已成者，婚如法，未成者，從尊長，違者杖一百。」見《唐律疏義》301 頁。
〔註 56〕汪辟疆：《唐人小說》，頁 96。

不待崔生休棄，即不想繼續眷戀這份不具尊嚴的婚姻，自動請求離去，以保有自己的尊嚴，女性素以依附男性之女蘿爲況，新婦如此作爲，正見其個性之獨立，而崔生個性之懦弱不敢違背母命力加辯駁，以持續這份出於自由意志追求獲得的婚姻，終致造成愛情難遂與悔恨。

在〈霍小玉傳〉中，李益以百萬聘財攀娶甲族之女盧氏，其後卻因個性之猜疑嫉妒終致出妻，對其他姬妾婢僕亦如是。〈柳毅傳〉中龍女與涇陽君之婚姻未能幸福，在於涇陽君未對與龍女的婚姻付出責任，個性樂逸而爲婢僕所惑，厭薄龍女，遂造成龍女愛情無憑、恨貫肌骨。〈古鏡記〉中鸚鵡與柴華奉長輩之命結婚，缺乏愛情做爲基礎，其後雙方意不相愜，鸚鵡逃離。〈飛烟傳〉中趙象追求飛烟起因於趙象之色慾薰心，趙象在居喪期間本應端居哀悽〔註57〕，卻因窺見容止纖麗之飛烟，神氣俱喪，廢食忘寐，甚且不顧飛烟已是他人姬妾，極力擾亂飛烟心思。既與飛烟有肌膚之親後，說：「已誓幽庸，永奉歡洽。」〔註58〕即已對鬼神發過誓，永遠歡聚相守，但爲武公業所擒捉時卻自顧自的掙脫躍逃，顯示趙象對飛烟的愛情也僅止於遂其色欲之私，難以共同面對現實之危難，是其個性上之缺陷，亦影響其價值取向。

（二）人生價值取向

造成愛情難遂另一重要的內在因素是當事人的價值取向，指的是兩事在心中天平上權衡之結果，即是愛情的重量與另一事的重量在心中的天平上呈現的價值判斷。其中或因求仕赴舉、及第赴任之前省親等與二人聚合孰爲輕重？如：〈柳氏傳〉中韓翊與柳氏之分離因韓翊上第，省家清池，柳氏認爲資物足以自給，且謂：「榮名及親，昔人所尙。豈宜以濯浣之賤，稽採蘭之美乎？」〔註59〕〈齊推女〉、〈霍小玉傳〉、〈鶯鶯傳〉中男性皆以出仕或赴舉之價值勝於雙方之聚合，因而致二人分離。

〈遊仙窟〉之分離原因乃在張文成之「逢場作戲」。〈任氏傳〉中造成任氏死亡的結果，出於任氏價值取向爲「知不利西行，卻殉鄭之情而亡」。〈長恨歌傳〉中玄宗終而任由兵士以尺組縊死楊妃，在困於形勢之下，採取的價值觀是「保江山勝於所愛」。〈崔書生〉中新婦見疑，書生未強力違逆母親意旨挽留新

〔註57〕唐律對於居父母喪時，若有婚嫁、生子、兄弟分家或爲應嫁娶之他人主婚，皆有輕重不同程度的刑罰，蓋因居喪期間，心中充滿哀傷情緒，自然不及喜慶之事。

〔註58〕汪辟疆：《唐人小說》，頁356。

〔註59〕汪辟疆：《唐人小說》，頁62。

婦，在其價值取向為「敬從母親勝於愛妻」。〈馮燕傳〉中馮燕之殺嬰妻，表現其價值取向在於「憤嬰妻之不義勝於對嬰妻之愛」。〈楊娼傳〉中嶺南帥甲病重，企望與楊娼聚合，其妻善妒且兇悍，威脅若楊娼進門將遭毆擊致死，帥甲迅即安排楊娼前往安全所在，體現帥甲之價值取向在於「愛娼之意勝於聚合之願」。〈孫恪傳〉中袁氏常懷青山之志，初識時吟曰：「青山與白雲，方展我懷抱」〔註60〕。旅途間遇青松高山，常凝睇久之，若有不快意。至峽山寺，則題僧壁曰：「剛被恩情役此心，無端變化幾湮沉。不如逐伴歸山去，長嘯一聲烟霧深。」〔註61〕撫二子咽泣數聲後，謂將永訣，遂裂衣化為老猿，追嘯者躍樹而去。此體現袁氏價值取向在於「歸山之志勝於人倫之情」。〈飛烟傳〉中趙象臨危脫逃，未顧及飛烟將遭死亡威脅，其價值取向乃為「保住生命勝於對飛烟之愛」。

當事人之個性與價值取向是造成情愛難遂之後或永遠離散，或終歸聚合之最終要的因素，在此處僅先呈現離散之原因，聚合之因則在第二篇再予論析。茲將愛情難遂而終致離散之因整理如表一，俾便觀覽比較：

表一：離散之內在因素一覽表

離散之內在因素		
篇名出處	個性因素	價值取向
遊仙窟		逢場作戲
古鏡記（鸚鵡與柴華）	雙方意不相愜	
任氏傳		雖知不利西行，然殉鄭而亡
柳氏傳		韓及第省親、出仕勝二人聚合
霍小玉傳（小玉）	母嚴，為益約婚，不敢辭 小玉對愛執著過深	赴任省家、門第婚姻觀
霍小玉傳（盧氏及姬妾）	李益疑妬	
長恨歌傳		賜死塞怨、保江山勝於所愛
鶯鶯傳	鶯鶯態度晦澀、張生涼薄忍情	求仕重於相聚
柳毅傳	涇陽君樂逸厭薄龍女	
崔書生	婦知見疑自請別	敬母勝於愛妻
齊推女		丈夫求仕赴舉

〔註60〕汪辟疆：《唐人小說》，頁338。
〔註61〕汪辟疆：《唐人小說》，頁341。

馮燕傳		憤嬰妻不義勝於對嬰妻之愛
楊娼傳		愛娼之意勝於聚合之願
孫恪傳		歸山之志勝於人倫之情
飛烟傳	僅能同歡樂未能共患難	保生命勝於對飛烟之愛

二、外在因素

（一）結合型態

小說中人物的結合型態大抵可擘分爲露水姻緣及傳統聘娶婚兩種結合方式，露水姻緣因係雙方認識之後，未經六禮的程序即行結合，除非雙方對結合之後之愛情發展抱持永久的打算，否則因缺乏婚姻的約束力或保護，加上社會對露水姻緣之道德評價〔註 62〕，若一方不願再持續，或加上其他因素，極易導致愛情之難遂。雙方結識若屬露水姻緣，則男對女無需負責，女亦無從要求男性承諾之兌現，提高了離散之可能性，不能確固，或見疑於尊親，或受妬於元配。如〈遊仙窟〉、〈任氏傳〉、〈柳氏傳〉、〈李章武傳〉、〈霍小玉傳〉、〈李娃傳〉、〈鶯鶯傳〉、〈湘中怨辭〉、〈馮燕傳〉、〈楊娼傳〉、〈步飛烟〉皆屬露水姻緣。

在露水姻緣的愛情故事中，多以士人與娼妓爲主角，士人多爲寒門庶人，是爲良民，而娼妓則屬賤民，根據唐朝戶婚法律的規定，良賤結婚是違律爲婚，違律爲婚則需各自還正，因而愛情難遂則難以避免。

另一種結合型態是經由媒妁之言父母之命之聘娶婚，雙方在結合之前未曾謀面，無由產生愛情，結合時缺乏愛情爲基礎，雖有婚姻之約束或保護，若兩人總是貌合神離，亦致愛情之難遂，如〈古鏡記〉中鸚鵡與柴華的結合，〈霍小玉傳〉中李益與盧氏的結合，〈柳毅傳〉洞庭龍女與涇陽君亦屬傳統聘娶婚，當柳毅爲龍女傳信，洞庭君知龍女處境危厄時曰：「老父之罪，不診堅聽，坐貽聾瞽，使閨牕孺弱，遠罹搆害。」〔註 63〕即體現出聘娶婚之弊。而〈步飛烟〉中飛烟雖爲武公業寵妾，但因武生麁悍，使飛烟精神生活空洞無

〔註 62〕《孟子・滕文公》:「丈夫生而願爲之有室，女子生而願爲之有家，父母之心，人皆有之。不待父母之命，媒妁之言，鑽穴隙相窺，踰牆相從，則父母國人皆賤之。」見蔣伯潛：《語譯廣解四書讀本孟子》，頁 140。

〔註 63〕汪辟疆：《唐人小說》，頁 76。

以聊賴，其言：「下妾不幸，垂髫而孤。中間爲媒妁所欺，遂匹合於瑣類。」〔註 64〕亦指陳聘娶婚聽由媒妁之口舌蒙蔽眞實狀況所造成的痛苦後果。

聘娶婚因未能建立在愛情根基之上，如果當事人未能認命，心有所思，在婚姻當中時時怏怏不樂，實是一種非道德，然而卻爲社會所推崇接受，原因何在？心靈中自然流露出的對愛情的渴求，自古即被視爲洪水猛獸，愛情雖甜美浪漫，卻又十分可畏，墜入浪漫情海中的戀人由情而生慾，由慾而生亂，是以先王視愛情爲貪淫放肆之始，迴避人們對愛情需求的課題，且制禮以規範〔註 65〕，揚棄愛情自由追求，制聘娶婚爲解決之道。《禮記・坊記》曰：

> 子曰：夫禮，坊民所淫，章民之別，使民無嫌，以爲民紀者也。故男女無媒不交，無幣不相見，恐男女之無別也。以此坊民，民猶有自獻其身。詩云：伐柯如之何，匪斧不克：取妻如之何？匪媒不得；蓺麻如之何？橫縱其畝；取妻如之何？必告父母。〔註 66〕

先王視男女之交往爲「自獻其身」，將男女愛情與慾念畫上等號，因此以禮法做成堤防，爲了別男女，防淫邪，規範男女雙方「無媒不交，無幣不相見」，阻扼男女一般交往，抹殺愛情的需求。在傳統禮法的規範下，男女的交往始於婚姻，「匪媒不得」與「必告父母」說明婚姻必須依照媒妁之言與父母之命的安排，職是，婚姻缺乏愛情作爲基礎。甚且傳統婚姻的首要目的亦不在於達成愛情的需求，《禮記・昏義》說明婚姻的目的是：「昏禮者，將合兩姓之好，上以事宗廟，而下以繼後世也。」〔註 67〕婚姻是兩姓家族間的經濟交易行爲與政治連結行爲，上以達成祭祀祖先，下以傳宗接代爲任務。並且認爲在敬愼鄭重的「納采、問名、納吉、納徵、請期」之後，藉由「親迎」的外在婚禮儀式規範之下，可以促成男女雙方由此而親密，《禮記・昏義》：

> 父親醮子，而命之迎，男先於女也。子承命以迎，主人筵几於廟，

〔註 64〕汪辟疆：《唐人小說》，頁 356。

〔註 65〕《禮記・曲禮》曰：「男女不雜坐，不同椸枷，不同巾櫛，不親授。叔嫂不通問，諸母不漱裳。」又曰：「女子許嫁，纓；非有大故，不入其門。姑姊妹子女，已嫁而反，兄弟弗與同席而坐，弗與同器而食。」又曰：「男女非有行媒，不相知名。非受幣，不交不親。故日月以告君，齋戒以告鬼神，爲酒食以召鄉黨僚友，以厚其別也。」「寡婦之子，非有見焉，弗與爲友。」

〔註 66〕王夢鷗：《禮記今註今譯》（台北市：台灣商務印書館，2002 年 5 月 8 刷），頁 839。

〔註 67〕王夢鷗：《禮記今註今譯》，頁 964。

而拜迎於門外。壻執鴈入，揖讓升堂，再拜奠鴈，蓋親受之於父母也。降，出御婦車，而壻授綏，御輪三周。先俟於門外，婦至，壻揖婦以入，共牢而食，合卺而酳，所以合體同尊卑以親之也。〔註 68〕

而在儒家思想廣爲統治者尊崇之後，一切禮法也一概被承繼接受，不再深思其中的合理性，遂在不同時空繼續箝制著人們心靈中自然的情愛需求。

男女雙方的結合在愛情一婚姻故事中常是人物獲得經濟改善的一種方法，雖其中人物並未明言希冀經由婚姻以改善經濟狀況，但是小說作家往往以一種欣羡的口吻述寫小說人物在結合之後經濟改善的狀況，乃緣於士人企望婚姻帶來附加價值。唐朝社會重視門第婚姻〔註 69〕，士人希冀攀緣高門，以獲得較高社會地位，甚至士人門第低於女方，女方可要求數額龐大的聘財作爲陪門財〔註 70〕，士人的門第婚姻觀是當時社會普遍的價值觀，因此士人情愛對象與婚姻對象多未能疊合爲一，以致造成故事中情愛之難遂。茲將男女雙方結合之前後經濟狀況之變化列表如下，以資覽閱與進行比較：

表二：結合之前後經濟變化一覽表

篇名	男性	女性	結合之前	結合之後
枕中記	盧生	清河崔氏女	猶勤畎畝	女容甚麗，生資愈厚，生大悅，由是衣裝服馭，日益鮮盛
任氏傳	鄭六	任氏	貧無家，託身於妻族	任氏告鄭六以六千買股疵之馬，復以三萬賣馬
柳氏傳	韓翃	柳氏	羈滯貧甚	李生贈柳氏，資三十萬佐翃之費。 孟棨《本事詩》記李生贈柳氏後且謂韓曰：「夫子居貧，無以自振，柳資數百萬，可以取濟。柳，淑人也，宜事夫子，能盡其操。」

〔註 68〕王夢鷗：《禮記今註今譯》，頁 965。

〔註 69〕劉餗：《隋唐嘉話》中薛中書元超對所親曰：「吾不才富貴過分，然平生有三恨：始不以進士擢第、娶五姓女、不得修國史。」見王汝濤：《全唐小說》頁 1592。

〔註 70〕李金河在《魏晉隋唐婚姻形態研究》書中說：「所謂陪門財者，《通鑑》胡三省注釋云：『女家門望素高，而議婚之家非耦，令其納財以陪門望。』由此可知，陪門財是寒門與士族通婚，因門第低，以錢財來彌補士庶間門第之差。」見氏著：《魏晉隋唐婚姻形態研究》（濟南市：齊魯書社，2005 年 5 月 1 刷），頁 243。

李章武傳	李章武	王氏子婦	賃舍於王氏子婦之家，居月餘日，所計用直三萬餘	子婦所供費倍之
柳毅	柳毅	洞庭龍女 盧氏	應舉下第之書生	龍王所贈珍寶，由從者十餘人，擔囊以隨，毅適廣陵寶肆，鬻其所得，百未發一，財已盈兆。 邸第輿馬珍鮮服玩雖侯伯之室無以加也，毅之族咸遂濡澤。容狀不衰。
南柯太守傳	淳于棼	金枝公主	使酒忤帥，斥逐落魄	與公主婚後，榮曜日盛，出入車服，遊宴賓客，次於王者。任南柯太守時，國王因出金玉、錦繡、箱奩、僕妾、車馬，列於廣衢，以餞公主之行。
李娃傳	滎陽鄭生	李娃	服玩車馬京師薪儲之費俱盛	囊中盡空，乃鬻駿乘、家童，歲餘，資財僕馬蕩然→持破甌以乞食爲事→爲娃救，與生沐浴，易服，爲粥通其腸，次以酥乳潤其臟，薦水陸之饌，取珍異頭巾履襪，以百金鬻墳典，助其及第入仕。
長恨歌傳	唐玄宗	楊貴妃	楊玉環本爲壽王妃	叔父昆弟皆列位清貴，爵爲通侯，姐妹封國夫人，富埒王宮，車服邸第，與大長公主侔，恩澤勢力又過之，出入禁門不問。
崔書生	崔書生	西王母三女玉卮娘子		女贈之玉盒市値百萬。
湘中怨辭並序	鄭生	氾人	生居貧	氾人嘗解篋，出輕繒一端，與賣，胡人酬之千金
秦夢記	沈亞之	弄玉	亞之以昆彭齊桓以對，公悅，試補中涓	尙公主，賜金二百斤 由公主故，出入禁衛
張老	張老	韋氏	韋恕秩滿，家貧	張老以五百緡車載納於韋氏，張老韋氏婚後被逐，韋恕子訪張住處，則見朱戶甲第，樓閣參差，其家廳堂鋪陳之華目所未覩，其堂沉香爲梁，玳瑁帖門，碧玉窗，珍珠箔，階砌皆冷滑碧色，不辨其物。張老奉金二十鎰，並給一故帽可至揚州北邸賣藥老王家取一千萬。後又遣奴出懷金十斤奉韋恕子

楊娼傳	嶺南帥甲	楊娼	楊娼爲長安里妓	嶺南帥甲以重金削娼之籍，懼妻殺娼，未能迎歸，大遺其奇寶。
裴航	裴航	雲英	裴航下第，相國贈錢二十萬。購玉杵臼，裴航瀉囊，兼貨其僕馬，方及其數	居瓊樓殊室，餌絳雪瓊英之丹，能贈友人以藍田美玉十斤。
孫恪	孫恪	袁氏	恪爲下第秀才，久貧，自言:「一生邅迍，久處凍餒。」	袁氏贍足，巨有金繒，恪納袁爲室後，車馬煥若，服翫華麗
虬髯客傳	李靖	紅拂女	李靖，貧士也	紅拂與虬髯客以兄妹相稱，虬髯客知中原非其逐鹿之地，將二十床紀錄寶貨泉貝之文簿鑰匙與宅院奴婢悉以充贈李靖與紅拂。

附帶一提，表列中多數是男性自婚姻中獲得經濟改善，其實這種情形是唐人小說作者集體無意識之反映，諸如小說中女主人公個個皆體態容貌優美，氣質風韻高雅不凡，出身亦多與五姓有所牽涉，且助成男主人公經濟狀況的改善，在在皆滿足了士人心中最希冀之心事，因前人對此已有所論述，茲不多論。

（二）外力相撓

外力阻撓亦是造成情愛難遂的原因，外力指的是當事人除外之親人的阻力、親人除外的人物或異類，如果是造成死亡的外力則置放於空間阻隔再作析論。

1、親人的阻力

親人中長輩的決定是造成男女雙方愛情難遂的巨大阻力，而阻力之形成最原初因素皆在於護衛家族成員利益之私心，如：〈霍小玉傳〉中李益之母爲益約婚盧氏，阻力源自於建立在李母心中的唐朝社會之門第婚姻價值觀——攀援高門獲致更高社會位階以利仕途亨通，而造成李益與小玉愛情難遂。〈無雙傳〉中無雙之父遲未許婚，應在於仙客出身單薄且功名未立，造成無雙與仙客婚姻之延宕。〈離魂記〉中倩娘父親另將倩娘許婚賓僚，造成王宙與倩娘心中之傷痛與情愛難遂。〈崔書生〉中崔書生母親懷疑新婦爲妖魅，出自於護衛兒子的心情，遂令新婦知見疑而決定離去。〈李娃傳〉中姥姥之娼妓利益觀，認爲娼妓以色藝事人而取得資財，因此在滎陽生資財蕩盡之時，雖李娃與鄭生情意篤切，仍得順從姥姥之計逐出鄭生，其後又反對李娃救凍餒之鄭生。

長輩之外的其他親人也會造成愛情雙方之難遂，如果阻力來自於男主人公之妻，則率皆爲妒恨之心；如果是妻子以外的親人，則多爲護衛家族成員且加上幾分好事的成分。如〈楊娼傳〉中楊娼得嶺南帥甲深愛，娼以感恩的心情珍惜這份憐愛，事帥至謹，然帥甲家有妒悍之妻，早先即威脅有異志者，當取死於白刃之下，阻力來自於元配護衛自身在家族中的地位。帥甲只能將楊娼另藏金屋，公餘之時乘隙相聚，後帥甲得病，設計令楊娼冒充婢女以侍奉帥甲，計未行而消息洩漏，妻已令數十健婢準備棍棒油鍋以俟楊娼到來，即投入沸騰鍋中。〈孫恪〉篇中孫恪表兄爲處士，善觀人氣色知吉凶，以孫恪詞色間妖氣頗濃，授孫恪寶劍令除袁氏，是出自於護衛家族成員之初心，且有幾分好事之嫌。幸孫恪心中敬愛妻子未採取行動，且袁氏功力更勝一籌，才免除一場家庭離散的悲劇。

2、他人的劫奪

除了親人的決定造成二人情愛之阻斷，親人之外的人爲力量亦是原因之一，大多出自於因女主人公具有美色而遭劫。如〈補江總白猿傳〉中歐陽紇連出兵進入蠻荒深山作戰，也把夫人帶在身旁，其中深愛可見一斑。而造成二人之分離乃是一神出鬼沒的白猿精，劫走妻子。〈柳氏傳〉中柳氏與韓翊的分離有多重原因，其中最難處理的即是柳氏遭爲朝廷立大功的藩將沙吒利所劫奪，寵之專房。《朝野僉載》中〈喬知之〉篇中喬知之有愛婢碧玉，姝絕能歌舞，且有文華，喬知之喜愛碧玉而爲之不婚，魏王武承嗣劫奪不放還，喬知之無法取回碧玉，作綠珠怨寄碧玉，碧玉覽讀後飲淚不食投井而死，武承嗣得知碧玉死因，羅織喬知之罪狀，將知之斬於南市且破家籍沒。他人的阻力是造成愛情難遂最爲暴橫的力量。

（三）戰爭亂離

戰亂發生，最易導致同林鳥各自分飛。親密的家人皆希望能倖免於難，但是在逃難過程中卻有始料未及的因素造成離散。更何況如〈柳氏傳〉中二人已先於韓翊省家榮親時即分離，復値天寶末安史之亂，京師被叛軍攻陷，待京師尅復之後，韓翊方始遣人尋求柳氏。因戰亂導致結合雙方分離的故事，尚有〈長恨歌傳〉、〈東城老父傳〉是因安史之亂造成生離甚至死別，〈無雙傳〉則因朱泚作亂而致仙客與無雙分離，其後無雙因坐父親當僞官之重罪，遭沒爲宮婢，亦導因於戰亂。

（四）時空阻隔

因現實空間距離遙遠，雙方難以互通音信，加以時間久遠，亦成爲愛情難遂之因。如〈李章武傳〉中李章武至華州訪友，見一王氏子婦甚美，稅舍於其家，兩心諧和，情好彌切，不久，李章武需歸長安，分別八九年間，不相聞問，因出訪另一友人，忽憶及往事，決定迴車轉向訪王氏子婦，至則闃寂無行跡，由子婦鄰居得知子婦歿以周年矣。由現實時空的阻隔，置換爲陰陽空間阻隔之難挽。現實時空的阻隔，若雙方對聚首有更積極的行動，或許可稍解愛情之難遂，如果已是陰陽空間之隔絕，其無可挽回更令心中大慟。〈李章武傳〉中李章武再次尋訪王氏子婦時，子婦已亡，雖顯晦殊途，子婦與章武俱情意深長，子婦則突破阻隔來相會，然卻不可久住，至天漸明時，殷殷泣別，二人詩中訴盡受陰陽阻隔之無奈：

> 子婦贈詩曰：「河漢已傾斜，神魂欲超越。願郎更迴抱，終天從此訣。」章武取白玉寶簪一以酬之，並答詩曰：「分從幽顯隔，豈謂有佳期。寧辭重重別，所歎去何之。」因相持泣，良久，子婦又贈詩曰：「昔辭懷後會，今別便終天。新悲與舊恨，千古閉窮泉。」章武答曰：「後期杳無約，前恨已相尋。別路無行信，何因得寄心。」〔註71〕

二人詩中俱是歔歎陰陽之阻隔，上次相聚尚懷再次相會的希望，然此次聚首則不復相聚。上次的舊恨與這次的新悲，千古幽閉於黃泉之下。陰陽阻隔所造成的情愛難遂，是人們所無力回挽，千古之睽離令人九泉銜恨。

出於《閩川名士傳》之〈歐陽詹〉是一動人的愛情悲劇，最初因時空阻隔，使雙方愛情無能得遂。歐陽詹登進士第並關試結束之後，遊太原，於樂籍中，愛悅某女子，情甚相得，後須回長安赴任，分別時與女子盟曰，回到京城，當相迎聚首，二人灑泣而別。歐陽詹至京，樂籍女子思念不已：

> 經年得疾且甚，乃危粧引髻，刃而匣之。顧謂女弟曰：「吾其死矣，苟歐陽生使至，可以是爲信。」又遺之詩曰：「自從別後減容光，半是思郎半恨郎，欲識舊時雲髻樣，爲奴開取縷金箱。」絕筆而逝。

〔註71〕汪辟疆：《唐人小說》，頁69。

及詹使至，女弟如言。徑持歸京，具白其事。詹啓函閱之，又見其詩，一慟而卒。〔註 72〕

雙方愛情難遂甚而導致悲慟而逝，究其因即在於時空之遙遠，歐陽詹臨別之詩有言：「驅馬漸覺遠，迴頭長路塵，高城已不見，況復城中人。去意既未甘，居情諒多辛，五原東北晉，千里西南秦。一屨不出門，一車無停輪，流萍與繫瓠，早晚期相親。」〔註 73〕雖對未來的聚首懷有期待，但是晉秦相隔遙遠，遂使希望落空。地理空間是一種阻隔，但是歐陽詹的遲未相迎，另一個原因應是人文空間的阻隔，歐陽詹是一官人身分，而樂籍女子身屬賤民，因身分位階造成的人文空間應是歐陽詹遲未相迎的原因，雖心中思戀無已，卻終究阻於社會價値觀造成之空間距離阻隔，終而以悲劇收場。

陰陽空間的阻隔是一難以拉近的距離，當〈鄭德璘〉中鄭德璘聽到鹽商韋女一家俱爲巨浪呑沒的消息時，遂神思恍惚，悲惋久之，不能排抑。〈齊推女〉產後爲惡鬼毆擊致死，丈夫李生悼恨悲泣。〈謝小娥傳〉中父與夫俱爲盜所殺，小娥深憤持志不捨，誓復父夫之仇。〈長恨歌傳〉中玄宗還都，尊爲太上皇，「時移事去，樂盡悲來。每至春之日，冬之夜，池蓮夏開，宮槐秋落。梨園弟子，玉琯發音，聞〈霓裳羽衣〉一聲，則天顏不怡，左右歔欷。三載一意，其念不衰。求之夢魂，杳不可得。」〔註 74〕〈霍小玉傳〉中小玉之死亡，任憑李益如何「旦夕哭之甚哀」，亦無法彌補對小玉的虧欠。蓋陰陽空間之區隔，人力難以逆轉，所生發之愛情難遂最爲深長時永。

〈湘中怨辭〉則是因汜人本爲湘中蛟宮之娣，屬於神仙的身分，暫謫人間相從於鄭生，時限一到必須回蛟宮，無法久留。仙凡空間不同，其間的阻隔使得愛情難以再續。茲將離散之外在因素表列如下，俾便覽閱與比較。

表三：離散之外在因素一覽表

離散之外在因素				
篇名出處	結合型態	外力相撓	戰亂	時空阻隔
遊仙窟	露水姻緣			
補江總白猿傳		妻遭白猿所劫		

〔註 72〕宋・李昉等：《太平廣記》卷 274，頁 2161。
〔註 73〕宋・李昉等：《太平廣記》卷 274，頁 2161。
〔註 74〕汪辟疆：《唐人小說》，頁 140。

古鏡記（鸚鵡與柴華）	父母之命			
任氏傳	露水姻緣			
離魂記		倩娘父另將倩娘許婚他人		
柳氏傳	露水姻緣	柳遭劫	戰亂	
李章武傳	露水姻緣			現實時空遙遠陰陽兩隔
霍小玉傳（霍小玉）	露水姻緣	李益母親爲益約婚		死亡
霍小玉傳（盧氏及姬妾）	父母之命	小玉誓爲厲鬼致李益妻妾不安		
南柯太守傳				公主遘疾死亡
謝小娥傳				父與夫爲盜所殺
李娃傳	露水姻緣	姥意漸怠		
東城老父傳			戰亂	
長恨歌傳			戰亂	死亡
鶯鶯傳	露水姻緣			
柳毅傳	父母之命			
崔書生	崔生不告而娶	母疑新婦爲狐魅		
齊推女				齊遭妖毆擊致死
湘中怨辭	露水姻緣			仙凡兩隔
秦夢記				陰陽兩隔
馮燕傳	露水姻緣			
楊娼傳	露水姻緣	阻於妬悍之妻		
無雙傳		父母遲未許婚	戰亂抄家籍沒	
鄭德璘				韋氏舟爲洞庭巨波呑沒
步飛烟	露水姻緣			武公業怒撻而亡
歐陽詹				時空阻隔
崔護				時空阻隔

本章小結

愛與歸屬的需求是人類的基本需求之一，情思愛苗於心靈中自然滋長，在唐人小說中因此而展開了繽紛多彩的愛情故事，但是卻由於各種因素造成身處愛情世界的雙方未能順遂如願，人類的基本需求無法獲得滿足，生命困境於茲產生。本章首先探究唐人小說中主人公對愛情之企望模式，愛情之思既有屬於心靈層次的一面，同時又有屬於生理需求的一面，莊耀嘉說：「對浪漫愛情的嚮往歌頌，不僅是因爲愛與歸屬需求的作用，而且是因爲強烈的性驅力——一種基本的生理需求。」〔註 75〕在唐人小說中愛情的企望因性別差異而有著不同的模式，男性對愛情的企望模式有：脫離孤孑型、求遂色慾型與深願結合型；女性對婚姻愛情的企望除了是終身依託之外，起始之企望模式有些許不同，其模式有：欣慕才華型、感念報恩型、深願結合型。

本章雖論述小說人物遭逢愛情難遂之困境，然而愛情的開端總會先有一段甜蜜與欣喜，愛情開端始於結識，結識之因緣亦有不同型態，有：託媒尋求型、自身追求型、救人危急型、豪情相贈型與慧眼投奔型。在仍受到傳統禮教教化的唐代社會，認識愛情對象不如現今如此開放，因此文本中往往出現十分有趣的邂逅場景，爲愛情故事增添色彩與趣味。由結識後至遭遇難遂，其中尚有一段追求的過程，其中往往是欣喜與憂戚交集。在愛情結合的過程中，主人公往往因結合型態不爲社會允許而出現禮教與情思之矛盾掙扎，時時出現難以言說之幽微情思，其後因各種因素造成離別的傷痛，更造成主人公心靈的斲傷，尤有甚者，更因恚恨幽怨至身罹沉疾遂至死亡。

造成愛情難遂的原因可分爲內在因素與外在因素，內在因素指的是主人公的個性與人生價值取向，此二者一方面是造成愛情難遂的原因，另一方面又是愛情難遂之後，決定愛情與婚姻走向離散或聚合之結局的重要因素，上篇之本章著重論述人物個性與人生價值取向導致愛情難遂，在下篇則將論述個性與人生價值取向亦能令愛情難遂而走向結合的結局。

使小說中主人公陷入愛情難遂的困境亦有其外在因素，首先是結合型態，可分爲露水姻緣與傳統聘娶婚兩種，露水姻緣的結合型態雖有愛情爲基礎，卻乏律法之保障與社會之認同，而傳統聘娶婚則反是。如〈步飛烟〉中

〔註 75〕莊耀嘉：《人本心理學之父——馬斯洛》（台北市：允晨文化事業股份有限公司，1982 年 11 月），頁 81。第四章基本需求理論，第二節人類的七種基本需求。

步飛烟與趙象的結合屬露水姻緣，交往時愛情得到滿足卻憂慮東窗事發；而步飛烟與武公業屬律法所允許的婚姻，步飛烟雖是武公業嬖妾，但是心靈卻百般枯寂無聊，結合型態的不同，皆造成愛情難遂，僅是難遂的情形不同。

此外，造成愛情難遂的原因又有外力相撓、戰爭亂離、時空阻隔等因素。但是外在因素與內在因素對造成愛情難遂之困境而言，相較之下，內在因素往往是主要原因，而外在因素雖造成離散，卻常是主人公心中所企思克服的對象。

下篇　陷溺、轉化與承擔
——唐人小說中面臨生命困境之對治方法

人本主義心理學家馬斯洛（A. Maslow 1908－1970）〔註 1〕的理論中，最重要的是他的需要層次論，他最初提出關於人的基本需求有五種：生理的需求、安全的需求、歸屬和愛的需求、自尊需求和自我實現需求。〔註 2〕而死亡威脅、仕途難登、身分位階、愛情難遂即是相應於各種基本需要之未獲滿足而產生的困境，是人們一生中難以避免的生命困境。當困境來臨時，折磨身心，從而生發悲憤傷痛轇轕不清的複雜情緒，任誰都不願處於負面情境之中。那麼，人們將會採取哪些不同的對治方法？是僅耽溺其中，執著不渝，而致生命摧折；抑或改變面臨時的心態，以超越的方式轉化消解困境帶來的負面影響；或以定命觀點將困境認爲是生命之必經歷程，而無怨無悔、順然接受；或是以積極作爲力求對困境事實之轉變。

不同的思考方向導致不同的行動，從而產生不同的結果。唐人小說中當人物面臨困境時，其對治方法與心態到底呈現了哪些面貌？又出現哪些不同的結果？本篇將因對治態度之不同，分三章析論，分別是：第一章〈現世之執迷〉乃論述小說人物遭遇困境時，雖企圖力挽頹勢，卻難以力挽，亦未採取改變心態順然接受逆境的方式，而任自己一味沉陷困境之中，至死不改其衷；第二章〈轉化超越——尋求歸宿與接受命運〉論述小說中小說人物遭遇

〔註 1〕莊耀嘉：《人本心理學之父——馬斯洛》頁 207 至 210，〈年譜簡表〉。

〔註 2〕莊耀嘉：《人本心理學之父——馬斯洛》第四章〈基本需求理論〉第二節〈人類的七種基本需求〉，頁 77。

困境之後，困境之情勢並非人力所能扭轉，小說人物爲了消解遭遇困境所產生的負面情緒，遂採取尋求心靈歸宿與接受命乃前定的作法以轉化生命困境所帶來的衝擊；第三章〈扭轉事實——合義承擔〉是論述小說中遭遇生命困境的小說人物或是見義勇爲的旁觀者積極扭轉事實、力挽狂瀾，呈現出合乎氣義之當下承擔。

第一章　現世之執迷

同樣遭逢生命困境，卻有不同結果，其中因素複雜，以當事者的內在情志之取向爲其中關鍵。或有人力挽狂瀾，終能轉變事實，化逆爲順；或因困境形勢非人力所能扭轉，遂轉變面對困境的心態，另尋出口或接受命運，則終能從困境中走出。然而亦有堅持力挽，而力有未逮，卻仍執意求索，未從宗教中尋求慰藉或借鑑先賢作法以轉變面對的心態，一任生命的原初質素面對生命中不如意之打擊，沉陷其中，無法自拔，摧折身心至死不改，終而以悲劇收場。在唐人小說中，究竟是什麼原因讓當事者無能自拔，選擇沉陷？選擇沉陷又造成了怎樣的結局？本章將作一探究。

在唐人小說文本中，對於遭逢死亡威脅之主人公多冀求他人伸手援助，或以神仙世界的追求以暫時麻痺生命短暫有限地驅迫感，極少有甘願赴死、沉陷於死亡威脅之中者，因此本章探求的面向並未有對應於死亡威脅壓力者，首先將論述遭逢仕途難登困境時士人心緒與行動之沉陷；而於身分、性別與位階之生命困境方面，由於卑微的身分、位階與女性受到不合理不人道對待，生命權遭淩侮甚至剝奪，卑下者多數無力招架，甘心沉陷於遭受迫害的卑下位階之例證極爲有限，是以論述將以沉陷於冒著死亡威脅的風險勇於突破位階者作爲例證，而執著遵循卑下位階者例證雖少但是極爲特殊，與突破者恰成對比，是另一型態之沉陷；而唐人小說中，沉陷於愛情難遂生命困境中的主人公最令人動容與不捨，雖苦心孤詣力求挽回，卻終因對方已有異志或形勢惡劣而無力挽回，其執著、摧陷、努力求索的苦心最後雖以付出生命爲其代價，然而卻形塑了唐人小說中的悲劇美學典範。

第一節　雄才難展，轉爲戾氣——仕途難登之陷溺

唐朝統治者開科取士，使得舉國士人積極求爲世用，投身競求功名可謂盛況空前。而士人爲了能順利及第，莫不奮力鑽研墳典、勤學詩賦，孜孜矻矻，俾夜作晝，辛勤苦讀之下，士人亦以豐富才學與敏銳文思自傲。但是如上篇第二章中所述，競爭中存在著太多不公平的現象，使自詡才高的士人往往遭遇落第的窘困。或有屢仆屢起仍全力求仕，終能達成心願者，然亦有才高卻仍下第者。懷才不遇或才高而沉居下僚，對於士人而言是身心之重創與挫折。

孔子曰：「學而優則仕。」孟子曰：「士之仕也，猶農夫之耕也。」自先秦出現士階層以來，士人即思貢獻所學以實現抱負，希冀獲得統治者的賞識而重用，但是因政治理念不同而遭屛拒於政治體制外的士人，亦屬眾多。以孔子之賢，周遊各國，向國君說明治國之道求爲世用，猶未能如願。面對求仕未果的困境，孔子所選擇的面對態度，正是後代士人的歷史借鑑。《論語・公冶長》子曰：「道不行，乘桴浮于海。」〔註1〕蔣伯潛認爲：「此言當發於周遊之後，以中國莫能用己，而朝鮮有箕子之遺風，故有此歎。」〔註2〕又如《論語・述而》子謂顏淵曰：「用之則行，舍之則藏，唯我與爾有是夫！」〔註3〕此即是孟子所說的「可以仕即仕，可以止即止。」、「達則兼善天下」、「窮則獨善其身」的對治態度。在豁達言論的背後實是潛藏著士人未能用世的辛酸，後世遭受打擊的士人，嗟嘆生世不諧之際，常能借鑑古代先哲之對治方法，以寬解不遇之傷痛。在盛唐、中唐之士人或有求仕未果或宦途險惡，能借鑑先哲之對治方法，以轉化心境，超越困境，對社會國家仍抱持憂國憂民忠君愛國的想法，如杜甫、李白、柳宗元等，才情高超且懷有高遠的政治抱負，而仕途皆遭困頓，但同具有憂國憂民的態度，猶是社會上一股清流。在佛教、道教與道家思想盛行的唐朝社會，亦有多數士人遭遇青雲無路之困厄時，轉而藉由雲遊、求仙、醇酒以安頓心靈。

唐朝小說中，寒門士人在登仕之前，無以爲生，過著貧窘生活。如〈柳氏傳〉述及「天寶中，昌黎韓翊有詩名，性頗落托，羈滯貧甚。」又如在上篇亦曾舉眾多赴舉未第之士人面臨困頓之窘境。如《唐摭言・公乘億》：「公乘億，魏人也，以辭賦著名。咸通十三年，垂三十舉矣。嘗大病，鄉人誤傳

〔註1〕蔣伯潛：《語譯廣解四書讀本論語》，頁57。
〔註2〕蔣伯潛：《語譯廣解四書讀本論語》，頁57。
〔註3〕蔣伯潛：《語譯廣解四書讀本論語》，頁90。

已死，其妻自河北來迎喪。」又《逸史・孟君》:「貞元中，有孟員外者，少時應進士舉，久不中第，將罷舉，又無所歸。託於親丈人省郎殷君宅，爲殷氏賤棄，近至不容。染瘴瘧日甚，乃白於丈人曰:『某貧薄，疾病必不可救，恐污丈人華宇，願委運，豈待盡他所。』殷氏亦不與語。」

在貧窮窘困的生活中，而能無怨，一般人難以達成。《論語・憲問》篇中，子曰:「貧而無怨，難。」〔註 4〕士子之落第或者及第卻尚未能登仕、衣食窮乏、景況困厄，難以從困境之中超拔或轉變心態，遂生怨望。如果窘困來自於朝廷銓選制度不健全，則士人心理更難以平衡。在晚唐有眾多下第士人，或因銓選受挫而伺機報復，或爲生計紛紛投靠各地節度使，爲節度使效命，甚而借節度使之兵力用以報復朝廷主司之不公。晚唐因朝政之腐敗，銓選不公致使士人遭逢困境而沉陷執迷於傷怨情緒，遂造成社會動盪，萬姓不安，代價不可謂不大。士人之仕途未諧會有怎樣的執迷沉陷，以下試作論述。

一、累舉不第，慨嘆困窘

在上篇第二章中僅述及士人下第之貧困，此處則述及士人面對貧困所產生的沉陷情緒。遭遇仕途未諧之士人，其中或有仍懷登仕之希望，但透露出不遇之痛，如元朝辛文房《唐才子傳》中述寫喻坦之的事蹟:喻坦之爲睦州人，咸通中舉進士不第，久寓長安，囊罄，憶漁樵，還居舊山。與李建州頻爲友，李頻以詩送坦之歸舊山，詩中有「修身空有道，取事各無媒。不信升平代，終遺草澤才。」李頻如同坦之的代言人，說出坦之的心聲，雖歸漁樵仍寄望於升平時代，朝廷能不遺草澤才，但是求仕無門、取事無媒，困於窮蹇，則情見於辭。〔註 5〕

二、久舉不第，心生怨懟

士人因久舉不第，心生怨懟，恃才傲物，出言不遜，負面的情緒帶出負面的作爲，從而更失去入仕的機會，如:

〔註 4〕蔣伯潛:《語譯廣解四書讀本論語》，頁 212。

〔註 5〕戴揚本:《新譯唐才子傳》(台北市:三民書局，2005 年 9 月)。頁 563。對於晚唐士人之出處與心態，大多見諸於五代之筆記小說、後晉劉昫等奉敕撰之《舊唐書》與宋朝歐陽修、宋祁等奉敕撰之《新唐書》、元代辛文房之《唐才子傳》。本論文主要取材爲唐人小說，然有時亦取諸其他朝代關於述寫唐人事蹟之文本作補充說明。

> 唐羅給事隱、顧博士雲、俱受知於相國令狐公。顧雖鹺商之子，而風韻詳整。羅亦錢塘人，鄉音乖剌。……羅既頻不得意，未免怨望，竟爲貴遊子弟所排，契闊東歸，黃寇事平，朝賢議欲召之，韋貽範沮之曰：「某曾與之同舟而載，雖未相識，舟人告云：『此有朝官。』羅曰：『是何朝官，我腳夾筆，亦可敵得數輩。』必若登科通籍，吾徒爲粃糠也。」由是不果召。（《北夢瑣言》）〔註6〕

羅隱之深怨來自於才高而不遇，深怨的情緒又使他對現實更加不滿，發而爲言則處處尖銳，更成爲求仕路途之阻礙。在元朝辛文房《唐才子傳》中亦見羅隱的事蹟，羅隱「少英敏，善屬文，詩筆尤俊拔……乾符初舉進士，累不第。」「隱恃才忽睨，眾頗憎忌。自以當得大用，而一第落落，傳食諸侯，因人成事，深怨唐室。」〔註7〕其後羅隱投靠鎮守東南地區的節度使錢鏐。然而錢鏐無私，能賞識羅隱之才，並爲國舉才，上書朝廷請求將羅隱升爲節度判官、鹽鐵發運使，沒過多久，又奏報朝廷，授予羅隱著作郎。爲朝廷挽回才能高超的士人對朝廷的向心力，在唐末朱溫叛亂時，羅隱力勸錢鏐討伐朱溫，應是朝廷尚能重用羅隱之故。

三、求仕無門，投藩入幕

落第士人在久處貧窘情況之下，無法從朝廷得到任用機會，爲了衣食需求與種種現實需要，紛紛投入各地節度使幕下，爲節度使效命，羅隱即爲一例，又如胡曾亦嘗爲漢南節度使從事：

> 曾，長沙人也，咸通中進士。初，再三下第，有詩云：「翰苑幾時休嫁女，文章早晚罷生兒。上林新桂年年發，不許閑人折一枝。」……嘗爲漢南節度使從事。〔註8〕

晚唐科場競爭激烈，仕途壅塞，入仕極爲困難，雖然每年及第者約三十人左右，但只占應試舉子極小的一部份，李山甫〈赴舉別所知〉中「桂樹只生三十枝」〔註9〕，是歎恨每年大量英才遭落選的命運，而胡曾之：「上林新桂年年發，不許閑人折一枝。」亦是憤懣之情溢於言表。因入仕困難，藩鎮辟士，

〔註6〕孫光憲：《北夢瑣言》（北京：中華書局，1985年）。卷6，頁54。
〔註7〕戴揚本：《新譯唐才子傳》頁543。
〔註8〕戴揚本：《新譯唐才子傳》頁495。
〔註9〕清‧彭定求：《全唐詩》（中華書局，1960年）。卷643，頁7365。

為不得登仕之士人提供另一仕宦途徑。卓遵宏在《唐代進士與政治》一書中說：「唐代用人之權本在中央，……盛唐以後，仕途壅塞，選人多弊，士子喧囂，以求入仕。……安史亂後，天下多故，官員益濫而銓法失序，藩鎮用人多不經吏部。德宗時沈既濟，請六品以下或僚佐之屬，聽任州府自辟，天子嘉其言，而憚改作。然究其實，自安史亂後，藩鎮權重，士人常白衣辟為賓從，由此上達者頗多。」〔註10〕

各藩鎮之節度使由於能優禮士人，因此士人樂於投入藩鎮幕府，為其效力。如烏重胤為橫海、河陽等鎮帥，「善待賓僚，禮分同至，當時名士咸願依之。」張建封為徐泗濠節度使，「禮賢下士，無賢不肖遊其門者，皆禮遇之，天下名士嚮風延頸，其往如歸。」元稹為浙東觀察使，「所辟幕職，皆當時文士。」渾瑊為鎮帥，「卑禮下士，召置幕府，得一時之人。」甚至河朔跋扈鎮帥，亦收攬人才，如魏博節度使樂彥禎「好延儒術之士」。是以藩鎮幕府往往名士雲集。〔註11〕唐末大多數藩鎮擁兵自重，與中央政府抗衡，甚至有問鼎之心，落第士人或及第卻懷才不遇的士人，一旦流失到藩鎮，即使對唐朝王室沒有惡意，但是客觀上，他們輔佐藩鎮的行為已不可避免的對朝廷構成了威脅。如若才高加上對朝廷之怨恨深巨，則生發出的能量之巨大，則是晚唐衰弱中央政府所無法抗衡的。

四、銓選受挫，伺機報復

落第士人因未得中進士，且遭主考官訓斥，懷恨在心，致後來啣恨而報，如：

> 張策，同文子也，自小從學浮圖，法號藏機，槩名內道場為大德。廣明庚子之亂，趙少師崇主文，策謂時事更變，求就貢籍，崇庭譴之；策不得已，復舉博學宏辭，崇職受天官，復黜之，仍顯揚其過。策後為梁太祖從事。天佑中，在翰林，太祖頗奇之，為謀府。策極力媒糵，崇竟罹冤酷。（《唐摭言》卷11）〔註12〕

張策自小學習佛法，在道場中因名聲美好被稱為大德。但是當他認為時勢更變，轉而參加進士考試，卻遭到主考官趙崇當眾譴過，張策不得已，又參加

〔註10〕卓遵宏：《唐代進士與政治》（台北市：國立編譯館，1987年3月），頁96。
〔註11〕卓遵宏：《唐代進士與政治》，頁97。
〔註12〕姜漢椿：《新譯唐摭言》，頁354。

博學宏辭科的考試，趙崇擔任吏部尚書，又黜落張策，且顯揚張策的過失。其後張策成爲朱溫幕僚，得到朱溫器重，張策竟借助朱溫之手對主考官進行報復，對趙崇極力誣陷，致使趙崇竟然無故遭受刑戮。

士人由於遭逢困境所累積之怨恨而醞釀生發成殺機，伺機報復，此種沉陷執迷在官場中極爲常見，《唐摭言》卷二述寫太和初，李回任京兆府參軍時，主持府試，不選送魏謩，魏謩深深銜恨。會昌年間，李回爲刑部侍郎，魏謩爲御史中丞，曾經輪值上殿策對時政利弊，當時官員三五人在閤門等候天子召見，魏謩對李回說：「當年參加府試，承蒙明公不予選送，何故今日有幸一起聚集於此？」李回答以這是常事，即使在今天也不會選送。令魏謩聽之色變，更加懷恨。其後李回貶爲建州刺使，魏謩則拜爲宰相，李回凡有任何書啓疏狀，魏謩一概不接受。李回某次因惱怒一衙官，將之處以杖刑並停職。此人逃亡至京師申冤，多位宰相都不理，有人對他說魏謩與李回有宿怨，何不找魏宰相處理。其後魏謩以此衙官訴狀上論列的二十餘項李回罪狀，羅織罪名，造成冤獄，李回因此遭貶官爲撫州司馬，終而卒於貶所。〔註13〕

晚唐既有投藩入幕的士人，且對朝廷銓選不公懷怨在心，遂而挾節度使之力，爲自身遭遇銓選之不公而伺機報復。這種因求仕未果啣恨報復的情形，是士人沉陷困境後，對制度不公發出之反撲，成爲國家社會重大之斲傷。房銳在〈從王鐸死因看晚唐藩鎮之禍及落第士人心態〉一文中尋繹出王鐸遇難之始末，與投入藩鎮之落第士人有密切關係。《資治通鑑．僖宗中和四年》云：

> 義昌節度使間中書令王鐸，厚於奉養。過魏州，侍妾成列，服御鮮華，如承平之態。魏博節度使樂彥禎之子從訓，伏卒數百於漳南高雞泊，圍而殺之，及賓僚從者三百餘人皆死，掠其資裝侍妾而還。彥禎奏云爲盜所殺，朝廷不能詰。〔註14〕

清代王夫之在《讀通鑑論．昭宣帝》明確的指出：「唐之亂，藩鎮之強爲之也。藩鎮之強，始於河北，而魏博爲尤，魏博者，天下強悍之區也。」〔註15〕魏博是當時河朔強藩，節度使爲樂彥禎，早已心懷異志，有心與中央政府相對抗。而王鐸則是「重德名家，位望崇顯」〔註16〕忠於朝廷，能爲國分憂，義

〔註13〕請參見姜漢椿：《新譯唐摭言》，頁60。

〔註14〕宋．司馬光：《資治通鑑》（北京市：中華書局，1956年），頁8317。

〔註15〕清．王夫之：《讀通鑑論》（台北縣：漢京文化事業有限公司，1984年），頁1006。

〔註16〕孫光憲：《北夢瑣言》卷3，頁15。〈王中令鐸拒黃巢〉中記述王鐸：「唐王中

昌與魏博皆位於河北道，王鐸派任爲義昌節度使，是朝廷欲使王鐸就近監督魏博。因此樂彥禎與其子樂從訓發動這次謀殺事件，而這次謀殺事件除了反映出藩鎮對朝廷的威脅之外，也反映出寒門士子對把持選舉權的朝中權貴深刻的不滿以及與朝廷的對立情緒。孫光憲《北夢瑣言・草賊號令公》：

> 彥禎有子曰從訓，素無賴，愛其（王鐸）車馬姬妾，以問其父之幕客李山甫。山甫以咸通中數舉不第，尤私憤於朝中貴達，因勸從訓圖之。〔註17〕

王鐸之所以遇害，一方面由於車隊過於招搖〔註18〕，引起樂從訓之垂涎，另一方面更在於李山甫借從訓之力報復應舉未能得利之宿恨。在《新唐書・王鐸傳》亦云：「李山甫者，數舉進士被黜，依魏幕府，內樂禍，且怨中朝大臣，導從訓以詭謀，使伏兵高雞泊劫之。」〔註19〕在辛文房《唐才子傳》中有李山甫數舉進士遭黜的記載：「李山甫，咸通中累舉進士不第，落魄有不羈才。……爲詩託諷，不得志，每狂歌痛飲，拔劍斲地，少攄鬱鬱之氣耳。後流寓河、朔間，依樂彥禎爲魏博從事。」〔註20〕由於屢舉不第，李山甫選擇北走河朔，投入魏博樂彥禎帳下，而路經魏博至義昌赴任的朝中權貴王鐸遂成爲李山甫的報復對象。然而李山甫以王鐸爲報復對象是有針對性的，李山甫於咸通間累舉不第，而《舊唐書・懿宗記》載：咸通四年「十一月，以中書舍人王鐸權知禮部貢舉。」〔註21〕由於時間上的接近，也許可以推測，李山甫把王鐸作爲宣洩憤懣的對象，並唆使樂從訓劫殺王鐸，其原因是：作爲主考官的王鐸曾經黜落過當時的考生李山甫。所以，胡震亨在《唐音癸籤》卷 26 評道：「樂帥子高雞泊殺王鐸一事，李山甫導之也。史言山甫數舉進士被黜，怨中朝大臣，故有此舉。考鐸傳咸通典試，而小說山甫罷舉亦在咸通中，山甫被黜即鐸也，豈泛怨哉！」〔註22〕

令鐸，重德名家，位望崇顯。」

〔註17〕孫光憲：《北夢瑣言》卷13，頁109。

〔註18〕孫光憲：《北夢瑣言》卷13，頁109。〈草賊號令公〉曰：「王中令鐸，……與其都統幕客十來人從行，皆朝中士子。及過魏，樂彥禎禮之甚至。鐸之行李甚侈，從客侍姬，有輦下昇平之故態。」

〔註19〕宋・歐陽修、宋祁：《新唐書》（台北市：鼎文書局，1976年10月），頁5407。

〔註20〕戴揚本：《新譯唐才子傳》，頁498。

〔註21〕後晉・劉煦：《舊唐書》（台北市：鼎文書局，1976年10月），頁655。

〔註22〕胡震亨：《唐音癸籤》（台北市：台灣商務印書館，未註明出版時間），頁61。

第二節　身分位階之遵循與突破——位階之陷溺

在身分位階劃分森嚴的唐代社會，對於位階枷鎖，小說中有的人物急切地企圖跳脫原有身分，追求更高位階以成就心中認定的生命尊嚴，雖死無悔。另一極端則是謹守原有的位階，即使是將遭逢死亡的命運，仍極度執著，亦死而無悔，二者皆是沉陷執著於自己的選擇。〈古鏡記〉中的鸚鵡即屬於前者，在小說中雖塑造爲千歲老狸的角色，實是社會中極低的身份位階——賤民之象徵，一心想化爲人形，終究無法逃過法律的攫拿，自知將死，亦羞於回復原有身分，只求能盡歡而死，即已無怨。鸚鵡雖一心欲改變自己的身分，卻時時又覺得逃脫原有位階是違法的，常常陷於禮法與希望的糾葛矛盾之中，蓋傳統禮法深入人心，綑綁束縛遂使社會眾人誤以爲禮法即是天道，鸚鵡明白的知道「變形事人，非有害也」，然又自認爲當死，是因「逃匿幻惑，神道所惡」、「大行變惑，罪合至死」。雖罪合至死，然鸚鵡終究仍是變形爲人，追求一份生命尊嚴，死而無憾。

而在《朝野僉載》中卻有一奴僕，與〈古鏡記〉中的鸚鵡恰成對比，因位階之低下加上主人性情之嚴苛，常遭箠楚，卻因愛主人之才華，而不離去，至死無悔：

> 開元中，蕭穎士方年十九，擢進士，至二十餘，該博三教。其賦性躁忿浮戾，舉無其比。常使一僕杜亮，每一決責，皆非由義。平復，遭其指使如故。或勸亮曰：「子傭夫也，何不擇其善主，而受苦若是乎？」亮曰：「愚豈不知。但愛其才學博奧，以此戀戀不能去。」卒至於死。〔註23〕

在《唐摭言》亦記載此事，曰：「蕭穎士性異常嚴酷，有一僕事之十餘載，穎士每與箠楚百餘，不堪其苦。人或激之擇木。其僕曰：『我非不能他從，遲留者，乃愛其才耳！〔註24〕』」《唐摭言》作者王定保稱杜亮爲賢僕夫，但未免太過愚忠，即使杜亮敬愛蕭穎士才華博奧，但蕭穎士卻不憐惜杜亮的性命，則杜亮應聽從他人勸告而求去，但是卻過於愚忠，反而白白送掉性命，此即杜亮過於沉陷執迷不悟。杜亮即使另覓主人，雖仍未脫離奴婢位階，但是原來在蕭穎士家中遭受的箠楚正是植因於奴婢的位階，且因愛主人之才華未思離去，執著於自身的選擇，無法脫出生命困境。

〔註23〕唐・張鷟：《朝野僉載》卷六〈蕭穎士〉，收錄於王汝濤：《全唐小說》，頁1515。
〔註24〕姜漢椿：《新譯唐摭言》，頁490。

第三節　愛情難遂不悔的求索——情愛之陷溺

不論是遭遇仕途難登的困境或困陷於階級枷鎖中，如果執迷沉陷於其中，最終多以生命的斲傷爲代價。當小說人物遭逢愛情難遂的困境時，若沉陷太深難以超越，最後亦仍是以死亡爲其代價。

《霍小玉傳》中鮑十一娘眼中的霍小玉乃「姿質穠艷，一生未見，高情逸態，事事過人，音樂詩書，無不通解」，愛情企望的對象則是「不邀財貨，但慕風流」，視愛情爲生命的全部，以尋求託付爲愛情企望的目的，以娼妓的身分而言，這樣的企望毋寧說是矛盾悖謬的。正由於拘限於娼妓的身分，霍小玉時時充滿不安，與李益首次歡愛之際，即訴說惟恐秋扇見捐女蘿無託之恐懼，得到李益之指天誓日，二人婉孌相得，如在雲路，二年之間日夜相從。當李益受官後欲省家榮親之際，霍小玉的恐懼再度浮現心頭，李益再次極爲肯定的應諾小玉對二人未來的計畫，然亦是徒然。當指天誓日轉而爲辜負盟約，使遭負約者受的傷害遠比未曾盟誓更爲深重。李益由於辜負盟約，遷延約定時日爲遣使奉迎小玉，因而阻斷消息欲斷絕小玉對自己懷抱的希望。當此之時，小玉心中則各式各樣的疑慮猜測，及怨恨恐懼萬端心緒，僅能藉由求神問卜來探知李益的下落或決定。當這種疑慮、猜測、怨恨、恐懼交纏糾葛之時，更是摧折身心最嚴重的階段，於是周歲之間，「羸臥空閨，遂成沉疾」。復更加努力求索李益的消息，爲之蕩盡家財，終未能覺悟，一心執著。對霍小玉而言，愛情即是生命的重心，故而愛情無憑使得小玉生命亦隨之萎縮。霍小玉在其求索過程中極盡心力，以求力挽，當一切皆無法換回李益之時，猶兀自沉陷，終致生命爲之凋萎，實是執著太過。

愛戀中的雙方若因兩地阻隔遙遠，不得相見，心中自是惆悵。如若已過約期未至，則生起的各種揣測，雖不一定爲眞實，卻最折損心靈，如未能超越相思的折磨，以求寬解，則跟隨著失望而至的，往往皆是生命的凋萎。如《雲溪友議・韋皐》篇中韋皐少時遊江夏，居止於姜使君之館，姜氏孺子荊寶恭事韋皐之禮如父一般，令一青衣玉簫勤於侍奉韋皐，玉簫漸長，有情於韋皐。後韋皐叔父來信云韋皐久客貴州，切望返家歸覲。韋皐欲歸覲，分別之日與玉簫相約，少則五載，多則七年，娶玉簫，因留玉指環一枚。然五年不至，玉簫乃靜禱於鸚鵡洲，又逾二年，至八年春，玉簫歎曰，韋家郎君，一別七年，是不來矣，遂絕食而殞。後韋皐鎭蜀，與荊寶會面，問及玉簫，方知玉簫已因韋皐逾時不至，致絕食而終。韋聞之，益增悽歎，廣修經像，因想念之深時盼再會，遂尋得一祖山人，有少翁之術，能令逝者相親。則知韋皐未負心於玉簫。然因時空阻隔，逾期未歸，又未藉書信傳遞相思情意，玉簫沉陷過深，由相思之折磨遂至香消玉殞而生憾恨。〔註25〕

又如《閩川名士傳．歐陽詹》中歐陽詹進士及第且畢關試後，遊太原，與一樂籍中樂妓「因有所悅，情甚相得」，分手之日，與女盟約，謂至都城當相迎，及灑泣而別。然歐陽詹爽約未迎，文本中未提及原因，或阻於門第婚姻之價值觀，或因公事冗繁，時空阻隔，遂成耽擱。此一樂籍女子思念過甚，經年得疾沉綿，乃引刃割髻而匣之，謂女弟曰：「吾其死矣，苟歐陽生使至，可以是為信。」又遺之詩曰：「自從別後減容光，半是思郎半恨郎。欲識舊時雲髻樣，謂奴開取縷金箱。」絕筆而逝。及詹使至，女弟如言，使持匣歸京，具白其事，歐陽詹啓函而視，又見其詩，一慟而卒。歐陽詹既與樂籍女子盟約，覽閱其書信後又一慟而卒，知其愛之不虛，然卻未能及時迎回所思；而女子既深愛得疾致遺髻與詩，卻又未及時先遣書信敘其思念之意，憾恨之生，雖在於時空阻隔與心靈沉陷，但未及積極表述心意，乃是造成憾恨之主因。

而〈霍小玉傳〉中李益之不敢力爭於嚴母之前，乃受社會價值觀傳統禮法與唐律重壓，先是負心於小玉，後與盧氏婚後又善妒多疑，苛刻嚴厲，暴力相向，傷害生命中有緣相遇的每個女子，無法自拔，家庭生活總未諧適，此亦過於沉陷。《李娃傳》中滎陽鄭生則沉陷於色欲之中，終因資財用盡而遭計逐。屈於生命原始需求，為唱輓歌，遭父鞭撻幾死。再度陷入生命原始需求的困境之中，乞食於街巷疾呼凍餒之甚，若無李娃的悔意與憐惜，則無從脫困。因沉陷執迷而付出的代價不可謂不巨。

又如〈步飛烟〉中飛烟自嘆為媒妁所欺，匹合者武公業為瑣類，且不僅粗鄙凶悍，僅止提供豐裕的物質生活。復常因公務繁夥，或數夜一值，或竟日不歸。在趙象幾次以詩賦打動飛烟寂寞芳心後，飛烟遂突破禮防，勇敢的尋求愛情，先是與端秀有文、大好才貌之趙象書信往來，得遂「展幽微之思，罄宿昔之心」，情感獲得最高滿足。飛烟心中的幽怨來自於愛情需求在心中的空缺，武公業未能使飛烟感到情感的滿足，因此見到趙象詩賦中流露的柔情，則太息曰：「丈夫之情，心契魂交，遠如近也。」其後更盼能相見，「猶望天從素懇，神假微機，一拜清光，就殞無恨。」而後趙象知飛烟意切，喜不自持，靜室焚香，虔禱以候。此時飛烟已轉被動為主動，趙象則轉主動為被動，

〔註25〕事見王汝濤：《全唐小說》，頁2032。

閽媪來告飛烟候趙象來見，已是飛烟主動要求，在二人纏綿繾綣之後，飛烟懼爲趙象輕鄙，將出牆之舉推因爲「今日相遇，乃前姻因緣耳」，並且是「直以郎之風調，不能自固」。由於心中沉迷於追求愛情的滿足，迨東窗事發，飛烟面臨死亡威脅卻異常平靜：

乃入室，呼飛烟詰之。飛烟色動聲顫，而不以實告。公業愈怒，縛之大柱，鞭楚血流。但云：「生得相親，死亦何恨。」深夜，公業怠而假寐。飛烟呼其所愛女僕曰：「與我一盃水。」水至，飲盡而絕。〔註26〕

武公業匍伏而歸，突如其來的趨前擒捉，出乎飛烟的意料，當遭武公業詰問之時，「色動聲顫」是飛烟臨死的恐懼表象，然不以實告，即使遭武公業縛柱鞭楚，亦不求饒乞憐，「生得相親，死亦何恨」，心靈中已經獲得愛情的滿足，即使死亡亦無所憾恨。對飛烟而言，愛情與死亡完全疊合在一起，追求愛情意味著趨近死亡，仍是執著於愛情的追求，死而無悔，不願僅有富厚的物質生活，而精神生活卻蒼白枯槁。而與武公業從遊之才士，有崔李二生將飛烟事蹟入詩，詠飛烟者，夢飛烟來謝其詠，而責備飛烟者，則夢飛烟詈曰：「士有百行，君得全乎？何至務矜片言，苦相詆斥。當屈君於地下面證之。」數日後果卒，更呈現飛烟深深執著於自身的選擇，沉陷於愛情，雖死而無尤。

本章小結

人生在世而遭逢困境致生世不諧，有的人執迷於當下的選擇，欲扭轉現實卻力不能及，仍舊未尋求其他對治方式，致沉陷困境，摧折生命。或心生報復，釀成禍端。境由心造，外界困境雖仍存在，由心境之轉變可找到生命出口；而沉陷困境之情緒若未加轉化，則造成迥然不同之結果。從仕途艱難而言，沉陷者則心生憤懣或慨歎困窘，情見於辭；或出言不遜，多所得罪；或投藩入幕，另尋出路，效忠藩鎮，漸成爲朝廷之威脅；更甚者則伺機報復，成爲官場之傾軋與險惡，尤以晚唐士人深受銓選制度弊端最甚，不復初、盛唐未第之士人尚懷虛幻的政治理想，家族生活窘迫之現實問題令士人不復「哀而不傷，怨而不怒」，傷痛憤怒情緒之積累加上才華高超之能量，致使藩鎮成爲王室之威脅，終而致王室在漸失人心的四面楚歌聲中，窮途末路。

〔註26〕汪辟疆：《唐人小說》，頁357。

在唐朝社會中，身分位階之束縛形成森嚴的枷鎖。社會中有良賤之分，良民中又有官與民之分，不同等級有不同規範，處於最下階層的賤民則承受社會之剝削最多，因此多思突破所屬階層，不以社會認定方式而突破原屬階層者，惶惑惴慄，深怕遭受拘執問罪，四處逃竄，如〈古鏡記〉中之鸚鵡，大行變惑，雖知神道所惡，然久為人形，羞復故體，執著於階層之突破，至死不渝。而亦有遵循的執著，如蕭穎士家僕杜亮，忠心耿耿，事主勤懇，一再遭狠戾主人毒打，而不知擇木，沉陷於愛主人之才華，卻不知愛自己性命，終因愚忠而喪命。

深陷愛情難遂的困境的主人公，一心陷溺執著求索，未能自其中超拔而出，最終亦以付出生命為代價。

遭逢生命中不同情況的困境，由上述情形可見，小說人物摧陷執著於困境之中，欲力圖改變卻又無法力挽，從而產生恚恨傷慟，而後終將成為斲傷生命的冤戾之氣。

第二章　轉化超越——尋求歸宿與接受命運

在唐人小說中遭逢生命困境的主人公，都有一段全力拼搏的過程，非僅坐困愁城，然而外在情勢實非人力能夠扭轉，或有主人公心有不甘，仍然執意求索，遂沉陷困境之中，摧折身心，甚或斲傷生命，付出的代價不可謂不大。或有主人公選擇不與困境做面對面的牴觸，另以其他的看待角度面對困境，超越困境對於自身的限制，進而尋找到安適的天地，從而發現其實並不需改變外在事實，而僅在於心態的轉變——此心安處是吾家。其作法有兩方面，一是自困境中另覓出路，尋找心靈歸宿；另一方法是將困境做合理的解釋，認爲困境乃來自不可知的神祕命運的安排，遂而接受困境，不復怨嗟，從而能走出困境，重新出發。

第一節　尋找心靈歸宿

當遭遇困境，山窮水盡坐歎途窮之時，此刻若心念一變，在「山不轉人轉」之後，即出現了柳暗花明、生意盎然的另一番生命光景，生命找到了屬於自己的出口。先秦時代，知識份子面臨困境時，旁觀者的勸勉、建議或當事者自己體悟出的對治方法，正提供了後世人們臨事時援引的資糧。在《論語·憲問》篇中，孔子擊磬於衛，荷蕢者經過聽到孔子擊磬，知孔子是有心人，既而一聽，又由音樂中聽出孔子有人莫己知的心聲，而有鄙視之意，勸孔子「深則厲，淺則揭」。〔註1〕荷蕢者以《詩經·衛風·匏有苦葉》之詩句，

〔註 1〕蔣伯潛：《語譯廣解四書讀本論語》，頁 227。

勸諭君子於道可行則行，不可則止，人莫己知，不需悲觀。在《楚辭・漁父》篇中，當屈原見放，行吟澤畔，形容枯槁時，尚標舉「舉世皆濁，我獨清；舉世皆醉，我獨醒」，漁父告訴他：「聖人不凝滯於物，而能與世推移。」即是希望屈原隨俗方圓，勿深泥困境。屈原仍舊答以：「吾聞之，新沐者必彈冠，新浴者必振衣，安能以身之察察，受物之汶汶者乎？」屈原之深哀巨痛，來自於堅持與困境做正面的牴觸，以自身為正義代表，與濁惡世界作全力的衝撞，因形勢差距懸殊，早已確知必定失敗，卻仍不甘失敗，因而無法自困境之中超拔而出。漁父聽後莞爾而笑，鼓枻而去，而歌曰：「滄浪之水清兮，可以濯吾纓；滄浪之水濁兮，可以濯吾足。」遂去，不復與言〔註2〕。漁父之於屈原的回答並不極力爭辯即是以實際行為對屈原的勸告，更希望屈原若不與困境做面對面的衝突，則困境終不能為害。道家重要思想家莊子亦以庖丁解牛，無厚入有間則遊刃有餘的處世智慧，提供後人遭遇困境時的另一選擇。

道家思想在唐代極受皇室與民間的尊崇，乃因李唐皇室具有胡人血統，卻受挫於注重門第閥閱的社會評價，是以追奉老子李耳為遠祖，以自高身分。道教亦被唐朝尊奉為國教，唐代皇帝多喜食丹藥，以求長生，而這類丹藥製造，正是道士們的專長，因而道士受到皇帝的寵信〔註3〕。因而道家守柔、不爭的思想與道教神仙幻想流行在書寫小說的士人思想中，於是唐人小說中，人物遭遇困境之時，常藉著道家與道教思想中的智慧之言或對神仙世界的嚮往，進由轉化心境，從而尋找到心靈的歸宿，終能安頓身心，不受生命困境之侵逼。

由唐人小說文本中，可以看到主人公遭逢生命困境時，尋求身心安頓的趨嚮有幾個途徑：仕途未能遂願則棲道歸隱，或派任處所無法如願，以遊心於藝尋求心靈歸宿，仕宦不如意時以善待物我生命以消解困厄之心境，更以神仙長生的幻想與追求對治人世之死亡威脅與仕宦不順之生命困境。本節將一一論述。

一、仕途未能遂願，棲道歸隱

唐朝開科舉士，給予寒門士人進入仕途的機會，舉國士人汲汲營營競奔於求仕之路。然而受限於僧多粥少之事實，出現各種不合正義的競爭手段，

〔註2〕宋・洪興祖：《楚辭補注》，（台北縣：漢京文化事業有限公司，1983年9月），頁179。

〔註3〕傅樂成：《中國通史》〈唐代的宗教與學術〉（台北市：大中國圖書公司，1984年12月），頁487。

眾多落第士人屢戰不勝，遂生發了「生世不諧，困頓未適」的嗟歎。〈枕中記〉中的盧生與〈南柯太守傳〉中的淳于棼在現實世界中俱是失意不得志，其後皆因在夢中經歷了整個人生，遍嘗人生中之高低起伏、寵辱窮達，而了悟人生如夢，進而以寡欲棲道消解生命困境。

〈枕中記〉篇中盧生自道士呂翁所授青瓷枕竅中經歷一生，娶甲族之女，赴舉及第，順利登仕，鑿河以濟不通，建立輝煌邊功，歸朝受到禮遇之際，卻遭當權者忌妒，謠言中傷，貶謫外地。不久復受重用，成爲執大政獻良策之賢相，復遭同列誣陷交結邊將圖謀不軌，在府吏捉捕時，盧生欲引刃自刎，妻子救而免一死，其他同遭構陷者皆受極刑，唯獨盧生爲中官所保，減罪而流放驩州。數年後，帝知其冤，平反復追爲中書令，封燕國公。生子五人皆官居清要，姻媾皆爲天下望族。後庭聲色，皆第一綺麗，得帝王所賜良田、甲第、佳人、名馬，不可勝數。其後衰邁乞致仕，不許。疾甚，帝王遣中人問候，相踵於道，而夢中盧生年逾八十，位極三事，筋骸俱耄得疾而薨。夢中死亡而現實世界之盧生方欠伸醒悟，當呂翁授以青瓷枕時，邸舍主人方蒸黍，而盧生醒來時主人蒸黍未熟。

盧生在一夢之間經歷一生，其間經過建功立業之諧適，也遭遇宦途險惡幾近於死亡，而終能富貴榮顯，似乎度過了整個眞實的人生，然卻僅是一夢，當夢中面臨死亡威脅時，最希冀的卻是守著五頃良田以禦寒餒的微薄願望，當功高望崇卻遭誣陷時，懷念的是「衣短褐，乘青駒，行於邯鄲道中」。生命之困頓與適愜原來是比較之下所產生的感覺，不管是「列鼎而食，選聲而聽」，或只是勤於畎畝以禦寒餒，一樣度過一生，經歷一生卻僅只爲一夢，夢如人生，人生如夢，何必計較於困與適。是以盧生自其中悟得「寵辱之道，窮達之運，得喪之理，死生之情，盡知之矣。此先生所以窒吾欲也，敢不受教。」稽首再拜而去。原先盧生因功名未建，未能改善家族經濟，與自我實現需求之尙未滿足而感到鬱悶困窘，藉由枕中一生的經歷，醒悟原來人生之寵辱窮達也必須付出代價，因而不再感到抑鬱不得志。由呂翁的道士身分與盧生表示願意接受呂翁「窒欲」的教導，看出盧生選擇道家與世無爭的態度，自汲汲營營的競爭場中退遁，不忮不求，安貧樂道。

而〈櫻桃青衣〉亦與〈枕中記〉有異曲同工的意味。〈櫻桃青衣〉中記述天寶中有范陽盧子，在都應舉，頻年不第，漸窘迫。某天黃昏經一精舍，有僧開講，盧生進入講筵聽講，睏極入夢，在夢中見一青衣攜櫻桃於精舍門下坐，盧生與青衣共食櫻桃，並同青衣聊其近親，方知青衣主人爲盧生「再從姑」，遂與青衣至阿姑家。姑之四子皆位列朝中高官，姑爲盧生婚娶甲族閨女，並悉與處置聘財、函信、禮席，結婚當夕，果然事事華盛，殆非人間。而妻子容色美麗宛若天仙。至秋試之時，姑又爲盧生悉力安排，謂：「禮部侍郎與姑有親，必合極力，更勿憂也。」遂順利擢第。應宏詞科考試時。姑曰：「吏部侍郎與兒子弟當家連官，情分偏洽。令渠爲兒必取高第。」放榜時果然又登甲科，授祕書郎。姑又云：「河南尹是姑堂外甥。令渠奏畿縣尉。」數月，敕授王屋尉。由應舉入仕授官皆一路順遂。其後經二十年，有七男三女，婚宦並舉，人生適意，後因出行至當年逢青衣之精舍，又入講筵禮謁，因以故相之尊頗得禮遇，後因昏醉良久不起，耳中聞講僧云：「檀越何久不起？」始而夢覺，見著白衫服飾如故，方悟「人世榮華窮達富貴貧賤，亦當然也。而今而後，不更求官達矣。」〔註4〕遂尋仙訪道，絕跡人世。

〈南柯太守傳〉中淳于棼是一嗜酒使氣，不守細行的游俠之士，因酒後言語忤逆主帥致遭斥逐。落魄而縱誕飲酒爲事。後因於宅南大古槐樹下沉醉致疾，友人扶歸臥於堂東廡之下，昏然忽忽，髣髴若夢。被自稱來自槐安國之使者迎入槐安國，成爲槐安國駙馬，並被任爲南柯太守，最爲意氣風發之時即是守郡期間：

> 守郡二十載，風化廣被，百姓歌謠，建功德碑，立生祠宇。王甚重之，賜食邑，錫爵位，居台輔。周、田皆以政治著聞，遞遷大位。生有五男二女，男以門蔭授官；女亦聘於王族。榮耀顯赫，一時之盛，代莫比之。〔註5〕

在最意氣風發之時，卻有他國來攻，因將領周弁輕敵冒進而嘗敗績，生囚周弁請罪，國王並赦，當月周弁疽發於背，卒。淳于生妻金枝公主遘疾，旬日又薨。生命中起伏落差極大，淳于棼以田子華代行南柯太守事，護喪赴國。因鎮守外藩時，與朝中豪門貴族交結親善，回到國都後，出入頻繁，與淳于棼交遊者無不賓服於他，權勢日盛，引起國王疑憚。又有人以天象預言國運之敗壞起於蕭牆，當時皆議論天象爲生之奢侈僭越之應驗，國王乃除去生之侍衛，禁止其交遊，並限制其出入自由。淳于棼自恃守郡多年不曾有敗政，卻引起怨恨悖逆之流言感到鬱鬱不樂，國王亦知之，遂遣淳于棼暫歸本里。

〔註 4〕 汪辟疆：《唐人小說》，頁 50。
〔註 5〕 汪辟疆：《唐人小說》，頁 105。

生醒寤後，發蟻穴得知所赴槐安國不過是蟻聚之國，而感受一生僅如南柯之浮虛，且由酒伴周、田二人之或暴卒或沉疾而悟人世之倏忽，遂栖心道門，絕棄酒色。

〈枕中記〉、〈櫻桃青衣〉與〈南柯太守傳〉三篇中俱以仕途難登的人物爲主角，經歷猶如人生之一夢，而得到「人生如夢」的啓悟，遂而不忮不求或棲道歸隱，改變人生之價値觀，不再以建功立業爲一生之追求，亦不再以功名未得而落落寡歡。對宦途屢遭蹭蹬的士人而言，原來求仕的熱切企望與虛幻美好的理想幻滅之後，對仕途生發的複雜情緒澄澱之後，看清楚貴極祿位，權傾國都，其實只是如同蟻聚一般，實不需要以名位驕於天壤之間。此是作者經過人生高低起伏之後更爲豁達超脫之見解，可用以寬慰仕途同遭坎坷的士人。就作者而言，其實亦是作者的書寫治療〔註 6〕。

二、派任處非所願，游心於藝

人物遭逢困境，總思爲生命找到出口，而尋找心靈歸向之處即是安頓心靈的舒適故鄉。唐人小說〈許雲封〉篇中韋應物「自蘭臺郎，出爲和州牧，非所宜願，頗不得志」。而篇中另一人物許雲封則故鄉本在山東任城，十歲時父母皆亡故後，至長安投靠外祖父李謩，跟隨舅舅們向外祖父學吹笛。自安祿山反叛，遭逢離亂，漂流南海近四十年。二人皆不得歸返故鄉，淪落天涯。

韋應物夜於舟中將吟諷屬詞時，忽聞雲封笛聲，韋應物洞曉音律，認爲雲封笛聲酷似天寶中梨園法曲李謩所吹之笛聲，召而問之，乃是李謩外孫。韋應物隨身帶有一笛，言是其乳母之子受賜於李謩。而雲封觀韋應物之笛，認爲是一枝好笛，卻認爲不是外祖所吹之笛。雲封妙精笛理，自笛之外觀能

〔註 6〕張火慶先生說：「唐傳奇的內容，主要是繼承六朝志怪而來，而風格上則別有創意，即寓含了深刻的人生哲理或情志欲望於怪異事蹟的背後。它們都基於對現實環境與遭遇的某些缺憾，不能淡然處之，而必須另謀出路，求取補償。因此，在作品裡表露的，不是如其本然的看待當前人間的實際情境，並調整自己去適應它。它們只是感到自我的生命才情於現實中不得舒展，又無足夠的權勢與力量來改變外在的處境，於是創作了一個幻想的世界來收容這些不合時宜，不安本分的情思，給自己的命運一次假想的轉機。」見氏著〈從自我的抒解到人間的關懷——小說（二）〉一文，收錄於劉岱總主編《中國文化新論・文學篇二・意象的流變》，（台北市：聯經出版事業公司，1983 年四月 2 版）頁 473 至 527。誠然如張火慶先生所說，作者即是藉由書寫而完成了一次對自己的心靈治療。

鑑別笛之優劣，並知取竹爲笛時，時間之早晚影響笛聲之窒浮，未期而伐之笛聲浮，外澤中乾，受氣不全，則其竹夭，已夭之竹，遇至音必破。韋公希望想確認雲封對笛子的鑑別是否屬實，令雲封吹此笛，即使吹破亦無所謂。而後「雲封乃捧笛而吹〈六州遍〉一疊，未盡，笛𩨊然中裂，韋公驚嘆久之，遂禮雲封於曲部。」韋應物之嗜好音樂，由多處可見，其一是聽雲封笛聲即認出似李謩所吹，再則是隨身攜帶似是李謩舊物之笛，又爲乳母之子學笛卻藝成身死而感悲嗟。職是，因而遇到音樂素養更爲高妙的許雲封，藉由對於音樂的深切愛好，韋應物之禮遇雲封，同時使淪落他鄉的兩人，在藝術天地中尋覓到心靈的故鄉，有所依止，轉化困境帶來之負面情緒，遊心於藝，從而使生命得到安歇。

三、仕宦不如意，善待物我生命

有時自身遭遇困境的同時，所遇人、物亦遭困境，當伸手救援其他生命時，從而亦超越困境而滌除了心靈中的負面情緒。如〈韋宥〉篇中韋宥的作法與韋應物禮遇許雲封的作法有類似之處。韋宥出牧溫州，內心忽忽不怡，在淺沙亂流，蘆葦青翠之處，見龍鬚如新絲箏弦纏繞於蘆葦叢中，「龍困淺灘」——正如韋宥處於懷才不遇的困境。韋宥以爲是箏弦，即付與家中樂妓，「試施於器，以聽其音」，這條被韋宥取得的箏弦「頗甚新緊」表示才具堪爲大用，卻被棄置，「以聽其音」正希望有人能聽有才具卻被棄置者的心聲，「試施於器」正是求爲採用的企望。韋宥將之奉水供養，微渺的龍鬚化爲雄健猙獰的巨龍，象徵置放在適當的所在則如魚得水，一展才具，如飛龍在天舒展於空，由於善待同遭不遇狀態的物種，使之脫離困境，從而韋宥的心靈與生命也隨之振發提升。

四、神仙長生幻想與追求

唐人小說中有不少對神仙世界之描寫，作者描摹神仙故事的心理動機是什麼？神仙故事對讀者又提供了哪些心靈的慰藉？本段試藉小說對神仙世界之描繪尋繹答案。居住於神仙世界，既無死亡威脅，又無須爭競於仕進之途，且其享受殊倍於人間，神仙眷侶則永奉懽好，完全不會遭遇到人世間終將觸及之生命困境，神仙世界及長生幻想是小說作者之理想境界，亦是小說中人物遭遇困境時所採取之心理超越方式，而神仙世界與長生幻想也帶給人世間更為寬闊高遠的嚮往，當人們遭遇困境時，似乎可以從虛幻不實的神仙幻想中得到心理慰藉。

唐人小說中〈古鏡記〉篇中，王勣自六合丞棄官歸，又將遍遊山水，以為長往之策。在《舊唐書》卷 192〈隱逸傳〉中云：「王績，字無功，絳州龍門人。隋大業中應孝悌廉潔舉，受揚州六合縣丞，非其所好，棄官還鄉里。」〔註 7〕王勣在仕途上之不得意，遂興起「抗志雲路、棲蹤煙霞」的神仙世界想望，而其所遊處之人物，如：異人張始鸞，授勣《周髀》、《九章》、《明堂》、《六甲》等書，《周髀》用以推算天文現象、《九章》屬於數學書籍，《明堂》是讖緯數術之書，《六甲》則是道教認為能役使鬼神的五行方術，此異人應屬於道教中人物。王勣又主動見道士許藏祕，此人自言「是旌陽七代孫，有咒登刀履火之術。」明顯是道教人物。其後有一奇異之士，廬山處士蘇賓，洞明《易》道，藏往知來，已經看出如寶鏡此等天下神物，必不久居人間，且預知宇宙喪亂，須趁仍有寶鏡護衛時，速歸家鄉。由志向與所交往的人物看來，王勣實是以神仙世界之追求來消解仕途不順遂之困境。

又如，〈聶隱娘〉篇中隱娘之決定「尋山水訪至人」，亦即遁歸到世俗世界之外。〈紅綫〉篇中紅綫亦決定「遁跡塵中，棲心物外，澄清一氣，生死長存。」雖遁跡紅塵之中，但遊心於自然，思慮澄清與元氣合一，就能無生無死，長生不老了。而〈陶尹二公〉中之古丈夫與秦宮女子更因不遇世，遭逢多次生命死亡威脅，遂逃遁深山，食松脂木實，且絕其世慮，乃得延齡。以上各篇之人物皆以逃遁現世，棲霞歸隱，做為人生之歸向。

神仙生活之所以為人類所企望，是因其滿足人類之生活享受與長生之企望，唐人小說中對神仙世界嚮往大致有以下幾個原因：

（一）神仙居住空間之想像

1、仙境縹緲

小說中多以五彩雲霧之絪緼烘托神仙世界之縹緲，如〈柳毅〉篇是「俄而祥風慶雲，融融怡怡，幢節玲瓏，簫韶以隨。……紅烟蔽其左，紫氣舒其右，香氣環旋。」〈張老〉篇乃「異香氤氳，遍滿崖谷」，又有「五雲起於庭中，鸞鳳飛翔」。仙境大環境之描寫為〈柳毅〉中的龍宮乃：「臺閣相向，門戶千萬；奇草珍木，無所不有。」〈崔書生〉篇則為「入邐谷三十里，山間有

〔註 7〕晉・劉昫等：《舊唐書》（台北市：鼎文書局，1976 年 10 月），頁 5116。

一川。川中有異花珍果，不可言紀。館宇屋室，侈於王者。」〈張老〉篇中則是「初上一山，山下有水，過水，連綿凡十餘處，景色漸異，不與人間同。忽下一山，其水北朱戶甲第，樓閣參差，花木繁榮，煙雲鮮媚，鸞鶴孔雀，徊翔其間，歌管寥亮耳目」。當崑崙奴告知此地爲張老家莊時，對凡人韋義方而言，自是感到「驚駭莫測」

而仙境尚有另一縹緲特質，即既已走出則難再重尋，凡人拜訪後返回人間，其後若欲再次尋訪，則已杳無蹤跡。如〈崔書生〉篇中崔書生進入仙境，與新婦相別嗚咽出門後，出了邏谷口，「回望千巖萬壑，無有遠路」，僅走出仙境，瞬間重尋無路。〈張老〉篇中韋恕思念韋女，首次韋義方於天壇南尋得張老家莊，由張老口中所言，已暗示韋義方其後將重尋不著，張老言：「此地神仙之府，非俗人得遊。以兄宿命，合得至此，然亦不可久居。」後來韋家又思念女兒，再遣義方往天壇南尋訪，「到即千山萬水，不復有路。時逢樵人，亦無知張老莊者。」韋家之認爲「仙俗路殊，無相見期」，即說出仙境之渺不可聞，凡人若無緣無份則難以至。

2、宅第華麗

小說中描寫之神仙居住宅第皆極其奢麗，如〈柳毅〉篇中龍宮之靈虛殿的建築則是：「柱以白璧，砌以青玉，床以珊瑚，簾以水精，雕琉璃於翠楣，飾琥珀於虹棟。」在〈裴航〉篇中，亦有神仙居處的描述，當裴航完成老嫗要求，而將議姻好之時，有車馬僕隸迎航而往，由裴航視角描述所見——「別見一大第連雲，珠扉晃日，內有帳幄屏幃，珠翠珍玩，莫不臻至，愈如貴戚家焉。」滿足了攀援高門的門第婚姻觀，與雲英結婚之後則「瓊樓殊室而居之」。〈張老〉篇中寫張老居處，由韋義方視角來描摹，引入廳堂則見「鋪陳之華，目所未覩……其堂沉香爲梁，玳瑁帖門，碧玉窗，珍珠箔，階砌皆冷滑碧色，不辨其物。」雕鏤之工、華麗之極，皆滿足凡人對生活居處之幻想。

（二）超越時空限制

1、長生不老

小說中神仙世界裡的神仙人物突破時間限制，毋庸受人壽短暫之催逼，如〈柳毅〉中：「春秋積序，容狀不衰」，「詞理益玄，容顏益少」。〈裴航〉篇中裴航在「餌以絳雪瓊英之丹，體性清虛，毛髮紺綠，神化自在，超爲上仙。」〈張老〉篇中韋義方尋訪張老與韋女，所見到的張老「儀狀偉然，容色芳嫩」，張老並對義方言：「人世勞苦，若在火中。身未清涼，愁焰又熾，而無斯須泰時。」而神仙長生不死的特質亦能澤被於結姻之家庭，如〈崔書生〉中崔書生所納新婦見疑爲狐媚，而自願請別，後有胡僧對崔書生表惋惜之意，言：「君所納妻，西王母第三女玉巵娘子也，……所惜納之不得久遠。若住得一年，君舉家不死矣。」神仙不受衣食居處需求之催逼，不需經歷出征服役之危險，又有特殊養生飲食，遂可長生不老，滿足人類離苦趨樂、長生不老的企求。人類對神仙世界的嚮往，是面臨生命困境時心靈意識所選擇的消解之方。

2、往來無礙

神仙除了能突破時間限制而長生不老之外，空間之遙遠亦不造成神仙世界的問題。兩地相距甚遙，須臾之間，倏忽往返，無所滯礙。如〈柳毅〉篇中當知龍女爲夫婿所薄，舅姑不念時，宮中皆哀詫慟哭，爲錢塘君得知，繼而「大聲忽發，天拆地裂，宮殿擺簸，雲烟沸湧」，乃見一面目猙獰之赤龍擘開青天而飛去。在柳毅懼怖，害怕難以活著回人間之時，洞庭君寬加慰留，俄而回復祥風慶雲，融融怡怡，已出現之前請託傳語的龍女。錢塘君述其往戰過程，行程之迅速，非人間可比擬，「辰發靈虛，巳至涇陽，午戰於彼，未還於此」，中間尚且馳至九天，以告上帝。〈張老〉篇中，張老與韋女乘鳳，由王屋山至蓬萊山一遊，於倏忽之間可得往返。

（三）神仙人物描繪

1、人物標緻

神仙世界之人物亦被塑造爲現實世界中所企望的理想完美型態，其中對女子的描摩，如〈裴航〉篇中與裴航同船的樊夫人，其實是劉綱仙君之妻雲翹夫人，在船上裴航多次求見而不可得，其後以名醞珍果獻之，夫人乃使青衣召航相見。當揭開帷幕之時，裴航所見之樊夫人爲「玉瑩光寒，花明麗景，雲低鬟鬢，月淡修眉，舉止煙霞外人，肯與塵俗爲偶。」而在藍橋驛，渴甚求漿，得飲味美氣馥之玉液，還甌時，出於好奇而莽撞地揭開葦箔，見遞漿之女，即是樊夫人之妹雲英，「露裛瓊英，春融雪彩，臉欺膩玉，鬢若濃雲，嬌而掩面蔽身，雖紅蘭之隱幽谷，不足比其芳麗也。」〈張老〉篇中，韋義方見張老家中「十數青衣，容色絕代」。〈崔書生〉中崔書生所納新婦，其母言「妖媚無雙」，胡僧亦對崔書生言所納新婦之姐亦負美名於仙都。於男子則寫其容顏永保年少青春，如〈張老〉篇中，韋義方見張老「儀狀偉然，容色芳嫩」。〈柳毅〉中柳毅是「容狀不衰」、「容顏益少」。

2、言詞玄遠

神仙世界中人物外貌則標緻年少，而內在由吐屬言詞可得窺見，多表現爲自塵世遁避，守柔不爭。如〈柳毅〉篇寫柳毅「詞理玄遠」，柳毅對薛嘏說：「無久居人世，以自苦也。」〈張老〉篇中，張老對韋義方說：「人世勞苦，若在火中。身未清涼，愁焰又熾，而無斯須泰時，兄久客寄，何以自娛？」〈裴航〉中裴航友人盧顥問如何得道，裴航答曰：「老子曰：『虛其心，實其腹。』今之人，心愈實，何由得道之理。」然盧顥懵然未能解其意，裴航又說：「心多妄想，腹漏精溢，即虛實可知矣。凡人自有不死之術，還丹之方，但子未便可教，異日言之。」盧子知不可請。仙胎凡骨於道用心不同，因此能得道成仙並非易事。再則神仙世界之人物多能預知未來，如〈張老〉篇中，張老家崑崙奴對義方說：「大郎家中何如？娘子雖不得歸，如日侍左右。家中事無巨細，莫不知之。」〈聶隱娘〉中養教於奇尼之手，具有修道人色彩的聶隱娘能看出劉縱有大災，不合適此，需火急拋官歸洛，方脫此禍。

3、蹤跡渺茫

神仙世界非有緣有份，不得而入，且重尋難得，而神仙人物亦是蹤跡渺茫，不易捉摸，小說中多半以不知其蹤爲結束。如〈裴航〉篇中言裴航「後世人莫有遇者」。〈聶隱娘〉篇「自此無復有人見隱娘矣」。〈崔煒〉篇崔煒其後散金破產，棲心道門，「後竟不知所適」。〈陶尹二君〉篇中陶尹二公所遇之古丈夫與女子，「但絕超然，莫知其蹤去矣，旋見所衣之衣，因風化爲花片蝶翅而揚空中。」〈張老〉篇寫「後不復知張老之所在」。〈柳毅〉篇則因帝王屬意神仙之事，向柳毅求索道術，「毅不得安，遂相與歸洞庭，凡十餘歲，莫知其跡」。而後又於晴天白晝在洞庭出一碧山，柳毅居於山中宮闕，與薛嘏會見，歡宴畢，嘏辭行，自是已後，遂無影響。而薛嘏吃過柳毅所贈藥丸，四紀之後亦不知所在。

（四）神仙生活享樂不盡

1、飲食延齡

神仙之飲食則美味豐潔，〈柳毅〉篇中寫飲食乃「具以醪醴，羅以甘潔」。〈裴航〉篇中裴航於藍橋驛先飲過雲英所奉之漿，其味道異香氤鬱、透於戶外，裴航認爲眞玉液也，而與雲英婚後則是「餌以絳雪瓊英之丹」。〈張老〉

篇中則「有頃進饌，精美芳馨，不可名狀」。而經食用這種特別的食物之後，也能延長生命或妖邪遠辟。如〈柳毅〉篇中柳毅餽遺表弟薛嘏五十顆藥丸，並告訴薛嘏「此藥一丸，可增一歲耳。」〈崔煒〉篇中，崔煒因被任翁追殺，慌亂逃竄中掉落一巨穴，巨穴中有一石臼巖，上有物滴下，如飴蜜，注入臼中，當時崔煒飲後亦不飢渴，亦因如此，其後崔煒亦得以「肌膚少嫩，筋力輕健」。〈聶隱娘〉篇中聶隱娘看出劉縱將臨災禍，於是出藥一粒，令縱吞之，並告知藥力可保一年免於受災難。前文曾述裴航雲英所食為「絳雪瓊英之丹」，因而得以「體性清虛，毛髮紺綠，神化自在，超為上仙」。〈崔書生〉篇中崔書生納新婦之後，經月餘，忽有人送食於女，甘香殊異。而不屬於神仙集團，自行逃遁紅塵，至深山求道者，所取食物則糙糲無比，但是同具延年益壽之效。如〈陶尹二君〉中陶尹二君向古丈夫求問是否有金丹大藥，可使朽骨腐肌得資麻蔭，古丈夫答以因食木實，乃得凌虛，不知金丹大藥為何物。又告以食木實之法：「余初餌栢子，後食松脂，遍體瘡傷，腸中痛楚。不及旬朔，肌膚瑩滑，毛髮澤潤。未經數年，凌虛如有梯，步險如履地，飄飄然順風而翔，皓皓然隨雲而昇。」臨去之時並授陶尹二君萬歲松脂與千秋栢子，希望二君亦食之而得以出世。

2、歌舞壯奇

神仙世界中，舞蹈音樂之享受亦勝於人間帝王，〈柳毅〉篇中記「初，笳角鼙鼓，旌旗劍戟，舞萬夫於其右。中有一夫前曰：『此〈錢塘破陣樂〉。』旌傑氣，顧驟悍慄，坐客視之，毛髮皆豎。復有金石絲竹，羅綺珠翠，舞千女於其右。中有一女前進曰：『此〈貴主還宮樂〉。』清音宛轉，如訴如慕，坐客聽之，不覺淚下。」在〈張老〉篇中張老與韋義方相見時，背景由視覺與聽覺感觀配以「五雲起於庭中，鸞鳳飛翔，絲竹並作」。張老及韋女乘鳳出遊蓬萊山，漸上空中時，猶隱隱聞音樂之聲，黃昏時稍聞笙簧之音，倏忽復到。〈崔書生〉篇中則記「召女樂洽奏，鏗鏘萬變。」〈枕中記〉中盧生所希望功成名就之後，「列鼎而食，選聲而聽」的希望，皆可在神仙世界中得到滿足。

3、珍寶盛美

神仙世界中其財物似乎取之不盡、用之不竭，且珍奇華貴不可描摹。〈柳毅〉篇中，龍宮神仙為答謝柳毅之恩，餽贈給柳毅之物是「洞庭君因出碧玉箱，貯以開水犀；錢塘君復出紅珀盤，貯以照夜璣，皆起進毅。」其他「宮中之人，咸以綃彩珠璧，投於毅側。」其外觀之華麗與數量之龐大，則是「重疊煥赫，須臾埋沒前後。」至柳毅出洞庭到岸上，所獲贈珍寶尚須從者十餘人，擔囊以隨。珍寶之貴重則是：「適廣陵寶肆，鬻其所得，百未發一，財已盈兆。」〈張老〉篇中張老贈韋女兄二十鎰黃金，又予一故帽可持以向揚州北邸賣藥王老家取一千萬，後數年，張老家崑崙奴又予韋義方黃金十斤。〈崔書生〉中新婦臨別時贈崔書生一玉盒子，後崔書生鬻於胡僧，得值百萬。〈裴航〉篇中，裴航婚後遇友人，贈友人藍田美玉十斤，紫府雲丹一粒。

神仙世界讓人嚮往的原因，由以上可見：居處則優雅清靜，不受紅塵擾攘。所用所食一切豐美不虞匱乏，不受時間久暫與空間遠近之限制。人物則是絕代殊色或容貌不衰，且能預知未來，人類將遭遇之生老病死、仇恨悲怨盡皆泯除，遂成為人人心中最為企望嚮往的歸宿。

第二節　接受命運安排

唐人小說中，當人物遭逢困境而無法力挽時，有時即以「定命」的觀念做解釋，得以寬慰遭受不合理或不滿意之困境的哀慟心緒。大凡人類遭遇人力難以挽回的困難，則委之於不可知的神祕力量，進而接受神秘力量的安排，在中國即將神秘力量的安排稱為「天命」。天命思想〔註 8〕在古代中國即是一個普遍的原始信仰，即如於帝位、官祿、位階、年壽、婚姻，若人們努力之後無法達到心中的期待，則認為皆因冥冥之中已有不可違抗的力量早做安排。而唐人小說中多定命的文本，如趙自勤的《定命錄》、溫畬的《續定命錄》、鐘輅的《感定錄》與《前定錄》以及分散在其他筆記小說、志怪與單篇傳奇中，皆有定命的思想。然而作唐人小說中之定命研究者，常會提到小說中的定命思想是因唐代佛教盛行的關係〔註 9〕，但是卻非的論。在此擬從兩個方向

〔註 8〕勞思光先生說：「古代中國，『天命』自是一普遍信仰。但孔孟立說，皆不以原始信仰為依據。中庸有『天命之謂性』之說，正見其與孔孟思想方向有異：蓋中庸大致出於秦漢之際，此時原始信仰因文化上之大破壞而重現，各種非儒學之觀念亦相繼與儒學混合，終有漢代之『天人觀念』出現。中庸之形上學系統原屬此一儒學變質時期之產物，未可強視為孔孟所代表之先秦儒學之『發展』也。」見氏著《新編中國哲學史》（台北市：三民書局，1984 年 1 月）。頁 200

〔註 9〕陳玲碧在《唐人小說中的定命觀研究》一文中先說：「佛家語『宿命』一詞，是指過去世之生涯，認為世人於過去世或為天，或為人，或為惡鬼、畜牲，或為地獄眾生，展轉輪回，雖升沉異趣，苦樂懸殊，而有生命則一，故謂之宿命。」此說法實出於熊鈍生主編《辭海》（台北市：臺灣中華書局，1980

爲之釐清：一是定命觀念須遠溯存在於中國遠古本有的「命」、「天命」等說法，二是釐清佛教並無定命思想。至於出現在唐人小說中的定命觀念是因唐代士人將道教思想、佛教思想與遠古原始天命信仰混淆後所致之結果。

一、天命、定命與宿命觀念之意義與釐清

首先，從「命」字察考定命論之起源與演變，《說文解字》：「命，使也，从口令。」段玉裁注：「令者，發號也，君事也。非君而口使之是亦令也，故曰：命者，天之令也。」〔註10〕命从口令，最初本意指的是發號施令，即「命令義」，在《尚書・堯典》：「乃命羲和，欽若昊天。」其中之「命」即是「命令、任命」之意。《尚書・甘誓》：「汝不恭命」與「用命，賞於祖；弗用命，戮於社」中的命亦同指「命令」。

但同爲《尚書・甘誓》篇中之「天用勦絕其命」則出現不同意義，指的是「天命」，此處的「天命」是指「上天所給予的國運」。

在《尚書・湯誓》中「有夏多罪，天命殛之」，此處「天命」表示「上天命令我」，與《尚書・大誥》中「矧曰其有能格知天命」此處「天命」是指「上天意旨」，即是天具備了意識，其實是統治者假神道設教。而《尚書・西伯戡黎》中紂王認爲「我生不有命在天？」此處紂王認爲自生下來成爲帝王早已是命中注定，此是「命定」的說法，即是上天是有意志的人格天，且可主宰人事。《詩經・召南・小星》：「肅肅宵征，夙夜在公，實命不同。」又「肅肅宵征，抱衾與裯，實命不猶。」此處之「實命不同」，「實命不猶」指的是「命定」的環境而言〔註11〕。

年）。1438頁，其意與佛學術語之解釋大致相同。而對「宿命論」則說：「『宿命論』一詞，則謂一切事物，皆依照預定之命運而發生，爲人力所莫能更變者。在此層次上，『宿命論』與『命定』有著相同的意義。而『宿命論』在佛教的因果輪迴的環扣下，較『定命』意義更斬釘截鐵。」此一說法一出自於《辭海》1440頁，在佛學辭典則未見此一名辭，陳玲碧又說：「佛教語『宿命』一詞，雖亦含有凡人世一切早已前定之涵義，卻經常附帶因果之宗教宣傳。」則前後說法有些相左，前引《辭海》謂「宿命」之意即是生生世世輪迴，不論生於哪一道，則有生命則是一致的，而後來又說宿命含有凡人世一切早已前定之涵義，按此說法應是「宿命論」的意義。此文是輔仁大學80年中國文學研究所碩士論文。

〔註10〕清・段玉裁：《說文解字注》（台北市：黎明文化事業股份有限公司，1980年10月5版），頁57。

〔註11〕勞思光：《新編中國思想史》，頁99。

《禮記・表記》曰：「殷人尊神，率民以事神，先鬼而後禮……周人尊禮尚施，事鬼神而遠之。」〔註12〕殷人認爲「命在天」，因此重視祭拜「帝」，「帝」是殷人的至上神，是有意志的人格神，認爲帝的權威具有絕對性，「帝命」即是天意，天命是最高的命令。周人伐紂，取得政權，爲了表示取得的合法性，極力對殷人表示周人取得政權亦來自天命，是秉承上帝的意志廣施德教。但是另一方面卻對周王室成員強調「天畏棐忱，民情大可見」（〈康誥〉）〔註13〕、「天棐忱辭」（〈大誥〉）〔註14〕，明白的清醒的表示天命不可靠，隨時會因民情之向背而改變。因而進一步要求王室成員「往乃盡心，無康好逸豫」（〈康誥〉）〔註15〕，以殷絕國祚做爲前車之鑑，言：「我不敢知，曰有殷受天命，惟有歷年；我不敢知，曰不其延，惟不敬厥德，乃早墜絕命。」（〈召誥〉）〔註16〕於是再更進一步要求如果要讓周王室國祚綿長，則「肆惟王其疾敬德，王其德之用，祈天永命」。（〈召誥〉）〔註17〕於是開啓尊崇德行之人本思想，孔孟天命思想著重人事之積極作爲亦由此開啓，因此周初與孔孟的天命思想與唐人小說中命定觀念是不同的路數。

而《尚書・洪範》是周武王滅殷之後，訪殷遺臣箕子，箕子向武王陳述治國安民之大法，提出洪範九疇，其中第七是稽疑，即是設置卜人與筮人，告知以事而卜筮之。第八是庶徵，即是大自然各種現象即是人事表現的相應，君王須時時考察官員的治績。由卜筮之預知吉凶與休徵咎徵之反映人事見出殷人崇敬鬼神、信任天命的觀念，由此開啓了漢儒董仲舒「天人相應」的學說。漢武帝問董仲舒天人三策，其一爲：「三代受命，其符安在？災異之變，何緣而起？」董仲舒曰：「臣僅案春秋之中，視前世已行之事，以觀天人相與之際，甚可畏也。國家將有失道之敗，而天迺先出災害以遣告之；不知自省，又出怪異以警懼之，尙不知變，而傷敗乃至。」政治失道，天可出災異以示警，表示天爲有意志的人格天。〔註18〕武帝所問第二策，與養士尊賢有關，涉及天人陰陽較少。第三策則專論天人相應。除了對策之文外，董仲舒的天

〔註12〕王夢鷗：《禮記今註今譯》，頁858。
〔註13〕吳璵：《新譯尚書讀本》（台北市：三民書局，2001年），頁137。
〔註14〕吳璵：《新譯尚書讀本》，頁127。
〔註15〕吳璵：《新譯尚書讀本》，頁137。
〔註16〕吳璵：《新譯尚書讀本》，頁165。
〔註17〕吳璵：《新譯尚書讀本》，頁165。
〔註18〕請參見勞思光：《新編中國哲學史》，頁23。

人關係論，亦表現在《春秋繁露》書中，勞思光認爲：「以人應天，故認爲人之身體，亦與天象相應；人間之制度（如官制）亦須應天象之數；政權之得失由於天意；天意又表現於災異祥瑞之中。」〔註 19〕天意表現於災異祥瑞之中承尚書洪範庶徵之說，而政權之得失由於天意，則屬命定之說。但天人相應觀念中有其積極說法，即是他認爲危亂由於任其非人，而不由於道本身之亡，並認爲人君能努力繇道而行，則治。

漢代讖緯學之興盛，原始天命思想再度藉以還魂。程發軔先生認爲自漢武帝罷黜百家，一宗孔子，方士之流，欲售其術，乃援飾經文，雜以讖緯。而「方士」推其源乃來自於將天文星象做災異之說陰陽家之徒，復加入五行之說與方士神仙之術，以迎合世主。於是王莽稱引符命，惑世誣民；光武以符籙受命，用人行政，惟緯讖是從。讖者驗也，立言於前，有驗於後，故謂之讖。緯者，經之支流旁義，非聖人之言，卻假託孔子「河不出圖」之嘆，以僞亂眞，竄入經義。其中「有命自天，迺稱符讖」〔註 20〕，圖讖之興盛，是爲迎合人主取得帝位之合理解釋，然而對世人的影響卻是帝位乃來自天命的定命觀念深植百姓心裏。

而東漢王充的命定論則批判天人相應之僞儒學所主張的天命的虛構性。當時的儒學，從天人感應論的立場出發，強調天的有意志性和有目的性，主張自然界以及人類社會發生的所有現象，都是天這種能主宰且人格化的神與人之間感應的結果。對此，王充以自然天道論爲基礎，主張天不以任何意識和目的而存在，天只是按客觀法則而運行的自然而已。王充的命定論則以天道論爲基礎，認爲人的命或氣，在此自然法則中根據自然無爲的活動而誕生時，必然會按給定的存在於人生之中。更明白的說即是，人剛出生時就已經命中注定，後天的任何努力也改變不了這個命。並且他認爲漢代一般流行的善因善果、惡因惡果的道德因果律是錯誤的。乃因王充自己經歷過社會上不合善惡果報因果律的對待，是以堅決認爲德行、才華和富貴之命並不一致。如《論衡‧命祿》言：「世俗見人節性高，則曰：『賢哲如此，何不貴？』見人謀慮深，則曰：『辯慧如此，何不貴？』富貴有命祿，不在賢哲與辯慧。故曰，富不可以籌策得，貴不可以才能成。」〔註 21〕他認爲富貴與人之賢明或

〔註 19〕勞思光：《新編中國哲學史》，頁 25。

〔註 20〕請參見程發軔：《國學概論》（台北市：正中書局，1993 年），頁 74 至 79。

〔註 21〕韓復智：《論衡今註今譯》（台北市：國立編譯館，2005 年），頁 70。

才能毫無關係，已經有給定的命祿。並且認爲，即使通過才幹或努力能夠獲得富貴，由於全部的命運已經由命祿所決定，是以不能繼續維持獲得的富貴，如《論衡．命祿》：「命貧以力勤致富，富至而死。命賤以才能取貴，貴至而免。才力而致富貴，命祿不能奉持。」〔註 22〕以上是指命運的必然性。而《論衡．逢遇》：「操行有常賢，仕宦無常遇。賢不賢，才也；遇不遇，時也。才高行潔，不可保以必尊貴；能薄操濁，不可保以必卑賤。或高才潔行，不遇退在下流。薄能濁操，遇在眾上。……進在遇，退在不遇。處尊居顯，未必賢，遇也。位卑在下，未必愚，不遇也。……或無道德，而以技合。或無技能，而以色幸。」〔註 23〕此處則說明遇與不遇，不是必然性的結果，只不過是偶然性的結果。這在當時舉用人才方法（孝廉選舉制度）與官僚制度的不合理，王充親自經歷，而由自己的與多數他人的命運歸結出命之必然性與偶然性之特質。是以王充之命定思想更爲斬釘截鐵的認爲人出生即已有自然法則所給予的命運，與自己的努力無關。

唐人小說中的定命觀起源於遠古的原始信仰，尋繹文本中能預知後事的人物皆具陰陽家的色彩，如《前定錄．李相國揆》中「宣平坊王生善易筮」、《前定錄．陸賓虞》中「常有一僧曰惟瑛者，善聲色，兼知術數」、《前定錄．延陵包隰》中描寫有人墜落樹穴中卻尋得一石上有小篆所寫正是預言某日某人穴中之事，此模式與漢代圖讖有異曲同工之妙，文本中亦多有夢中預知後事、望氣〔註 24〕、相骨、日者等，實出自於陰陽數術之學。小說中所言之卜筮，使用極早，在殷周時代即以卜筮預知吉凶；而術數之學則上推羲和歷象日月星辰敬授人時，且包含陰陽五行之說，戰國末年，陰陽五行之說興盛，又漸與卜筮合流，至秦焚書而獨存陰陽五行之說。至於小說中的圖讖，勞思光先生說：「早期社會均有圖讖一類之預言，中國古代自不能免。但由於陰陽五行之說爲一切預言立一理論基礎，故言圖讖者必接受陰陽五行之說。漢代

〔註 22〕韓復智：《論衡今註今譯》，頁 80。

〔註 23〕韓復智：《論衡今註今譯》，頁 4。關於王充之命定論，請參見金東敏：〈關於王充命定論的二重結構（制度）的考察〉《當代韓國》2004 年春季號，頁 18 至 23。

〔註 24〕《定命錄．李淳風》篇載「武后之召入宮，李淳風奏云：『後宮有天子氣。』」《定命錄．蔣直》篇載「天寶十二載，永嘉人蔣直云：『郡城內有白幕。』」〈虬髯客傳〉載虬髯客對李靖曰：「望氣者言太原有奇氣，使訪之。」〈崔書生〉中亦有胡僧望氣知崔書生有至寶。以上篇章中皆提及「望氣」。

經生對於預言特別重視，因此無不喜言圖讖。陰陽五行之說遂通過圖讖而深入人心。」〔註 25〕唐人小說中又多以夢中預知後事的方式傳達定命的觀念，占夢之說亦屬術數的範圍。而在《漢書・藝文志》中列入術數有六種：其一爲天文，由星宿紀吉凶之象，聖王所以參政。其二爲歷譜，序四時之位，正分，至之節，會日月、五星之辰，以考寒暑殺生之時，此聖人知命之術。其三爲五行，是五常之形氣。其四爲蓍龜，易曰：定天下之吉凶，成天下之亹亹者，莫善於蓍龜，故君子將有爲也，問焉，而以言，其受命也如嚮。其五爲雜占，紀百事之家，候善惡之徵，占事知來，占夢爲大。其六曰形法，大舉九州之勢，以立城郭室舍，形人及六畜骨法之度數，器物之形容，以求其聲氣貴賤吉凶，猶律有短長，而各徵其聲，非有鬼神，數自然也。〔註 26〕是以唐人小說中的定命思想實源自陰陽數術之說，與陰陽數術說關係極爲接近。范壽康先生認爲我國道教包含三種要素，及老莊哲學、神仙之說與張陵之教，神仙之說與鄒衍的陰陽五行說互相結合，張陵則依據神仙學說書籍組織他的宗教團體，道教最高的目的在於長生與登仙〔註 27〕，唐代尊崇道教爲國教，且帝王好長生之道，與能煉製丹藥的道士往來密切，由於道教的興盛，定命的觀念遂流行於唐代社會。

以上略論先秦以至東漢的天命與命定觀與唐代定命觀流行的原因。而佛教一直被誤解有宿命論的思想，應該是源於對宿命一辭的誤解。佛教對宿命的解釋是：「宿命：宿世之生命也。佛謂世人於過去世皆有生命，或爲天、或爲人、或爲惡鬼畜生，展轉輪回，謂之宿命。」〔註 28〕宿命即是過去世的生命，故而能知過去世生命在六道之中哪一道者，謂之宿命通。一般人直覺的認爲宿命即是命定，即命運已經天定之意，從而認爲佛教主張宿命論。實際而言，佛教不但認爲宿命論爲邪見，即連神意論與機運論亦皆是邪見。〔註 29〕宿命論是將今

〔註 25〕勞思光：《新編中國哲學史》第二卷，頁 16。

〔註 26〕請參看程發軔：《國學概論》〈兩漢學術〉數術略簡表（台北市：正中書局，1993 年 2 月）。中冊，頁 43。

〔註 27〕請參看范壽康：《中國哲學史綱》〈魏晉南北朝的哲學・道教組織的完成〉，見氏著《中國哲學史綱》（台北市：台灣開明書局，1987 年 1 月），頁 186 至 200。

〔註 28〕《佛學辭典》（台中市：台中蓮社，1990 年 11 月）。頁 1247。

〔註 29〕佛日在〈佛學對宿命論等的破斥〉一文中說：「佛學從緣起法則出發，闡明業力因果，強調善惡有報、業惟心造，對宿命論等不符合緣起法的「異論」邪見，進行了破斥批判。《增一阿含經》說世間有三種邪見，信之者即使德行無虧，也必然對自己的行爲不負責任。這三種邪見是：一、認爲人的苦樂貴賤

生一切果報之因全部歸諸宿業，此違背了緣起法因果念念相續、念念有新因能生果報的規律，違背了果依眾緣，報通三世，非一切果皆由宿因，尚有現因生現法果的定律。神意論，在印度婆羅門教之一神教中認爲天地萬物及人類都是一至上神——自在天的作品，人類的命運即由此神的意志所主宰決定。在某些中國人心中認爲能決定人命運的老天、上蒼，也具有這種至上神的性質。此說之謬誤在於信仰自在天者並非皆幸福，而不信仰自在天者如佛教徒、無神論者，也有過得很幸福的。又如果一切皆是自在天創造主宰，則眾生的善惡苦樂，應不做而自來，人不需勞苦工作，便坐享現成，只需祈禱仰賴神恩，一切持戒行善皆成了多餘之舉，此說否定了人的自由意志和主觀能動性的發揮。而機運論，認爲人命運決定於運氣、機會，純屬偶然，如王充所持的偶然性。南朝反佛者范縝即認爲人之有貧富貴賤，就像樹上的花，隨風而墮，有的落在茵席上，有的落在籬笆牆頭，有的還落在廁所糞坑中。此說謬誤在於違背緣起法則最基本的因果相續而生、果必有因的規律。機運論與宿命論及神意論一樣，也有貶抑人主觀能動的作用。由此可見佛學是依理性推論，破斥邪見，論證善惡有報爲自然規律，倡言果爲業感、業由心造，苦樂等際遇唯是自作自受，命運係由自己創造，完全可由自己主宰，且責任承擔者亦歸於行爲主體自身〔註 30〕。則佛教不主張宿命論者，明矣！

對於唐人小說中有佛道混淆的情形，在此亦稍加釐清。唐代佛教、道教昌盛，但是士庶卻不見得確知佛道思想，如古文運動重要人物韓愈，其闢佛的理論，主要以傳統的儒家思想爲依據，迎佛骨與諫迎佛骨實是佛教徒與儒教徒的衝突，韓愈對佛學並無深刻認識，闢佛所持的理論是認爲佛教來自夷狄，非先王之教，不宜崇信；且認爲佛教僧尼不事生產，爲社會所供養，是對庶民的剝削。因士人對於佛道思想之未能確知，職是，出現在士人所書寫的小說文本中，亦多佛道混淆之處。在《般舟三昧經》載佛言：三皈依的佛

等際遇純粹由前定的宿命論；二、認爲人的命運都由神的安排的神意論；三、認爲人的命運純由機會運氣決定的機運論。《雜阿含經》卷三載佛破斥這三種外道之說爲邪見。此類邪見，佛典中歸之於「邪因論」。——其所以決定人命運的原因，是錯誤的、片面的、不正確的。據佛經講，此類邪見，是當時印度的修道者們各依禪定中所發宿命通的不究竟直觀，加上推理不當而陷入理論誤區。此類邪見，不僅當時，就是在現代社會，持之者尚大有人在。」

〔註 30〕 參考並摘錄佛日：〈佛學對宿命論等的破斥〉《法音論壇》(未註明年份與期數)頁 10 至 12。

弟子，「不得拜於天，不得祠鬼神，不得視吉良日。」〔註 31〕但是唐人小說中常出現帶有陰陽家色彩的僧人，如〈崔書生〉篇中的胡僧能望氣，知崔書生有至寶。《前定錄・陸賓虞》亦寫一僧兼知術數。〈秀師言記〉中神秀身爲寺僧卻曉陰陽術，又雖能預知後事，卻不能以因果業報改變命運，且爲尚遙遠之死亡泫泣，並要求藏骸於能盡觀上元佳境之處，其中違離佛教思想處多矣。同篇中崔晤死後，遺一孤女，由崔晤異母弟妻殷氏照護，而殷氏號大乘，又號九天仙，蔡守湘即說：「大乘即大乘佛教，九天仙即九天玄女，亦稱九天娘娘，道教中的女神。殷氏既以佛學教派爲號，又以道教女神爲號，反映了唐代社會佛道合一的宗教現象。」〔註 32〕〈圓觀〉篇中圓觀爲洛陽惠林寺僧，然卻與李源至道教聖地青城山訪道求藥。〈聶隱娘〉中聶隱娘養成於女尼之手，卻又能知未來且有保命丹藥。以上篇章皆反映出唐代佛道混淆的情形，道教承繼陰陽數術發展而來，道士具陰陽家色彩，尚可理解，由於佛道的混淆，使僧尼亦具備如陰陽家的能力，遂造成至今，講到宿命論，多數人皆認爲是佛教的說法。

二、唐人小說中以定命觀消解人生困境

雖說定命論有其消極意義，然而卻普遍地存在古今中外，雖多經佛教學者及哲學家批判辯駁，卻仍爲一般人民採信，原因在於定命論以其麻痺僵化的作用使人們以爲事已前定，或已由不可抗拒之力量所主宰，進而接受命運，而減輕遭遇困境伊始的傷痛情緒。唐人小說中以定命觀做爲解釋困境的篇章，有的出自於小說中人物之口，有的則出自於敘述者。

以定命觀爲主要內容的文本，多有卜者、日者、善相者、善骨法者、以夢預知後事的內容，而其所問或所夢內容不外年壽、祿位與婚姻，可看出此三者是人們所關心卻又難以掌控的事情。人們對未來之事多想預先知道，其原因應是若事先知道，則遭遇時多能安於定命，或知命不該絕而力圖存活。《感定錄》、《前定錄》、《定命錄》與《續定命錄》文本中的例子大多具有一個相似的故事進行模式，即是先由夢中或由善相者、望氣者、日者、陰司官吏知道某人未來的官位、祿份、飲食、年壽與婚姻的情形，而後一一徵驗，後再以此而謂有定命以概括之，因此從中可以考察出唐人小說中的定命觀，而前

〔註 31〕佛日：〈佛學對宿命論等的破斥〉頁 11。
〔註 32〕蔡守湘：《唐人小說選注》頁 680。

人亦有這方面的研究〔註 33〕。而此處則在呈現當小說中人物遭遇困境時如何採取定命觀來說服自己，由命運前定從而接受困境的事實。

（一）遭遇死亡威脅，以定命觀消解悲傷

唐人小說中或有人物遭遇死亡威脅，已先知生死有命，而稍減面臨死亡的哀慟情緒，或者先行將後事作一安排。

如〈圓觀〉篇中圓觀對於生死的輪迴亦經幾番辯證，先是「爭此兩途，半年未訣」，表示尚未能接受定命之安排；再言「行固不由人」，則是接受定命的安排；當見王姓孕婦時卻望而泣下，仍顯不捨此生；終而知如釋氏所言循環，當他說「今既見矣，即命有所歸」，表示已經接受生死輪迴，繼而具其湯沐新其衣裝，接受生死循環之安排。由圓觀轉世的牧童歌詞中：「三生石上舊精魂，賞月吟風不要論。慚愧情人遠相訪，此身雖異性長存。」〔註 34〕了解圓觀之接受死亡其實應說來自於佛家的生死觀。王瑤在《中古文學史論》中講到文人與藥的關係，提到了佛教與道教的死亡觀之不同，他說：「佛教和道教對於人死後說法最重要的差別，就是輪迴。……道教承認有鬼，且能具人之形狀，但並沒有說可以『輪迴』，……『精靈不滅』、『生死輪轉』之說，從漢代起，就成了佛教的重要信條。」王瑤又引晉時羅含所做的《更生論》中所述人的生死是神與質之離合聚散，且合之必離，離之必合，聚之必散，散之必聚，得出一結論曰：「這是佛教徒的生死觀，給自己面前擺了一個『必聚必合』的希望與信仰，自然對死亡感到不恐懼了。」〔註 35〕因此圓觀接受死亡，與其說接受定命論，不如說是接受生死輪迴的佛教生死觀。〔註 36〕

〈秀師言記〉中之秀師為京師薦福寺之寺僧，曉陰陽術，得供奉禁中，

〔註 33〕如陳玲碧：《唐人小說中的定命觀研究》（輔仁大學中文研究所碩士論文，1991 年）。及詹麗莉《唐傳奇女性宿命觀研究》（南華大學文學研究所碩士論文，2002 年）。

〔註 34〕汪辟疆：《唐人小說》，頁 312。

〔註 35〕王瑤：《中古文學史論》（台北市：長安出版社，1986 年 6 月 3 版）〈中古文人生活〉，頁 18。

〔註 36〕圓觀自言：「釋氏所謂循環也。」循環意謂輪迴，《辭海》頁 1736 曰：「循環：環形旋繞不絕，因謂凡往復相承，旋繞不絕者曰循環。《史記·高祖紀贊》：『三王之道若循環，終而復始。』《文選》歐陽建〈臨終詩〉：『不惜一身死，惟此如循環。』向注：『若循連環而無窮。』」《佛學辭典》頁 1728 曰：「輪迴：眾生無始以來，旋轉於六道之生死，如車輪之轉而無窮也。心地觀經三曰：『有情輪迴生六道，猶如車輪無始終。』」

對李仁鈞預示李仁鈞將爲江南縣令，「從此後更六年，攝本府糺曹，斯乃小僧就刑之日；監刑之官，即九郎耳。」已預知自己的死亡，並且更進一步安排自己的後事，乞求在死後九郎能將他藏骸骨於瓦棺寺後松林中最高敞處。李仁鈞則曰：「斯言不謬，違之如皎日。」得到李仁鈞承諾，秀師泫然流涕良久。其後秀師因洩露宮中密事，遭流放，後又詔付府笞死，監刑官果是李仁鈞，神秀臨死大呼：「瓦棺松林之請，子勿食言。」此篇是因能預知後事而能預作安排，且果如其言，至少面臨死亡之時，知後事能妥善處理，從而減少遺憾。

又如〈鄭德璘〉篇中洞庭府君因感德璘醇醪之恩遇，遂讓鄭德璘所愛之韋女復活，係感恩之舉，寄託了釋氏因果業報之意。由死而能復生對於當事人而言是生命中重大轉機。當德璘知韋氏一家盡沒於洞庭巨波之中，「德璘大駭，神思恍惚，悲惋久之，不能排抑。」當夜遂做二首〈弔江姝詩〉，詩成酹而投江，竟能使府君得覽，乃因「精貫神衹，至誠感應，至感水神，持詣府君。」〔註 37〕因韋氏紅綃繫臂，府君知爲德璘所愛，遂令主溺之水神推至水面，載浮載沉，被因韋女之死尚沉陷悲苦之中的德璘發現而拯救上船，德璘乃由悲傷驟然轉爲欣喜。由府君詩中透顯冥冥之中的業報：「昔日江頭菱芡人，蒙君數飲松醪春。活君家室以爲報，珍重長沙鄭德璘。」且篇中韋女答詩恰是某秀才所吟經鄰女題於牋上，正因此詩聯繫了韋女的姻緣與生死，其後有秀才崔希周投詩卷於德璘，內有〈江上夜拾得芙蓉詩〉，即韋氏所投德璘紅牋詩也。德璘詰問而得知此詩乃爲崔秀才之作，德璘因而感嘆人之遇合與生死純是未知的神祕命運已先做安排，而歎曰：「命也。」

又如〈南柯太守傳〉中淳于棼由槐安國王言中知道與公主成親是父親所促成，與父親通書信，父親所回書信中曰：「歲在丁丑，當與汝相見。」當槐安國王令淳于棼暫歸故鄉時，槐安國王后謂生曰：「後三年，當令迎生。」當淳于棼醒寤後，由平日常聚飲之酒友或暴卒或寢疾在床，體悟人生之倏忽，而棲心道門，絕棄酒色，「後三年，歲在丁丑，亦終於家。時年四十七，將符宿契之限矣。」前爲讖言，後乃徵驗，呈現死亡之定命。

〈柳毅〉篇中薛嘏於船中見晴天白晝洞庭湖中忽有一山，山與舟接近之時，由山中馳出一彩船，其中有人呼：「柳公來候耳。」嘏方省記。與柳毅相見時：「（毅）初迎嘏於砌，持嘏手曰：『別來瞬息，而髮毛已黃。』嘏笑曰：『兄爲神仙，弟爲枯骨，命也。』由外觀對比出薛嘏與柳毅容顏之差異，薛

〔註 37〕汪辟疆：《唐人小說》，頁 225。

暇感受到死亡對凡人的威脅，遂以「命也」來解釋，企圖消解死亡威脅帶來的恐懼。

死亡威脅是人生中無法避免的困境，所帶來的恐懼與哀痛也最難消解，由當事者對死亡以定命方式予以合理解釋，從而接受生死僅是輪迴，或是人生則必有死亡，而稍減對死亡的負面情緒。至於年輕早夭則雖有讖言之定命預示，亦難消解其哀痛。

（二）仕宦升遷定命觀

唐人小說中出現的關於仕進定命觀的文本極多，由於仕進之路是士人謀生的路徑，爲了脫離困頓窘促的生活，從而熱切求取功名，在僧多粥少的情況下，不能如願建功立業者多，因此多將官位的獲得與仕宦生涯以定命觀加以解釋，企望能使當事人心裡漸趨平衡，在官制尚未健全的時代，只能以定命來平衡士人於仕途上不順遂的心理失衡。因此在唐人小說中呈現官位的獲得升遷乃出於命定，非人力可做決定的文本很多，如《定命錄・狄仁傑》：

> 唐狄仁傑之貶也，路經汴州，欲留半日醫疾。開封縣令霍獻可追逐當日出界。狄公甚銜之。及回爲宰相，霍已爲郎中。狄欲中傷之而未果。則天命擇御史中丞，凡兩度承旨，皆忘。後則天又問之，狄公卒對，無以應命，唯記得霍獻可，遂奏之。恩制除御史中丞。後，狄公謂霍曰：「某初恨公，今卻薦之，乃知命也，豈由於人耶？」〔註38〕

當狄仁傑遭難時，霍獻可不但未伸出援手，甚至落井下石，急於與之劃清界線，因而狄仁傑銜恨在心，迨狄仁傑再次獲得重用時，想報復未得機會，卻陰錯陽差的反倒讓霍獻可升官，因而認爲官位高升非人力可爲。而對於遭貶降亦以定命觀做解釋，如《定命錄・齊澣》：

> 東京玩敲師與侍郎齊澣遊往。齊自吏部侍郎貶端州高安縣尉，僧云：「從今十年當卻回，亦有權要。」後如期入爲陳留採訪史。師嘗曰：「侍郎前身曾經打殺兩人，今被謫罪，所以十年左降。」〔註39〕

此則帶有釋氏因果業報的說法。亦有命中該得卻未得，死而後追贈，顯現命既是如此，則雖死亡亦當如前定而徵驗。如：

> 李迥秀爲兵部尚書，有疾。朝士問之，秀曰：「僕自知當得侍中，有命，故不憂也。」朝士退，未出巷而薨。有司奏，有詔贈侍中。（《定

〔註38〕王汝濤：《全唐小說》，頁2458。

〔註39〕王汝濤：《全唐小說》，頁2460。

命錄・李迥秀》）〔註40〕

張守珪，曾有人錄其官位十八政，皆如其言。及任括州刺史，疾甚，猶謂人曰：「某當爲涼州都督，必應未死。」繼而腦發瘍，瘡甚。乃曰：「某兄弟皆有此瘡而死，必是死後贈涼府都督。」遂與官吏設酒而別，並作遺書，病五六日卒。後果賜涼州都督。（《定命錄・張守珪》）〔註41〕

在文本中亦有命中不該得而得，遂死。此一情形與王充所言符合，王充《論衡・命祿》曰：「命貧以力勤致富，富至而死。命賤以才能取貴，貴至而免。才力而致富貴，命祿不能奉持。」，又如：

蘇味道三次合得三品，並辭之。則天問其故，對曰：「臣自知不合得三品。」則天遣行步，視之曰：「卿實得不合三品。」十三年中書侍郎平章事，不登三品。其後出爲眉州刺史，其後改爲益州長史，敕賜紫綬，至州日，衣紫畢，其夜暴卒。（《定命錄・蘇味道》）〔註42〕

明皇在府之日，與絳州刺史宋宣遠兄有舊。及登極之後常憶之，欲用爲官。惲自知命薄，乃隱匿外周。緣親老歸侍，至定鼎門外，逢一近臣。其人入奏云：「適見宋惲。」上喜，遂召入。經十數年，每欲與官，即自知無祿，奏云：「若與惲官，是速微命。」後因國子監丞杜幼奇除左贊善大夫，詔令隨意與一五品官。遂除右贊善大夫。至夜卒。（《定命錄・宋惲》）〔註43〕

在《定命錄・車三》篇中謂李蒙可得華陰縣尉，卻又不得食此祿，後李蒙果得華陰縣尉，相賀於曲江舟上宴會，李蒙作序，諸人爭看，致舟偏覆沒，李蒙被沒溺而死。雖非當事者遭遇困境後，以定命觀作爲寬慰，但多處可見敘述者以定命作爲仕途遭遇的解釋，其實出於士人共同的心理，認爲仕進早經神祕不可知的命運安排，從而以他人之例以澆仕途不順者心中之塊壘。

〈嬾殘〉篇中李泌微時習業於衡嶽寺，察嬾殘所爲非凡人，李泌對嬾殘敬謹以待，嬾殘對李泌說：「愼勿多言，領取十年宰相。」而後李泌果十年爲相。亦呈現仕進早已前定。

〔註40〕王汝濤：《全唐小說》，頁2457。
〔註41〕王汝濤：《全唐小說》，頁2460。
〔註42〕王汝濤：《全唐小說》，頁2459。
〔註43〕王汝濤：《全唐小說》，頁2463。

〈虬髯客傳〉篇中呈現的是創業之定命觀。其中主要人物都具有識人之智慧，如：紅拂女投奔李靖時言：「妾侍楊司空久，閱天下之人多矣，無如公者。」展現紅拂女慧眼識英雄。又如，虬髯客問李靖是否聞說太原有異人，李靖認為太原確有奇人，說：「嘗識一人，愚謂之眞人也。其餘，將帥而已。」此為李靖之識人。又虬髯客之善識人，如對李靖說：「觀李郎儀形器宇，眞丈夫也。」後得見李世民又確知無法與知爭衡，「默然居末坐，見之心死，飲數杯，招靖曰：『眞天子也。』」且虬髯客亦「識時務者為俊傑」，知李世民確為眞英主，能將原來作為逐鹿的資糧全數充贈李靖，並希望李靖能「持予之贈，以佐眞主，贊功業也」。由定命知自身未能勝過李世民，轉而至他地另創功業，並又期許李靖能輔佐李世民取得天下，眞是豁達之烈士。對李靖與紅拂的讚許中亦見出其識人之慧：「李郎以奇特之材，輔清平之主，竭心盡善，必極人臣。一妹以天人之姿，蘊不世之藝，從夫之貴，以盛軒裳。非一妹不能識李郎，非李郎不能榮一妹。」〔註 44〕劉文靜亦能識人，如文中寫「文靜素奇其人」，表示文靜亦能識李世民之不同凡人，當虬髯客看過李世民而告訴李靖「眞天子也」，李靖轉而告訴劉文靜，「劉益喜，自負」，自負之意表示自己確未錯看。其中的道士其識人之慧更帶有濃厚的神秘氣息，虬髯客欲往太原訪奇人，說有望氣者言太原有奇氣，此望氣者應即是虬髯客說的道兄。在虬髯客看過李世民，已得十八九，仍須待道兄見之。迨道士見過顧盼煒如的李世民後，斷言此局全輸，救無路矣，罷弈而請去，更突顯道士識人之功力。全篇充斥著濃厚的定命觀念，作者心中認為創立功業，圖霸中原，是以眾多人命做為代價，本是殘酷且艱難，能成為天子豈是偶然，因此說：

> 乃知眞人之興也，由英雄所冀。況非英雄者乎？人臣之謬思亂者，乃螳臂之拒走輪耳。〔註 45〕

唐人小說中帶有定命觀念的文本，大多已先由望氣者、日者、善相者、夢中、陰司之吏等人或事中透顯預示，其後果然徵驗。應是起因於人們認為命運難以捉摸，因此更希望能預先掌握機先，免得一切徒做，其中更積極者則如虬髯客據定命觀念，接受已有眞命天子的事實，從而圖霸他方。

（三）以定命觀解釋身分、性別與位階乃因前定

佛教因果業報注重人的自由意志與能動的力量，雖非定命論，但不解者

〔註 44〕汪辟疆：《唐人小說》，頁 217。
〔註 45〕汪辟疆：《唐人小說》，頁 218。

往往與定命論混淆，即使是佛教徒，若對佛法業論缺乏完整、正確的理解，也往往由廣泛流行的「欲知前世因，今生受者是」一偈墮入現世一切遭遇均由宿世之業前定的宿命論。唐代社會男尊女卑的觀念深植人心，對女性有很多不合理的要求，女性須承受許多不合理的待遇。出生為女人，社會給予不平等待遇，致使社會觀念中認為女性低男性一等。唐人小說中出現因前世宿業，致轉世為女子，皆視之為懲罰。反過來說，如果女子怨自己為女子乃薄命於男子，則定命論亦成為消解憾恨的良方。如〈紅綫〉篇中，當紅綫盜持金盒以警惕田承嗣，而保全城池與萬人性命後，欲辭去，薛嵩挽留，紅綫方說前世本為男子，行走江湖以醫藥救人，卻錯用藥誤殺三命，「陰司見誅，降為女子，使身居賤隸，而氣稟賊星。」此處即呈現身為女子與賤民乃是定命。在〈杜子春〉篇中，杜子春因牢守與道士之約，受盡萬般苦楚皆不言語，閻羅王則曰：「此人陰賊，不合得作男，宜令作女人。」由此體現唐人小說中性別之定命觀。

而今生為何被謫處於卑微官階，唐人小說中也有以定命觀念作解之例，前文曾提仕途不順以定命觀念作解，亦是位階早已前定的例證，如《定命錄》中〈齊瀚〉篇中記述齊瀚由吏部侍郎貶為端州高安縣尉，常與齊瀚交遊的僧人告訴他：「侍郎前身曾經打殺兩人，今被謫罪，所以十年左降。」〔註46〕小說中僅記錄事情發展梗概，並未說及齊瀚貶官的心境，也未記述齊瀚聽了僧人之言後心境的轉變。然而這類以定命觀念解釋官階祿位早經前定的小說數量極多，其中透露的訊息是位階的高低獲取無法操之在我，所獲取的位階無法如願，將一切諉之於命，應是當時士人用以消釋心中憾恨的普遍方劑。

（四）婚姻情愛不遂願，以定命觀作解

唐代社會盛行門第婚姻，嫁娶重視門第相當，衣纓之族若許配平民庶人則難免令身為衣冠子女心中不平，但此時若視之為定命，進而接受命運，反而消釋不平之憤。如〈張老〉篇中張老求媒媼為之向韋恕求結為姻親，媒媼之言即代表當時社會的婚姻價值觀：「叟不自度。豈有衣冠子女，肯嫁園叟耶？此家誠貧，士大夫家之敵者不少。顧叟非匹，吾安能為叟一杯酒，乃取辱於韋氏？」張老堅持請媒媼傳言，媒媼不得已，冒責而言之。韋恕大怒，認為媒媼輕其家貧，方有此議。氣憤之下，韋氏提出一個他認為張老無法達成的

〔註46〕王汝濤：《全唐小說》，頁2460。

條件：「為吾報之，令日內得五百緡則可。」媼出而告訴張老，不久，張老即以車載五百緡納韋氏以求娶韋女，韋家多人驚訝，說之前所言為戲言，是度量張老必無此數才說，只好暗中窺探女兒的態度，韋女知將嫁一負穢钁地的老叟，亦不恨，乃曰：「此固命乎！」由定命來解釋降臨身上的位階有別、年紀懸殊之婚姻，因接受此為定命，故能不恨。且婚後跟隨張老不廢園業，鬻蔬不輟，韋女亦躬執爨濯，了無怍色。

而〈定婚店〉中韋固則不願接受婚姻定命觀，當他知道婚姻對象為一鬻蔬眇嫗弊陋之女，即說出他的婚姻觀，亦代表當時社會上一般見解：「吾士大夫之家，娶婦必敵，苟不能娶，即聲妓之美者，或援立之，奈何婚眇嫗之陋女？」於是計劃殺除此女以破除老鬼妖妄之說。磨刀交付僕人入菜市殺此女，僕欲刺其心卻僅中眉間。爾後韋固屢求婚卻無成，十四年後，刺史以韋固有能，將其女妻之。婚後甚愜，然而妻之眉間常貼一花子，韋固憶昔日奴刀中眉間之說，逼問妻子，妻述其身世，正是當日所刺之女。韋固乃知陰騭之定，不可變也，由最初之不信轉為接受婚姻皆已前定。本篇由人物之不信而欲力抗，卻力抗不成，更因此突顯婚姻定命觀之強巨與濃厚。

與〈定婚店〉故事進行方式雷同的故事是〈灌園嬰女〉，秀才急切於婚娶，屢託媒氏求問，皆未諧偶，遂詣善易者以決之，當卜人告知婚姻對象之父母以灌園為業，秀才以其門第才望，力求華族，聞卜人之言，懷抱鬱快，因而不甚相信。遂至卜人所說處一探究竟，果有蔬園老圃姓氏與卜人所說相同，且生有一女，秀才遂升起殺害女嬰之心，以細針刺於囟中而去，以為女嬰已死。女嬰雖遭毒手卻未死，後父母雙亡，得廉使鞠育，秀才亦已登科第，因行經而投刺謁廉使，廉使慕秀才之風采，知其未婚，欲以幼女妻之，令人達其意，秀才欣然許之。成婚時廉使給予豐厚粧奩，女子又有殊色，超過秀才原先期望，因而認為卜者所言謬妄。其後每當天氣陰晦，其妻輒患頭痛，後醫者自頭頂潰出一針，妻疾遂愈，潛問女子之所出，方知是圃者之女，信卜人之不謬也。此篇與〈定婚店〉皆因當事人認為門第不相當而不相信且不能接受婚姻的定命觀，然其後由不信再轉回到相信，強烈對比之下，使婚姻定命觀更具說服力。卜人所說：「伉儷之道，亦繫宿緣。」即是這類故事的中心思想，姻緣已經前定，無法遁逃割斷。婚姻若合於天命，即如〈定婚店〉中月老之言：「雖讎敵之家，貴賤懸隔，天涯從宦，吳楚異鄉，此繩一繫，終不可逭。」

而《定命錄・崔元綜》篇中寫崔元綜欲娶婦，吉日已定，卻於夢中聽人言此家女非君之婦，君婦今日始生，並夢至一屋見一婦人生一女，人云所生之女是崔之婦，其後原預定結婚的女子暴卒，五十八歲時始婚一十九歲之女，雖女嫌崔之年高，竟嫁之，而尋勘歲月娘子果是所夢之日生。《續玄怪錄・盧生》則寫一女子將嫁之日，巫言其當嫁卻又非嫁給原先議婚之盧生，遭女子家人唾而逐之，當盧生展親迎之禮，解珮約花之際，盧生忽然驚而逃奔，乘馬疾遁，眾人追之不及。主人不勝其憤，恃女之容，當眾擇壻，盧生之儐相鄭某應諾，其容貌恰如巫所預言，於是登車成禮。後遇盧生問及當日之事，盧生云當日所見如鬼魅，鄭生出其妻以示，盧大慙而退。二篇寫當事人將欲結婚，卻非命定之姻緣，遂致婚事告吹。則應合了「結縭之親，命固前定，不可苟而求知也。」也正是〈定婚店〉「命苟未合，雖降衣纓而求屠博，尚不可得。」之意。

而姻緣天定說，似乎隱含著反對當時門第婚姻之意。唐朝社會婚姻門第觀念濃重，除了唐律上明白規定良賤不婚之外，社會上也認爲衣冠之族不與庶民議婚，如〈李娃傳〉中李娃力助滎陽生復其本軀之後，即對滎陽生說「君當結媛鼎族，以奉蒸嘗。」而不敢奢望能與鄭生結成良緣。法律的限制與社會的門第觀念製造了無數的婚姻與情愛悲劇，而婚姻定命說卻明示，只要是天作之合，「雖讎敵之家，貴賤懸隔」，皆可結成良緣。這種說法是對社會流行的婚姻之門第觀念之挑戰，而往往也成爲情愛或婚姻遭逢遇合的解釋與精神安慰。

本章小結

文學具有反映現實的功能，唐人小說中所描述的人物及遭遇的困境與現實人生有緊密的聯繫。遭遇困境，力挽狂瀾是最積極的作法，但並非唯一的辦法，如若困境非人力所能扭轉，則另尋方法以自困境中超拔，事屬必要。而轉變心態——尋求歸宿與接受命運，正是提供另一種選擇。

在唐人小說，有些人物以尋找心靈歸宿來超越困境。如〈枕中記〉中盧生與〈南柯太守傳〉之淳于棼由夢中體悟到人生的虛無，從而選擇不再追逐仕宦，或棲道歸隱。而〈韋應物〉中韋應物因派任處非所願，感悶悶不樂之時，從許雲封處聽聞高妙的樂論，從而禮遇雲封，二人同游心於藝，從藝術世界中尋覓到心靈故鄉。〈韋宥〉中韋宥因出牧溫州而感忽忽不怡，卻由善待巨龍，讓巨龍從其所適，進而提振舒展自己的身心，讓生命得以安適。以上諸篇中大抵皆因仕途不順，以轉變心態從而尋找到生命與心靈可安歇之處。諸如死亡威脅、仕途難登、身分位階、愛情難遂等生命困境，唐人小說中則藉由神仙世界的幻想，一併解決了人世間遭遇的全部困境，雖僅爲幻想，卻讓人生發、寄託無窮的希望。

唐人小說中神仙世界之幻想何以能提供人們無窮的安慰？歸結小說中對神仙世界的描述，約有以下幾項特質：由居住空間而言：仙境縹緲與宅第華麗；由超越時空而言：神仙得以長生不老、往來無礙；由神仙人物描繪而言：則人物標緻、言詞玄遠、蹤跡渺茫；而就神仙世界之生活享樂而言：則飲食延齡、歌舞壯奇、珍寶盛美等各項原因，皆是凡人深爲嚮往，人間世界的所有理想皆呈現於神仙世界中，因此士人藉由書寫神仙世界，讀者藉由小說的閱讀，盡皆由嚮往神仙世界，從而得到心靈慰藉。

遭逢困境，將困境視爲定命，從而接受命運安排，不再嗟嘆，亦是另一種選擇。而前人對「事由命定」此一課題多半認爲來自佛教的宿命論，故先將唐前對天命、定命與宿命觀念之意義做一釐清，並自文本中與歷史上定命之演變尋找唐人小說中定命觀眞正源頭。而唐人小說中以定命觀消解人生困境，有幾個方面：、其一爲遭遇死亡威脅，以定命觀消解悲傷，其二爲仕宦升遷定命觀，其三爲以定命觀解釋身分位階乃因前定，最後是婚姻愛情不遂願，以定命觀作解。遭逢生命中不同的困境，若選擇事已前定，而接受困境爲生命中之必然，往往使當事人消解原先的憾恨，或從中尋得對應的方法，遂不受困境之綑綁，將原來的悲傷轉爲重新出發的力量。

第三章　扭轉事實——合義承擔

面對生命出現困境之際，唐人小說中有的具有氣義與作爲的人物採取的是積極作爲，投入全副精神力量以扭轉生命困境之事實，儘管艱難不易成功，但仍全力以赴，是「知其不可而爲之」的精神，這種表現正是對國家社會採取積極入世的淑世作爲之儒家思想擔當精神的體現。儒家之積極參與公共事務，有其準則，正是《論語・衛靈公》篇中孔子所說的：「君子義以爲質，禮以行之，孫以出之，信以成之，君子哉！」〔註1〕其規範乃要求君子處事須以義理爲本質，按照禮節行事，再用謙遜的態度表現出來，最後拿誠實信用來完成。

當深陷困境之中，或有身懷殊異能力的小說人物能夠看清時勢，面對所遭遇之生命困境，積極改變目前狀態而從中脫困；但是多數人物深陷困境中則多需待外來力量的伸手援助，這些援助者具有惻隱之心，因路見不平心懷義憤而全力搭救，甚至有「殺身成仁」的勇者擔當。及至具任俠使氣之俠客個性的人物伸手援救，則雖對有恩於己者履行了契約責任，但其作爲則往往殺戮太過、呈現瑕疵，然因其行事風範亦屬勇於承擔，故置於本章附帶論之。

本章依照主人公遭遇之生命困境面向分節論述：第一節是見人遭遇死亡威脅時採取力挽狂瀾的作爲；第二節則針對仕途難登與志業抱負未能順利實現，主人公積極堅持志業的努力作爲；第三節則申述身陷位階枷鎖的生命困境時，主人公掙脫位階枷鎖的積極行動；第四節則論述主人公遭遇愛情難遂之生命困境時，積極挽回的努力。

〔註1〕蔣伯潛：《語譯廣解四書讀本論語》，頁239。

第一節　力挽狂瀾之行動——對治死亡威脅之積極作爲

面臨死亡威脅的困境時，無力自救者，心中之惶駭惴慄，最期盼有人伸出救援之手。見人陷於臨死之困境，若臨危者因受不公不義之對待至陷困境，見者多會有拯溺之熱腸。本節主要著重於死亡威脅來臨時，積極轉變事實的作爲。首先由文本中論述主人公救危圖存的積極作爲；其次申述積極救人危難者，義憤填膺時發出的救危誓言，與實現承諾之勇者形象；復次論及救危者與被救者之間誠心與信任之互動關係所呈現的審美典型。

一、救人危難

吳志達說：「稱唐代的文言小說爲『傳奇』，實質上就包含著這樣的意義：以往的野史雜傳、志怪筆記等，在新的社會條件下有著新的發展變化。」〔註2〕亦即如魯迅說的唐人小說尚不離於搜奇記逸，因此出現人物深陷死亡威脅甚或生命已遭受剝奪的困境時，除了〈李娃傳〉、〈吳保安〉、〈郭元振〉中爲現實世界的力挽生命的呈現之外，大多是以超現實的手法以轉變死亡威脅之事實，皆具有拯人危難的審美表現，救危者懷具古道熱腸，眼見不公、義憤填膺，具有當下承擔的勇者形象，並非著眼於利益的獲得，即使犧牲自己生命也在所不惜。

（一）現實救危描寫

先談談屬於現實世界的拯溺行爲，〈李娃傳〉中滎陽鄭生資財蕩盡，遭到李娃與姥姥計逐，致惶惑發狂，罔知所措，接著即造成第一次的死亡威脅，且獲得他人的援助。

> 因返訪布政舊邸，邸主哀而進膳。生怨懣，絕食三日，遘疾甚篤，旬餘愈甚。邸主懼其不起，徙之于凶肆之中。綿惙移時，合肆之人共傷歎而互飼之。後稍瘉，杖而能起。〔註3〕

此次援助鄭生的人有邸主與凶肆之人，邸主救而不能終之，亦屬人情之常態，終賴凶肆之人使滎陽生再生。凶肆本是處理死亡的行業，其獲利的來源正得之於人之死亡，此時反成爲救人活命之所在，具有反諷意味，對比於有血親關係的滎陽公攫拏滎陽生生命的毒手而言，意味更加深長。

〔註2〕吳志達：《中國文言小說史》（濟南市：齊魯書社，1994年9月1刷），頁232。
〔註3〕汪辟疆：《唐人小說》，頁122。

第二次滎陽生遭受死亡威脅，則是在長安兩方凶肆互作競賽之時，滎陽生唱輓歌被家中僕人認出，迴避無路，被帶回後遭父親斥責汙辱家門，遂徒行「至曲江西杏園東，去其衣服，以馬鞭鞭之數百，生不勝其苦而斃。父棄之而去。」凶肆之人仍伸手相援：

其師命相狎暱者陰隨之，歸告同黨，共加傷歎。令二人齎葦席瘞焉。至，則心下微溫。舉之，良久，氣稍通。因共荷而歸，以葦筒灌勺飲，經宿乃活。月餘，手足不能自舉。其楚撻之處皆潰爛，穢甚。同輩患之，一夕，棄於道周。行路咸傷之，往往投其餘食，得以充腸。〔註 4〕

此次出手相援的有凶肆友伴與路人，凶肆友伴見生遭鞭楚而斃，回肆通報，「共加傷歎」，顯出惻隱之心。欲爲裹屍瘞埋之時，發現仍有氣息，則盡力救活，然而因鄭生之傷口潰爛臭穢，終將遺棄，是以凶肆友伴之救鄭生亦不能終之。此是〈李娃傳〉作者體會得當之處，無論是邸主或凶肆友伴本無義務，若未加施援亦無人會責怪，這些人物都是都市中的小人物，作者未將他們做英雄式的描寫，使小說中人情世態的呈現更加合乎常理。此外，出手相助的是行路的陌生人，基於同情心給予餘食，亦不可能全力搭救，亦缺乏理由要求路人必須予以全力搭救，也是常理的描寫。

第三次對鄭生出手援救且徹底「復子本軀」的是原本計逐鄭生的李娃，當初計逐本非娃意，當鄭生資財僕馬蕩然之時，實乃「邇來姥意漸怠，娃情彌篤」。李娃乃娼妓身分，其謀生方式本即是以色藝事人而取得資財，姥姥基於行業的利益觀要李娃共謀計逐，李娃亦無法推辭，但既是「娃情彌篤」，則知心有不捨。又可從這次的救危行動看出李娃的愛意。滎陽生因難忍飢餒，於大雪之日冒雪乞食，經李娃家，連聲疾呼「饑凍之甚」，音響悽切，所不忍聽，卻爲娃辨認出，出手相援，從其扶持鄭生的動作，與對老姥之力爭，見出李娃之救助，一方面出於救贖的心理，一方面仍對滎陽生存有愛情：

娃自閤中聞之，謂侍兒曰：「此必生也。我辨其音矣。」連步而出。見生枯瘠疥癘，殆非人狀。娃意感焉，乃謂曰：「豈非某郎也？」生憤懣絕倒，口不能言，頷頤而已。娃前抱其頸，以繡襦擁而歸於西廂。失聲長慟曰：「令子一朝及此，我之罪也！」絕而復蘇。姥大駭，奔至，曰：「何也？」娃曰：「某郎。」姥遽曰：「當逐之。奈何令至

〔註 4〕汪辟疆：《唐人小說》，頁 123。

此？」娃斂容卻睇曰：「不然。此良家子也。當昔驅高車，持金裝，至某之室，不踰期而蕩盡。且互設詭計，捨而逐之，殆非人行。令其失志，不得齒于人倫。父子之道，天性也。使其情絕，殺而棄之。又困躓若此。天下之人盡知爲某也。生親戚滿朝，一旦當權者熟察其本末，禍將及已。況欺天負人，鬼神不祐，無自遺其殃也。某爲姥子，迨今有二十歲矣。計其貲，不啻直千金。今姥年六十餘，願計二十年衣食之用以贖身，當與此子別卜所詣。所詣非遙，晨昏得以溫清。某願足矣。」姥度其志不可奪，因許之。〔註5〕

由閣中聞音能辨識，且連步趨出，而非聽而不聞、坐視不管，呈現李娃對鄭生心存愛情。見鄭生「枯瘠疥癘，迨非人狀」，一般的反映是畏懼而迴避，李娃卻大慟且「以繡襦擁而歸西廂」，動作所透顯的是全心的包容與接納，若無愛意絕無法有這般動作。「令子一朝及此，我之罪也！」自責其罪是爲救贖的起點，說完且絕而復蘇，呈現李娃的悔意與深愛。由「姥大駭」、「當逐之」中體現出老姥的行業利益觀，原亦無可厚非。其下開啓李娃對老姥之曉諭與救危之計畫。先數過錯：貪其財利、設計捨逐、令其失志、使父子情絕、令困躓若此。再言未救贖當及禍、並自貽其殃。最後言己志並對老姥後半生做妥當安排。使得老姥聽後知李娃志不可奪，而許之。其後由稅院、更衣、養體，迨平癒如初後，則購典、課讀、更鼓勵精益求精，以俟百戰。李娃自覺有罪，且持之以志用以償罪，因此能達到邸主與凶肆友伴及路人未能達到的境界。而李娃爲滎陽生所做的一切努力，全然不求回報，體現在李娃爲滎陽生送行時的一段話：

娃謂生曰：「今之復子本軀，某不相負也。願以殘年，歸養老姥。君當結媛鼎族，以奉蒸嘗。中外婚媾，無自黷也。勉思自愛。某從此去矣。」〔註6〕

復子本軀僅是李娃贖罪之行，既已完成，則自動從二人世界之中引退，並且不要求任何回報，甚至是婚姻責任。

〈吳保安〉中吳保安爲贖回陷於蠻洞之郭仲翔，所做的努力，令人深深佩服感動。吳保安爲湊得贖回郭仲翔之千疋絹，先是傾其家產，得絹二百疋。再往居巂州，十年不歸。經營財物，前後得絹七百疋，猶未能達其數。保安

〔註 5〕汪辟疆：《唐人小說》，頁 124。
〔註 6〕汪辟疆：《唐人小說》，頁 125。

家中素來貧窮，出外營商，留妻孥於遂州家中。保安因貪贖仲翔，與家中斷絕往來，每於人有所得，雖尺布升粟，皆漸而積之。致妻子饑寒，不能自立。而後其妻帶著弱子駕驢尋夫，途中糧盡，至目的地路途仍遙遠，無計可行，遂哭於路旁，哀感行人。當時正值姚州都督楊安居乘驛赴郡，見此問後而得知保安義行，先至驛賜其妻前數千，給車乘令前進，安居再馳至郡，先求保安，見而執其手升堂，並對保安之義舉深加讚許且主動加入援救，終於贖回仲翔。仲翔回到姚州始與保安相識，對坐語泣。安居曾事郭仲翔之伯父郭元振，爲仲翔洗沐，賜衣裝。而仲翔亦有報恩之舉，對楊安居之報恩是買回蠻洞具有姿色之女子十口，將辭安居北歸，以蠻女贈安居，安居表示因感保安義行而出手相援，非待求報。仲翔曰：「鄙身得還，公之恩也；微命得全，公之賜也。」即使瞑目亦不敢忘恩，以死固請，致安居難違其報恩之舉，辭其九口，僅留一最小女。仲翔自辭親出戰至贖回歸家，其中歷經十五年，後在親歿服除後，始展開對吳保安之報恩，而保安夫妻已客死彭山，棺柩暫厝寺廟中。仲翔聞知，哭甚哀，「因製縗麻，環絰加杖，自蜀郡徒跣，哭不絕聲。至彭山，設祭酹畢。」〔註7〕將保安夫妻二人骨骸分別墨記，裝練囊再貯於竹籠中，跣足親負，徒行數千里，歸葬保安故鄉河北魏郡。盡以家財二十萬厚葬保安，且刻石頌美，親廬其側，行服三年。照顧保安之子如其弟，赴官時攜保安子同往，爲娶妻，且因深感保安恩德，讓朱紱及官位於保安之子以報保安之恩。通篇流露出至善的人性光輝，超乎常人所能做到的範圍，其中人物之報恩意識不斷出現，乃因眞善美之人性光輝會因爲相互激盪而持續上升，且滂沱的力量成爲強巨薰染影響的力量。

〈郭元振〉篇中烏將軍是一超現實角色，然郭元振之救危則屬於現實描寫，當他知道村女因父母之貪利與鄉人之不義將就死於烏將軍，即刻的反應是：

> 曰：「吾忝大丈夫，必力救之。若不得，當殺身以狥汝，終不使汝枉死於淫鬼之手也。」〔註8〕

言語中透顯郭元振凜然之義氣與決心，由「女泣少止」得知村女從郭元振的說話中已獲得些許信心。在《唐摭言》〈氣義〉中亦可見到郭元振的正義：

> 郭代公（元振，筆者按），年十六，入太學，與薛稷、趙彥昭爲友。

〔註7〕汪辟疆：《唐人小說》，頁294。
〔註8〕汪辟疆：《唐人小說》，頁255。

> 時有家信至，寄錢四十萬以爲學糧。忽有一縗服者叩門云：「五代未葬，各在一方，今欲同時舉大事（遷窆，筆者按），乏於資財。聞公家信至，頗能相濟否？」公即命以車，一時載去，略無留者，亦不問姓氏。深爲薛、趙所誚。元振怡然曰：「濟彼大事，亦何誚焉？」其年，爲糧食斷絕，竟不成舉。〔註 9〕

郭元振爲了濟人之急，將家中寄來用作盤纏的錢財，完全不保留的全車奉送，且不問受贈者的姓氏，爲友譏誚時亦不以爲意，甚而致使該年無法赴舉。對於一個十六歲的青年，有此作爲，難怪牛僧孺會將他作爲氣義的象徵。回到郭元振救村女的文本上，當鄉人隔日相與舁櫬，欲取村女屍體瘞埋時，見郭元振與村女仍活者，知情後憤怒郭元振殘殺鄉中之神，懼怕因此將舉鄉蒙難，萌生殺郭元振以祭烏將軍的想法。郭元振曉諭鄉人之言，體現出正義的思想，並亦救了往後無數的少女。郭元振之義舉尚表現在不因施恩而求回報：在村女向郭元振求救時說：「君誠人耶？能相救免，畢身爲掃除之婦，以奉指使。」郭元振當時義憤填膺，未正面回答。當郭元振以刀斷烏將軍之腕，將軍失聲而走後，村女出拜郭元振，又說：「誓爲僕妾。」郭元振則對村女一番慰勉與開導，並未答應村女的報恩。後帥鄉人斃烏將軍於大塚穴後，鄉人欣慶集錢財以獻郭元振，郭元振以「吾爲人除害，非鬻獵者」〔註 10〕爲由不接受鄉人之獻。被救鄉女再次以生命重生於郭元振，願跟從郭公，怨其父母鄉人之不義，辭父母且不以舊鄉爲念，郭元振再次多方援引道理勸喻村女，未能中止村女報恩的念頭，最後才納爲側室。伸手援救之初衷非爲財貨非求報恩，是眞正之義行也。

（二）超現實救危描寫

唐人小說中帶有搜奇記逸的性質，在文本中常出現超現實的事物描寫，對於面臨死亡威脅者之救危手法也有超現實的表現，甚而救危者竟能施以不可思議的方法令死者復生。蓋作者以超現實手法以超越死亡的無情隔斷，以達到消解死亡帶來的悲慟憾恨。雖是超現實手法的表現，就其救人危難之行爲而言，皆爲儒家思想影響下的義行。

如〈齊推女〉篇中西漢鄱縣王吳芮雖死亡已久，然而「猶恃雄豪，侵佔土地，往往肆其暴虐」，帝王意志之強巨猶眷戀佔有故宅。以不讓屋宅遭受腥

〔註 9〕姜漢椿：《新譯唐摭言》，頁 157。
〔註 10〕汪辟疆：《唐人小說》，頁 256。

穢之由驅趕將臨盆的齊推女，齊推女告訴父親，父親剛烈不信鬼神而未予遷室，產後果被惡鬼吳芮毆擊致死。無罪冤死，齊推女仍眷戀陽間生活，雖不甘心，卻因「大人剛正，不信鬼神；身是婦女，不能自訴」，迨其夫李生回來時已近半年，欲回復生命已相當困難。告知李生至心懇求九華洞中仙官，或許仍有希望。而由李生之至心懇求遂得到田先生之力挽狂瀾：

> 李乃徑訪田先生，見之，乃膝行而前，再拜稱曰：「下界凡賤，敢謁大仙。」時老人方與村童授經，見李驚避之：「衰朽窮骨，旦暮溘然，郎君安有此說。」李再拜，叩頭不已。老人益難之。自日宴至於夜分，終不敢就坐，拱立於前。老人俛首良久，曰：「足下誠懇如是，吾亦何所隱焉。」李生即頓首流涕，具云妻枉狀。老人曰：「吾知之久矣，但不蚤申訴。今屋宅已敗，理之不及。吾向拒公，蓋未有計耳。然試爲足下作一處置。」〔註 11〕

李生見到田先生，先是下跪膝行而前，復拜稱：「下界凡賤，敢謁大仙。」其後又叩頭不已，復自傍晚至深夜拱立於前不敢就坐，終因誠心懇摯令老人感動。老人一開始則是「驚避之」，復次是「益難之」，其後終於「俛首良久」，聽李生具言妻枉狀，因時間已久，齊氏屋宅敗壞，因而猶語帶保留之意，但仍是願爲一試。二人的動作一來一往，由互動中產生一種螺旋上升，提振情緒的呈現。且在老人推辭與李生懇求勉強的動作一往一來中，更加深老人的神秘感與感覺其老成持重，並使讀者感覺老人將作之處置確實十分艱難，且有提高故事之可信程度的效果。由於處置之艱難，而老人仍願爲一試，見出老人力挽生命之偉大情操。在老人以具魂之法使齊推女復生之後，僅交代李生：「相爲極力，且喜事成，便可領歸，見其親族。但言再生，愼無他說，吾亦從此逝矣。」〔註 12〕以極力幫齊推女復生成功爲喜悅，不再另求回報，如果說是要求回報，則交代爲此事及田先生眞實身分保密應勉強算是吧！

〈無雙傳〉中古押衙感仙客之深意，誓願粉身以答效。知詳情後之言：「此事大不易。然與郎君試求，不可朝夕便望。」〔註 13〕與「半歲無消息」互作呼應，透顯事之艱難且須時確多。半年之後茅山使者帶藥歸來，再向仙客要一識無雙之女家人，後仙客聞無雙被處置，其實是古押衙令採蘋假作中使，

〔註 11〕汪辟疆：《唐人小說》，頁 251。
〔註 12〕汪辟疆：《唐人小說》，頁 252。
〔註 13〕汪辟疆：《唐人小說》，頁 206。

稱無雙爲逆黨，再賜茅山道士之藥令自盡，復託以親故贖回其尸，且厚賂道路郵傳，以免洩露。在爲無雙灌湯藥後，漸有暖氣而復生。古押衙將茅山使者及舁篼人及知情之忠僕塞鴻一併殺卻，並爲仙客無雙二人安排妥當，其後古押衙自刎。爲報仙客知遇之恩而設法救回無雙一人，卻爲一人之營救而致十數人反遭剝奪生命，雖是報恩之舉，卻存有中國自古以來的俠客所固有的人格缺陷，自己標舉報恩之舉爲義，但是無端侵害他人性命卻又不以爲意，是極端不義。在司馬遷《史記・遊俠列傳》中所言，遊俠雖「其言必信，其行必果，已諾必誠，不愛其軀，赴士之阨困」〔註 14〕，但是卻仍是「不軌於正義」。然以古押衙力挽生命之用心，故述於此。

〈紅綫〉是描寫潞州節度使薛嵩與魏博節度使田承嗣之間的怨憎傾軋，因紅綫之超現實救危手法，而能「兩地保其城池，萬人全其性命，使亂臣知懼，烈士安謀。」〔註 15〕紅綫爲潞州節度使薛嵩之青衣，與薛嵩俱能聽音辨情，而薛嵩被描寫爲能體恤部將並擁護李唐王室政權的節度使。魏博節度使田承嗣因患熱毒風，因遇夏增劇而苦，亟思移鎮山東，納其涼冷，以延數年之命。因而募得軍中武勇，厚卹訓養，卜選良日，將遷潞州。田承嗣侵襲之謀畫帶來薛嵩的日夜憂悶，紅綫挺身爲之盜取金盒，戒止田承嗣之侵襲計畫。紅綫俠客作風其高妙勝於古押衙處在於能以警告取代生命剝奪，止息一場戰爭，並爲薛嵩解除威脅。

茲將臨危圖存與見危力救，與是否求受救者回報等，列爲下表，俾便參閱比較：

表四：臨危與救危之關係一覽表

臨危者	臨危之因	救危者	救危之因	徹底與否	求回報否	回報與否
滎陽生	遭計逐憤懣絕食	邸主	哀憐之	否、徙於凶肆	否	否
滎陽生	邸主懼而徙	凶肆友	傷歎之	是、後癒杖起	否	執繐帷獲值唱輓歌勝出
滎陽生	父鞭楚數百	凶肆友	共加傷歎	否、棄於道周	否	否

〔註 14〕漢・司馬遷：《史記》卷 124〈遊俠列傳第 64〉（台北市：啓業書局，1978 年），頁 3181。

〔註 15〕汪辟疆：《唐人小說》，頁 316。

滎陽生	身臭穢遭棄	行路人	咸傷之	否、仍陷凍餒	否	否
滎陽生	凍餒之甚	李娃	贖罪	是、復子本軀	否	備六禮迎娶
郭仲翔	戰敗被擄	吳保安	感薦職之恩	是、全力贖回	否	骸骨歸葬故鄉 恩養讓官其子
郭仲翔	戰敗被擄	楊安居	感保安之義	是、助其贖回	否	以死請納蠻女
吳保安妻	糧乏路長	楊安居	感保安之義	是、給錢數千	否	否
村女	嫁烏將軍	郭元振	義憤	是、斃烏將軍	否	鄉人會錢酬公 村女誓爲僕妾
齊推女	暴鬼毆擊死	田先生	李生懇求	是、具魂復生	否	否
無雙	沒入掖庭	古押衙	報仙客恩	是、救回無雙	否、且殺身	無法回報
薛嵩	田計遷潞州	紅綫	報恩贖罪	是、亂臣知懼	否、且議行	廣爲餞別

二、實現承諾

在力挽狂瀾的過程中，常會從救危者口中聽到誓言。誓言——是勇者的承諾，實現承諾更是誠信君子的表現。在〈郭元振〉、〈吳保安〉、〈崑崙奴〉、〈齊推女〉、〈秀師言記〉、〈上清傳〉……等篇章中，皆有救危者對受難者所發的誓言，且一個人物一種聲口。

年輕義勇者血氣方剛則義憤塡膺，如〈郭元振〉中郭元振說：「吾忝大丈夫也，必力救之。若不得，當殺身以殉汝，終不使汝枉死於淫鬼之手也。」〔註16〕其後果力致。〈柳毅〉篇中柳毅聽龍女說明爲何遭毀黜，而言：「吾，義夫也。聞子之說，氣血俱動，恨無毛羽，不能奮飛。」〔註17〕其後果爲龍女完成傳遞家書的使命。〈秀師言記〉中李仁鈞答應秀師願爲他處理後事，說：「斯言不謬，違之如皎日。」其後秀師臨刑大呼：「瓦棺松林之請，子勿食言。」〔註18〕秀師伏刑後，李仁鈞果然拿出俸銀租賃扁舟送尸柩，如秀師之請，實現承諾。〈柳氏傳〉中虞侯許俊願爲韓翊效力救奪柳氏：「有虞侯許俊者，以材力自負，撫劍言曰：『必有故，願一效用。』翊不得已，具以告之。俊曰：『請足下數字，當立致之。』」〔註19〕後果然設計奪回柳氏。

〔註16〕汪辟疆：《唐人小說》，頁255。
〔註17〕汪辟疆：《唐人小說》，頁74。
〔註18〕汪辟疆：《唐人小說》，頁213。
〔註19〕汪辟疆：《唐人小說》，頁63。

或又有義烈之士，自信滿滿，然旁人視之認為徒有勇無謀也，如《韋自東》:「余操心在平侵暴，夜叉何類，而敢噬人？今夕必挈夜叉首至於門下。」〔註 20〕屬於年輕生命、涉世未深的勇氣與信心，幸而除了勇氣之外，又加上膽識與智謀，果然不負誓言。

老成者則口氣與年輕人有所差異，懼事不成稍有保留，但仍有誠心嘗試，如〈齊推女〉中九華洞中仙官田先生見李生所求誠懇殷切，說:「吾知之久已，但不蚤申訴。今屋宅已敗，理之不及。吾向拒公，蓋未有計耳。然試為足下作一處置。」〔註 21〕〈無雙傳〉中之古押衙言:「洪一武夫，年且老，何所用？郎君於某竭分。察郎君之意，將有求於老夫。老夫乃一片有心人也。感郎君之深恩，願粉身以答效。」又言:「此事大不易。然與郎君試求，不可朝夕便望。」〔註 22〕語氣較老成，又帶幾分豪爽。後來果如俠客一般，做了一番驚天動地、殺戮過甚之粉身答效。又如〈崑崙奴〉中崑崙奴見崔生神色有異，說:「但言，當為郎君解釋。遠近必能成之。」〔註 23〕因堅信自己的能力而能做如此承諾，但語氣中十分含蓄保守卻又充滿自信，其後果為崔生力救紅綃成功。

而女子看似柔弱，一旦言其志，亦令人感其志不可奪，如〈李娃傳〉中李娃對老姥之言，雖與誓言有點不同，但同具堅定的語氣與意志。〈上清傳〉中竇參知道自身將竄死於道路，身死家破，上清定沒為宮婢，遂希望上清能雪其冤情，上清泣曰:「誠如是，死生以之！」〔註 24〕雖悲傷但出自肺腑且語氣堅定，其後果然在德宗面前為竇參雪冤。發出誓言再實現承諾，方得以成就言行相顧之君子風範。若非如此，則引人訕笑與輕視。

唐人小說中亦有令人訕笑譏誚的發誓者：唐人小說中最常發誓，且愛發重誓者莫過於〈霍小玉傳〉中的李益，然行為不能與誓言疊合，負義輕佻，徒成笑柄。當鮑十一娘為他找到「不邀財貨，但慕風流」的霍小玉時，他對鮑十一娘且拜且謝說:「一生作奴，死亦不憚。」〔註 25〕從其選擇高門為婚姻對象看來，對身份位階之看重，則作奴僕之誓言恰可印證其虛偽之言語。當

〔註 20〕汪辟疆:《唐人小說》，頁 342。
〔註 21〕汪辟疆:《唐人小說》，頁 251。
〔註 22〕汪辟疆:《唐人小說》，頁 206。
〔註 23〕汪辟疆:《唐人小說》，頁 325。
〔註 24〕汪辟疆:《唐人小說》，頁 209。
〔註 25〕汪辟疆:《唐人小說》，頁 92。

歡愛之夕，小玉有色衰愛弛之慮而悲泣時，李益說：「平生志願，今日獲從，粉身碎骨，誓不相捨。」〔註 26〕由其後之捨棄小玉反倒導致小玉之沉疾並喪命，再對比出李益之言不顧行。並且直接要將盟約留素縑之上，小玉取出越姬烏絲欄素縑三尺授李益，李益才思敏捷「援筆成章，引喻山河，指誠日月，句句懇切，聞之動人。」〔註 27〕二歲之間，日夜相從，至李益須赴任時，小玉隱約感到李益此去，必就佳姻，而有能再相守八年之希望，李益再次發下誓言：「皎日之誓，死生以之，與卿偕老，猶恐未愜素志，豈敢輒有二三。」〔註 28〕容或確是眞實愛著小玉，卻難敵攀援高門獲取功名富貴的誘惑。《論語・里仁》子曰：「古者言之不出，恥躬之不逮也。」〔註 29〕又曰：「君子欲訥於言而敏於行。」〔註 30〕李益恰行其反！

〈步飛烟〉中的趙象也發過誓言，但臨急時自顧率先逃躍，難以眞正言行相符，徒留涼薄怯懦之罵名。由趙象與李益二人之行爲，更襯出其他「義以爲質，禮以行之，孫以出之，信以成之」之人物志行之高貴。

三、誠心與信任

發出誓言再實現承諾，印證了發誓者的誠信。而人與人之間誠心與信任的相互對待，亦是力挽狂瀾的力量。如〈聶隱娘〉篇中聶隱娘之爲陳許節度使劉昌裔盡心，乃佩服於劉昌裔有神算之能，且能體諒聶隱娘爲魏帥前來賊己之首，是出於「各親其主」的限定。自隱娘決定捨彼就此之後，劉昌裔之豁達大度與全然信任，得到聶隱娘之報以忠誠。隱娘之救危，幻設虛構成分爲唐人小說之最，劉昌裔之能保命在於完全信任聶隱娘，能信從其言，以于闐玉周繞其頸，且任由化爲蠛蠓之隱娘潛入腸中聽伺，而在隱娘求去之際，爲其夫求一虛給，劉亦如約。劉昌裔之信任與聶隱娘之忠誠，對比於昌裔之子劉縱，更顯其珍貴難得：

> 開成年，昌裔子縱除陵州刺史，至蜀棧道，遇隱娘，貌若當時。甚喜相見，依前跨白衛如故。語縱曰：「郎君大災，不合適此。」出藥一粒，令縱吞之。云：「來年火急拋官歸洛，方脫此禍。吾藥力只可

〔註 26〕汪辟疆：《唐人小說》，頁 94。
〔註 27〕汪辟疆：《唐人小說》，頁 94。
〔註 28〕汪辟疆：《唐人小說》，頁 95。
〔註 29〕蔣伯潛：《語譯廣解四書讀本論語》，頁 52。
〔註 30〕蔣伯潛：《語譯廣解四書讀本論語》，頁 52。

保一年患耳。」縱亦不甚信。遺其繒綵，隱娘一無所受，但沉醉而去。〔註31〕

由於劉昌裔的信任，完全接受隱娘的建言，得到隱娘之忠誠，且對隱娘所求，亦如約實現，二人之互動是誠與信的美學呈現。而昌裔第二代對隱娘之信任則顯不足，但隱娘亦全心奉獻，卻不再領受其餽贈。

其他如〈齊推女〉篇中李生對田先生的信任致齊氏復生，〈無雙傳〉篇中仙客對古押衙信任致無雙歸來，與〈虬髯客〉篇中虬髯客對道兄之信任，從而減少中原逐鹿所造成之生命劫難，亦是人際互動之中德行的美學呈現。

而守信如約，亦是大美。在〈裴航〉篇中當裴航排除萬難如期取得玉杵臼之後，老嫗開懷的說：「有如是信士乎？吾豈愛惜女子而不醻其勞哉！」〔註32〕在〈圓觀〉篇中圓觀投胎之前對李源說：「少駐行舟，葬某山下。浴兒三日亦訪臨，若相顧一笑，即其認公也。更後十二年中秋月夜，杭州天竺寺外，與公相見之期也。」〔註33〕李源召孕婦告知，三日往觀新兒，果致一笑。婦人家出財厚葬圓觀，此是李源爲圓觀完成的前兩件事。而在十二年後秋八月，李源直詣餘杭天竺寺，赴其所約。圓觀轉世的牧童稱賞李源：「眞信士矣！」〔註34〕小說人物的誠與信得到稱許，乃是因誠信爲人類行爲所含有的抽象高尚價值，雖無法捉摸，但能令人至心感動。

第二節　堅持志業的努力——對治仕途志業未果之積極作爲

人之尋求工作機會，部分是爲了滿足基本需要中之「生理需要」，即是爲稻粱而謀，毋庸厚非。更有向上一層的追求即是「自我實現的需要」之滿足。唐人小說中士人之求仕企望極爲熱切，由其不擇手段之進行方式而言，表現得非常急功近利，其中爲滿足生理需要者可能佔多數，然爲求自我實現者亦非闕如。當士人遭遇仕途艱難之困境時，仍可見到不斷求進的努力，而更有執著於志業之追求者，其行動亦令人折服。

〔註31〕汪辟疆：《唐人小說》，頁329。
〔註32〕汪辟疆：《唐人小說》，頁332。
〔註33〕汪辟疆：《唐人小說》，頁312。
〔註34〕汪辟疆：《唐人小說》，頁312。

一、建功未果，捲土重來

士人對求仕之熱切企望，於上篇第二章已有論述。求仕未能如願，辜負家族的期待，家庭經濟未能改善，最基本的需求無法滿足，家族成員生存便陷入危機。在筆記小說中，士人應舉求仕不成，不乏多次捲土重來的紀錄〔註 35〕，但筆記小說紀錄軼聞軼事的史傳性質，在述寫中較少著力於描寫習業之用功勤苦之狀，作意好奇創作之單篇傳奇，作者可以肆意的描摩士子精進的狀態，〈李娃傳〉篇中則對此即可作補充說明。〈李娃傳〉篇中滎陽生因耽溺情愛以致耽誤求仕，且資財耗盡，遭計逐淪落至爲凶肆執繐帷唱輓歌，其志行之污辱家門，令家族失望，更遭父親鞭楚數百幾死，後來甚而淪爲乞丐，幸得李娃以贖罪的心理回復鄭生身份與尊嚴，所藉重的即是赴舉求仕的路徑。

李娃「復子本軀」的計畫之成功，在於其步驟之合理與實踐時之毅力。當李娃以繡襦擁歸西廂時的鄭生乃枯瘠疥癘、殆非人狀，首先須回復生理內外之健康，而後方及身分尊嚴之回復。當李娃適應其不同狀況時給予鄭生應有飲食後，而能「肌膚稍腴」、「平愈如初」，在體已康、志已壯時，經過一番沉思靜慮，曩昔藝業僅記得十之二三。於是揀購墳典，「斥棄百慮以志學，俾夜作晝，孜孜矻矻……二歲而業大就，海內文籍，莫不該覽」，雖已可策名試藝，猶欲更加精熟，以俟百戰。更一年赴舉果「上登甲科，聲振禮闈。雖前輩見其文，罔不歛衽敬羨，願友之而不可得。」此時社會地位已有提升，然視往日「行穢跡鄙，不侔於他士」，若要「取中朝之顯職，擅天下之美名」，則更需「礱淬利器，以求再捷。方可以連衡多士，爭霸群英。」〔註 36〕是以更加勤苦錘鍊學問。鄭生何其有幸，賴李娃之經濟無虞，與賢慧之謀畫與鼓勵，終能在四方之雋中脫穎而出。經由斥慮志學，礱淬利器，終能藉著赴舉及第而擺脫原來困躓，並重新獲得家族的承認。如同浴火鳳凰一般，遭逢生命困境，跌落谷底，咬牙忍痛奮力擊破困境的籠罩，終而轉變事實超脫而出。

〔註 35〕如《唐摭言》：「許棠，宣州涇縣人。早修舉業，……應二十餘舉。」「公乘億，魏人也，以詞賦著名。咸通三十年，垂三十舉矣。」「顧非熊，況之子，……在舉場垂三十年。」《北夢瑣言》：「大中後，進士尤盛。封定卿、丁茂珪……各二十舉方成名。」「唐馮藻，常侍宿之子，涓之叔父，世有科名……三十舉，方就仕宦。」

〔註 36〕汪辟疆：《唐人小說》，頁 125。

二、生命志業的追求與傳承

〈李娃傳〉中之鄭生能夠浴火重生，一方面得力於李娃全力相挺，一方面則是鄭生本來具有「雋朗有詞藻，迴然不群」〔註 37〕的良好資質，再加上志願之深切、用功之精勤所致。但如果不甚聰慧，雖勤加學習，仍藝不如人，對人物心志之挫折頗爲深重；反過來說，如果習藝精妙，未及傳授後人，亦成憾恨。〈冥音錄〉中正述寫不同人物各自遭遇這兩方面的人生困境，企思謀求突破困境所做的努力。篇中崔氏是一官人外婦，官人死亡後，不爲宗親所接受聞問。乃自立撫養二女，雖生活貧苦，但酷愛音樂，每以弦歌自娛。崔氏「有女弟菃奴，美風容，善鼓箏，爲古今絕妙，知名於時。年十七，未嫁而卒，人多傷焉。」〔註 38〕（技藝精妙而早夭常使人覺得惋惜，在〈許雲封〉篇中亦有同樣的嘆息，韋應物對說：「我有乳母之子，其名千金。嘗於天寶中受笛李供奉，藝成身死，每所悲嗟。」〔註 39〕）崔氏長女性識不甚聰慧，幼時母教其藝，稍有所未至，則遭母鞭箠，但仍無法体悟其中妙境，因而思念其姨，並且八年之間每遇節朔，輒舉觴酹地，哀咽流涕，母親亦心生哀憫，女云：

> 我，姨之甥也。今乃死生殊途，恩愛久絕。姨之生乃聰明，死何蔑然，而不能以利祐助，使我心開目明，粗及流輩哉？〔註 40〕

志於學藝，卻因資質所限，而未臻精妙，誠爲生命困境。而崔氏長女其對於學藝之堅持執著不放棄，終於突破陰陽空間之阻隔，竟感動陰間之鬼姨傳授技藝。

而鬼姨菃奴突破陰陽空間之困陷對甥女授琴藝，不只成全甥女對志業之追求，同時也將精妙音樂傳入人間，彌補自己學藝精妙卻未及傳授之遺憾。菃奴對其甥女之言，見出超越陰陽空間阻隔的艱難與危險，更顯出其對音樂存續的苦心：

> 女之情懇，我乃知也，但無由得來。近日襄陽公主以我爲女，思念頗至，得出入主第，私許我歸，成汝之願。汝早圖之！陰中法嚴，帝或聞之，當獲大譴。亦上累於主。〔註 41〕

〔註 37〕汪辟疆：《唐人小說》，頁 119。
〔註 38〕汪辟疆：《唐人小說》，頁 227。
〔註 39〕汪辟疆：《唐人小說》，頁 319。
〔註 40〕汪辟疆：《唐人小說》，頁 227。
〔註 41〕汪辟疆：《唐人小說》，頁 228。

由於甥女之摯情懇求而感動襄陽公主與莚奴，莚奴冒著陰間嚴密的律法與可能遭受之懲罰，一心希望能達成甥女與自己的希望。對於音樂愛好者，常思知音之難得，而若有美妙音樂，亦希望能與人共享，因為「勝事空自知」終究心有憾恨，莚奴言：「幽明路異，人鬼道殊，今者人事相接，亦萬代一時，非偶然也。會以吾之十曲，獻陽地天子，不可使無聞於明代。」〔註 42〕正是企求在此偶然的能突破「幽明路異，人鬼道殊」萬代一時人事相接罕有的機會，藉著甥女將音樂獻給人間天子，不讓音樂湮沒於聖明的時代。蔡守湘認為〈冥音錄〉的主題思想隱晦難明〔註 43〕，但是如果從對音樂技藝學習之執著與希望音樂廣為流傳之願望，來看人物對生命志業的追求與傳承的努力，則〈冥音錄〉之主題應是十分顯豁。

第三節　掙脫位階枷鎖之勇氣——對治身分位階枷鎖之積極作為

在唐代階級分明的社會中，處於社會底層的賤民階層，如：奴婢與娼妓，受到的生活上各方面的壓迫與剝削，總是希望改變自己的位階，獲得較佳處境，如〈霍小玉傳〉中的長安媒婆鮑十一娘，本來是薛駙馬家青衣，折劵從良十餘年。又如〈無雙傳〉中的塞鴻，本來是王仙客家的家生奴，對仙客言已得從良。而當無雙沒入掖庭，成為宮婢時，不僅王仙客基於情愛而奮力相救，即使是無雙也希望恢復自由之身。又如〈楊娼傳〉中嶺南帥甲由於深愛楊娼，而出重金，削去娼之籍。這些例子都顯示困陷於階級枷鎖中的低下階層，都希望有朝一日能夠脫離原有階層，享受良民應有的尊嚴。

〈崑崙奴〉篇中的紅綃本是良民，因一品官以武力壓迫劫奪成為姬僕。雖擁有玉筯、金爐、綺羅、繡被，生活上超乎常人的享受，但「皆非所願，如在桎梏」，「不能自死，尚且偷生，臉雖鉛華，心頗鬱結」，人身與行動自由皆受到控制，是以在能見到外來的訪客崔生時，當然將之視為救星。是以對崔生發出求救信息：「立三指，又反三掌者，然後指胸前小鏡子，云：『記取。』」〔註 44〕當所約之夜，卻未見有來人營救時：

〔註 42〕汪辟疆：《唐人小說》，頁 228。
〔註 43〕蔡守湘：《唐人小說選注》，頁 701。
〔註 44〕汪辟疆：《唐人小說》，頁 324。

> 惟聞妓長嘆而坐，若有所俟。翠環初墜，紅臉纔舒，玉恨無妍，珠愁轉瑩。〔註 45〕

好不容易發出求救的信息，亦須靠穎悟之人才能默記且解讀正確。如果又落空，則脫離桎梏的機會又不知何時。等見崔生到來，並知崔生家僕有殊異才能，直接要求借其神術，以脫狴牢。並言：「所願既申，雖死不悔。請爲僕隸，願侍光容。」〔註 46〕崔生卻是愀然不語，幸得崑崙奴磨勒之熱腸與爽快，終脫枷鎖。

由低下位階想進入較高位階，需要經過社會認同的合法程序，如折券從良或以重賂削除娼籍，如果像紅綃之脫逃則畏懼主人追擒，與之相同情況的是紅拂女投奔李靖，亦使李靖喜懼交雜、萬慮不安。這說明的是這套制度一旦訂定之後，就成爲居處於階級社會中的各階層成員的緊箍咒，必須以合法且公認的方式才可變換位階。而如若自己思欲脫離制度束縛，卻又非經合法程序完成者，制度即成無所不在的天網，時時造成脫逃者心理最大的威脅。而〈古鏡記〉中的鸚鵡由狐妖變形爲人，時處於逃竄惶惑之中，即成爲上述情形的具體象徵。鸚鵡的狐妖身分象徵的是低下位階的身分，而變形爲人，鸚鵡也不貪心，所選擇的僅是女性且是婢女，企思變換位階，而卻時時認爲自己行爲不合法，說「大行變惑，罪合至死」或「逃匿幻惑，神道所惡，自當至死耳」〔註 47〕，當遭天鏡臨照之時，「久爲人形，羞復故體」體現出對原本身分之厭棄。鸚鵡雖不免一死，但是努力變形以掙脫原先身分之勇氣，實可嘉許！

第四節　追求珍惜與期許——對治愛情難遂之積極作爲

面對愛情難遂的生命困境，處於離散狀態的情形，情節發展到最後，爲何有的無法再聚合，有的亦旋聚旋散，有的卻能欣喜相聚？〔註 48〕尋繹其中原因，乃得之於小說中人物的內在情志，以及外來力量的幫助，甚或是神秘

〔註 45〕汪辟疆：《唐人小說》，頁 325。

〔註 46〕汪辟疆：《唐人小說》，頁 326。

〔註 47〕汪辟疆：《唐人小說》，頁 4。

〔註 48〕林淑貞在〈唐傳奇的愛情美學〉一文中，從唐人小說情愛故事結局視角切入，將其審美型態由聚合和離散兩種類型來論述，聚合類型是指生發愛情的兩端，因各種阻力或環境遷化、人世阻隔等不可抗拒的力量而分離，終就能重新團聚，由〈柳氏傳〉與〈無雙傳〉爲例，拈出其中聚合結構之簡式爲：散→聚或是聚→散→聚。而由〈霍小玉傳〉與〈鶯鶯傳〉爲例，歸結出離散類型之簡式爲聚→散。請參見氏著：〈唐傳奇的愛情美學〉，收錄在《美學與人文精神》（台北市：文史哲出版社，2001 年 8 月）。頁 99 至 135。

命運的安排。若能獲得外力亦非憑空即可獲得，或先有恩於人，或先至心懇求，或經自己努力求索不成卻感動社會上其他外力。由此可見人物內在情志居重要的地位，設若外力強制使兩方聚合，若其中一方已懷有異志，亦將以離散之型態收場。主人公內在情志表現於作法上，有型態上之差異，首先是良禽擇木的積極作爲，指的是主人公看清時勢，選擇適志方向義無反顧投奔目標；其二是主人公以深情求索之作爲，終而突破難關，轉變頹勢，而能與所愛重相聚首；其三是因他人積極義助而稍解愛情難遂的遭遇，此乃因內在情志爲主導愛情聚合或離散之主因，雖有氣義者伸手相援，如果導致離散的因素更爲強大時，則他人義助則顯得僅可稍解，而未能徹底解決困境；其四是若導致離散的原因爲陰陽空間的阻隔，主人公以珍惜短暫的相會時間，將剎那化爲永恆；最後則是主人公知愛情難以挽回，遂割捨情愛，化爲期許，希望他人勿再遭受愛情轇轕的折磨。

一、良禽擇木

良禽擇木而棲，人們遭逢困境時總思脫困求適，當此之時，有的人物能看清時勢，並且選擇最適志的方向，義無反顧的投奔。唐人小說中，愛情追求表現爲良禽擇木之模式自是以〈虬髯客傳〉中的紅拂女爲典型代表。原先侍奉在尸居餘氣的楊素身旁的紅拂，自是缺乏愛情的滋潤。當李靖在權重望崇的楊素之前，見其倨傲無禮，不能禮敬賢士，能不畏權勢，勸諫楊素：「天下方亂，英雄競起。公爲帝室重臣，須以收羅豪傑爲心，不移踞見賓客。」竟使楊素斂容而起，收其策而退。「當公騁辯之時，一妓有殊色，執紅拂，立於前，獨目公。」〔註 49〕紅拂此刻即已特別注視李靖，當李靖將離去時，紅拂要求臨窗小吏問李靖之排行與住處，心中已有投奔的打算。當夜五更初，李靖住處即有低聲叩門者，即紅拂來奔，其言：

> 妾侍楊司空久，閱天下之人多矣，無如公者。絲蘿非獨生，願託喬木，故來奔耳。〔註 50〕

其中呈現出紅拂的投奔，一方面是因慧眼獨識英雄，一方面則因女性在亂世中難以自立獨生。紅拂不但有識英雄之能，亦深了解楊素的爲人：「尸居餘氣，不足畏」與「去者甚眾，彼亦不甚逐也」，因而認爲計畫周到安妥，要李靖安

〔註 49〕汪辟疆：《唐人小說》，頁 214。
〔註 50〕汪辟疆：《唐人小說》，頁 214。

心勿疑。果然數日之間，追討之聲並不急迫，又顯出紅拂判斷之正確。由於紅拂能識英雄，擇木投奔，李靖亦確是可資託靠的喬木，且眞心欣喜接受紅拂，終能成就貞定的結合。

又如〈離魂記〉中之倩娘與王宙已「私感想於寤寐」，家人卻仍莫知其狀，故而遭父親許婚他人。當遭遇愛情難遂時，二人生發的情緒是「女聞而鬱抑，宙亦深恚恨」，所採取的行動是王宙「託以當調，請赴京」，引起倩娘父親的反應是「止之不可，遂厚遣之。」而形神處於禮教與愛情矛盾衝突中，遭受拉扯撕裂的倩娘，終致身形不敢違背禮教、污辱門風，而羸臥閨中，神靈卻勇敢的突破禮教束縛而夜奔王宙，促成美麗的結合。其後王宙又能體貼倩娘對父母懷恩義報答之思，終而使得倩娘形神結合。此中關鍵處即是倩娘的內在情志：「君厚意如此，寢食相感。今將奪我此志，又知君深情不易，思將殺身奉報，是以亡命來奔。」〔註 51〕

以良禽擇木方式而突破情愛難遂的困境，促成聚合的結局，實屬不易。首先需要二人皆互相傾心於對方，且女子深知必爲對方接受，再加上有來奔的勇氣，而男子確實是可依託的喬木，方得以成就佳緣。

二、深情求索

當小說人物遭逢愛情難遂之時，或因人物的深情求索，突破層層難關，終能突破種種險阻，扭轉原先離散的狀況，終於得以相聚。如〈裴航〉篇中裴航對「難題求婚」〔註 52〕的努力即是深情求索的表現。「得玉杵臼、搗藥百日」即是這一難題求婚的關卡，他一心思娶雲英，將赴舉、親情、友情皆置諸腦後，在鬧市喧衢中高聲呼喊求購玉杵臼，人皆目之爲狂人。後由一貨玉老翁處得知卞老有玉杵臼貨之，然非二百緡不售，裴航傾瀉囊橐資財尚不足，須再賣掉僕人馬匹，才湊齊錢數。其後又爲搗藥百日，方議姻好。

〈無雙傳〉中王仙客所遭遇的亦可列入「難題求婚」模式。仙客求與無雙結合願力之強，自始即百般努力苦心企求結合，其後無雙遭沒入掖庭後，又形成比先前更加難以結合的事實，卻仍深情不移力救無雙，其間因得古押

〔註 51〕汪辟疆：《唐人小說》，頁 59。

〔註 52〕「難題求婚」是民間故事或童話常出現的母題，男主角常需經歷如殺惡龍或取寶物等不易完成的任務，方能贏得美人。請參見朱鳳華〈難題求婚：生成與轉換——兼論文學作品中的愛情婚姻模式〉《麗水師專學報》1994 年第一期，頁 15 至 19。

衙之助，終於復合，但率皆出自於仙客堅定執著的內在情志所致。

〈補江總白猿傳〉中歐陽紇妻遭白猿劫奪，歐陽紇生發出「大憤痛，誓不徒還」的情緒與大願，迅速採取的行動是「因辭疾，駐其軍，日往四遐，即深凌險以索之」，尋求逾月，適百里之外叢篠上，得妻繡履一隻，歐陽紇則是「尤悽悼，求之益堅」，尋得繡履，更加堅定尋妻之內在情志。又選壯士三十人，「持兵負糧，巖棲野食」，遇深溪則編木以度，見絕壁則捫蘿引絙而陟其上。在一名花嘉樹遍植，綠蕪豐軟如毯之清迥殊境，見服飾光鮮群婦嬉遊歌笑其中。從中得知妻確被劫至此，解決尋找的難關之後，尚要通過殺猿的考驗，方得以救回妻子。由婦人口中所說之白猿並非弱者「此神物所居，力能殺人，雖百夫操兵，不能制也。」〔註 53〕這些帔服鮮澤、居於清迥殊境、衣食無憂、嬉遊歌笑之婦人，雖與白猿共居此數年，然未適志，仍以他者意識視白猿為異類，竟告知歐陽紇誅除白猿秘訣，且參與殺猿行動。歐陽紇由於苦心努力求索，終而能殺猿成功，救回妻子。

〈楊娼傳〉篇中嶺南帥甲謀求與楊娼相聚的努力，雖相聚之願未能達成，但皆為娼設想，寧其生，求聚之心雖熾，也不因此而致楊娼生命遭受威脅，其後楊娼殉死其心可敬，雖二人以離散為結局，其中卻展現了深情求索的美學典範。

三、他人義助

〈霍小玉〉篇中霍小玉雖百般使勁欲得李益消息，卻傾盡家產且致疾候綿惙，長安中稍有知者，「風流之士，共感玉之多情；豪俠之倫，皆怒生之薄行」。李益表弟崔允明曾告訴小玉李益消息，在三月春光明媚之際，李益尚有心情與密友同遊賞景，其中韋夏卿責怪李益曰：「風光甚麗，草木榮華。傷哉鄭卿，銜冤空室！足下終能棄置，實是忍人。丈夫之心，不宜如此。足下宜為思之。」〔註 54〕風流之士、豪俠之倫與崔允明、韋夏卿皆心感不平，出言撻伐李益之薄倖，代表著當時的社會良心，而黃衫豪士之出現更是將社會良心化為具體行動。黃衫豪士先以樂賢之意表達仰望李益名聲，復誘以有美樂妖姬駿馬，盛邀李益，李益實是忍人能置小玉重病不管，而驅赴嬉樂遊冶之地。迨近小玉住處，李益欲回馬首，豪士以近自家敝居為由而挽挾其馬，牽

〔註 53〕汪辟疆：《唐人小說》，頁 19。
〔註 54〕汪辟疆：《唐人小說》，頁 96。

引而行，及小玉處所，李益神情恍惚，鞭馬欲回，豪士遽命奴僕數人，抱持而進，便令鎖卻。然而二人雖重相聚首，竟成永訣。雖賴外力助成小玉聚合心願，然李益已有異志，小玉亦久病孱弱，終以死別離散爲結局。

而兩情若是久長，死亡又豈能成爲阻隔，但二人重能相聚亦須賴外人之義助。〈李章武〉篇中李章武隔了八九年又思憶起王氏子婦，到達王氏家宅時，則闃無行跡，引起章武的各種揣測：「以爲下里（趕集）；或廢業即農，暫居郊野；或親賓邀聚，未始歸復。」〔註 55〕總有幾分悵然，而就問於東鄰之婦，方知子婦歿已再周矣。迨東鄰婦確定章武身分後，即爲傳達王氏子婦的衷曲，因爲王氏子婦之於章武私侍枕席，實蒙章武歡愛，分別累年，思慕之心，致竟日不食，終夜無寢，又無法對家人明言，加上丈夫常帶著她東奔西跑，與章武更無法遇合，只有鄰婦可以吐訴並爲之留意章武的消息。對此王氏子婦感激在心，王氏子婦臨死雖未能再見章武，但對鄰婦則充滿感激之情，其臨死之見託曰：

> 我本寒微，曾辱君子厚顧，心常感念。久以成疾，自料不治。曩所奉託，萬一至此，願申九泉啣恨，千古睽離之歎。仍乞留止此，冀神會於髣髴之中。〔註 56〕

生死的分離，陰陽空間的隔斷，造成「九泉啣恨，千古睽離」之憾恨，但猶希望能神會於髣髴之中，亦僅能靠著鄰婦達成心願。王氏子婦能對鄰婦吐訴私密，是對鄰婦之全然信任，而鄰婦果眞傳語告知章武，亦突顯鄰婦之信實，因而二人得以重聚首而稍釋憾恨，誠如子婦之言：「非此人，誰達幽恨？」〔註 57〕是以由於東鄰楊婦之恩深義重，以致章武其後往來華州，訪遺楊六娘，至今不絕。

四、珍惜相聚

李章武與王氏子婦因賴東鄰楊婦之助而能重相聚首，是其外在助力。但尋求外在助力亦因內在情志之驅使。正因二人初見即「兩心克諧，情好彌切」〔註 58〕；分別之後，章武又復思及曩好且迴車涉渭而訪，王氏子婦因思慕致竟日不食終夜無寢，且有向鄰婦請託之言，皆見二人愛意甚深；當持帚之婦告知章武王氏子婦感郎恩情深將見會，恐章武懼怖，先使相聞，章武答以：「章

〔註 55〕汪辟疆：《唐人小說》，頁 67。
〔註 56〕汪辟疆：《唐人小說》，頁 68。
〔註 57〕汪辟疆：《唐人小說》，頁 69。
〔註 58〕汪辟疆：《唐人小說》，頁 67。

武所由來者，正爲此也。雖顯晦殊途，人皆忌憚，而思念情至，實所不疑。」〔註 59〕是可知二人此時猶情意深深，一方突破陰陽空間阻隔前來相聚，一方則思念情至而無所畏怖。王氏子婦出現後，章武下床，迎擁擕手，款若平生之歡。王氏子婦云：「在冥錄以來，都忘親戚。但思君子之心，如平昔耳。」〔註 60〕深情執著即使死亡卻仍牢記深念未能忘情。但是相聚卻未能久長，啓明星出現則當須回返陰間，受短暫時間的困陷，情意綿綿更加難捨，其答贈之詩充滿臨別的悲恨，卻又知彼此心靈緊緊相屬。

至五更時，有人入報王氏子婦需回返，王氏子婦與章武連臂出門，仰望天漢，遂嗚咽悲怨。相見時難別亦難，聚合的機會如此難得，聚合的時間復如此短暫。二人入室後，王氏子婦以靺鞨寶獻章武，且贈詩云：「河漢已傾斜，神魂欲超越。願郎更迴抱，終天從此訣。」時間的緊迫催逼之下，神魂即將離去回返陰間，希望在得到章武的擁抱，從此便是永遠的訣別。章武亦取白玉寶簪贈王氏子婦，並詩曰：「分從幽顯隔，豈謂有佳期。寧辭重重別，所歎去何之。」此次的分別料想即是幽明空間之隔絕，哪裡還會有重逢的佳期，希望能夠辭退一次一次的離別，使人憾恨歎息的是無法得知你將到何處去？二人因而相抱涕泣，良久，王氏子婦又贈詩曰：「昔辭懷後會，今別便終天。新悲與舊恨，千古閉窮泉。」前次相別猶冀望能再相會，但是此次分手即是永遠的隔絕，這次分手的悲痛與前次生離的悵恨糾結縈繞，將獨自於千古窮泉中承受。章武答曰：「後期杳無約，前恨已相尋。別路無行信，何因得寄心。」往後的聚合機遇渺茫無約，而以前分離的憾恨已相繼湧上，離別之後何處尋覓行蹤信息，憑靠什麼寄與我對你思念的心情。短暫的相聚時刻中，二人已激盪出如此繁多的綿綿情意，勝過同床異夢、對坐生厭、甚而夫妻反目者。敘別訖，王氏子婦趨近室中西北隅，行數步又回顧拭淚，云：「李郎無捨，念此泉下人。」當天欲明時，王氏子婦急趨屋角，即復不見。「但空室窅然，寒燈半滅而已。」〔註 61〕徒留一室的空寂與章武的愴恨。後章武促裝，至下邽，與友宴飲既酣，又升起懷念之心，即事賦詩曰：「水不西歸月暫圓，令人惆悵古城邊。蕭條明早分岐路，知更相逢何歲年。」〔註 62〕詩中對分離懷著悵恨，

〔註 59〕汪辟疆：《唐人小說》，頁 68。
〔註 60〕汪辟疆：《唐人小說》，頁 69。
〔註 61〕汪辟疆：《唐人小說》，頁 69。
〔註 62〕汪辟疆：《唐人小說》，頁 70。

希望重逢卻感到渺茫。與友別後獨行復又諷誦此詩，忽然聽到空中有歎賞，音調悽惻。更細加審聽，乃王氏子婦，云：「冥中各有地分。今於此別，無日交會。知郎思眷，故冒陰司之責，遠來奉送，千萬自愛！」〔註 63〕雖然相聚短暫卻珍惜，彼此之深深相知相惜，已將刹那化爲永恆。

茲將愛情難遂終而聚合之因整理如下表，行文中未舉以爲例者，可由一覽表中清楚呈現之：

表五：愛情難遂終而聚合之因一覽表

篇名出處	自身情志		外力相助
	努力求索	良禽擇木	
補江總白猿傳	紇誓尋回，不徒還		
離魂記		倩娘知王宙深情不易，不相負跣足來奔	
任氏傳	鄭六不嫌棄任氏身分 努力尋找任氏		
柳氏傳			許俊效力奪回柳氏
柳毅	龍女誓報柳毅之恩		
李章武傳	王氏子婦雖亡故，感章武恩情深重，特來相會。		
霍小玉傳（聚而旋離）	小玉想望不移，風流之士爲之感動		黃衫豪客挾持李益至小玉居處
李娃傳	思復生本軀，志不可奪 鄭生得功名不棄李娃		
齊推女	李生至心求田先生援助		田先生以具魂法使齊女再生
無雙傳	仙客敬事舅父舅母 仙客努力求索		古洪效死力助二人重聚
崑崙奴		紅綃向崔生求救	崑崙奴負妓出一品宅院
裴航	盡其精神時間資財求購玉杵臼，並搗藥百日		
虬髯客傳		紅拂女夜奔李靖	

〔註 63〕汪辟疆：《唐人小說》，頁 70。

五、割捨愛情化爲期許

章武與子婦之生離死別，離情依依難捨，然而身雖睽離，心靈卻是緊緊繫合結縮在一起，對於愛情難遂的事實雖未能轉變，但心靈中充滿的珍惜憐愛，將悲傷痛楚的心境作一番洗滌，從而消解分離所造成的憾恨。另有一種合義的作爲，雖無法力挽事實，改變愛情難遂的困境，然而能在未能挽回所愛時，將原有的負面情緒作一番超越，減輕悲傷的情緒對自身的傷害，走出悲傷，不再沉陷其中，更進一步，甚而化作對他人幸福的期望。如〈鶯鶯傳〉中鶯鶯一直陷於禮教與愛情間的矛盾而顯得令張生難以了解鶯鶯的抉擇取向，而張生之涼薄與難以捉摸，亦使鶯鶯陷入痛苦的情境之中。最後鶯鶯終能割捨與張生之情愛，另嫁他人，而張生亦另娶。其後張生經鶯鶯所居處，求以外兄見鶯鶯，鶯鶯不出，以詩謝曰：「棄置今何道，當時且自親。還將舊時意，憐取眼前人。」〔註 64〕既已棄置，又何須此時求見，想相見則心仍存愛意，則當時就要珍惜。鶯鶯能將求不得之苦化爲對張生的期許，希望張生憐取眼前人，是鶯鶯對悲傷的理性超越。這種轉化心態不復執著自傷的情形，不屬於佛教、道家或道教思想的影響，由其行爲之理性與合理而言，亦置於此章論及。

本章小結

唐人小說中人物遭逢各種生命困境時，終能轉危爲安，由困而適者，其中來自於外在援助力量，則令人看到人類高貴偉大的情操，出自正義而伸手相援不求回報，甚至願意捨身相救；起誓之堅定，實現承諾之信實，令人擊節歎賞。而來自於身處逆境之主人公扭轉事實之力量，得以轉變遭遇之各種困境者，則令人讚嘆生命的韌性，其至心懇摯與努力求索，知其不可而爲之的表現，令人激歎人類潛在力量之充沛。

本章由遭遇不同面向之生命困境，相應的論述積極轉變的作爲：首先，當主人公身陷死亡威脅時，其危急與弱勢，僅能待他人相援，此時出手相援者，其勇氣與熱腸皆展現了人類美善的情操。其次爲主人公遭遇仕途難登與志業未竟之生命困境時，不畏困難，再三求進努力翻轉逆勢。復次是身處卑下位階的主人公，掙脫位階枷鎖所展開的尋求門徑的作法。最後是遭逢情愛

〔註 64〕汪辟疆：《唐人小說》，頁 168。

難遂的生命困境，主人公力圖改變事實的積極作爲。由陷「困」而求「適」，並非輕易可達，其中投入的心血精神，只有親身經歷者方體會箇中滋味，而經由努力作爲得以扭轉逆境，最後的結果更令人珍惜寶愛。

結　論

歸結唐人小說所示現的生命困境，大抵有四個面向，即死亡威脅、仕途難登、身分位階處境與愛情難遂之生命困境。其中最重大的生命困境是死亡威脅的壓力，生命在自然狀態下進行，原本即面對「終必有一死」的結局，這是人類無法遁逃的課題。從文本研讀中，發現唐人小說中造成人物死亡的因素有二，其一是自然死亡，又可分二端，其一是生命歷程中因疾病侵襲導致死亡，其一是作家定命觀下小說人物因天命難違而走向生命的終點；除了自然死亡之外，又有非自然的死亡因，從文本中歸納後分析爲六項：一爲帝王意志，二爲戰亂造成死亡悲劇，三爲家人侵逼造成死亡，四是出於他者意識而遭剝奪生命，五爲負義的行爲，助人者反遭受助者負義侵奪生命，六爲天然災害造成死亡。小說中人物面臨死亡威脅生發的情緒，由於多數當事者多是無爲之死，心中湧起的是怨望憤恨憂傷難抑的情緒；如果出於政治因素，死亡威脅來自帝王，當事者毫無招架之力，則文本中僅及當事者遭貶、流放、賜死的記述，未述及小說人物情緒，由是而呈現出無力挽回、無聲就死的情況；而亦有因天命難違，死亡早已前定，小說人物雖預知宿命仍泫泣良久；另一種情緒是因親人之死，產生面臨深愛不捨其死的情緒。此外，小說中對於死亡場景之鋪寫，具有以下幾種效能：一爲烘托悲悽情緒，二爲對比蕭索心緒，三爲表現人物冷酷，四爲呈現惴慄感受，五爲突顯貪婪行爲。

死亡威脅誠是人類生命中最艱難的困境，爲了避免死亡的侵害，延續生命生存之基本需求，如生理基本衣食所需，是人生在世極爲現實的層面，除此之外，爲了滿足更高一層的自我實現的需求，則小說作者／士人團體生命中求仕過程遭遇的另一困境即是仕途難登的處境。唐代士人企望出仕的原因有三：一爲經濟狀況的改善、二爲家族地位的提升、三爲自我理想的實現，由此士人競奔於赴舉求仕之途，由於僧多粥少，使如願者只佔少數。究其仕途難登的原因在於唐代開科取士途徑狹窄，加以上牓關涉人爲因素複雜眾多，仕途艱難是士人心中極重之挫傷，而進入官場亦須面臨官場複雜生態。宦途之蹇滯與險惡則在於：一爲主司職掌銓選權力，二爲入仕無由、升遷無門，三爲出任處非所願，四爲居官失職、遭到革除官職，五爲官員間的恩怨傾軋影響仕途，六爲政權改換使士人手足無措，七由於士人宦途與生命操縱於帝王手中，若帝王作風嚴峻，則生命與仕途皆岌岌可危，八則是族人謀反、遭受連坐。

唐朝延續了傳統親親尊尊維護統治秩序的作法，人們一出生就已被決定處於社會上某身分位階，身分、性別與位階枷鎖亦是小說中眾生所需面臨的生命困境：其中失勢官員遭受得勢官員的壓迫，女性則遭受傳統男尊女卑觀念的壓抑，在婚姻、生命等方面無法得到應有的尊重；平民階層則遭受來自於官員的壓迫；屬於賤民最底層的奴婢階層則是最爲哀哀無告者，遭受最多的剝奪，承擔最不合理的責求。由此而出現思欲突破身分位階困境的例證，而「異類之企思變形爲人類」是突破身分位階的象徵。

人類在最基本的生理需求滿足後，更上一層則希望得到歸屬與愛，唐人小說中的愛情故事最爲讀者熟知樂道。唐朝社會儘管較爲開放，但是女性仍以家庭爲生活重心，尋覓愛情、進入婚姻是女性心中之渴望，幸福如願者大抵較不具書寫價值，而未能遂願者則成爲小說書寫的題材，因此唐人小說示現之另一生命困境即是愛情難遂的憂傷。愛情難遂之憂傷首先來自於人類心靈中對愛情的自然企望，其中結識對象各有不同方法，由於禮法之規範下，對男女之際的防閑，遂生發別具趣味的邂逅場景，亦展開努力的追求的過程。由於唐朝小說中愛情結合的模式多半牴觸禮法，因此認識的開始亦造成未來坎坷的命運，因而小說人物心中常縈繞著幽微的情思與天人交戰的掙扎，而社會婚姻價值觀更導致了愛情中男性對女性的離棄，此外，各種外在因素如戰亂、時空阻隔與外力阻撓皆導致愛情雙方的分離，亦造成了心中的創痛。

遭遇生命困境，小說人物對治方法各有不同，在唐人小說中或有主人公遭逢困境時，雖曾竭盡心力卻終而無力轉變事實且未思改變心態，而採一味之沉陷執迷。唐人小說中人物遭逢死亡威脅率皆企思求生圖存，屬於有爲之死的例證極少，因此自不論述沉陷於死亡迷戀者。而當人物遭逢仕途艱難時，唐人小說中的士人雖多有捲土重來的行動與屢挫敗屢赴舉的鬥志，但面對現實生活困厄的壓力，亦不免摧陷於負面情緒之中，如宦途不如意者或慨嘆困窘，或出言不遜，或就藩入幕，甚至是伺機報復等，由此更引發了宦途的險惡，甚至造成社會的動盪，亦成爲晚唐國家傾覆的原因。在身分位階方面之沉陷，有兩極的表現，一是過度遵循規範，一則以身試法，雖死無悔，二者相同之處皆是以生命付出爲其代價。在遭逢愛情難遂之生命困境時，小說人物亦有陷溺執著求索，以致疾候沉綿，至死仍未改其心，最後終爲愛情而殞身。

除了沉陷於生命困境之外，唐人小說中亦有主人公採取轉變心態一尋求歸宿與接受命運的方式，以企圖超越生命困境的作法。在遭遇仕途艱難困境時，士人或尋找心靈歸宿以走出困境，或採棲道歸隱的方式，或以遊心於藝的方式，或以善待物我生命的方式，皆得以自困境中昇華而出。小說中對神仙世界長生幻想的描寫，是作者於困境中望梅止渴心態的企盼，亦是小說人物遭遇困境時的選擇，同時亦成爲閱讀文本之讀者遭遇困境時的紓解之道，因爲神仙世界之幻想幾乎解決了人生在世一切的生命困境。

小說中人物遭遇生命困境，選擇接受命運前定的說法亦是轉變心態以消解困境的方法。唐人定命觀來自於古代原始的陰陽學說，藉著佛道之盛行，普遍流行於社會中。唐人小說中人物亦有以定命觀消解人生困境者，認爲仕宦、名祿、壽命或婚姻早已前定，即如一飲一啄，亦有定份。因此遭遇死亡威脅，以定命觀消解悲傷；仕宦不如意者，以定命觀解釋；並以定命觀解釋身分、性別、位階乃因前定；遭遇婚姻愛情不遂願，亦以定命觀作解。雖顯得態度消極，然而是在主人公奮力積極作爲之後，卻不能如願之後的消解困境的解釋方式，帶有一種魯迅筆下阿 Q 式的心態，然而具有護衛心靈的作用。近人常因人生中的不適意而興起「歡喜做，甘願受」的處世模式，亦具護衛心靈之效，且帶有更爲積極的自我意志能動的效果，不因生命中的不順遂而怨嗟悲歎，更昇華爲自助進而助人的力量，走出憂傷心靈，由接受定命之後轉變心念，而發出的生命光華亦如許璀璨耀眼。

唐人小說中當主人公遭遇生命困境時，除了上述沉陷困境與轉化心態之外，更有扭轉事實，力挽狂瀾之行動，不做逃避，積極當下承擔。或有面對他人遭受死亡威脅而及時伸出援手者，常先有所承諾，而後有行動之實踐，在互動中所表現的誠心與信任，是小說中最爲人激賞之處。而面對仕宦未果或志業難繼的困境，亦有積極奮力捲土重來者，努力堅持生命志業的追求與傳承。當身陷身分、位階施諸於身上不公對待之困境時，亦有勇於掙脫身分、位階枷鎖之勇氣的人物，或看清時勢選擇投奔可信靠者，或爲脫離原有位階雖死無悔。當小說人物面對愛情難遂之困境，亦有採積極作爲者，約有五種模式：其一爲良禽擇木型，其二爲深情求索型，其三是得到他人義助，其四爲珍惜相聚型，其五爲情愛雖不可得，而能割捨情愛化爲期許。

探究唐人小說示現之生命困境後，發覺人降生於世，生命困境即如影隨形地出現於人生各個階段，究其產生原因乃來自於人類生存需求未獲得滿足之故，也來自於帝王時代森嚴的等級制度之罪惡，由是而產生各種苦痛。從唐人小說中之探究，得到其對治方法在於生命困境產生後的轉變事實與轉化心態，皆能使人自「困」而「適」，身心得到安頓，而小說中主人公自始至終執著陷溺者則多以生命淪亡爲其代價，雖有其悲劇美學典範的呈現，但是於心靈與生命而言，均造成巨大之斲傷，自不足以援引。但是轉變事實與轉化心態仍是事後挽救之道，如果能有更爲終極解救之道，則人類幸甚，這亦是世界各大宗教誕生的源頭，宗教實際上提供了遭逢生命困境者的心靈慰藉，但是宗教力量對於人心的深入程度與普遍程度仍是有限，則浮沉於生死之海的眾生歸向何處？企盼懷抱熱忱之有識者能更爲深入的再往前跨進。宗教的終極關懷建立於對死後世界的嚮往，然而人生於世，眼下所見與當下所遭逢的對待，即刻引發出的情緒更亟待解決，宗教家發動建立人間淨土，人心之善美化爲改善社會之行動，帶來社會更多的溫馨，在宗教與政治同時推進之下，若人生中無法逃脫生命困境，俾能庶幾漸次消減生命困境帶來的負面打擊。

茲將本論文全文架構列表如下，俾便更加清楚呈現出唐人小說中主人公遭逢生命困境與主人公所採取的對治方法：

表一：全文架構一覽表

<table>
<tr><th colspan="2">生命困境
對治方法</th><th>死亡威脅的壓力</th><th>仕途難登的處境</th><th>身分性別位階的哀歌</th><th>愛情難遂的憂傷</th></tr>
<tr><td colspan="2">陷溺執著</td><td></td><td>雄才難展轉爲戾氣</td><td>突破枷鎖之執著
遵循枷鎖之執著</td><td>陷溺執著求索不懈</td></tr>
<tr><td rowspan="2">轉化超越</td><td>尋求歸宿</td><td>神仙長生之幻想</td><td>棲道歸隱
遊心於藝
善待物我生命</td><td></td><td></td></tr>
<tr><td>接受命運</td><td>年壽早有定命</td><td>仕宦升遷早已定命</td><td>身分性別位階乃因前定</td><td>愛情難遂
以定命觀消解哀痛</td></tr>
<tr><td colspan="2">扭轉事實</td><td>力挽狂瀾</td><td>建功未果捲土重來
生命志業傳承追求</td><td>勇於掙脫枷鎖</td><td>良禽擇木、深情求索
他人義助、珍惜相聚
割捨愛情化爲期許</td></tr>
</table>

參考暨徵引資料

一、古籍（按時代先後排序）

1. 漢・司馬遷：《史記》，台北市：啓業書局，1978 年。
2. 唐・長孫無忌等：《唐律疏議》，北京：中華書局，1985 年。
3. 唐・白居易：《白居易集》，台北市：漢京文化事業有限公司，1984 年 3 月。
4. 唐・杜佑：《通典》，台北市：新興書局，1963 年。
5. 晉・劉昫等：《舊唐書》，台北市：鼎文書局，1976 年 10 月。
6. 五代・孫光憲：《北夢瑣言》，北京：中華書局，1985 年。
7. 宋・歐陽修、宋祁：《新唐書》，台北市：鼎文書局，1976 年 10 月。
8. 宋・李昉等：《太平廣記》，台北市：文史哲出版社，1981 年 11 月。
9. 宋・洪興祖：《楚辭補注》，台北縣：漢京文化事業有限公司，1983 年 9 月。
10. 宋・王溥：《唐會要》，北京：中華書局，1985 年。
11. 宋・王欽若等：《冊府元龜》，台北市：大化書局，1984 年 10 月。
12. 宋・司馬光：《資治通鑑》，北京：中華書局，1956 年。
13. 宋・馬端臨：《文獻通考》，台北市：新興書局，1963 年。
14. 明・胡應麟：《少室山房筆叢》，台北市：世界書局，1963 年 4 月。
15. 明・胡震亨：《唐音癸籤》，台北市：台灣商務印書館，未註明出版時間。
16. 清・彭定求：《全唐詩》，北京：中華書局，1960 年。
17. 清・王夫之：《讀通鑑論》，台北縣：漢京文化事業有限公司，1984 年。
18. 清・段玉裁：《說文解字注》，台北市：黎明文化事業股份有限公司，1980 年 10 月。

19. 清・王琦：《李太白全集》，北京：中華書局，1977 年。

二、專著（按作者姓氏筆劃排序）

1. 王立：《中國古代文學十大主題》，台北市：文史哲出版社，1994 年 7 月。
2. 王夢鷗：《禮記今註今譯》，台北市：台灣商務印書館，2002 年 5 月 8 刷。
3. 王夢鷗：《唐人小說研究》，台北市：藝文印書館，1971 年 12 月。
4. 王夢鷗：《唐人小說研究》二集，台北市：藝文印書館，1973 年 3 月。
5. 王國良：《唐代小說敘錄》，台北市：嘉新水泥公司文化基金會，1979 年 11 月。
6. 王汝濤：《全唐小說》，濟南市：山東文藝出版社，1993 年 3 月 1 刷。
7. 王道成：《科舉史話》，台北市：國文天地雜誌社，1990 年 3 月。
8. 王瑤：《中古文學史論》，台北市：長安出版社，1986 年 6 月 3 版。
9. 仇兆鰲：《杜詩詳注》，台北縣：漢京文化事業有限公司，1984 年 3 月。
10. 史鳳儀：《中國古代婚姻與家庭》，武漢：湖北人民出版社，1987 年 7 月一刷。
11. 汪辟疆：《唐人小說》，上海市：上海古籍出版社，1988 年 1 月 4 刷。
12. 李金河：《魏晉隋唐婚姻形態研究》，濟南市：齊魯書社，2005 年 5 月 1 刷。
13. 李豐楙：《六朝唐仙道類小說研究》，台北市：台灣學生書局，1986 年 4 月。
14. 李漢三：《先秦兩漢之陰陽五行學說》，台北市：維新書局，1981 年 4 月。
15. 吳志達：《中國文言小說史》，濟南市：齊魯書社，1994 年 9 月 1 刷。
16. 吳志達：《唐人傳奇》，台北市：萬卷樓圖書有限公司，1993 年。
17. 吳璵：《新譯尚書讀本》，台北市：三民書局，2001 年。
18. 佛洛姆：《愛的藝術》，台北市：志文出版社，1986 年 5 月。
19. 《佛學辭典》，台中市：台中蓮社，1990 年 11 月。
20. 卓遵宏：《唐代進士與政治》，台北市：國立編譯館，1987 年 3 月。
21. 周勛初：《周勛初文集・唐代筆記小說敘錄》，南京：江蘇古籍出版社，2000 年。
22. 孟瑤：《中國小說史》上、下冊，台北市：傳記文學出版社，1986 年 1 月。
23. 屈萬里：《詩經詮釋》，台北市：聯經出版事業公司，1988 年七月第四次印行。
24. 祝秀俠：《唐代傳奇研究》，台北市：文化大學出版部，1982 年。

25. 侯紹文：《唐宋考試制度史》，台北市：台灣商務印書館，1973 年。
26. 范壽康：《中國哲學史綱》，台北市：台灣開明書局，1987 年 1 月。
27. 姜漢椿：《新譯唐摭言》，台北市：三民書局，2005 年 1 月。
28. 段德智：《死亡哲學》，台北市：洪葉文化事業有限公司，1999 年 4 月初版 2 刷。
29. 馬其昶：《韓昌黎文集校注》，上海：上海古籍出版社，1986 年。
30. 高明：《大戴禮記今註今譯》，台北市：台灣商務印書館，1984 年 3 月。
31. 高世瑜：《唐代婦女》，西安市：三秦出版社，1988 年 6 月 1 刷。
32. 郭建勳：《新譯易經讀本》，台北市：三民書局，1999 年 8 月 2 刷。
33. 麻國慶：《走進他者的世界》（北京市：學苑出版社，2001 年 1 版）。
34. 張樹棟、李秀嶺：《中國婚姻家庭的嬗變》，杭州市：浙江人民出版社，1990 年 5 月一刷。
35. 張友鶴：《唐宋傳奇選》，台北市：明文書局，1993 年 8 月。
36. 莊耀嘉：《人本心理學之父－馬斯洛》，台北市：允晨文化實業股份有限公司，1982 年 11 月。
37. 傅樂成：《中國通史》，台北市：大中國圖書公司，1984 年 12 月。
38. 勞思光：《新編中國哲學史》，台北市：三民書局，1984 年 1 月。
39. 程發軔：《國學概論》，台北市：正中書局，1993 年 2 月。
40. 程毅中：《唐代小說史話》，北京，文化藝術，1990 年。
41. 葉慶炳：《中國古典小說中的愛情》，台北市：時報文化出版事業有限公司，1981 年 7 月 4 版。
42. 褚贛生：《奴婢史》，上海：上海文藝出版社，1994 年 7 月一刷。
43. 魯迅：《中國小說史略》，濟南：齊魯書社，1997 年 11 月第一版 2002 年 4 月二刷。
44. 蔣伯潛：《語譯廣解四書讀本．論語》，台北市：啓明書局，未註明年份。
45. 蔣伯潛：《語譯廣解四書讀本．孟子》，台北市：啓明書局，未註明年份。
46. 劉瑛：《唐代傳奇研究》，台北市：聯經出版事業公司，1994 年。
47. 劉開榮：《唐代小說研究》，台北市：台灣商務印書館，2005 年 7 月二版三刷。
48. 蔡守湘：《唐人小說選注》，台北市：里仁書局，2002 年 6 月。
49. 錢志熙：《唐前生命觀和文學生命主題》，北京：東方出版社，1997 年 6 月 1 刷。
50. 錢宗范：《周代宗法制度研究》，廣西：廣西師範大學出版社，1989 年。
51. 戴揚本：《新譯唐才子傳》，台北市：三民書局，2005 年 9 月。

52. 韓復智：《論衡今註今譯》，台北市：國立編譯館，2005 年。
53. 韓雲波：《唐代小說觀念與小說興起研究》，成都市：四川民族出版社，2002 年。
54. 顏翔林：《死亡美學》，上海市：學林出版社，1998 年 10 月 1 刷。
55. 酈芷人：《陰陽五行及其體系》，台北市：文津出版社，1992 年 12 月。

三、學位論文（按作者姓氏筆劃排序）

1. 丁肇琴：《唐傳奇的寫作技巧》（台大中文所碩論，1986 年）。
2. 丁氏秋水：《從佛教五鈍使看唐人傳奇》（文化大學中文所碩論，2005 年）。
3. 王義良：《唐人小說中之佛道思想》（高師中文所碩論，1975 年）。
4. 王小琳：《唐代傳奇敘事模式研究》（東海大學中文所博論，1998 年）。
5. 朱美蓮：《唐代小說中的女性角色研究》（政大中文所碩論，1988 年）。
6. 李淑媛：《唐代婦女之法律地位》（文化大學史研所碩論，1992 年）。
7. 俞炳甲：《唐人小說的寫作技巧研究》（輔大中文所碩論，1984 年）。
8. 俞炳甲：《唐人小說所表現之倫理思想研究:以儒家爲中心》（政大中文所博論，1993 年）。
9. 張曼娟：《唐傳奇之人物刻劃》（東吳大學中文所碩論，1985 年）。
10. 許文惠：《唐代傳奇所反映的唐代社會》（東吳大學社會學研究所碩論，1988 年）。
11. 陳玲碧：《唐人小說中的定命觀研究》（輔大中文所碩論，1990 年）。
12. 陳嘉麗：《唐代佛道思想小說研究》（文化大學中文所碩論，1999 年）。
13. 郭明珠：《唐傳奇愛情故事〈李娃傳〉〈霍小玉傳〉〈鶯鶯傳〉之寫作技巧研究》（南華大學文研所碩論，2002 年）。
14. 楊姍霈：《唐代小說中婦女之社會地位研究》（文化大學中文所碩論，1999 年）。
15. 詹麗莉：《唐傳奇女性宿命觀研究》（南華大學文研所碩論，2002 年）。
16. 熊嘉瑜：《唐傳奇女性傳記研究》（暨南國際大學中文所碩論，2000 年）。
17. 劉美菊：《唐人小說的結構--以行爲規範爲觀察角度》（台師大國文所碩論，1988 年）。
18. 蔡明眞：《唐人小說報意識研究》（輔大中文所碩論，1997 年）。
19. 蕭佩瑩：《唐傳奇人物研究》（文化大學中文所碩論，2004 年）。
20. 謝淑愼：《唐代士人的價値觀—以唐人小說爲研究範疇》（台師大國研所碩論，1992 年）。
21. 蘇曉君：《唐傳奇的美學研究》（彰師大國文所碩論，2003 年）。

四、期刊論文與專書論文（按作者姓氏筆劃排序）

1. 王軼冰：〈從唐傳奇看唐代的私屬奴婢〉《錦州師範學院學報》，2000 年 7 月第 22 卷第 3 期。
2. 石育良：〈唐傳奇中的兩性故事〉《中山大學學報》，2003 年第 4 期。
3. 朱鳳華：〈難題求婚：生成與轉換——兼論文學作品中的愛情婚姻模式〉《麗水師專學報》，1994 年第一期。
4. 朱迪光：〈唐傳奇中情愛婚姻作品的結構因素與組合模式〉《衡陽師專學報》，1996 年第 4 期。
5. 李曉英、寧新昌：〈《易經》中婚姻、婚俗的歷史文化透視〉《漢中師範學院學報》，2003 年第 3 期。
6. 李紅霞：〈唐代隱逸興盛成因的社會學闡釋〉《史學月刊》，2005 年第 2 期。
7. 李時人：〈唐代文言小說與科舉制度略論〉《上海師範大學學報》，2004 年 11 月第 33 卷第 6 期
8. 佛日在〈佛學對宿命論等的破斥〉《法音論壇》，未註明年份與期數。
9. 林豐民：〈東方文藝創作的他者化〉《國外文學》，2002 年第 4 期，總第 88 期。
10. 林淑貞〈唐傳奇的愛情美學〉收錄於《美學與人文精神》，台北市：文史哲出版社，2001 年 8 月。
11. 林明華：〈唐傳奇表現的士人心態〉《CHINESE CULTURE RESEARCH》，2001 年夏之卷。
12. 房銳：〈從王鐸死因看晚唐藩鎮之禍及落第士人的心態〉《天津大學學報》，第 4 卷第 1 期，2002 年 3 月。
13. 金東敏：〈關於王充命定論的二重結構（制度）的考察〉《當代韓國》，2004 年春季號。
14. 邱志玲：〈論唐傳奇中愛情婚姻的悲劇性〉《寧德師專學報》，1998 年第 4 期。
15. 周亮：〈一位戴著封建枷鎖追求愛情幸福的女性——論〈鶯鶯傳〉中的崔鶯鶯〉《貴州師範大學學報》，1997 年第 3 期。
16. 唐晉元：〈唐傳奇中的愛情小說〉《徐州教育學院學報》，第 15 卷第 1 期 2000 年 3 月。
17. 唐晉元：〈唐傳奇中的愛情小說（二）〉《徐州教育學院學報》，第 15 卷第 2 期 2000 年 6 月。
18. 唐晉元：〈唐傳奇中的愛情小說（三）〉《徐州教育學院學報》，第 15 卷第 4 期 2000 年 12 月。

19. 唐晉元：〈唐傳奇中的愛情小說（四）〉《徐州教育學院學報》，第 16 卷第 1 期 2001 年 3 月。
20. 馬憶南：〈中國婦女在古代婚姻家庭法上之地位〉《中國典籍與文化》，1994 年 3 月。
21. 張火慶：〈從自我的抒解到人間的關懷——小說（二）〉收錄於劉岱總主編《中國文化新論．文學篇二．意象的流變》，台北市：聯經出版事業公司，1983 年四月 2 版。
22. 張火慶：〈人生的衝擊與轉向——以〈枕中記〉、〈杜子春〉、〈南柯太守傳〉爲例〉《興大中文學報》，第 14 期，2002 年 2 月。
23. 張火慶：〈〈虬髯客傳〉的人物關係論——生剋、主從、虛實〉《興大中文學報》，第 18 期，2006 年 1 月。
24. 張兆凱：〈唐代科舉制度的流弊與衣冠子弟的入仕選擇〉《益陽師專學報》，1995 年第一期。
25. 良景和：〈論中國傳統婚姻陋俗的特徵〉《遼寧師範大學學報》，1994 年第 5 期。
26. 郭沫若：〈奴隸制時代〉收錄於《中國的奴隸制與封建制分期問題文選集》，北京：三聯書店，1962 年。
27. 郭术兵：〈仕途與中國文學〉《臨沂師專學報》，1995 年第 2 期。
28. 陳清茹：〈論唐傳奇的憤世情結〉《信陽師範學院學報》，第 23 卷第 6 期，2003 年 12 月。
29. 陳寧英：〈唐代律令中的奴婢略論〉《廣西民族學院學報》，1997 年 10 月第 19 卷第 4 期。
30. 陳寧英：〈唐代律令中的賤民略論〉《中南民族學院學報》，1998 年第 3 期。
31. 黃超：〈婚姻形態與原始社會婦女政治地位的喪失〉《阜陽師院學報》，1995 年第二期。
32. 黃玉順：〈中國傳統的"他者"意識——古代漢語人稱代詞的分析〉《中國哲學史》，2003 年第 2 期。
33. 程遂營：〈唐代文人的政治命運求因〉《史學月刊》，1996 年第一期。
34. 賀信民：〈悲喜殊味 各領風騷——唐傳奇〈李娃傳〉、〈霍小玉傳〉對讀〉《唐都學刊》，2001 年第一期。
35. 楊波：〈唐新進士聞喜宴考〉《文史新探》，2005 年第 3 期。
36. 過常職：〈唐代反科舉思潮與科舉考試的利弊〉《安徽教育學院學報》，1999 年 1 月第 16 卷第 1 期。
37. 雷恩海、姜朝暉：〈理想與現實的兩難抉擇——從唐代戶婚制度看唐傳奇的婚戀現象〉《煙台大學學報》，2001 年 4 月。

38. 趙岡：〈胥吏與賤民〉《社會科學戰線》，1997 年第 1 期。
39. 趙國乾：〈中國文學「士不遇」主題的文化審美闡釋〉，《雲南社會科學》，2004 年第 4 期。
40. 樓勁、李華：〈唐仕途結構述要〉收錄於《蘭州大學學報》，第 25 卷第 2 期，1997 年。
41. 穆渭生：〈唐代賤民的等級與法律地位〉《陝西教育學院學報》，第 12 卷第 1 期，1996 年 3 月。
42. 賴芳伶：〈回首兩情蕭索、離魂何處飄泊？——試論唐傳奇〈步飛烟〉〉《興大中文學報》，第 11 期，1998 年 6 月。
43. 薛天緯：〈干謁與唐代詩人心態〉《西北大學學報》，1994 年第 1 期。
44. 蕭群忠、杜振吉：〈婚姻關係的道德原則〉《中華女子學院山東分院學報》，1996 年 1 月。
45. 叢曙光：〈唐代婚姻類型淺析〉《山東師範大學學報》，2004 年第 49 卷第 4 期。
46. 羅萍：〈從唐傳奇看唐代女性婚戀觀〉《四川師範學院學報》，1999 年 1 月。
47. 嚴耕望：〈唐人習業山林寺院之風尚〉收錄於《唐代研究論集》，台北市：新文豐出版公司，1992 年 11 月。
48. 龔鵬程：〈唐傳奇的性情與結構〉收錄於《唐代思潮》，宜蘭縣：佛光人文社會學院，2001 年 6 月 1 刷。

五、網站資料

1. 唐詩故事教學系統
http://www.im.thit.edu.tw/chang/culture/mainsub/mb06.htm 唐代的科舉制度，2006 年 7 日 15 日下載。
2. 公益書庫 ttp://win.mofcom.gov.cn/book/htmfile/23/s4116_6.htm，2006 年 9 日 25 日下載。